Un patron si mystérieux

*

Un envoûtant patron

*

Séduction au *palazzo*

MIRANDA LEE

Un patron si mystérieux

Traduction française de
CHRISTINE MAZAUD

HARLEQUIN

Titre original :
THE BILLIONAIRE'S CINDERELLA HOUSEKEEPER

Ce roman a déjà été publié en 2021

HARPERCOLLINS FRANCE
83-85, boulevard Vincent-Auriol, 75646 PARIS CEDEX 13
Service Clients — www.harlequin.fr
ISBN 978-2-2805-1767-6

Édité par HarperCollins France.
Composition et mise en pages Nord Compo.
Imprimé en février 2025 par CPI Black Print (Barcelone)
en utilisant 100% d'électricité renouvelable.
Dépôt légal : mars 2025.

FSC
www.fsc.org
MIXTE
Papier issu de sources responsables
FSC® C159065

Pour limiter l'empreinte environnementale de ses livres, HarperCollins France s'engage à n'utiliser que du papier fabriqué à partir de bois provenant de forêts gérées durablement et de manière responsable.

1

— Ainsi vous recherchez un poste de gouvernante ? s'enquit la conseillère derrière son comptoir.

À la voix de cette femme, Ruby comprit qu'elle était tout aussi sceptique que les employées des autres agences d'intérim qui l'avaient reçue. Toutes l'avaient détaillée des pieds à la tête, avaient lu son CV et conclu, d'un air faussement navré, qu'elles n'avaient rien à lui proposer.

— Oui, c'est ça, répondit Ruby, qui connaissait d'avance la réponse.

Dépitée, elle étouffa un soupir. Tant pis, si elle ne trouvait pas de place de gouvernante à temps plein, elle accepterait l'offre d'Oliver de s'installer chez lui. Liam aussi lui avait proposé de l'héberger mais elle n'avait aucune envie d'habiter chez ses frères. D'une part, leurs appartements n'étaient pas particulièrement grands, d'autre part Oliver avait une petite amie de longue date, Rachel, qui vivait avec lui, et la nouvelle conquête de Liam, Lara, venait d'emménager avec lui. Ils avaient besoin de leur intimité. Elle aussi, d'ailleurs.

— Vous devez être consciente, reprit la femme aimablement, que notre société n'a pas souvent de poste répondant à vos critères. Nous sommes spécialisés dans l'emploi à temps partiel, et n'avons qu'exceptionnellement des demandes de personnel vivant à demeure. La plupart des personnes que nous recommandons sont des femmes qui profitent de ce que leurs enfants sont en classe pour gagner un peu d'argent.

— Ah, je vois..., répliqua Ruby.

Elle avait commis une erreur en revenant à Sydney, persuadée d'y retrouver une vie normale.

Résignée, elle s'apprêtait à sortir quand le téléphone sonna dans le bureau. Barbara, la directrice de la Compagnie des Familles, décrocha et murmura un « pardon » à l'adresse de Ruby qui l'excusa d'un geste de la main. Et elle attendit.

Barbara ne parlait pas beaucoup, elle écoutait, surtout, son interlocuteur, ponctuant son silence de « oui... oui... je vois... » tout en pianotant sur son ordinateur.

Perdue dans ses pensées, Ruby ne prêtait pas attention à la conversation. Qu'allait-elle faire d'elle-même maintenant ? De toute évidence, les postes comme celui qu'elle cherchait étaient rares, sinon inexistants. Comment avait-elle pu imaginer que trouver ce job à Sydney serait un jeu d'enfant ?

Retourner à son existence de nomade ne lui disait plus rien. Cinq ans de cette vie-là lui suffisaient, maintenant. Elle avait largement profité de la liberté dont elle avait, alors, viscéralement besoin. À trente ans, elle estimait qu'il était temps qu'elle se pose et fasse quelque chose d'intelligent de sa vie.

Mais pas question de se marier. Ça, sûrement pas ! Cette seule idée lui donnait des boutons. Après le fiasco avec Jason, quelques années plus tôt, elle avait compris et décidé que le mariage ne serait pas pour elle. Non, merci ! Se marier et être heureuse supposait qu'on aime un homme et qu'on lui fasse confiance. Pour elle, ce n'étaient que niaiseries d'adolescents...

Il fallait être honnête, se dit-elle. Jason n'était pas la seule personne du sexe opposé à incriminer. Son père avait semé en elle les graines de la défiance quand elle avait dix-neuf ans et sortait avec Bailey, son premier petit ami sérieux, aggravant les sentiments négatifs qu'elle éprouvait envers les hommes.

Qu'elle en vienne à ne plus faire confiance qu'à elle et à elle seule était inévitable. Jason avait précipité sa décision : elle resterait célibataire, un style de vie que, finalement, elle appréciait. Être libre et ne pas se compliquer l'existence avec des petits copains et des peines de cœur, quel bonheur !

C'est plus tard qu'elle avait caressé le projet de faire carrière dans le social. À l'occasion de voyages et d'emplois un peu partout dans le Queensland et au nord, au sud et à l'ouest du pays, elle avait rencontré beaucoup de malheureux qui auraient pu vivre mieux si quelqu'un leur avait tendu la main.

Le seul problème était que, de nos jours, il fallait des diplômes pour embrasser une telle carrière. Après un temps de réflexion, elle avait imaginé un plan. Très simple sur le papier : elle allait retourner à Sydney, trouver une place de gouvernante dans une maison où elle travaillerait et vivrait – non que le métier de gouvernante soit le rêve de sa vie mais, de cette façon, elle n'aurait pas de loyer à payer. Elle mettrait son temps libre à profit pour s'inscrire à l'université et suivre des cours de sciences sociales en « distanciel ». Selon ses calculs, à trente-cinq ans elle serait diplômée. Elle savait qu'elle avait des aptitudes et que, si elle se donnait à fond, elle réussirait.

Hélas, une faille dans son plan semblait vouloir contrarier son projet. Personne ne l'engagerait jamais comme gouvernante, même pas ici à Sydney où, pourtant, elle avait relevé de nombreuses offres d'emploi. Son manque d'expérience pour ce poste lui valait d'être sans cesse éconduite. Sans compter que l'une des agences avait sous-entendu qu'elle était peut-être trop... sexy.

Maintenant qu'elle y réfléchissait, c'était peut-être une raison. Une fois ou deux, les années passées, on lui avait opposé un refus pour ce motif. Dieu sait pourquoi ! D'accord, tout le monde s'accordait à dire qu'elle avait « la ligne d'un top-modèle », mais de là à avancer qu'elle était sexy... Elle ne se trouvait même pas spécialement jolie.

Adolescente, au lycée, les garçons ne la voyaient même pas. Pourquoi l'auraient-ils remarquée ? Elle était grassouillette et affublée d'un appareil dentaire, et manquait totalement d'assurance. Elle avait dû se faire violence pour postuler pour un emploi de serveuse dans le fast-food local. Heureusement, peu à peu elle avait gagné en confiance en elle, sinon en beauté. Que les gens ne voient pas au-delà des apparences la désolait. Elle avait beau ne pas se plaire, elle savait qu'elle avait des qualités cachées.

Bon. Il ne lui restait qu'à accepter la proposition d'un de ses frères, le temps de trouver un job de serveuse dans un bar ou une brasserie locale. Pour ce poste-là, elle avait toutes les qualifications requises. En l'occurrence, sa silhouette serait même un plus. Autant exploiter ses atouts !

Quand elle aurait fait quelques économies, elle chercherait une colocation, avec une chambre rien qu'à elle de façon à pouvoir étudier tranquille.

Ça ne serait pas aussi idéal que son plan initial, mais puisqu'il n'y avait pas de poste de gouvernante à temps plein, elle ferait avec ! se dit-elle en attendant que Barbara raccroche. Apparemment, elle enregistrait un nouveau client.

— Je vois, répondit Barbara lentement. Donc, cher monsieur Marshall, ce serait un contrat à durée limitée, c'est bien cela ? Votre gouvernante actuelle devrait reprendre son poste dans les semaines... les mois qui viennent.

Ruby n'entendit pas la réponse.

— En fait, enchaîna Barbara en jetant un coup d'œil à Ruby, j'ai ici une jeune femme qui pourrait vous convenir... Oui, elle a d'excellentes références.

Enthousiaste, Ruby faillit applaudir. C'était vrai, elle avait des qualités. C'était une travailleuse acharnée, d'une honnêteté irréprochable, que ses patrons étaient toujours désolés de voir partir.

— Oui, elle est là, devant moi. Voulez-vous lui parler ? Parfait. Elle s'appelle Ruby. Je vous la passe.

Barbara tendit l'appareil à Ruby avec un regard qui semblait vouloir dire « la balle est dans votre camp ».

— Allô, dit Ruby, la gorge nouée.

Elle n'était pas du genre stressé d'habitude, mais elle voulait tellement ce poste ! Même un CDD, elle s'en fichait. Parce que ensuite, elle pourrait ajouter cette référence sur son CV, ce qui faciliterait sa prochaine recherche d'emploi.

— Bonjour, Ruby, dit M. Marshall d'une voix de basse qu'on entendait le plus souvent chez les journalistes radio et les chanteurs de musique soul.

Avec difficulté, Ruby avala sa salive.

— Avant toute chose, avez-vous déjà servi comme gouvernante chez des particuliers ?

Elle s'apprêtait à répondre « non » quand une idée lui traversa l'esprit. Pourquoi n'y avait-elle pas déjà pensé ?

— Pas exactement *professionnellement*, dit-elle d'un ton vif, mais j'ai tenu une maison pendant sept ans, de mes dix-huit jusqu'à mes vingt-cinq ans. Ma mère était malade, poursuivit-elle sans laisser le temps à son interlocuteur de lui poser une question.

Elle n'ajouta pas que sa mère était morte d'un cancer un an après qu'elle eut fêté ses dix-huit ans et que son père lui avait laissé le soin de s'occuper de ses jeunes frères, perturbés par la disparition de leur mère. Ce géniteur indigne les avait abandonnés deux mois après les obsèques de leur mère pour rejoindre sa maîtresse dans son luxueux loft du centre-ville. Certes, il leur avait laissé la maison familiale et il avait payé les factures, mais là s'était arrêté son soutien.

— Je faisais la cuisine et le ménage, ajouta-t-elle au cas où M. Marshall se serait imaginé qu'ils étaient assez riches pour s'offrir du personnel.

— Votre mère devait être fière de vous. Va-t-elle mieux maintenant ?

Ruby essaya de surmonter le chagrin qui la submergeait comme chaque fois qu'elle pensait à sa si courageuse maman.

— Non...

Elle se mordit les lèvres.

— Elle est décédée de son cancer.

— Saleté de maladie ! grommela M. Marshall.

Quelques secondes de silence, puis il reprit :

— Je suis désolé. Je sais ce que c'est, ma femme aussi a succombé au cancer. Mais... Inutile d'épiloguer, poursuivit-il, cela ne nous les ramènera pas. Ce qui est fait est fait. Dites-moi plutôt, Ruby, quel âge avez-vous ?

— Trente ans.

— Je vois. Et que faites-vous depuis le décès de votre mère ?

C'était clair, il pensait que sa mère était morte récemment et non quelque dix ans plus tôt. Elle n'allait pas l'éclairer sur ces années dont elle détestait parler.

— J'ai toujours travaillé, à temps partiel, dans l'accueil et la communication, même quand j'étais au lycée. Le jour où l'occasion s'est présentée, je suis partie et j'ai voyagé dans tout le pays en m'arrêtant pour travailler dans de grands complexes hôteliers et des clubs de vacances comme barmaid. J'ai été barmaid, serveuse, réceptionniste à l'occasion. Mais j'ai fait le tour de tout cela maintenant ; ce genre de vie ne me convient plus, je suis donc revenue à Sydney avec l'intention de trouver un emploi qui me permette de suivre, dans le même temps, un cursus en sciences sociales.

— C'est bien, vous avez beaucoup de mérite. Je ne vous connais pas mais vous me semblez quelqu'un de sérieux. D'ailleurs, la Compagnie des Familles n'adresse que des personnes recommandables. Je suis donc quasiment certain que je peux leur faire confiance, vous me conviendrez sûrement. Hélas, je suis en déplacement pour affaires à Londres en ce moment, et ne reviendrai pas à Sydney avant une bonne semaine. Je n'aime pas laisser ma maison sans personne, voici donc ce que nous allons faire. Ma sœur habite un peu à l'extérieur de Sydney. Moi, à Mosman. Elle a mes clés. Je vais l'appeler et lui demander de vous retrouver devant chez moi, demain matin. Elle vous fera faire le tour de la maison et répondra aux questions que vous voudrez lui poser sur moi. Si le poste vous plaît et que vous le voulez, il est à vous, Ruby.

Si elle le voulait ? Évidemment qu'elle le voulait. Elle ne voulait que ça ! En plus, cet homme avait l'air plutôt sympathique.

— Je suis ravie, monsieur Marshall. Je ferai du bon travail, vous verrez. Je vous le garantis.

— Je n'en doute pas. Pouvez-vous me repasser Barbara, je vous prie ?

Ruby tendit l'appareil à Barbara et attendit, la mine réjouie, qu'elle finisse avec M. Marshall.

— Vous avez une chance inouïe, Ruby, conclut la directrice en reposant le téléphone. M. Marshall n'est autre que le patron de Harvest Productions, dont vous avez sûrement entendu parler.

Ça ne lui disait rien. Elle fit non de la tête.

— Mais si, le producteur de séries télévisées ! enchaîna Barbara. Je suis sûre que vous connaissez *L'Australie à midi... Quel mot suis-je ?* Ou encore *City Police...*

— Oui, cette série-là, je la connais mais je ne l'ai pas souvent regardée.

C'étaient les aventures d'un antihéros, flic, gros travailleur et gros joueur mais intègre, et qui aimait les femmes. La série avait déjà remporté bon nombre de récompenses qu'elle devait, principalement, à un acteur irrésistible dont elle ne se rappelait plus le nom.

— Ce sera un CDD, précisa Barbara avec regret, mais c'est mieux que rien, n'est-ce pas ?

— Beaucoup mieux, acquiesça Ruby, tout sourire.

— Le travail ne sera pas trop difficile, ajouta Barbara. M. Marshall est veuf, sans enfants.

— Ah ? Quel âge a-t-il donc ?

— Une quarantaine d'années.

— Mon Dieu ! Si jeune ! lança Ruby se rappelant que son père avait quarante ans quand il avait eu sa première liaison.

L'âge de tous les dangers, avait-elle entendu dire.

Penser à son père la mettait immanquablement en colère. Il était à l'origine de son agressivité, de son cynisme et de sa méfiance à l'égard des hommes. Mais peu importait... Pour l'heure, ce qui comptait, c'était de faire bonne impression en se présentant dans une tenue appropriée.

— Votre société fournit peut-être les uniformes ?

— Non, ni uniforme, ni *dress code*. Mes employées portent ce qui leur plaît. Néanmoins, dans votre cas...

Elle lui adressa un regard entendu.

— Je vous recommande une tenue sobre. Très professionnelle.

Ruby se regarda. Elle trouvait sa tenue très classique. Jupe juste au-dessus du genou et haut un peu décolleté, mais rien de provocant. Cependant, elle avait préféré s'en assurer.

— Je vous remercie de vos conseils.

— À vous de faire preuve de jugement, répliqua Barbara. Je vais maintenant prendre contact avec la sœur de M. Marshall et fixer le rendez-vous de demain.

Ruby était en avance. D'une part, parce qu'elle ne voulait pas risquer d'être en retard et d'autre part parce qu'elle tenait à faire le tour de la maison et des environs, toute seule, avant l'arrivée de la sœur de M. Marshall.

Elle s'attendait à trouver une demeure magnifique. Les gens fortunés qui vivaient à Mosman n'habitaient pas dans des maisons quelconques. Elle ne fut pas déçue. C'était grandiose. Tellement grandiose et élégant qu'elle en resta bouche bée.

— Oh ! s'exclama-t-elle, descendant de voiture.

La demeure de deux étages, blanche et envahie de vigne vierge, présentait toutes les caractéristiques du manoir de style géorgien qu'affectionnait l'aristocratie anglaise.

Le jardin était dessiné comme un mini-Versailles, avec des haies et des pelouses taillées au cordeau, des allées gravillonnées et des fontaines, et de grandes vasques de terre cuite contenant des orangers.

Ruby commença à douter d'elle-même. Serait-elle à la hauteur ?

Une seconde d'hésitation et elle se ravisa. Bien sûr qu'elle assurerait ! Elle avait de la ressource ! De toute façon, que pouvait-il lui arriver ? Qu'elle ne fasse pas l'affaire ? Elle serait remerciée ! La belle affaire ! Elle ferait sa valise. Ça ne serait pas la fin du monde.

Elle n'allait pas commencer à avoir « la pétoche », comme disait sa mère. Le souvenir de sa mère, cette fois, la fit sourire. C'était une forte personnalité et une grande lectrice qui adorait les expressions imagées comme *avoir la pétoche. Être à cran* était une autre de ses expressions favorites, peut-être parce que sa propre mère avait été une grande angoissée. Un jour, sa chère maman lui avait confié qu'elle avait décidé, en la mettant au monde, de briser la chaîne de l'angoisse et de lui inculquer confiance en soi et indépendance d'esprit.

Elle avait réussi ! songea Ruby avec ironie.

Une voiture qui remontait lentement l'allée la ramena à la réalité. La femme qui conduisait la luxueuse berline était sûrement la sœur de M. Marshall. Elle se gara juste derrière la petite auto de Ruby, qui, si elle n'était certes pas somptueuse, était tout de même presque neuve et très propre car elle l'avait laissée à la station-service pour un grand nettoyage, la veille, pendant qu'elle faisait ses courses.

Ruby savait qu'on se défaisait difficilement de la première impression, aussi sourit-elle dès que la jeune femme mit pied à terre. De toute évidence, elle avait mis dans le mille en achetant, hier, la jupe droite noire et la chemise blanche qui lui donnaient une allure très pro. *Merci, Barbara, pour le conseil !* Ses cheveux tirés en arrière et ses escarpins noirs ajoutaient leur sérieux à une élégance classique.

La sœur de M. Marshall lui rendit son sourire. *Gagné !* pensa Ruby.

— Je suppose que vous êtes Ruby ? dit la femme en approchant.

Elle était belle. Grande, blonde, très classe. La quarantaine, pensa Ruby. Peut-être un soupçon plus âgée ? Avec de l'argent, la chirurgie plastique faisait des merveilles...

— Oui, répondit Ruby. Vous êtes Mme Chalmers, j'imagine.

— Absolument, mais appelez-moi Gloria, ce sera plus simple.

Son sourire chaleureux rassura d'emblée Ruby.

— Alors, dites-moi, que vous inspire la maison de mon frère ?

— Elle est superbe.

— J'ai les clés. Entrons, je vais vous faire visiter.

L'intérieur était aussi élégant que l'extérieur. Sols de marbre gris, murs blancs, rideaux de soie claire et volets intérieurs. Malgré quelques rares meubles anciens, les canapés, les tables basses et un éclairage design soulignaient le goût du maître des lieux pour une ambiance résolument contemporaine. La cuisine était un rêve, équipée de ce qui se faisait de plus moderne et de plus cher en matière d'appareils ménagers.

Chic ! Une machine à café ! Plusieurs salons en enfilade étaient desservis par un couloir aussi long que large qui ouvrait aussi sur une chambre moquettée avec sa salle de bains.

Parfait pour la gouvernante !

En haut, il y avait trois grandes chambres d'amis, moquettées elles aussi, des salles de bains attenantes, et une grande suite parentale avec salle de bains, vaste dressing, petit boudoir. Le luxe à l'état pur.

Ce n'était peut-être pas un château, mais il y aurait du travail, ici. Tout compte fait, elle n'aurait sans doute pas beaucoup de temps pour étudier.

— Vous avez l'air préoccupée, dit Gloria en ouvrant la porte-fenêtre qui donnait sur une immense terrasse.

L'endroit était idéal pour un dîner au frais. La terrasse se prolongeait par une pelouse sur laquelle la tondeuse avait laissé des traces de son passage, des bandes, si régulières qu'elles avaient les reflets d'un velours vert ras. Une piscine rectangulaire achevait d'embellir l'ensemble.

— C'est-à-dire que... J'aurai du personnel pour m'aider ?

— Mais quelle question ! Bien évidemment. La femme de ménage, Janice, vient deux fois par semaine, le lundi et le vendredi. Elle fait les sols et les salles de bains. Elle n'est pas venue aujourd'hui puisque Sebastian est absent. Mon frère emploie aussi un homme à tout faire. En fait, il s'occupe surtout du jardin et de la piscine. Je ne sais pas trop quand il vient, mais Georgia vous le dira.

— Georgia ?

— Oui, la gouvernante de Sebastian que vous allez remplacer le temps de son absence. Elle vous a laissé le téléphone de la maison avec le répertoire et son numéro de portable personnel. Vous trouverez tout cela dans la cuisine, dans le tiroir sous celui des couverts. Elle souhaite que vous l'appeliez aujourd'hui pour vous donner des détails sur ce qu'aime et n'aime pas Sebastian.

— Pourquoi s'est-elle absentée ?

— Il ne vous l'a pas dit ? Sa sœur vient d'avoir un accident de voiture. Elle est hospitalisée. Georgia est donc partie à Melbourne s'occuper des trois enfants car son mari est débordé. Elle en a pour trois mois au moins.

— C'est ce que m'a dit Barbara, la gérante de la Compagnie des Familles.

— Ah, très bien ! Maintenant, je suis désolée mais je vais devoir vous quitter. J'ai invité des amies à déjeuner et encore beaucoup de choses à faire. Voilà les clés. Installez-vous et, en cas de problème, n'hésitez pas à m'appeler, encore que Georgia sera certainement mieux placée que moi pour vous répondre. Oh ! encore une chose, il y a largement la place pour votre voiture dans le garage, sous la maison, garez-vous-y. Sebastian m'a dit de vous dire qu'il prendra contact avec vous avant son retour. Sans doute par texto. Ou par mail. Là-dessus, je me sauve. Ravie de vous connaître, Ruby. Dites bonjour de ma part à Georgia quand vous lui téléphonerez. Bye !

Et, telle une fusée, elle disparut, laissant Ruby sur place, sur la terrasse, un peu étourdie par la tornade qui venait de filer et par l'univers qui l'entourait. Elle avait pourtant déjà travaillé dans des complexes hôteliers de grand luxe et dans des demeures comparables à celle-ci. Sa maison de famille – que son père s'était empressé de vendre dès que ses trois enfants avaient quitté le nid – n'était pas mal non plus, mais n'avait pas de piscine. Elle s'était vendue plus d'un million de dollars. Dieu sait combien cette demeure-ci pouvait valoir ! Sebastian Marshall devait être immensément riche.

Curieuse, Ruby décida de regarder sa biographie sur Internet quand elle aurait garé sa voiture et défait ses affaires. Avec un peu de chance, elle y trouverait une ou deux photos de lui, elle pourrait ainsi se faire une idée à l'avance. Bizarrement, il n'y avait pas un cadre, pas une photo de lui avec sa femme ou sa famille dans la maison. Son veuvage devait le faire trop souffrir, il préférait sûrement ne pas avoir en permanence sous les yeux le souvenir des jours heureux et du bonheur perdu.

Elle-même regardait souvent les photos de sa mère sur son téléphone. Elle s'était même fait tatouer les dates de sa naissance et de sa mort, dans un cœur, sur son poignet. C'était puéril, peut-être, mais elle avait eu besoin de ça.

Pour l'instant, elle allait se faire un café, puis elle appellerait Georgia pour glaner quelques infos sur ce nouveau patron qu'elle ne connaissait pas encore. De cette manière, elle saurait à quoi s'en tenir. Contrairement à beaucoup de gens, le café la détendait et comme la matinée avait été un peu stressante... Tout s'était pourtant merveilleusement bien passé. Georgia semblait l'avoir appréciée et elle aussi. Sympathie réciproque, donc. Quant à la maison, elle était fantastique. Ce serait un plaisir d'y vivre et de s'en occuper. En apparence, elle avait trouvé un job de rêve.

Restait à savoir quel genre d'homme serait son patron. Son

caractère, ses humeurs... S'il était aussi avenant que sa voix – qu'elle avait entendue au téléphone –, ce serait parfait. Elle l'avait noté dans ses différents emplois, la fortune tournait parfois la tête aux hommes, qui se permettaient alors un peu n'importe quoi. M. Marshall ferait-il exception à la règle ? À cette pensée, elle se rappela de toujours veiller à porter une tenue très décente.

Surtout pas d'excentricité ! se dit-elle tout bas en branchant la machine à café.

Même si le classique n'était pas son style, elle ne prendrait pas le risque de perdre ce poste improbable pour un jean troué. Ce serait donc chignon ou cheveux coiffés en arrière, ou attachés avec un chouchou peut-être – les jours où elle s'autoriserait un peu d'audace –, maquillage léger, bijoux discrets et vêtements sobres.

Ce qu'elle portait aujourd'hui était parfait, mais il faudrait qu'elle étoffe sa garde-robe. Impossible de porter tous les jours la même chose, surtout avec l'été tout proche. Il faisait déjà très chaud alors que décembre commençait à peine. Quand elle téléphonerait à Georgia, elle l'interrogerait sur ce qu'elle portait en été. Elle en profiterait, l'air de rien, pour tenter d'en savoir plus sur M. Marshall.

2

Quand Sebastian sortit du terminal, une bouffée de chaleur l'assaillit. Après ces quinze jours d'hiver en Europe, son corps n'était plus habitué à la chaleur humide de cette partie de l'Australie.

Mal à l'aise, il attendit le taxi en pestant intérieurement.

Il avait été gâté pourri pendant son séjour là-bas. Les patrons des diverses sociétés avec lesquelles il avait rendez-vous lui avaient tous déroulé le tapis rouge, ne ménageant pas leurs efforts pour tenter d'aboutir à des accords avec lui. On l'avait conduit, promené, régalé dans des restaurants trois étoiles et abreuvé des meilleurs crus... Cela ne l'avait pas empêché – Sebastian savait l'impact de ses séries – de leur mener la vie dure. Âpre au gain, négociateur redoutable, il ne faisait aucun cadeau. Il allait encore engranger quelques millions de dollars, sans compter les royalties qui tomberaient chaque année. Il ne comptait plus.

Il sourit. Gagner tant d'argent, finalement, était plutôt un jeu car être riche ne l'intéressait pas vraiment. Tout bien pesé, qu'est-ce que cela lui apportait ? Il pouvait dépenser sans limite, mais à quoi bon ? Il avait une belle maison, s'habillait chez les grands couturiers et roulait dans des berlines de luxe. Il n'avait besoin ni de jet privé, ni de yacht, ni de résidence secondaire dans les Caraïbes.

Oh bien sûr, il ne boudait pas les tables des grands chefs, ni les hôtels cinq étoiles, ni les *resorts* les plus réputés du monde. Il ne pouvait pas nier qu'il aimait ce qui était beau. Mais bon ! Pour y arriver, il avait travaillé dur. Vraiment dur.

N'empêche, il aurait donné jusqu'au dernier centime de sa fortune pour que Jennifer...

Non, non, non, ne t'engage pas sur ce terrain-là. Pense à autre chose.

Facile à dire. L'émotion qu'il avait connue à l'annonce du cancer de sa femme était toujours aussi vive. Ce n'était pas que du chagrin. Il était mêlé de ressentiment et de colère, et d'un terrible sentiment d'impuissance. C'était surtout cela qui l'avait détruit : son incapacité à faire quoi que ce soit pour sauver cette femme qu'il aimait tant.

Continue à penser à l'avenir, se dit-il. *Et à travailler comme tu l'as toujours fait. Arrête de ressasser.*

Il n'y avait que dans le travail qu'il trouvait l'apaisement. Et encore ! Seulement en s'abrutissant.

Diriger Harvest Productions lui plaisait énormément. Plus qu'un gagne-pain, c'était un véritable plaisir. Hélas, il avait fallu la mort de son père pour qu'il hérite de la société. Sebastian était bien conscient que sans le challenge auquel il avait été confronté quand il avait pris les rênes de l'entreprise, en quasi-cessation de paiement, quelques mois seulement après le décès de sa femme, il se serait écroulé. Mais on avait besoin de lui, il en avait pris conscience. Il fallait qu'il s'investisse totalement s'il voulait sauver tous ces salariés menacés de chômage. C'est cet objectif qui lui avait donné l'énergie de poursuivre.

— Où va-t-on ? demanda le chauffeur de taxi en chargeant la valise de Sebastian dans le coffre.

— À Mosman.

— Quelle adresse ?

En donnant son adresse, Sebastian se rappela qu'il ferait bien d'envoyer un texto à Ruby pour lui annoncer son arrivée. Il avait pris un vol un jour plus tôt que prévu, après une soirée à Singapour avec un milliardaire qui l'avait traité comme un seigneur dans l'espoir de lui soutirer quelques parts de sa société de production. L'argent allait à l'argent, le succès au succès, cela se vérifiait tous les jours.

Il s'était montré poli mais l'homme lui avait déplu.

Sebastian fit la moue. Il avait refusé ses offres et s'était envolé pour Mascot à la première heure, ce matin, pour atterrir à

15 heures. Une heure de route et il serait chez lui. Ruby serait sûrement surprise car il était prévu qu'il arrive demain matin seulement. Mais ils avaient échangé quelques textos au cours de la semaine et elle lui avait semblé assez débrouillarde. Le voir surgir, de façon impromptue, ne lui poserait certainement pas de problème.

Il lui envoya quelques mots rapides, certain d'avoir très vite une réponse, les femmes d'aujourd'hui vivant non-stop leur portable à la main.

Le chauffeur de taxi avait envie de bavarder. Tant mieux, se dit Sebastian qui en profita – comme il le faisait souvent – pour lui poser, l'air de rien, des questions sur ses programmes de télévision préférés. Une enquête d'opinion gratuite !

— Vous regardez *City Police* ?

— Oui. C'est peut-être même la série que je préfère. Ma femme aussi. Je m'arrange pour ne jamais rater un épisode. J'espère qu'il y aura une autre saison.

— Je pense que oui, répondit Sebastian sans s'étendre. Bon sang, il fait chaud !

Sebastian jeta un regard au thermomètre de bord. Trente-sept degrés.

— Il paraît qu'il fera encore plus chaud demain. Heureusement qu'on a l'air conditionné.

— À qui le dites-vous !

Sebastian n'avait toujours pas reçu de réponse de Ruby. Il vérifia son portable. Le message avait été distribué mais elle ne l'avait pas lu. C'était bizarre. Peut-être aurait-il dû la prévenir plus tôt ?

Le taxi s'arrêta, le chauffeur sortit la valise du coffre et salua son client.

— Bonne journée !

— Merci.

Sebastian ouvrit le portail et tira sa valise jusqu'à l'entrée de la maison. Une fois dans le hall, il appela.

— Ruby !

Rien. Que le silence et le ronronnement de l'air conditionné. Il monta dans sa chambre, posa sa valise sur le lit sans la défaire. Il le ferait plus tard quand il aurait moins chaud.

À cet instant, il entendit un bruit venant de dehors. Il alla à la fenêtre. Voilà pourquoi elle ne lui avait pas répondu ! Elle était dans la piscine.

Et pourquoi pas ? Elle aussi devait mourir de chaud.

Il se proposait d'aller la rejoindre quand, brusquement, elle se hissa hors de l'eau, s'assit quelques secondes sur le bord et, vivement, se leva.

Il ne put s'en empêcher. Il ferma les yeux mais les rouvrit très vite, le souffle court. Elle était là, debout, dégoulinante d'eau. Divine.

S'il existait un corps de femme capable de faire réagir un homme, c'était celui-là. Surtout dans ce bikini ! Mon Dieu !

Elle était déjà très belle quand elle se tenait debout, sans bouger, mais quand elle se mit à marcher et se baissa pour prendre sa serviette, il faillit se précipiter vers elle.

En se penchant, ses cheveux s'étaient défaits, de longs cheveux noirs ondulés qui lui descendaient à la taille sans cacher ses formes généreuses.

Il la regarda arpenter le deck, les bras levés pour se sécher les cheveux, puis se tamponner avec la serviette… Incapable de supporter plus longtemps l'épreuve qu'il s'imposait, il regarda ailleurs, notant que son corps avait réagi. Son pantalon ajusté aux hanches le serrait. S'il commençait comme cela, la cohabitation serait un véritable calvaire !

Rien de pire qu'avoir une gouvernante comme Ruby ne pouvait lui arriver. *Maudite Barbara !*

Sa maison était son havre, son refuge, le seul endroit où il parvenait à se relaxer. Mais comment se détendre avec cette femme super-sexy sous son toit ?

« Plutôt pas mal », lui avait dit Gloria au téléphone. Un euphémisme ! Cette femme était sublime !

Il ne pouvait pas en vouloir à sa sœur. C'est lui qui avait engagé cette personne, sans la voir. Il s'était figuré que Ruby était une célibataire de trente ans sans goût ni grâce, une bonne âme qui, après avoir accompagné sa pauvre mère « jusqu'à la fin », désirait maintenant œuvrer dans le social.

Gloria n'y était pour rien. Ruby non plus. Il était seul responsable, avec sa manie de toujours tirer des conclusions hâtives. À cause, aussi, de son impatience.

Par chance, la situation n'était pas appelée à durer. D'ici quelque temps, Georgia reviendrait et la vie reprendrait un tour normal.

Mais d'ici là…

Grinçant des dents, il soupira et se dirigea vers l'escalier pour descendre.

— Ruby, je suppose ?

Surprise, Ruby releva brusquement la tête et reconnut sur-le-champ l'homme qui se tenait là. Aucun doute possible, c'était Sebastian Marshall dont elle avait vu des photos sur Internet, la veille au soir.

Il était un peu différent, cependant. Comme il était assis, sur les clichés, elle n'avait pas imaginé qu'il pouvait être aussi grand. Facilement un mètre quatre-vingt-dix. Et il était plus que séduisant !

C'était sûr, ses photos ne l'avantageaient pas. Vu de près, en chair et en os, il était plus beau encore, avec des traits très virils. Quarante ans, la maturité lui allait bien. On ne lui donnait pas son âge. Son nez était droit, bien présent, sa mâchoire carrée, l'ensemble était très masculin malgré une adorable fossette au menton. Il était brun, avait les cheveux courts et de petites rides qui encadraient sa bouche bien dessinée.

Mais c'était son regard, surtout, qui était fascinant. Ruby n'arrivait pas à en détacher les yeux. D'ailleurs, lui aussi la fixait d'un air étrange.

Machinalement, elle resserra sa serviette sur elle. Son bikini à rayures de zèbre n'aurait pas choqué sur une plage des Caraïbes, mais se présenter ainsi à un nouveau patron, surtout pour un premier contact, était impensable.

C'était comme si elle avait été nue ! C'était d'autant plus dérangeant que lui était en costume, chemise blanche et cravate !

— Oh ! monsieur Marshall ! s'exclama-t-elle. Vous m'avez fait peur. Mais… Vous aviez dit que vous ne reveniez que demain matin.

— J'ai pris un vol plus tôt. D'ailleurs, je vous ai adressé un texto.

— Ah bon ? Je n'ai rien reçu. Quand l'avez-vous envoyé ?

Elle essayait de ne pas montrer qu'elle était gênée, mais c'était difficile.

— En venant. Dans le taxi. Vous deviez être dans la piscine.

Elle le pensa mais n'en dit rien : c'était un peu tard pour la prévenir.

— Ah oui ! Il faisait tellement chaud ! Ne bougez pas, je vais prendre une douche et me changer, puis je vous ferai un café. Je n'en ai pas pour longtemps.

Le frôlant en passant, elle entra dans la maison dont l'air frais la surprit.

Le temps qu'elle disparaisse dans la maison, Sebastian, le regard inexorablement attiré, ne put s'empêcher de suivre des yeux les petites fesses que la serviette couvrait à peine. Le spectacle était adorable, et tellement excitant que c'était un péché.

Sa sœur s'était bien gardée de lui dire que sa nouvelle gouvernante était jolie, sûrement de peur qu'il ne l'engage pas. Gloria était une entremetteuse incorrigible qui complotait sans cesse derrière son dos pour lui trouver une compagne. Ils s'étaient accrochés, il y a peu, parce qu'il refusait un de ces dîners qui n'avaient d'autre but que de lui faire rencontrer de charmantes personnes auprès desquelles, comme par hasard, il se retrouvait immanquablement assis à table.

« Je sais que tu penses que je vis comme un moine depuis que Jennifer n'est plus là, avait-il lancé à sa sœur lors de ce coup de téléphone. Mais tu te trompes. C'est vrai, je suis seul depuis deux ans et je suis malheureux sans elle, mais je te rassure, j'ai de la compagnie quand j'en ai envie.

— Mais je ne te vois jamais avec personne ! avait protesté Gloria. Tu ne viens jamais accompagné quand je donne un dîner. Chez toi aussi, tu es toujours seul, c'est Georgia qui me l'a dit.

— Tu sais, de nos jours, ce n'est pas compliqué d'avoir des relations avec des femmes. Plus besoin de s'engager. Et quand on voyage beaucoup comme moi, qu'on passe des nuits dans des hôtels de luxe, c'est encore plus facile, crois-moi. Ça ne pose aucun problème.

— Tant mieux pour toi ! Mais tu es sûr que ça te suffit ?

— Oui, ça me va très bien, avait-il dit, exaspéré. Je n'ai aucune envie de tomber amoureux et ne tiens pas à ce qu'une femme tombe amoureuse de moi. Je suis très bien comme ça. »

Ce qui était vrai. Il aimait la vie qu'il menait. Il avait beaucoup travaillé pour se forger l'existence qu'il avait, sans problème majeur, et détestait l'idée que cela puisse changer. Il avait embauché une femme d'âge mûr pour gérer les problèmes domestiques et appréciait le calme, le sentiment de paix qu'il trouvait en rentrant chez lui, le soir. Il aimait vivre seul, à l'abri des inévitables conflits de couple.

Du coup, il n'aimait pas ce qu'il ressentait en ce moment. Pas du tout.

Il laissa échapper un juron et entra dans la maison. Il était contrarié et, assurément, dans un état qui lui déplaisait. Au lieu de monter se changer en haut, il retira sa veste et sa cravate, déboutonna son col de chemise et se dirigea vers la cuisine. Il n'avait pas besoin de Ruby pour se faire un café.

Il posait sa tasse sous le percolateur quand elle entra comme une bombe. Elle avait troqué son bikini zébré contre un bermuda noir et un haut rayé noir et blanc à encolure bateau dont elle avait roulé les manches. Pareillement attifée et les cheveux ramenés en arrière, elle n'était pas aussi désirable que tout à l'heure, mais rien ne pourrait effacer l'image de ce corps de mannequin dans ce petit maillot, avec ces cheveux noirs tombant sur ses épaules. Non, jamais il n'oublierait ce spectacle, ni l'effet qu'il lui avait fait.

— Vous auriez dû m'attendre ! lança-t-elle.

— Pas de problème, Ruby, je peux faire mon café moi-même.

— Mais c'est à moi de le faire, monsieur Marshall, insista-t-elle. Laissez-moi faire et allez vous reposer, je vous l'apporterai. Je sais que vous aimez le café. Georgia me l'a dit.

Quand elle s'approcha de la cafetière près de laquelle il se trouvait, il perçut un parfum, exotique et entêtant. Un mélange de vanille et de noix de coco. Sans s'en rendre compte, il se pencha et huma sa fragrance, le nez à deux doigts de ses cheveux.

Exquis, pensa-t-il. Tout chez elle était exquis. Exquis, dangereux, et immensément troublant.

Grinçant des dents, il s'éloigna et sortit avant de laisser échapper une bêtise. Ruby était sa gouvernante, ce qui voulait dire qu'il n'avait pas le droit de la toucher.

Pourquoi ne parvenait-il pas à se raisonner, à refroidir cette ardeur qui lui brûlait les reins ?

— Je serai dans mon bureau, lança-t-il sans se retourner.

Dieu sait ce qu'il allait y faire.

Te ressaisir, voilà ce que tu vas faire, Sebastian. Qui croirait que tu as quarante ans ? Quatorze, oui, pour te laisser déborder comme un ado par tes pulsions sexuelles.

Peut-être aurait-il dû faire l'amour avec la femme qu'il avait croisée à Londres, puisqu'elle ne demandait que cela ? se dit-il en s'effondrant dans son fauteuil de bureau.

En dépit de ce qu'il avait raconté à Gloria, il ne multipliait pas les aventures avec les conquêtes d'un soir. Cela ne lui arrivait que lorsque le trop-plein d'hormones atteignait un seuil critique.

À en juger par la crispation de ses muscles, de tous ses muscles, ce seuil critique était désormais atteint. D'accord, sa nouvelle gouvernante avait un corps de sirène qui l'excitait mais il était habitué à fréquenter de très belles femmes et, franchement, il n'avait jamais rencontré de problèmes pour se dominer. Alors que, dès l'instant où il avait aperçu Ruby dans son mini-maillot de bain, il avait eu l'impression que son corps s'éveillait après un long, trop long sommeil.

Peut-être était-ce la conséquence d'une frustration ? Ou d'une abstinence prolongée ?

C'était à espérer. Imaginer autre chose n'était pas envisageable. Les sentiments profonds et Sebastian étaient devenus des ennemis jurés.

Grâce au ciel, cela ne durerait pas. La présence de Ruby dans ses murs était ponctuelle, se répéta-t-il pour la énième fois.

3

Georgia avait eu beau lui donner une foule de détails sur leur patron, Ruby ne parvenait pas à savoir ce que ce M. Marshall pensait vraiment. C'était une énigme.

« Il est accro au travail, avait-elle raconté au téléphone. Il vit et respire Harvest Productions, ce qui ne lui laisse pas de temps pour les mondanités, sauf si elles peuvent lui rapporter une affaire. »

Quand Ruby s'était étonnée de l'absence de photos dans la maison, Georgia lui avait expliqué que Sebastian – elle l'appelait par son prénom – avait acheté la maison entièrement meublée, cinq ans plus tôt. Les anciens propriétaires, partis en Europe, avaient tout bradé – c'était son mot –, elle y comprise. Sebastian l'avait aussitôt récupérée et elle travaillait maintenant pour lui, ce qui lui plaisait car elle l'aimait beaucoup. De toute façon, il n'était pas souvent là et ne ramenait jamais de femmes à la maison.

« Jamais ? s'était étonnée Ruby.

— Non, jamais. Sa sœur m'a dit qu'il ne se remet pas de la mort de sa femme. Apparemment, elle a été le seul grand amour de sa vie. Elle est décédée d'un cancer. Il y a deux ans, je crois.

— Il n'a eu personne d'autre depuis ? »

Difficile à croire. Il était tellement séduisant… et dans la force de l'âge, en plus !

« Pas que je sache. »

Ruby réfléchit. Compte tenu de ce qu'elle savait des hommes, surtout des hommes beaux et professionnellement brillants, il ne devait pas se priver de faire l'amour. Et s'il était si attaché à sa défunte femme, pourquoi ne pas mettre de photos d'elle dans la maison ? C'était comme s'il essayait d'effacer toute trace, tout souvenir de son existence ici.

Dans le fond, son mariage n'avait peut-être pas été aussi heureux que sa sœur l'imaginait. Les gens croyaient que ses parents étaient heureux en ménage jusqu'à ce que la vérité éclate dans toute sa laideur. Son père n'avait cessé de tromper sa mère pendant qu'elle se mourait d'un cancer. Ruby en avait encore la nausée.

Hochant la tête, elle prit la tasse et fila vers le bureau-bibliothèque qui se trouvait près de l'entrée. La porte était fermée. Elle frappa.

— Entrez.

Une inspiration et elle entra. Il était à son bureau, un ordinateur ouvert devant lui. Il fixait l'écran. C'est à peine s'il lui lança un regard.

— Merci.

Et il retourna à son travail.

Elle posa la tasse à sa droite et attendit. Bref coup d'œil du boss, aussi froid que l'air conditionné.

— Oui ? dit-il d'un ton impatient.

Agacée, elle décida de l'interroger sur son attitude qu'elle jugeait inacceptable. Inacceptable, nulle et inconvenante. Georgia admettait peut-être d'être maltraitée, mais elle ne l'accepterait pas.

— Monsieur Marshall.

Quand il la regarda, elle commença à perdre pied.

— Oui, répéta-t-il, toujours sur le même ton.

Elle se raidit et se jeta à l'eau.

— Je n'ai pas pu ne pas remarquer que vous étiez mécontent de me trouver dans la piscine à votre retour. On m'avait dit que je pouvais me baigner quand vous n'étiez pas là et je ne pensais pas que vous rentreriez si tôt. Je suis désolée de ne pas avoir vu votre texto, mais je ne prends plus jamais mon téléphone quand je vais me baigner. La dernière fois que je l'ai fait, il est tombé dans l'eau et j'ai dû en racheter un.

Elle parlait comme une mitraillette, elle s'en rendait compte, mais cet homme était trop intimidant. Elle avait le cœur qui battait comme un fou, et le regard qu'il portait sur elle était insoutenable.

— Si vous ne voulez pas que j'utilise la piscine, poursuivit-elle d'une voix étranglée, vous n'avez qu'à me le dire.

Il recula dans son siège en soupirant et avala une gorgée de son café.

— Mais si, Ruby, vous pouvez utiliser la piscine.

Il but encore un peu de café.

— Ce n'est pas le fait que vous vous baigniez dans la piscine qui m'a gêné, ni que vous n'ayez pas lu mon texto. C'est que...

Il reposa sa tasse.

— C'est que j'ai été surpris. Je ne m'attendais pas à quelqu'un comme vous. Je ne pensais pas que vous ressembleriez à... ça.

Le cœur de Ruby se serra. Elle avait eu quelques employeurs par le passé qui, eux non plus, n'aimaient pas son physique, mais c'étaient surtout des femmes. Les hommes, eux, ne s'étaient jamais plaints...

— Ce n'est pas ma faute si je suis comme ça !

— Je le sais bien. Mais j'ai été surpris. Gloria m'avait dit que vous étiez plutôt jolie mais vous êtes plus que ça, Ruby. Surtout en bikini.

Ruby fit la moue. Son bikini était effectivement tout petit. Si elle savait que son visage n'était pas son atout majeur, en revanche, son corps... Elle avait une belle silhouette, plutôt provocante, surtout lorsqu'elle était à moitié nue, elle le savait.

— Je vous promets de ne plus le porter, monsieur Marshall.

— S'il vous plaît, Ruby, appelez-moi Sebastian ! Georgia le fait. Et, bien sûr, continuez de porter votre bikini, sauf quand je suis là. Évitez aussi quand j'ai des invités, ce qui arrive assez souvent. À ce propos, savez-vous quel est mon métier ?

— Oui, Barbara me l'a dit.

— Vous savez donc que je suis producteur de films et de séries TV. Vous avez sans doute suivi *City Police*, c'est la plus regardée.

— Oui, un peu mais j'ai raté des épisodes, mentit-elle. Et ensuite, on est perdu.

— Ce n'est pas grave, vous pouvez les rattraper en replay.

— Oui, bien sûr, acquiesça-t-elle, regrettant de ne pas lui avoir dit la vérité.

— *City Police* a reçu beaucoup de récompenses. Vous devriez le regarder mais ce n'est pas pour ça que je vous pose la question. Je voulais vous prévenir que le héros, Zack Stone, vient souvent ici. C'est un bon ami, mais il aime beaucoup les femmes – trop, peut-être. Il va sans doute vous faire du charme mais, ne vous inquiétez pas, je ferai en sorte qu'il se tienne correctement.

Ruby ne put s'empêcher de rire.

— Qu'est-ce qui vous fait rire ? Il paraît que les femmes sont folles de lui.

— Pas moi. Je n'aime pas les hommes qui se prennent pour des dieux.

Dans le fond, elle n'aimait pas les hommes du tout. Elle avait mené une vie complètement débridée après avoir quitté la maison. Elle était allée de fête en fête, avait bu plus que de raison et fait l'amour aussi souvent qu'elle en avait eu envie. Jusqu'à ce qu'elle finisse par se réveiller et se dire qu'il était temps qu'elle arrête avant que tout ne dégénère.

À ce moment-là, elle s'était juré d'écarter les hommes de son chemin.

C'est à ce moment-là qu'elle avait rencontré Jason.

Elle travaillait alors comme réceptionnaire dans un hôtel de la Gold Coast où elle remplaçait une jeune femme en congé de maternité. C'était un commercial qui descendait régulièrement dans cet hôtel. Avec ses cheveux blonds, ses yeux bleus et ses airs de vedette de cinéma, il avait fondu sur elle. Son charme avait fait le reste. Elle avait succombé.

Jamais avare de compliments, il l'avait flattée. Au début, elle avait résisté à ses invitations insistantes à sortir, mais elle n'était pas une sainte ! Elle avait fini par accepter, d'abord d'aller prendre un café, puis, la fois suivante, de dîner avec lui. Elle était très amoureuse, de plus en plus, et aurait certainement cédé à ses avances lors de son prochain séjour si, par chance, elle n'avait découvert que ce salaud était marié. Elle aurait dû s'en douter !

Dire qu'elle était amoureuse était un euphémisme. Elle était raide dingue de lui !

Elle en avait été meurtrie, dépitée, amère et s'était dit que les hommes, décidément, étaient indignes de confiance et ne méritaient pas que l'on s'intéresse à eux. Cette fâcheuse expérience avait eu un effet positif, elle l'avait dégoûtée de faire l'amour sans amour, et uniquement par désir. Conséquence, elle n'avait pas fréquenté d'hommes depuis quatre ans et cela ne lui manquait pas.

— Je pensais qu'il valait mieux vous mettre en garde.

— Merci mais ne vous inquiétez pas pour moi. Zack Stone n'a aucune chance avec moi.

— Vous avez un compagnon ?

— Non.

— Une amie, peut-être ?

Elle cligna des yeux. C'était la première fois qu'un homme lui posait cette question.

— Non.

— Je n'aurais sans doute pas dû vous demander cela.

Il la regarda. Elle le regarda. Leurs regards s'accrochèrent. Quelque chose passa, comme un courant les reliant l'un à l'autre. Elle sentit qu'elle réagissait, et des papillons se mirent à voleter dans son ventre. Désemparée, elle comprit qu'elle avait de nouveau envie de faire l'amour. Avec cet homme. Son patron !

Elle réprima un soupir et tenta de se reprendre. Après tout, avoir envie de faire l'amour avec Sebastian Marshall n'était pas si grave. Pas de quoi s'affoler ! Elle était capable de ne plus y penser. Évidemment qu'elle pouvait y arriver !

Ce qu'il lui avait dit n'était pas méchant. C'était professionnel. Il craignait qu'elle ne soit ennuyée par son ami, la star de sa série.

— C'est tout, monsieur Marshall ? demanda-t-elle, irritée, dans le fond, par le peu d'intérêt qu'il lui portait.

— Sebastian, je vous en prie.

— OK. C'est tout, Sebastian ?

Il était *vraiment* séduisant. Et pas seulement séduisant, mais bien fait. Sans sa veste, il était facile de voir qu'il était bâti en athlète. Un fin duvet noir dépassait du haut de sa chemise dont il avait ouvert quelques boutons.

Arrête de le fixer comme ça...

Mais comment regarder ailleurs ?

— Pouvez-vous me préparer un dîner pour 20 heures, ce soir ? demanda-t-il.

Ruby prit sa respiration. Elle allait devoir lui faire à dîner. C'était logique, puisqu'elle était sa gouvernante. Mais elle n'en avait pas envie. Pas ce soir. Elle avait besoin de prendre du recul, de faire le point sur l'effet qu'il lui faisait.

— Dites-moi ce qui vous plairait.

Le ton dégagé qu'elle réussit à prendre l'étonna elle-même.

— Eh bien, surprenez-moi, Ruby !

Et, pour la première fois, il sourit. Il *lui* sourit. Pas un sourire charmeur, un sourire simplement aimable.

Elle avala la boule qui lui bloquait la gorge, l'empêchant presque de respirer. Le job de rêve qu'elle avait entrevu était en train de virer au cauchemar.

— Ça sent bon par ici !

Ruby se retourna, surprise par l'intrusion de son patron dans la cuisine. Surprise aussi du compliment.

Vêtu simplement d'une tenue décontractée, il était différent. Elle l'avait laissé dans son bureau deux heures plus tôt et, depuis, il avait pris une douche – ses cheveux étaient encore mouillés – et avait changé son costume d'homme d'affaires contre un jean savamment délavé et un T-shirt gris clair qui mettaient en valeur sa silhouette de sportif. De toute évidence, il entretenait sa forme.

Bizarrement, elle le préférait en homme d'affaires, peut-être parce que en costume il *faisait* très sérieux et lui semblait moins accessible. Pour l'instant, il ressemblait à n'importe quel homme avec lequel elle aurait pu sortir.

— Que nous faites-vous ?

— Du bœuf Stroganoff. Vous en avez déjà mangé, j'imagine ?

— Sans doute mais, vous savez, je ne suis pas très branché cuisine.

— Et moi, désolée, mais je ne suis pas un cordon-bleu.

— En tout cas, ça sent bon.

Comme il était aimable, subitement ! Elle le préférait plus brut de décoffrage, cela lui évitait de fondre d'admiration devant lui.

Elle se retourna et se remit à remuer sa sauce, troublée par sa gentillesse inattendue et par l'effet que lui faisait sa présence. Elle avait intérêt à ne pas trop le regarder si elle ne voulait pas perdre tous ses moyens. Parler, d'accord, mais si possible en lui tournant le dos.

— C'était le plat préféré d'un de mes frères, lança-t-elle sans se retourner. Il aimait aussi les pâtes et le gigot d'agneau.

— Sympathique, tout cela, commenta-t-il de sa voix de basse devenue soudain suave. Combien de frères avez-vous ?

Apparemment, il avait très envie de bavarder. Et elle, très envie qu'il retourne dans son bureau. Le sentir là, dans son dos, la mettait vraiment mal à l'aise.

Mais il ne semblait pas décidé à partir.

Du coin de l'œil, elle le vit même prendre un tabouret de bar et s'installer. Si elle devait continuer de travailler avec cet homme, elle allait vivre un enfer !

— Voilà, dit-elle en éteignant le gaz.

Elle se retourna en espérant qu'il ne lirait pas sa gêne sur son visage.

— J'ai deux frères. Des jumeaux.

Parfait, sa voix ne tremblait pas.

— Ils ont trois ans de moins que moi. Ah, le riz est prêt ! lança-t-elle dès qu'elle entendit la sonnerie du micro-ondes.

Elle allait pouvoir servir et filer dans sa chambre.

— Ils se ressemblent ?

— Non.

Elle sortit le plat...

— Aïe, ça brûle !

... et le posa sur la planche à découper.

— Où voulez-vous être servi ? Salle à manger ou terrasse ?

— D'habitude, quand je suis seul ici le soir, je monte un plateau dans mon bureau. Cela me permet de continuer de travailler ou de regarder la télévision en dînant.

Elle aurait dû s'en douter. Georgia lui avait dit qu'il ne pensait qu'à ses affaires.

— Comme vous voulez. Il faut juste que je trouve un plateau.

Elle commença à chercher dans les placards, claquant les portes dans son énervement.

Elle détestait ce qu'il lui arrivait. Cela ne lui ressemblait pas. D'habitude, elle était plutôt cool avec les gens. Pas avec lui, en tout cas. Il l'agaçait étrangement, mettant ses nerfs à rude épreuve. Elle détestait ce qu'il lui inspirait, et les réactions qu'il provoquait en elle.

Elle le vit froncer les sourcils et se sentit coupable.

— Je pense que j'ai des excuses à vous faire. J'ai été détestable en revenant de voyage. Je n'aurais jamais dû vous dire que votre allure poserait un problème. Et encore moins penser que vous ne sauriez pas remettre Zack à sa place vous-même. Je vois bien que vous avez de la personnalité et n'êtes pas du genre à accepter n'importe quoi d'un homme.

Partagée entre agacement et fierté, elle tenta un sourire.

— J'en ai déjà remis quelques-uns à leur place, rétorqua-t-elle, irritée de ne pouvoir dominer ses propres réactions. Ne vous en faites pas pour moi. Merci quand même pour vos excuses. J'avoue que j'étais ennuyée de vous avoir fait mauvaise impression.

Sebastian fit de son mieux pour cacher ce que sa réponse lui inspirait. Il était descendu dans la cuisine pour faire amende honorable, sachant pertinemment qu'il ne serait pas le bienvenu. La douche froide qu'il avait prise avant de descendre lui avait fait du bien. Elle avait apaisé le feu qui le brûlait sans pour autant effacer le souvenir de sa réaction dès qu'il l'avait aperçue.

Elle ne lui avait pas fait bonne impression. C'était pire que ça, même. Elle lui en avait fait une très mauvaise, qui durait encore et le tourmenterait tout le temps qu'elle serait chez lui comme gouvernante. Ce n'était pas Ruby la fautive, mais le problème n'était pas là.

Il avait dû se forcer à jouer les patrons sympas, au lieu du type froid auquel elle devait s'attendre. Mais, pas de doute, il ne lui avait pas fait bonne impression. Il connaissait assez le langage du corps pour savoir qu'il ne lui avait pas plu et, dans le fond, c'était aussi bien, même si, à terme, cela pouvait se révéler difficile. S'ils devaient vivre sous le même toit pendant plusieurs mois, ils allaient devoir établir des règles acceptables pour chacun d'eux. Pour sa part, c'était décidé, il se ferait aussi rare que possible jusqu'au retour de Georgia. Cependant, il ne pouvait être tout le temps absent. Quand il serait là, il se montrerait poli et courtois.

— Désolé de vous avoir un peu... malmenée, dit-il, penaud. Repartons de zéro, si vous le voulez bien.

À sa mine, il comprit qu'elle ne se laisserait pas mener si facilement par le bout du nez. Ses yeux noirs brillaient étrangement – de colère, peut-être – et son sourire semblait forcé.

— Bien sûr, rétorqua-t-elle d'un ton sec.

— Bien. Je vais descendre à la cave chercher du vin. J'aime boire un peu de vin le soir.

Il la quitta, heureux de descendre à la cave, où l'air était à peu près aussi frais que l'accueil de sa nouvelle gouvernante. Elle ignorait pourtant les pensées interdites qui l'agitaient. Les aurait-elle connues qu'elle aurait très probablement rendu son tablier sur-le-champ. Ce qui, finalement, l'aurait bien arrangé !

Considérant le ridicule de la situation, il sourit intérieurement, et souriait encore quand il remonta avec sa bouteille de merlot. Elle, en revanche, ne souriait pas du tout.

Elle avait déjà préparé un plateau avec tout ce qu'il fallait, excepté le bœuf Stroganoff.

— Vous prenez du pain ?

— Non. Ni pain ni dessert.

Sur ces mots, il disparut avec son verre.

Quand Ruby arriva avec le plateau, il en avait déjà bu deux.

— Posez-le là, dit-il.

Ouf ! Il avait retrouvé son ton de chef.

— Votre petit déjeuner, à quelle heure dois-je le servir ? Je sais par Georgia qu'en semaine vous prenez juste du café, mais que le samedi je dois vous préparer un repas complet. Elle m'a dit que vous faisiez vous-même votre café car vous partez tôt au bureau et qu'à cette heure-là personne n'est réveillé.

— C'est vrai.

Georgia avait dû le faire passer pour un maniaque obsédé par ses affaires.

— Je préfère éviter les bouchons. Mais je n'aurai pas besoin de petit déjeuner, demain matin. J'ai l'intention de traîner au lit. J'ai prévu, ensuite, un brunch avec des collègues. Nous avons du travail en retard à cause de mon déplacement. En revanche, demain soir, je veux bien goûter à vos spaghettis bolognaise. Disons, 19 h 30 au lieu de 20 heures.

— C'est très bien.

— Au fait, Georgia vous a-t-elle dit que vous auriez quartier libre le dimanche ? demanda-t-il, se réjouissant d'avance de ne pas l'avoir chez lui ce jour-là.

— Oui.

— Ce sera tout pour l'instant.

Il prit sa fourchette et crut entendre un soupir exaspéré. Mais il ne releva pas les yeux.

Il commença à manger, s'interdisant de regretter son ton autoritaire. Il était son boss, après tout, pas son ami. Il continuerait de s'adresser à elle en patron tout le temps qu'elle serait à son service. Ce serait, se dit-il, la seule façon qu'il aurait de ne pas déraper.

4

Ruby soupira. *Ouf !* On était lundi et Sebastian était parti très tôt la laissant libre de sa journée. Janice, arrivée à 9 heures et bientôt suivie par le gérant du pressing venu chercher le linge à laver, comme tous les lundis matin, s'affairait au ménage. Les coups de téléphone succédant aux coups de téléphone, Ruby, qui avait l'intention de l'aider à l'étage, resta en bas pour répondre.

Il y eut d'abord ses frères qui s'inquiétaient de savoir si ce nouveau job lui plaisait et si elle se joindrait à eux pour Noël. Comme tous les ans, ils iraient au restaurant à midi. Ils demandaient une réponse rapide car il fallait réserver. Ruby n'avait pas passé Noël à Sydney depuis cinq ans et l'idée d'un Noël traditionnel avec eux, cette année, lui plaisait. Mais elle ne voulait pas être la cinquième roue du carrosse puisqu'ils étaient heureux tous les quatre... Elle avait donc décliné sous prétexte qu'elle devrait être sur le pont chez M. Marshall à cette époque de l'année.

Elle réfléchissait au petit mensonge qu'elle venait de faire quand Barbara, de la Compagnie des Familles, l'appela pour savoir comment les choses se passaient. À peine avait-elle raccroché que Georgia appelait à son tour. Mêmes questions, mêmes réponses. Elle allait bien, le job était agréable, le patron aussi et elle ne voyait rien à redire.

La menteuse !

Samedi, elle avait vécu un supplice. Sebastian était rentré plus tôt que d'habitude, vers 17 heures, et avait plongé dans la piscine. Jusque-là tout allait bien. Mais il l'avait appelée pour lui demander de lui apporter une serviette. Elle s'était exécutée, bien sûr, ce qui n'aurait pas posé de problème s'il avait encore été dans la piscine quand elle était arrivée. Or c'est le moment qu'il avait choisi pour en sortir. Détacher les yeux de ce corps magnifique moulé dans un maillot qui ne cherchait pas à dissimuler sa virilité l'avait laissée pantelante. Elle l'avait déjà noté mais, décidément, c'était vraiment un beau spécimen d'homme.

Par chance, elle avait réussi à lui cacher son émotion, une émotion comme elle n'en avait pas éprouvé depuis des lustres. Depuis Jason, en fait, qui, elle devait l'admettre, avait pourtant l'art de surchauffer ses hormones. Jason l'avait beaucoup attirée, mais ce qu'elle ressentait là, devant Sebastian Marshall, ne se situait pas sur le même plan. Vraiment pas ! C'était un autre niveau d'excitation. Quelque chose de complètement fou, loin de la simple attirance. Ce n'était pas pour rien que la luxure figurait parmi les sept péchés capitaux !

Dimanche avait été calme. Elle avait projeté d'aller voir ses frères mais ils étaient partis en week-end quelque part dans les Blue Mountains – elle l'avait lu sur Facebook. Dépitée, elle avait traîné une grande partie de la journée dans le centre commercial de Parramatta dans l'intention d'acheter des cadeaux de Noël, mais elle était rentrée bredouille, car elle avait trop de mal à se concentrer. Elle avait fini la journée dans un cinéma et n'était revenue à Mosman que tard le soir. Sebastian était déjà couché.

Lundi matin, il était déjà parti quand elle était descendue dans la cuisine. Loin des yeux, loin du cœur..., s'était-elle dit. Après son petit mensonge au téléphone, elle se préparait du café quand le téléphone sonna.

— Oui... Bonjour Sebastian, dit-elle, luttant pour dominer son trac.

Heureusement, au bout du fil, il ne risquait pas d'entendre les battements précipités de son cœur. Ni de voir les images classées X qui lui trottaient dans la tête, ces images qui ne l'avaient pas quittée depuis qu'elle l'avait vu sortir de la piscine.

— Bonjour, dit-il. Tout se passe bien ?

Elle se demanda s'il n'avait pas perçu son trouble car le ton était étrange.

— Oui, tout va bien.

— Parfait. Zack Stone vient dîner ce soir. Pouvez-vous nous préparer des fruits de mer ? Des huîtres, langoustines. De la sole et une salade.

Bien qu'elle apprécie que son patron ait des goûts arrêtés, son ton péremptoire lui déplaisait. Certes, il s'était montré aimable, s'était même excusé, pendant le week-end, mais sa gentillesse n'avait pas duré.

— Et comme dessert ?

— Quelque chose de rafraîchissant. Il fait encore chaud, nous dînerons dehors. Zack aime dîner au frais. Montez une bouteille de vin blanc de la cave. Ou plutôt deux. Je vous fais confiance pour en choisir un bon. J'ai lu votre CV et vu que vous aviez travaillé dans des restaurants et des bars.

— Absolument.

Et elle avait eu l'occasion d'y croiser beaucoup d'hommes comme lui. Des types suffisants, imbus de leur personne. Un dénominateur commun qui allait de pair avec le succès, la richesse et la séduction. Zack Stone devait faire partie de cette catégorie d'individus qui se croient tout permis.

— Autre chose ? demanda-t-elle.

— Non. Pardon, si. Je passe le week-end prochain à Surfers Paradise. Je partirai vendredi pour revenir lundi. Cela vous laisse libre de profiter pleinement de ces deux jours.

— C'est merveilleux ! dit-elle d'un ton enjoué. Je vais pouvoir étudier. Mais, que fait-on à Surfers Paradise ?

Elle regretta sa question par trop indiscrète mais ne put s'empêcher d'insister.

— Vous y allez pour affaires ou pour vous détendre ?

Comme il hésitait, elle comprit qu'il n'y allait pas pour affaires. Qui allait à Surfers Paradise pour traiter des marchés ?

— Pour me détendre. Zack a un appartement là-bas qu'il me prête. C'est tout près du casino. J'aime jouer au black-jack.

Il lui disait peut-être la vérité. Peut-être seulement ? Les casinos étaient des endroits très prisés des hommes en quête d'aventures féminines. Mais en quoi les frasques éventuelles de son patron la regardaient-elles ? Serait-elle jalouse, par hasard ?

Elle se doutait bien qu'un homme comme lui devait avoir toutes les femmes qu'il voulait. C'était normal.

Saisie d'une idée folle, elle se prit à fantasmer qu'il lui proposait de passer le week-end avec lui... ou plutôt dans son lit. C'était excitant mais cela n'arriverait jamais, elle le savait. Il était évident que Sebastian Marshall n'était pas homme à faire ce genre de choses. Ce qui était aussi bien, d'ailleurs. Elle était revenue à Sydney pour y mener une vie de célibataire libre de ses mouvements, pas pour s'acoquiner avec son boss.

— M. Stone part avec vous ?

— Ce play-boy ? s'esclaffa-t-il. Non merci. Je vais là-bas pour le jeu.

— Bien sûr, répondit-elle d'un air entendu.

Il commença par ne rien dire, puis se mit à rire.

— Je crains que ma nouvelle gouvernante ne soit un peu cynique.

— Je crains que vous n'ayez raison, répliqua-t-elle, le copiant platement, faute de mieux.

— Vous êtes sûre que vous n'allez pas vous laisser charmer ? Il sait y faire, vous savez...

— Je vous l'ai dit, Sebastian, je ne suis pas fan de cette série, ni de son soi-disant antihéros.

La voix était glaciale, comme chaque fois qu'un homme sous-entendait qu'elle était une fille facile.

— Que produisez-vous d'autre, à part des séries ?

— Quelle importance puisque vous ne les regardez pas ? En général, j'impose à tout mon personnel de tout visionner. J'obtiens ainsi la meilleure enquête de marché.

S'il avait produit des films érotiques, elle se serait portée volontaire pour le sondage d'opinion. Cela l'aurait passionnée.

Étonnée par le tour que prenaient ses pensées, elle rougit de honte. Ou peut-être d'excitation ? En tout cas, cet échange lui plaisait.

— Si vous y tenez, je vous donne la liste ce soir. Chez Harvest Productions, tout le monde doit les avoir vues.

— C'est draconien, non ?

— C'est pour avoir un retour d'expérience.

— D'accord, alors donnez-moi la liste, ce soir.

— C'est entendu. Et vous me donnerez votre avis ? J'y tiens. Je vous considère comme une femme intelligente. Au revoir...

Ruby accepta le compliment avec un sourire et raccrocha. On ne l'avait pas souvent félicitée pour son intelligence mais elle savait qu'elle n'était pas sotte. D'accord, elle n'avait pas fait d'étincelles à l'école après avoir appris la maladie de sa mère, et avait accepté, jusqu'à présent, des petits boulots qui ne demandaient pas d'être un « haut potentiel », comme disaient les psys ! Mais cela ne voulait pas dire qu'elle n'était pas brillante.

Que Sebastian devine ses capacités intellectuelles lui plaisait. Cela signifiait qu'à ses yeux elle n'était pas juste un physique intéressant. Il ne devait pas exister beaucoup de femmes satisfaites d'être appréciées uniquement pour leur plastique... Encore qu'être moche, comme elle l'était à treize-quatorze ans, était une expérience qu'elle ne souhaitait à personne. Sa beauté s'était révélée assez tard, après le décès de sa mère. Elle avait perdu du poids, s'était laissé pousser les cheveux et, ensuite seulement, avait eu son premier petit copain. Bailey...

Elle était d'une beauté peu classique mais peu importait. Les hommes la regardaient et la désiraient.

Pas tous, mais beaucoup. Sebastian n'en faisait pas partie. Et tant mieux. Il reconnaissait incontestablement qu'elle avait des atouts mais là s'arrêtait son attirance. Il devait avoir un problème. Georgia le lui avait bien dit, il ne ramenait jamais de femmes à la maison. Jamais !

Dans le fond, c'était un robot. Une machine dépourvue de sentiments. Ou alors, le chagrin immense d'avoir perdu sa femme lui avait ôté toute envie de faire l'amour.

Et puis non ! Ça ne pouvait pas être ça. Sinon, il n'irait pas passer le week-end à Surfers Paradise.

Agacée, elle poussa un soupir. C'était crispant de penser sans cesse à lui et à ce qu'il faisait. Elle avait des choses plus urgentes à faire. Comme aller acheter de quoi préparer le dîner de ce soir, des fruits et des légumes frais, et essayer de se trouver une tenue un peu chic pour la soirée. Sebastian Marshall recevait tout de même une vedette de la télé !

5

— Sois sympa, Zack, dit Sebastian à son ami qui arrivait. Tâche de ne pas faire de charme à ma gouvernante, ce soir, d'accord ?

Zack lui jeta un regard courroucé.

— Pourquoi me dis-tu ça ? Ce n'est pas dans mes habitudes. À ce que je sache, Georgia ne s'est jamais plainte de moi.

— Je sais. Mais elle est à Melbourne en ce moment, auprès de sa sœur qui a eu un accident de voiture. J'ai engagé une nouvelle gouvernante, Ruby. Tu verras. Ce n'est pas Georgia. Je ne t'en dis pas plus.

— Ah ?

— Bon, écoute. En deux mots, elle est plus jeune, plus jolie et malheureusement célibataire.

— D'accord, mais pourquoi cette mise en garde ? Tu as peur qu'elle cède à mes avances ?

Sebastian ne put s'empêcher de rire.

— Mais non ! Tu sais bien que je n'ai jamais d'aventures avec mon personnel.

— Ni avec personne d'autre, ricana Zack.

— Ce n'est pas juste. Simplement, je m'arrange pour ne jamais ramener de femme à la maison.

— Bref, si elle est célibataire, pourquoi ai-je interdiction de l'approcher ?

— Parce que tu as souvent une conduite discutable avec les femmes. Or, cette Ruby est charmante.

— Tu sous-entends que je me conduis en salaud ? C'est peut-être vrai mais, que veux-tu, les salauds ont souvent du succès !

— Je sais, j'ai remarqué. Mais cette fois-ci, s'il te plaît, tiens-toi à carreau.

— Quel rabat-joie ! Elle cuisine bien au moins ?

— Très bien.

Sebastian hocha la tête. Il savait qu'il ne supporterait pas de voir Zack faire du charme à Ruby. Or, du charme, il en avait à revendre !

— Je me rattraperai sur la nourriture !

— Que veux-tu dire ?

Le ton était sec. Sebastian semblait avoir perdu son humour.

— Je crois que je comprends. Tu as envie de cette femme mais tu n'oses pas parce que c'est ton employée.

— C'est toi qui le dis !

Il en avait assez des mensonges. Des faux-semblants. Le week-end précédent avait été infernal. Il n'aurait jamais dû revenir plus tôt que prévu et encore moins aller se baigner dans la piscine. C'était une fausse bonne idée. Pour ajouter à sa maladresse, il avait oublié de prendre une serviette. La façon dont Ruby l'avait regardé quand elle la lui avait tendue – comme s'il était un imbécile complet – était gravée dans son esprit.

— Bon, alors, j'ai raison ou pas ? s'impatienta Zack.

— Je crains que oui, admit-il.

— Qu'attendais-tu pour le dire ?

— Je ne veux pas être attiré par cette femme ! s'écria Sebastian, presque furieux.

— Pas besoin de me répondre sur ce ton !

En fait, au décès de sa Jennifer, Sebastian s'était juré de ne plus jamais tomber amoureux. Plus jamais. Il avait trop souffert. Mais ce n'était pas le sujet. Il n'était pas amoureux de Ruby. Il la désirait et c'était tout. Ça n'allait pas plus loin. Mais étant donné qu'ils vivaient sous le même toit, la situation pouvait dégénérer.

— Heureusement, elle n'est là que pour quelques mois. En attendant le retour de Georgia. Mais d'ici là...

— D'ici là ?

— Je n'ai pas envie de l'imaginer dans ton lit.

Zack sourit.

— Je m'en doute. Il n'y a rien de pire qu'imaginer la femme aimée dans le lit d'un autre.

— Je ne l'aime pas. J'ai du désir pour elle, c'est tout.

— Tu devrais t'en occuper.

Sebastian ricana.

— Je sais, tu t'en occupes ! reprit Zack. C'est pour ça que tu vas à Surfers Paradise le week-end prochain. Il y a plein de femmes très sexy là-bas.

Il n'allait pas à Surfers Paradise pour faire des conquêtes mais pour mettre une certaine distance entre Ruby et lui. Il ne voulait pas revivre le supplice du week-end précédent. Si une jolie femme jetait son dévolu sur lui, il se laisserait peut-être faire. Si ce n'est que coucher avec une autre que Ruby ne le tentait pas.

Il poussa un soupir à fendre l'âme.

— Je propose qu'on entre avant que Ruby ne se demande où nous sommes.

Ruby se demandait où étaient passés Sebastian et son invité. Elle avait entendu la voiture de Sebastian, puis les portes du garage qu'on ouvrait, puis plus rien.

Agacée, elle dévala les marches, alla s'inspecter dans la glace et, satisfaite de son look, laissa échapper un soupir. Elle ne s'était pas maquillée mais avec son teint et ses cils très fournis et très noirs, elle pouvait s'en passer. La robe chemisier noire qu'elle s'était achetée, estimant qu'elle convenait parfaitement à son rôle de gouvernante, n'était tout compte fait pas si quelconque que ça.

Elle ramassa ses cheveux – des mèches dépassaient de son chignon – et, sûre d'elle, prépara les réponses qu'elle ferait à cet acteur s'il lui prenait l'idée de lui faire du charme. Il valait mieux qu'il n'essaie pas. *Je le remettrai vite fait à sa place. Je fais ça très bien !*

Elle en avait à peine terminé avec ses cheveux qu'elle entendit Sebastian appeler. Il devait être dans la cuisine.

— Ruby, où êtes-vous ?

— Ici, répondit-elle en lissant sa jupe sur ses hanches.

Le fameux Zack la détailla de la tête aux pieds de son regard bleu, glacial. Il était séduisant, mais son charme n'avait rien de commun avec celui de Sebastian.

Son boss était en costume, gris anthracite, chemise blanche, cravate rouge, et elle l'adorait dans cette tenue. Zack, lui, portait un jean et un débardeur noir qui laissait voir les tatouages qu'il avait partout sur les bras. Il avait les cheveux longs, trop longs au goût de Ruby et pas très soignés, alors que Sebastian veillait à être toujours bien coiffé, comme elle aimait. L'homme chic et le mauvais garçon, en somme.

— Ravi de vous connaître, dit Zack. Sebastian m'a dit beaucoup de bien de vous. Il paraît que vous cuisinez comme un chef.

Quelle surprise ! Pas de flatterie, pas de regard appuyé. Un comportement on ne peut plus normal et des compliments polis.

— C'est très gentil à lui. Mais n'exagérons rien ! Vous aimez le poisson, au moins ?

— Bien sûr, dit Sebastian en ôtant veste et cravate. Sinon je ne vous aurais pas demandé d'en préparer. Allons-y, Zack. Allons prendre un verre dans mon bureau.

Il regarda vaguement Ruby avant d'ajouter :

— Appelez-nous quand ce sera prêt.

Sur ces mots, ils quittèrent la pièce, la laissant verte de rage, sans véritable raison, contre Sebastian. Sans doute parce qu'elle sentait qu'elle lui était indifférente, alors qu'elle...

Quant à son invité, elle n'aurait pas à l'éconduire car, de toute évidence, il n'avait que faire d'elle.

Une demi-heure plus tard, elle appelait.

— C'est prêt !

Avares de compliments, ils ne firent pas de commentaire sur la table qu'elle avait dressée avec le plus grand soin. Elle reçut, en revanche, des félicitations pour les vins qu'elle avait choisis. Mais elle n'était pas d'humeur à bavarder. Elle posa le plat d'huîtres sur la table, un sourire plaqué sur son visage.

— Heureuse que ça vous plaise, dit-elle d'un ton sec en retournant à ses fourneaux.

Ils dégustèrent les huîtres, sans se presser, contents d'être assis là, un verre de vin à la main, dans la douceur de la soirée, bienvenue après la chaleur suffocante de la journée. Le ciel était clair, piqueté des premières étoiles.

Elle leur apporta le barramundi qu'elle avait préparé, presque avec amour, sachant qu'il n'y avait rien de pire qu'un poisson trop cuit.

La cuisson était parfaite et Zack la félicita pour la qualité de son plat. Suivait une salade composée que Sebastian aima aussi. Peu à peu, elle retrouva le sourire.

— Est-ce que je vous sers le dessert tout de suite ? demanda-t-elle.

Tout en débouchant une seconde bouteille, Sebastian lui demanda d'attendre un peu.

— Dans une demi-heure, Ruby.

Son téléphone sonna.

— Zut ! dit-il, j'aurais dû l'éteindre.

— Laisse-le sonner. On te laissera un message.

— Non, c'est peut-être ma sœur. Et si elle m'appelle, c'est que c'est important.

Prise d'un mauvais pressentiment, Ruby commença à s'agiter.

— Je rentre, dit-il, laissant Zack seul avec Ruby.

— Asseyez-vous, Ruby, dit Zack en lui montrant la chaise à côté de lui. Je vous sers un verre de vin ? À en juger par votre dîner et par le beau couvert, vous avez dû travailler toute la soirée. Peut-être même toute la journée.

— Non merci, pas de vin.

Elle ne s'assit pas, fit même mine de s'en aller, ce qui amusa Zack.

— Holà, pas de panique ! s'esclaffa-t-il. Votre patron m'a briefé. Il pense que vous êtes beaucoup trop bien pour un salaud comme moi.

— Oh ! Il exagère.

— Il a peut-être raison, je ne suis pas quelqu'un de recommandable. Maintenant, allez vous chercher un verre.

Tout compte fait, ce Zack Stone lui plaisait. Au moins, il était direct, ce qui ne manquait pas de sel.

Elle alla prendre un verre et s'assit à côté de lui mais, au lieu de la servir, il prit sa main et la retourna.

— Qui est Ava ?

— Ah, mon tatouage ! C'est ma mère.

Il la lâcha et la regarda dans les yeux.

— Vous étiez jeune quand elle est morte.

— Oui, dix-neuf ans.

S'attendant à d'autres questions, elle attendit. Après quelques secondes en effet, il reprit :

— Moi aussi, j'ai perdu ma mère très jeune. Mais moins que vous.

— Ne dites rien à Sebastian, dit-elle en jetant un regard inquiet derrière elle.

— Pourquoi ?

— C'est compliqué.

— Nous avons tous des secrets. À votre santé !

Heureuse qu'il passe à autre chose, elle but. Le vin était bon et son effet fut immédiat. Tant mieux, car penser à la disparition de sa mère la rendait triste.

Elle soupira. Ce n'était peut-être pas la mort de sa mère qui la rongeait le plus, mais le comportement de son père.

Elle jeta un coup d'œil à Zack par-dessus le bord de son verre en se demandant quels pouvaient être ses secrets. Mais déjà Sebastian revenait, la mine sombre.

— Mon week-end à Surfers est fichu, lança-t-il. C'est l'anniversaire de ma mère, samedi prochain, et il faut que je m'occupe d'elle. Ma sœur devait l'emmener dîner dans un grand restaurant, mais elle doit accompagner son mari à Adelaïde. C'est donc moi qui suis de corvée.

— Oh ! s'indigna Ruby. Vous devriez remercier le ciel d'avoir toujours votre mère.

Il dut comprendre, car il prit un air gêné.

— Vous avez raison, mais elle n'est jamais contente, c'est pour cela que je redoute de l'emmener dîner quelque part. Elle rendait mon père fou, le pauvre, car rien ne lui convenait jamais. Il aimait les plats raffinés, elle préfère les burgers.

— Faites-la venir ici, je lui préparerai quelque chose qu'elle aime.

La proposition à peine énoncée, elle la regretta. Il valait mieux qu'il emmène sa mère dîner à l'extérieur. Elle aurait l'esprit plus tranquille.

— Génial ! lança Zack. Ta gouvernante est top !

Sebastian lança à son ami un regard en biais. Pensait-il que Zack essayait de le flatter dans le but de la lui souffler ?

— Merci, Ruby. C'est gentil.

Son amabilité lui mit du baume au cœur.

— Vous êtes prêts pour le dessert ? demanda-t-elle, la voix un peu haut perchée, comme lorsqu'elle était stressée. J'ai préparé un cheese-cake typiquement new-yorkais. Vous le voulez avec de la glace ou de la crème ?

— Glace pour moi, dit Zack. Beaucoup de glace. Cette chaleur me tue !

— La météo prévoit de la tempête pour demain, répliqua Ruby.

— Tant mieux !

— Non, pas tant mieux ! On tourne en extérieur, demain.

— Ça ajoutera un peu de piment à l'épisode. Je trouve que cette scène manque de relief.

Contrarié, Sebastian fronça les sourcils.

— Et c'est maintenant que tu le dis !

— On a discuté d'un autre sujet – rappelle-toi –, je n'y ai plus pensé.

Ruby décida qu'il valait mieux qu'elle les laisse seuls parler travail.

— Bien, vous ne m'avez pas répondu, Sebastian. Comment voulez-vous votre cheese-cake ?

Il la fixa, un sourire moqueur aux lèvres.

— Comme Zack. Je veux tout comme Zack.

Ne trouvant rien de comique dans la réplique de Sebastian, elle haussa les épaules.

— Puisque vous ne me répondez pas…

Elle s'éloigna, mais revint sur ses pas.

— Au fait, dit-elle, vous ne m'avez pas donné la liste des séries que vous m'aviez promise.

— Effectivement, j'ai oublié. Désolé. Je vais demander à mon assistante de vous les envoyer par mail, avec les horaires auxquels elles sont diffusées.

Sur ces mots, elle tourna les talons, un peu vexée qu'il ait oublié. C'était idiot. Tout ce qui arrivait était idiot, en particulier son attirance pour son patron. Lui n'éprouvait rien pour elle et ce désintérêt ne faisait qu'aiguiser ce qu'il lui inspirait.

Elle qui avait passé ces dernières années à repousser les avances des hommes – ironie du sort ! –, le seul homme dont elle espérait attirer l'attention ne s'intéressait pas à elle.

Elle aurait dû s'en réjouir. Si Sebastian l'avait désirée, sa situation aurait fini par poser un problème. Car coucher avec son patron n'était jamais une bonne idée. Jamais !

Il n'empêche, c'était excitant quand le patron en question était Sebastian. Elle aurait dû être choquée de concevoir de telles pensées, mais ça n'était pas le cas. Pas du tout. Au contraire, ça l'excitait.

Mon Dieu, mon Dieu ! se dit-elle en déposant une boule de glace sur les cheese-cakes – au passage, elle en avala une cuillerée.

Essaie de te calmer, Ruby. Ne gâche pas tout !

— Ça a l'air délicieux ! dit Zack quand elle posa son assiette devant lui. C'est vous qui avez fait ça ?

— Non, je l'ai acheté à la pâtisserie.

— Une bonne pâtisserie vaut son pesant d'or, conclut-il. Tout comme une bonne gouvernante. Tu as de la chance, Sebastian.

Exaspéré, Sebastian foudroya son ami du regard.

— Je sais. Ruby est une perle. Voilà, Ruby, c'est parfait. Ce sera tout pour l'instant. Nous ne prendrons pas de café, nous allons finir le vin.

Elle se retourna et repartit vers la cuisine, perplexe. Tous ces compliments lui plaisaient-ils ou non ? Sebastian et son ami semblaient avoir un projet secret, mais lequel ? Dans le fond, elle se faisait peut-être un film. Son imagination lui jouait parfois des tours. Et elle avait une imagination débordante dès qu'il s'agissait de Sebastian !

Elle chargea le lave-vaisselle, lentement car elle avait la tête ailleurs et, entendant les hommes rentrer, sortit finir de débarrasser. La porte d'entrée claqua.

Tiens, ils sortent par la porte de devant…

Elle allait se faire un café quand Sebastian surgit, seul. Zack avait sûrement pris un taxi pour rentrer chez lui.

— J'espère que Zack ne vous a pas ennuyée pendant que j'étais au téléphone, dit-il tout de suite.

— Non, non, pas du tout. Il a été très aimable. Il s'est conduit en parfait gentleman.

Elle se détourna de la machine à café. Sebastian avait l'air mécontent.

— Vous l'aimez bien, on dirait, déclara-t-il d'un ton presque accusateur.

— Oui.

— Je vous avais pourtant mise en garde.

— Sebastian, je vous arrête tout de suite. J'aime bien Zack, mais pas comme vous croyez.

— J'ai du mal à le croire. Presque toutes les femmes sont dingues de lui.

— Je ne suis pas presque toutes les femmes, et d'un. Et de deux, ce n'est pas mon genre d'homme. En plus, en ce moment, les hommes sont le cadet de mes soucis. Je suis de retour à Sydney pour poursuivre mes études. Je veux un métier, pas une relation sérieuse. Avec les hommes, tout est toujours compliqué.

— Vous ne voulez pas vous marier ?

— Non sans façon ! Le mariage, ce n'est pas mon truc.

La tête penchée sur le côté, il l'observa.

— Pourquoi ça, Ruby ?

— Ça ne regarde que moi.

— Oui, pardon, je me mêle de ce qui ne me regarde pas. Mille excuses.

— Vous êtes tout excusé. Du café ?

— Surtout pas. J'en ai déjà beaucoup bu, je ne vais pas dormir de la nuit. À propos, merci d'avoir proposé de faire le dîner pour l'anniversaire de ma mère. C'est très gentil.

Ils se regardèrent, les yeux dans les yeux, plus longuement que nécessaire. Ruby se sentit fondre comme chaque fois que quelqu'un évoquait sa propre mère.

— C'est comme vous voulez. Savez-vous ce que votre mère aime, surtout ?

— Pas vraiment. Appelez Gloria demain, elle doit savoir.

— D'accord.

Leurs regards se croisèrent, et Ruby sentit son pouls s'affoler.

— Autre chose ? demanda-t-elle pour rompre le silence qui se prolongeait.

— Non, répondit-il avec froideur. Je vais me coucher et essayer de dormir. Je dois me lever tôt demain. Bonsoir.

Et il s'en alla, plantant là Ruby qui le suivit des yeux jusqu'à ce qu'il disparaisse.

Quel homme étrange ! Changeant. Passant d'une attention presque exagérée à son bien-être, à une indifférence égoïste à la limite du dédain.

Elle en aurait le cœur net. Demain, au téléphone, elle questionnerait sa sœur pour essayer de comprendre ce comportement pour le moins surprenant.

— Ruby ! s'exclama Gloria. C'est un plaisir de vous entendre. Rien de grave, j'espère.

— Non, non, tout va bien, mis à part la pluie. Quand je pense qu'hier on mourait de chaud et qu'aujourd'hui...

— Je sais. Janice se plaint quand elle doit utiliser le sèche-linge au lieu d'étendre le linge dehors.

Ruby se demanda pourquoi Gloria lui parlait des lessives de Janice qui partageait son temps entre Sebastian et elle.

— On n'a pas de fil à linge ici, dit Ruby. J'envoie tout à la laverie comme Georgia me l'a recommandé.

— Vous avez de la chance.

— Oui. Ils travaillent bien et ça m'évite la corvée du repassage. Mais ce n'est pas pour ça que je vous appelle, Gloria. J'ai proposé à votre frère de faire le dîner d'anniversaire de votre mère chez lui, samedi. Je voulais savoir ce qu'elle aime.

— Vous avez du courage ! Notre mère est très difficile. En général je l'emmène dans un restaurant avec buffet à volonté. Elle se sert elle-même et prend ce qui lui plaît.

— Le mieux serait peut-être que je l'appelle et lui demande ce qu'elle veut.

— Excellente idée ! Vous trouverez son téléphone dans le répertoire, à Frieda Marshall.

— Autre chose à savoir avant de la rencontrer ?

— Tellement que je ne saurais par quoi commencer, dit Gloria dans un éclat de rire. Faites une jolie table, à l'intérieur, surtout. Elle déteste les insectes autant que la chaleur.

Ruby commença à s'inquiéter.

— Vous la faites passer pour une enquiquineuse !

— Non, son problème c'est qu'elle n'est guère occupée. Elle sera très sensible à cette délicate attention, croyez-moi. Merci d'avance, Ruby. C'est très gentil à vous.

— Non, c'est juste pour rendre service à mon patron. Il appréhendait cet anniversaire.

— Vraiment ? Ça ne lui ressemble pas.

— En effet, c'est peut-être un peu exagéré. Je crois qu'il était surtout dépité de ne pas pouvoir partir comme prévu à Surfers Paradise pour le week-end.

— Ah bon ? Il allait là-bas ? Il ne m'en a pas parlé. Pourquoi y allait-il ?

Ruby sentit que si elle voulait glaner des infos sur Sebastian, c'était le moment de s'engouffrer dans la brèche mais, trop nerveuse, elle ne parvint pas à aligner deux mots et les questions qu'elle avait l'intention de poser restèrent bloquées dans sa gorge.

Finalement, c'était aussi bien, se dit-elle. Gloria, qui n'était pas née de la dernière pluie, aurait compris, à sa voix, qu'elle s'intéressait un peu trop à son patron, ce qui, au demeurant, était tout à fait vrai.

— Je n'en ai aucune idée, répliqua Ruby d'un ton qu'elle voulait dégagé. Bien, je vais appeler votre mère. Ensuite, j'ai des courses à faire. Au revoir, Gloria.

Elle raccrocha, reprit son souffle et composa le numéro de Frieda Marshall qui décrocha tout de suite.

— Allô, madame Marshall ? Frieda Marshall ?

— Oui, qui est à l'appareil ? C'est toi, Gloria ?

— Non.

— C'est Georgia, alors ? Mais je ne reconnais pas votre voix, Georgia.

La voix était vacillante. Mme Marshall devait être très âgée.

— Non, c'est Ruby, la nouvelle employée de Sebastian. Georgia est auprès de sa sœur qui a eu un accident.

— Pauvre Sebastian ! Il doit être perdu sans Georgia. Qui va organiser l'arbre de Noël de sa société ?

— Ne vous inquiétez pas. Georgia a fait le nécessaire avant de partir.

— Ah bon, je préfère.

— Dites-moi, madame Marshall, qu'est-ce qui vous ferait plaisir pour votre dîner d'anniversaire ?

Petit silence.

— Ah, des boulettes de bœuf. Et de la purée. Une purée avec beaucoup de beurre. Et sans grumeaux. Celles de Georgia ne sont pas très bonnes.

— Et comme dessert ?

— Je ne devrais pas manger de dessert. J'ai pris au moins deux kilos ces derniers temps. Mais j'adore les tartes au citron meringuées. Cela fait des années que je n'en ai pas mangé.

— Eh bien, je vais vous en faire une.

— Vous savez faire ? Ma mère disait tout le temps que c'était facile à rater.

— Je suis sûre que je vais y arriver. Je suis une bonne pâtissière, madame Marshall.

— Merci beaucoup !

— À quelle heure voulez-vous dîner ? Sebastian ira certainement vous chercher. 18 h 30, ça vous va ?

— C'est parfait. Et pensez au vin. Je bois, moi, je ne suis pas comme mon fils ! Il n'en aura sûrement pas chez lui. Encore une chose, appelez-moi Frieda, ce sera plus simple. À samedi, alors !

Sur ces mots, elles raccrochèrent.

Ruby se précipita sur sa tablette pour trouver une recette de tarte au citron. Les boulettes, elle pouvait les faire les yeux fermés. Elle en avait préparé tellement pour ses frères !

6

Ruby arpentait l'allée des fruits et légumes du supermarché quand son portable sonna.

— Oui, Sebastian ?

Le cœur battant la chamade, elle écouta.

— Je viens d'avoir un appel de ma mère.

— Il y a un problème ?

— Non. Absolument pas. Elle m'a fait des compliments sur vous. Elle dit qu'elle vous préfère à Georgia.

— Ah, vraiment ? Et vous ?

La question avait fusé sans qu'elle puisse la retenir. Quelle idiote !

Il hésita.

— Comment dire ? Vous avez toutes les deux des qualités. Mais cela fait longtemps que personne n'a fait de tarte au citron pour ma mère. Georgia, jamais. Alors, vous avez l'avantage. Oui, vous avez marqué un point.

— J'en suis ravie. Mais dites-moi – si ce n'est pas indiscret – quel âge a votre mère ? Elle m'a semblé assez fragile.

— Soixante-treize ans. Et je peux vous assurer qu'elle va bien. Elle adore jouer la comédie.

— Ah bon ! Parce que je me demandais pourquoi elle ne vivait pas avec vous. Ce n'est pourtant pas la place qui manque.

Il ricana au bout du fil.

— Elle ne voudrait surtout pas cela. Elle dit que je suis un rabat-joie et qu'elle finirait par parler aux murs puisque je ne suis jamais là.

— Et chez Gloria ?

— Impossible ! Elle a deux fils, beaucoup trop bruyants pour elle. Elle ne les supporterait pas.

— Mais le lui avez-vous proposé ?

— Oui, mais elle a refusé. Elle est très bien où elle est, elle a beaucoup d'amis. Maintenant, pitié ! Arrêtez de jouer les assistantes sociales.

Vexée, Ruby se tut. À son avis, leur mère n'était pas aussi heureuse qu'ils se plaisaient à le croire. Si elle l'avait été, elle ne se serait pas confondue en remerciements comme elle l'avait fait. Mais cela devait les arranger...

— Au fait, Ruby, je me suis rendu compte ce matin que je ne vous ai pas parlé de Noël. Tous les ans, nous décorons un arbre de Noël pour les employés de la société, et faisons une petite fête. Ce sera vendredi prochain. J'ai peur que ce soit tard pour tout organiser.

— Oh ! mais Georgia l'a fait avant de partir. Elle a tout réservé pour au moins cinquante invités.

— Chère Georgia. Elle est épatante.

— Savez-vous qui sera là ?

— Vous voulez savoir si Zack sera là, se moqua-t-il.

— Pas du tout. Pourquoi ? Il vient ?

— Je suppose. Ça me fait penser aux films télévisés, je ne vous ai toujours pas donné la liste des séries que nous avons produites et l'heure à laquelle elles sont diffusées. Je vais demander à mon assistante de s'en occuper.

— Non, ce n'est pas la peine, je n'ai vraiment pas le temps de regarder des séries. J'ai mes cours. Puisque vous insistez, je regarderai *City Police*, mais ce sera tout.

— Le prochain épisode passe ce vendredi. Regardez et vous me direz samedi ce que vous en avez pensé.

— OK. Beaucoup plus prosaïquement, que voulez-vous pour votre dîner, ce soir ?

— Ah, je ne vous ai pas dit ? Je ne dîne pas ici de toute la semaine.

Au lieu de se réjouir, elle sentit qu'elle pâlissait. Il était son patron, elle le connaissait à peine, il ne lui témoignait aucun intérêt et elle fondait pour lui. C'était ridicule !

Elle remua la tête comme pour se remettre les idées en place. Non, elle n'était pas raide dingue de lui, elle était attirée. Ça n'avait rien à voir.

— Très bien, je vais avoir du temps pour étudier, lâcha-t-elle. Autre chose que vous auriez oublié de me dire ?

Silence sur la ligne. Puis il se racla la gorge.

— On dirait que vous avez attrapé froid.

— Peut-être. Je déteste la pluie. Bien, il faut que je vous laisse. On se revoit samedi au petit déjeuner. Je suis impatient d'avoir votre opinion sur la prestation de Zack.

— Je prendrai des notes, dit-elle, moqueuse.

Elle n'ajouta pas qu'il allait lui manquer, même si sa présence la mettait mal à l'aise. Elle entendit un gros soupir.

— Ça ne va pas, Sebastian ?

— Si mais, comme je vous l'ai dit, nous avons des problèmes avec le dernier épisode. Mais rien de grave… j'espère. Au revoir.

— Au revoir et…

Mais il avait déjà raccroché. Elle resta debout, immobile, le cœur gros. Elle n'avait rien à espérer de lui, il venait une fois de plus de le lui montrer.

Sebastian regarda par la fenêtre. La pluie qui avait noyé Sydney toute la semaine avait fini par s'arrêter. Son excitation et son désir pour Ruby, aussi. Son éloignement avait eu un effet positif. Il l'avait calmé. Mais on était vendredi, au début d'un week-end qu'il redoutait.

Demain, il fêtait chez lui l'anniversaire de sa mère. Un projet qui ne l'enchantait guère. Comme Gloria, elle allait voir dans sa nouvelle gouvernante une épouse potentielle pour lui. Sa sœur comme sa mère - deux marieuses impénitentes - ne comprenaient pas qu'il ne voulait plus se marier. Depuis le décès de Jennifer, il refusait tout engagement, de peur de souffrir, si sa nouvelle épouse venait à disparaître avant lui, comme il avait souffert pour Jennifer.

En revanche, il n'était pas contre une aventure de temps à autre...

Il se mit à trembler comme chaque fois qu'il pensait à Jennifer et à sa longue maladie. Et à Ruby, dont l'image le hantait... Non, il n'allait pas tomber amoureux. Faire l'amour avec elle pour satisfaire ses pulsions ne lui posait pas de problème, mais vivre une nouvelle histoire, il n'en était pas question !

Pour l'instant, il allait dormir. La nuit tombait. Ruby était déjà dans sa chambre quand il était rentré. C'était tant mieux. Demain matin, reposé, il aurait l'esprit plus calme.

Après une nuit agitée, Sebastian se tourna vers la place à côté de lui. Le lit était vide, évidemment. Ça n'avait été qu'un rêve. Un rêve érotique, qui l'avait fait beaucoup transpirer. Ruby n'était pas là, les cheveux en corolle sur l'oreiller, les yeux presque hagards de fatigue après les étreintes torrides de la nuit. Non, Ruby n'était pas allongée dans le lit, nue, offerte. Et pourtant... Il se rappelait leurs ébats comme s'il les avait réellement vécus. Ça avait été le sexe pour le sexe, passionné, fougueux, sans autre objectif que de satisfaire un besoin impérieux. Il s'était comporté comme un fauve indompté. Cette attitude ne lui ressemblant pas, il s'était réveillé le cœur et le corps à vif, mais disposé à revivre la même folie.

En grommelant, il s'assit et ramena les jambes au bord du lit. Ce qu'il ressentait était d'autant plus déroutant que c'était nouveau. Après le décès de Jennifer, faire l'amour ne l'avait plus tenté. Puis ses hormones avaient repris le dessus, mais sans excès. Il avait satisfait ses désirs de temps à autre, avec des femmes qui ne comptaient pas pour lui, et toujours en dehors de chez lui.

Agacé, il se leva et alla dans la salle de bains.

Il était 9 heures passées quand Sebastian fit son apparition dans la cuisine.

— Ah, vous voilà ! s'exclama Ruby, cachant mal sa joie de le revoir. Je commençais à croire que vous ne reviendriez plus.

Au lieu de répondre, il prit le journal qu'elle avait posé sur le comptoir et commença à lire.

Il avait l'air fatigué mais cela lui allait bien. Il avait passé un chino couleur rouille et une chemise blanche. Ses cheveux étaient encore mouillés et il n'était pas rasé. Ruby aimait la barbe, et trouvait que ce détail ajoutait au sex-appeal des hommes.

— Que prenez-vous pour votre petit déjeuner ? s'enquit-elle.

Enfin, il leva les yeux pour répondre :

— Un grand verre de jus d'orange pour commencer. Et deux œufs mollets avec une tartine grillée et beaucoup de café. Je vais m'installer dehors.

— Très bien, dit-elle, contrariée par son indifférence.

Elle avait beau s'habituer à ses sautes d'humeur, elles la mettaient en colère. Ne pouvait-il faire un effort et être aimable tout le temps ?

Et elle ? Ne pouvait-elle faire un effort et se calmer ?

— Je vous sers dehors, alors.

Au lieu de sortir tout de suite, il resta à la regarder, l'air songeur. Son vieux jean, et le grand tablier qu'elle s'était noué autour de la taille ne devaient pas lui plaire.

— Je sais, dit-elle. Ce tablier est affreux mais j'ai fait de la pâtisserie et j'avais peur de me salir. Soyez sans crainte, je me changerai avant l'arrivée de votre mère.

— Vous serez parfaite, j'en suis sûr, conclut-il.

Et il sortit.

— Désolé, s'excusa-t-il, alors qu'elle arrivait avec le petit déjeuner. J'ai un sale caractère, je sais. Et la semaine a été rude.

Comme elle posait le plateau près de lui, il leva les yeux. Enfin. Et sourit.

Un sourire craquant, qui la fit fondre malgré ses tentatives pour résister.

Elle lui rendit son sourire.

Bon sang, comme elle le haïssait dans ces moments-là ! Et

comme elle haïssait sa faiblesse ! Elle savait, pourtant, qu'elle n'avait rien d'autre à attendre de ses sourires que du chagrin.

— Merci, dit-il.

Il souriait toujours.

Incapable de se dominer, malgré l'envie d'afficher sa totale indifférence, elle le regarda. Leurs regards se soudèrent.

Qu'il arrête de sourire ! espéra-t-elle. Elle voulait le détester, mais comment le détester puisqu'il lui inspirait les plus tendres des sentiments ?

— Avez-vous eu le temps de visionner *City Police* ? demanda-t-il d'une voix suave.

Elle opina.

— Alors ? Qu'en avez-vous pensé ?

— Que c'est excellent, dit-elle, heureuse que sa question la détourne de son idée fixe, de son obsession pour cet homme. Je pense qu'il n'y a rien de mieux à la télévision en ce moment. En moins de cinq minutes, on est embarqué dans l'histoire et on reste scotché pendant les deux heures que dure la série. L'histoire, hier soir, était captivante et Zack est excellent.

— Il est bon, n'est-ce pas ? Vous trouvez, vous aussi ?

— Mieux que bon.

— À votre avis, c'est son physique ou son jeu qui plaît ? Ou les deux ?

Elle hésita. Sebastian l'observait, impatient d'avoir son opinion.

— Je pense que c'est la passion qu'il met dans son personnage, dit-elle enfin. Vous savez, quand un scénario est bon… Et puis, il y a les scènes d'amour. C'est chaud, ça plaît.

— C'est vrai. Le sexe, c'est vendeur, répliqua Sebastian.

Il termina son jus de fruit.

— Merci de votre commentaire. Comme je m'y attendais, il est intelligent. Je peux avoir mes œufs, maintenant ?

Il prit son journal et se mit à lire.

Et voilà ! Il la renvoyait à ses casseroles. Si elle s'était écoutée, elle aurait hurlé. Ou l'aurait frappé. Ou les deux.

Essayant de se raisonner, elle se dirigeait vers la cuisine quand il la héla.

— Et mon café…

Même pas un « s'il vous plaît » !

Humiliée, elle se retourna. Il avait plié son journal et le reposait à côté de sa tasse.

— Vous m'avez dit que vous le vouliez après les œufs !

— Ah ? Eh bien j'ai changé d'avis, je le veux tout de suite.

— Deux secondes ! rétorqua-t-elle sèchement.

Cinq minutes plus tard, toujours de mauvaise humeur, elle revenait avec le café. Puis avec les œufs.

— Ah, ça a l'air bon. Merci, Ruby.

Elle grinça des dents. Elle en avait assez de ce régime de douche écossaise. Le plus grave, c'est qu'elle se laissait prendre au jeu. Quel don avait-il pour la désarmer aussi facilement ?

— Gloria a dû passer hier déposer les cadeaux pour ma mère…

— Oui, je les ai mis sur la table de la salle à manger. Tout est prêt.

— Parfait. Je ne déjeune pas ici à midi. J'ai rendez-vous avec les scénaristes de la série de Zack. Nous mangerons ensemble, ensuite. Je veux les remercier pour les heures supplémentaires qu'ils ont faites cette semaine.

— Vous aviez des problèmes. C'est réglé ?

— Oui, c'est arrangé. Rien de pire que de finir une saison sur une mauvaise impression.

— N'oubliez pas votre mère, ce soir, Sebastian. Elle sera contrariée si vous êtes en retard.

Elle ne le dit pas, mais pensa qu'elle aussi serait contrariée si la soirée ne se déroulait pas comme elle le souhaitait. Après tout le mal qu'elle s'était donné !

— Ne vous inquiétez pas, je serai de retour à temps pour me préparer pour le supplice.

7

Sebastian regagna la maison vers 16 h 30 pour disparaître illico à l'étage, sans même la saluer. Peu après, Ruby entendit l'eau de la douche couler.

Ce soir, elle avait décidé de porter sa robe chemisier noire. Sebastian la connaissait mais elle trouvait qu'elle lui allait bien. Maquillage léger, petit chignon sur la nuque, elle était tout à fait présentable. La maison était impeccable, le couvert mis. Elle inaugurait de nouveaux sets de table, très chics. Le dîner était prêt, y compris la tarte au citron meringuée qui lui avait donné du fil à retordre. Elle avait testé trois recettes au cours de la semaine ; la dernière, seulement, lui avait convenu. Hier, elle avait convié Tom et Janice pour qu'ils lui donnent leur avis. Comme ils avaient aimé, elle en avait préparé une autre ce matin.

La perspective de la soirée la rendait nerveuse. Il fallait qu'elle laisse un souvenir mémorable à Mme Marshall.

À 18 heures, rasé de près et vêtu comme un prince, pantalon bleu marine et chemise blanche, col ouvert, Sebastian dévala l'escalier. Il avait une allure incroyable, semblait en forme bien qu'une petite moue assombrisse son visage. La perspective de cette soirée ne lui plaisait décidément pas, songea Ruby.

— J'espère que votre mère n'habite pas trop loin, dit-elle après un coup d'œil à l'horloge.

— Pas de souci. Elle habite à dix minutes à peine. À Clifton Gardens. C'est une résidence très sélecte pour personnes âgées. Bien, nous serons là à 19 heures.

Et il partit, laissant dans son sillage une agréable fragrance masculine.

Ruby inspira une bouffée de cet after-shave. Cuir et vétiver, se dit-elle. Elle n'aimait rien tant que les hommes qui sentent bon.

À 19 h 15, Sebastian n'étant toujours pas là, elle commençait à s'inquiéter lorsqu'un ronflement de moteur dans l'allée la rassura. Vite, elle fila dans la cuisine et s'affairait dans un placard quand elle entendit des voix.

— Entre ! dit Sebastian à sa mère.

Aussitôt, Ruby approcha. Frieda n'avait pas transmis ses gènes à son fils. Autant il était svelte et sévère, autant elle était rondelette et avenante. Des cheveux gris bouclés encadraient ses bonnes joues. Sa robe à ramages fleuris accentuait le bon mètre de son tour de taille, ses chaussures et son sac sentaient la maroquinerie de luxe.

— Bon anniversaire ! lança Ruby en guise d'accueil en avançant vers la vieille dame qui la serra dans ses bras.

Elle adressa un clin d'œil à son fils et lança à son tour :

— Tu ne m'avais pas dit que Ruby était aussi jolie. Et si jeune ! s'exclama-t-elle.

Gêné, Sebastian lui fit les gros yeux.

— Elle est moins jeune qu'il n'y paraît.

— Peut-être, mais plus jeune que Georgia.

— C'est juste. Allez, maman, viens donc ouvrir tes cadeaux !

La salle à manger, vaste pièce solennelle, ouvrait sur la piscine, le jardin et, au loin, les gratte-ciel de la ville. Ruby avait mis les deux couverts en bout de table, une composition florale au centre et les cadeaux à l'autre extrémité.

— Mon Dieu ! s'exclama Frieda. Tout ça ! Vous êtes fous !

— Ce n'est pas que moi, intervint Sebastian. Il y a aussi les cadeaux de Gloria et de tes petits-fils.

Ses enfants l'avaient gâtée. Tablette, bijou, foulard, livres et chocolats...

— Excusez-moi une seconde, j'appelle Gloria pour la remercier.

Pendant que Frieda téléphonait à sa fille – comme la conversation se prolongeait –, Ruby s'approcha de Sebastian.

— Vous buvez quelque chose ?

— Un whisky mais ne bougez pas, je vais me servir moi-même.

Il se leva et alla dans son bureau.

— Je vous sers un porto ? demanda Ruby à Frieda qui éteignait son portable.

— Oui, pourquoi pas ? Mais où est passé Sebastian ?

— Il se sert un whisky. Vous savez bien qu'il a un bar dans son bureau.

— Espérons que ça lui embellira l'humeur ! décréta Frieda.

— Oui, espérons.

Les deux femmes échangèrent un clin d'œil complice.

— Je ne devrais pas le critiquer, reprit Frieda, c'est un bon fils. Vous savez qu'il a perdu sa femme d'un cancer, poursuivit-elle plus bas, s'assurant que Sebastian ne revenait pas. Ça l'a brisé. J'aimerais qu'il rencontre quelqu'un et refasse sa vie. Mais il ne veut pas en entendre parler.

Ruby l'avait compris et trouvait cette prise de position vraiment radicale. Elle la contrariait, même. Non qu'elle veuille épouser son patron. Ça non ! Elle avait simplement envie de lui et de...

Des images d'un érotisme torride trottaient dans sa tête quand Sebastian revint, un verre à la main.

— Ça fait du bien, dit-il en le portant à sa bouche.

Incapable de s'en empêcher, Ruby suivit son geste des yeux et, aussitôt, sentit son cœur s'emballer. Elle aurait adoré être ce verre qui caressait ses lèvres...

— Je vous laisse, je retourne à la cuisine, dit-elle précipitamment. Je vous suggère d'aller prendre votre apéritif dehors. Il fait bon, maintenant. La pluie a chassé la chaleur et les insectes. J'ai déposé des amuse-bouches sur la table. Je vous préviendrai quand l'entrée sera prête.

Quelques instants plus tard, Ruby appela. Remarquant alors les deux couverts en bout de table, Frieda fronça les sourcils.

— Ruby pourrait se joindre à nous, non ?

Comme elle insistait, Sebastian s'emporta.

— Qui te dit qu'elle en a envie, maman ? Ruby, ma mère propose que vous dîniez avec nous...

Comme elle hésitait, il pria sa mère de ne pas insister.

— Avez-vous ce qu'il faut pour trois ? insista de nouveau Frieda.

— Oui mais… Je ne fais pas partie de votre famille.

— Pour moi, c'est comme si vous en faisiez déjà partie, ma chère, n'est-ce pas, Sebastian ?

Sebastian prit un air exaspéré. Sa mère exagérait, et décidait pour lui sans le consulter. Pour la première fois peut-être, Ruby ressentit de la sympathie pour lui. Comment pouvait-il supporter cet abus de pouvoir ?

De guerre lasse, il lâcha prise.

— Oui, bien sûr. Joignez-vous à nous, Ruby.

La soirée, d'autant plus joyeuse que l'asti spumante échauffait les esprits, passa très vite. Frieda fit honneur au dîner. Pas une boulette, pas une cuillerée de purée de pommes de terre ne resta dans les plats. Le clou de la soirée, la tarte au citron meringuée servie avec de la chantilly, valut à Ruby les éloges de Frieda.

Une fois sortie de table, Frieda s'attarda avec Ruby et l'assaillit de questions sur sa vie, ses voyages… Polie, Ruby répondit de bonne grâce, lui livrant une version édulcorée de son passé. Faisant mine d'être intéressé, Sebastian écoutait, les yeux plissés. Ce n'était sûrement que de la curiosité car il n'était pas attiré par elle. Il le lui avait bien fait comprendre.

À 22 heures, Frieda déclara qu'elle voulait rentrer. Aussitôt, Sebastian se leva pour la raccompagner.

On aurait dit qu'il était très pressé de se débarrasser d'elle, songea Ruby.

— C'est le plus bel anniversaire de ma vie ! déclara Frieda en rassemblant ses cadeaux. Quel dommage que Ruby ne soit plus avec nous, l'année prochaine ! Es-tu sûr de ne pas pouvoir licencier Georgia pour prendre Ruby à la place, Sebastian ?

Agacé, Sebastian sortit, se dirigea d'un pas pressé vers la voiture et ouvrit la portière à sa mère qui s'attardait.

— Oh ! maman !

— Quoi, mon fils ?

— On ne licencie pas le personnel comme ça. De toute manière, Ruby est encore avec nous pour quelque temps.

La remarque de son fils la désarçonna un moment.

— Bon, bon. Il faudra que tu l'emmènes chez Gloria à Noël. Gloria fera une dinde aux marrons, comme d'habitude.

Exactement les Noëls qu'elle aimait, se réjouit Ruby intérieurement.

— Ruby a peut-être d'autres projets, maman, répliqua Sebastian sans laisser à sa gouvernante le temps d'intervenir. Elle a de la famille à Sydney.

— Justement non, je n'ai pas de projets. Je serais ravie de venir, si vous n'y voyez pas d'inconvénient, Sebastian. Et Gloria non plus, évidemment !

Elle avait gagné ! Ils se regardèrent. Le visage de Sebastian n'exprimait aucun sentiment. Elle aurait aimé y lire un certain intérêt pour elle. Mais peut-être n'éprouvait-il plus rien pour les femmes ?

Jennifer avait dû compter plus que tout dans sa vie.

Dans le fond, peut-être voulait-il aller sur la Gold Coast uniquement pour se détendre ? Il n'avait pas forcément menti.

C'était quand même bizarre. Il était triste, c'était certain, mais pas vraiment désespéré. Ce soir, elle n'avait pas rêvé, elle avait bien senti un courant passer entre eux. Les femmes perçoivent bien ces frémissements...

Mais elle se trompait peut-être. Ses hormones lui jouaient sans doute un tour. Il n'empêche, désirer un homme qui n'avait pas envie de vous, c'était un supplice.

— Je suis certain que Gloria sera ravie de vous recevoir, dit-il vivement, la tirant de ses pensées interdites. Allez, maman, viens, je te raccompagne.

— Merci, ma chère, dit Frieda, prenant Ruby dans ses bras.

Et ils partirent, la laissant soulagée de les voir s'en aller. Elle aussi était fatiguée.

Elle débarrassa à la hâte et décida de ne pas attendre le retour de Sebastian pour aller se coucher. De toute façon, il ne s'attendait certainement pas à ce qu'elle soit encore debout.

Elle se glissait dans ses draps quand on frappa à sa porte. Elle sursauta.

— Je peux entrer ?

Elle inspecta sa tenue. En guise de nuisette elle portait un grand T-shirt qui lui cachait à peine les fesses.

— Deux secondes !

Elle attrapa un peignoir, l'enfila et alla ouvrir.

— Oui ?

Pour une fois, il la regarda comme un homme regarde une femme, passant de ses cheveux, libres sur ses épaules, à ses chevilles et ses pieds nus.

Remontant vers son visage, il dit simplement :

— Je voulais vous remercier pour le mal que vous vous êtes donné. Vous avez fait beaucoup plus que vous ne deviez.

— C'est normal, dit-elle sèchement.

Elle était déçue. Que se figurait-elle ? Qu'il venait lui faire l'amour ? Il était temps qu'elle cesse de fantasmer !

— Ma mère vous trouve charmante.

— J'en suis ravie, répondit-elle fraîchement.

— Moi aussi, d'ailleurs…

C'était si inattendu, sa voix était si rauque qu'elle en resta bouche bée, fixant sans y croire son regard fiévreux qui plongeait dans ses yeux. Mais, brusquement, lâchant ses yeux il s'attarda sur sa bouche. Elle retint son souffle. C'était sûr, il allait l'embrasser. Il y avait trop de désir dans ces yeux-là pour qu'il ne se passe rien. Il allait avancer, l'étreindre et dévorer ses lèvres.

Tremblante de désir, elle se mit à frissonner. Enfin, ce dont elle rêvait depuis l'instant où elle l'avait vu, ce qu'elle désirait plus que tout se réalisait. Et il n'en resterait sûrement pas à un baiser, il irait plus loin…

— Sebastian, dit-elle, savourant ce prénom qui glissait sur sa langue.

Elle n'avait jamais rien connu d'aussi fort que ce désir qui la tenaillait. Elle n'était plus en état de raisonner. Dorénavant, elle se moquait des conséquences, de l'avenir, de tout, sauf de son attirance pour lui, de son besoin d'être à lui…

Il la dévisagea quelques secondes, ses yeux brillant d'un éclat sauvage. Indéniable. Elle le vit trembler et, brusquement, il lui tourna le dos.

— Bonsoir, Ruby, lança-t-il en se dirigeant vers la porte.

Stupéfaite, Ruby le regardait partir quand brusquement elle explosa.

Ce n'était pas la rage d'une femme éconduite, dépitée et déçue par le comportement d'un homme qui nie un désir évident. Car il la désirait, c'était sûr, même si elle ne l'avait pas cru au départ. Et il s'en allait. C'était trop...

— Pourquoi me laisser ainsi ? lâcha-t-elle.

Il s'arrêta et se retourna, l'air incrédule.

— Pardon ?

— Vous avez bien entendu.

— Je vous prie de m'excuser, balbutia-t-il.

— Vous excuser ? Vous rappelez-vous comment vous me regardiez il y a une minute à peine ? Je sais ce que ça veut dire quand on regarde quelqu'un comme ça ! Vous vouliez me faire l'amour. Vous ne pouvez pas le nier. Et maintenant, vous vous sauvez ! Comme un lâche.

Ses yeux bleus virèrent au noir, il serra les poings.

— Je voulais me conduire en gentleman. Quel idiot ! Mais vous vous trompez, je ne voulais pas faire l'amour avec vous, mais juste... passer un bon moment. Mais je me doute que vous êtes trop bien pour vouloir ça.

Elle prit une profonde inspiration. Elle savait qu'elle aurait dû lâcher prise et réfléchir aux conséquences de ce qu'elle allait dire, mais une force qu'elle ne contrôlait plus la poussait. Elle voulait Sebastian et elle l'aurait.

— Et si vous vous trompiez ? Et si je n'étais pas la fille que vous croyez ? J'ai souvent fait l'amour sans être amoureuse, juste pour le plaisir. Ne partez pas, Sebastian. Pas ce soir. J'ai envie de vous et vous aussi, vous avez envie de moi.

— C'est vous qui le dites, marmonna-t-il.

Mais il ne partit pas. Au contraire. Il s'approcha, la souleva et, comme elle l'avait espéré, happa ses lèvres.

Il dévora sa bouche avec fougue. Mon Dieu, comme c'était bon !

Il fit glisser son peignoir, dénudant ses épaules, puis encercla sa taille tandis qu'elle gémissait contre sa bouche, lui rendant ses baisers. Quand il l'entraîna à l'étage, elle le suivit sans un mot. Arrivé dans sa chambre, il lui enleva son T-shirt et la fit basculer sur le lit…

Elle resta ainsi nue, offerte, s'étonnant elle-même de son excitation et de son impudeur. Elle n'avait jamais connu pareil désir, pareille urgence sensuelle

Et elle ne pouvait plus attendre.

Lui non plus, apparemment. Il se déshabilla et, une fois qu'il fut nu, elle lui tendit les bras. Il la pénétra aussitôt et elle se cambra sous l'effet d'un plaisir fulgurant.

Il accéléra peu à peu le rythme de ses assauts et cria son nom mais, emportée par la tornade de son plaisir, elle ne l'entendait plus.

Il s'arrêta un instant pour la regarder et reprit ses va-et-vient, donnant des coups de reins de plus en plus rapides, de plus en plus violents, jusqu'à ce qu'il se libère en elle et se laisse retomber sur le dos, haletant.

Ruby resta lovée contre lui, les yeux fermés, comblée, et incapable de prononcer un mot.

8

Sebastian se réveilla le premier, étonné de se trouver encore allongé sur le corps de Ruby, endormie.

Se dégageant avec douceur, il alla dans la salle de bains.

Mince ! Qu'est-ce qu'il lui avait pris !

Il n'aurait jamais dû aller la remercier, hier soir. Pour sa défense, il ne s'attendait pas à sa déclaration. Et encore moins à sa colère alors qu'il partait. Elle l'avait incendié, traité de… De quoi au juste ? De lâche ?

Très flatteur, tout ça !

Il aurait fallu ajouter à cela l'adjectif *masochiste*. Chaque fois qu'elle l'approchait, son corps réagissait avec force. Hier soir, le dîner avec sa mère avait été une torture. Être assis près d'elle et la regarder toute la soirée, l'air de rien… La regarder et la désirer… Il avait pris sur lui.

En revanche, jamais il n'aurait imaginé qu'elle soit attirée par lui autant qu'il l'était par elle. Elle l'avait bien caché. Dès l'instant où elle lui avait crié son désir, il avait été perdu. Il sentait encore ses lèvres, sa langue, et son corps tendre, tiède et moite sous le sien.

Il n'avait pas connu pareille passion depuis… Depuis jamais, se dit-il. Il avait aimé faire l'amour avec Jennifer mais leurs étreintes étaient sages, jamais impétueuses comme celle de la veille.

À l'inverse, Ruby était la spontanéité, l'improvisation, la fantaisie et l'ardeur personnifiées. Jennifer l'avait aimé, cela ne faisait aucun doute, mais elle n'avait jamais manifesté de désir fou. Elle n'avait pas eu besoin de lui, ni dans la vie, ni dans la mort. Sa disparition n'en avait pas été plus facile à accepter pour autant.

Une pensée en amenant une autre, il réfléchit à la *lâcheté* dont Ruby l'avait accusé. Cela lui avait fait mal, mais il y avait peut-être un fond de vérité dans ce reproche. Après avoir perdu Jennifer, il s'était renfermé dans sa coquille pour n'en ressortir que beaucoup plus tard. Il avait tenu les femmes à distance sauf pour des aventures d'une nuit.

En couchant avec Ruby, il avait piétiné les résolutions qu'il avait prises un jour. La raison voulait qu'elle parte. Mais comment lui demander de s'en aller ? Peut-être n'aurait-il pas à le faire ? Logiquement, elle allait le décider elle-même.

Peut-être pas ? Elle l'avait tellement surpris hier soir, tellement choqué, qu'il ne savait plus ni quoi penser, ni de quoi elle était capable.

Il ferma l'eau et attrapa une serviette. En l'enroulant autour de ses hanches, il remarqua que son excitation n'était toujours pas calmée.

— Bon sang ! murmura-t-il en poussant la porte.

Ruby était assise au bord du lit, la tête baissée. En l'entendant entrer, elle sursauta.

— Je suppose que, maintenant, je vais devoir partir ? dit-elle sans préambule. Tant pis, c'est ma faute. Je t'ai empêché de sortir de ma chambre, on peut même dire que je t'ai provoqué. Je ne sais pas pourquoi j'ai fait ça. Non, je mens, je sais pourquoi. Je voulais que tu me fasses l'amour. Non, c'est encore un mensonge, je ne voulais pas que tu me fasses l'amour. Et cela m'a plu. Beaucoup...

Sur ces mots, elle fondit en larmes. Il se précipita, s'agenouilla devant elle et, la prenant par les épaules, entreprit de la consoler. La voir pleurer et s'adresser tous les reproches n'était pas supportable. Lui aussi était coupable.

— Tu avais autant besoin de faire l'amour que moi, dit-il. Je pense que cela faisait longtemps que ça ne t'était pas arrivé.

Elle hocha la tête.

— À moi non plus, avoua-t-il. Maintenant, cesse de pleurer et parlons en adultes.

Elle le regarda, les yeux embués de larmes.

— Je vais d'abord me passer de l'eau sur le visage, dit-elle.

La voyant disparaître dans la salle de bains, il se rappela qu'il n'avait pas mis de préservatif.

— Je n'ai pas mis de protection, avoua-t-il. C'est la première fois que j'oublie... Tu prends la pilule ?

— Oui et je me demande pourquoi parfois...

Cela expliquait cette étreinte torride, sa jouissance explosive et ses cris. Mais comment une femme aussi belle et aussi désirable pouvait-elle ne pas avoir de prétendant ?

Il ne l'interrogerait pas, il ne tenait pas à connaître sa vie. Coucher avec elle lui suffisait. D'ailleurs, il en avait encore envie.

Une idée germa dans sa tête, une idée qu'il n'avait encore jamais eue. Accepterait-elle ? Il le saurait très vite.

Alors qu'elle était encore dans la salle de bains, il se glissa dans son lit, le sexe durci par le désir. Il ne fallait pas qu'elle voie ou qu'elle espère autre chose de leurs ébats qu'un moment de plaisir. Du reste, toutes ces entorses à ses règles de vie prendraient fin au retour de Georgia.

Quelques minutes plus tard, Ruby revenait. Voyant la serviette par terre, elle s'étonna.

— Tu veux que je vienne au lit, c'est ça ?

— Oui, mais seulement si ça te fait plaisir.

Elle fit une moue délicieuse.

— Tu sais bien que j'en meurs d'envie.

— Alors, qu'attends-tu ?

Elle fit le tour du lit et s'allongea près de lui.

— Je suis là, dit-elle. Mais, dis-moi, tu voulais qu'on parle en adultes.

— Oui. Je souhaite que tu restes ma gouvernante mais, ce soir, nous avons franchi la ligne rouge et je ne me vois pas revenir en arrière. Suis-je clair ?

— Oui, tu veux continuer à...

— Oui, coupa-t-il. Et je te promets de ne plus oublier de mettre un préservatif. Alors, qu'en dis-tu ?

Il ne lui connaissait pas ce sourire ironique.

— Je dois pouvoir supporter ça ! dit-elle.

— Maintenant, je tiens à ce que les choses soient claires. Il ne sera jamais question d'amour entre nous mais d'un arrangement. Je ne veux pas de petite amie attitrée, Ruby. Je ne veux pas non plus que nous nous affichions ensemble.

Honteux, il se tut. Comment osait-il ? Pour qui la prenait-il ? Pour une fille facile ? Une maîtresse qu'il allait payer pour qu'elle lui prête son corps et le couvre de caresses ?

— Qu'en dis-tu ?

— Si je comprends bien, tu me demandes d'être ta maîtresse... mais de rester dans l'ombre ?

— C'est exactement ça.

— Quel aplomb ! Moi qui te prenais pour un gentleman ! Tu n'es pas un *bad boy* comme Zack, pourtant. Quelle mouche t'a piqué ?

— Ne cherche pas bien loin la réponse, dit-il.

Il se serra contre elle.

— Tu as détruit ma raison. Ma détermination aussi, ajouta-t-il en lui ôtant son T-shirt. Alors, c'est oui ?

Il n'attendit pas sa réponse. Une main sur un sein, l'autre entre ses jambes, il prit ses lèvres.

Elle ondula, gémit sous ses caresses, puis redressa lentement la tête.

— Laisse-moi un peu de temps pour y penser, dit-elle entre deux râles de plaisir.

Elle hésitait. Avec son cœur tendre, accepterait-elle longtemps ce marché qui allait à l'encontre des valeurs qui l'avaient construite ? Sebastian lui interdisait de tomber amoureuse, mais saurait-elle se satisfaire d'une aventure et disparaître ?

Il avait lâché son sein et lui caressait maintenant la hanche. Il glissa doucement vers le cœur de sa féminité.

— Combien de temps ? insista-t-il.

— Je ne sais pas.

— Je veux une réponse, Ruby...

Il introduisit un doigt en elle.

— Oui.

— Veux-tu que je continue ?

— Oh oui ! supplia-t-elle, recommençant à gémir.

Il caressa de nouveau les plis soyeux au creux de ses cuisses et la regarda.

Comment se passer du plaisir qu'il lui offrait ? La pensée qu'au retour de Georgia, Sebastian la congédierait l'assombrit un instant, mais elle chassa cette idée bien vite en sentant son sexe bouger en elle…

Quand elle s'endormit, longtemps plus tard, lovée contre Sebastian, elle aurait pu rester ainsi pendant des heures, des jours, une éternité… Le monde qui l'entourait n'était plus le sien. Elle était devenue esclave du pouvoir que cet homme exerçait sur ses sens et sa volonté, obsédée par son corps et par les merveilles qu'il lui faisait découvrir. Elle aurait fait n'importe quoi pour lui, pourvu qu'il le lui demande, juste pour être avec lui.

Le soleil était levé et déjà haut quand Ruby se réveilla le lendemain matin. Sebastian, lui, dormait encore profondément, ce qui ne la surprit pas, car leurs ébats les avaient épuisés.

Préoccupée, elle se leva. L'arrangement qu'elle avait accepté la tourmentait. Comment avait-elle pu dire oui à un tel marché ?

Évidemment, elle savait pourquoi. Ce deal avait été signé dans le feu de la passion, des étreintes et des caresses mais maintenant, à froid, elle ne réfléchissait plus de la même manière. Il fallait qu'ils en reparlent, qu'elle impose sa règle. Elle refusait d'être un objet sexuel pour lui. Non, il ne suffirait pas qu'il claque des doigts pour qu'elle accoure, même si cela n'était pas forcément pour lui déplaire. D'ailleurs, avec Sebastian, elle était prête à toutes les audaces.

Prise d'un nouvel élan de désir, elle hésita à se rallonger. Non, avant d'aller plus loin, elle devait imposer son point de vue. Se respecter et se faire respecter.

Tu n'as jamais été soumise et ce n'est pas maintenant que tu vas commencer. Éloigne-toi de ce lit et de cet homme qui ne te vaut rien !

Elle s'en alla, discrètement pour ne surtout pas le réveiller, parce que, s'il la touchait, ses bonnes résolutions s'envoleraient. Une fois hors de la chambre, elle descendit, prit des vêtements propres et fila dans la salle de bains.

Elle s'attarda un peu sous la douche, heureuse de sentir l'eau apaiser son corps endolori par les excès de la nuit. Elle se lavait les cheveux quand on frappa à la porte.

— Ruby, tu en as encore pour longtemps ? Ça fait des heures que tu es sous la douche. Réponds-moi.

Le ton était autoritaire et elle détestait ça. Pour qui se prenait-il ?

Elle ferma l'eau et répondit sèchement pour qu'il comprenne bien.

— Dois-je te rappeler, Sebastian, qu'on est dimanche ? C'est mon jour de congé. Si tu veux du café, je te suggère de le faire toi-même. Maintenant, si tu n'y vois pas d'inconvénient, j'aimerais finir mes ablutions tranquille !

Et elle rouvrit l'eau.

Elle crut l'entendre marmonner un juron, ce qui la fit sourire. Elle venait de marquer un point. Et si elle devait lui parler sur ce ton à l'avenir, elle le ferait !

Elle émergea un quart d'heure plus tard en bermuda noir et T-shirt rouge, coiffée à la va-vite, pieds nus et pas maquillée. Passant des tongs, elle se rendit à la cuisine où Sebastian buvait son café.

— Ah ! Je vois que tu as fait comme je t'ai dit.

— Faire mon café ne m'a jamais dérangé. Tu n'aimes pas beaucoup les hommes, on dirait.

— Ça dépend...

— Moi ? Tu m'aimes bien, moi ? Tu es une énigme. Je n'arrive pas à te décrypter.

— Pour quoi faire ? Je suis ta gouvernante en CDD et ponctuellement ta maîtresse. Point final.

— Parce que c'est ce que tu veux ? Qu'on arrête tout quand tu auras fini ici ?

Elle se força à rire.

— Bien sûr !

— Et ça te convient ?

Elle haussa les épaules avec une nonchalance feinte.

— Bien sûr.

Un mélange pervers de soulagement et d'exaspération – qu'il essaya de cacher – marqua son visage.

— À mon réveil, ce matin, quand j'ai vu que tu étais partie, j'ai cru que tu avais changé d'avis. Je ne supporterais pas que tu changes d'avis, dit-il très bas, comme pour lui-même.

Elle sentit qu'elle allait flancher. Pour une fois, un homme lui avouait qu'il avait besoin d'elle, et insinuait que ce n'était pas que pour leurs jeux érotiques. Depuis le temps qu'elle espérait un tel aveu ! Bien, elle allait rester mais à *ses* conditions.

Sans trop savoir pourquoi, elle se mit à rire.

— Qu'est-ce qui est si drôle ?

— Rien d'important. Enfin, si, une chose. Ne te figure pas que je sauterai dans ton lit chaque fois que tu auras une pulsion. Je ne suis pas ta chose !

Son visage, son front surtout, se détendit.

— Voyons, Ruby, je sais bien que tu ne m'appartiens pas ! Je ne me comporte pas toujours comme un sauvage, comme je l'ai fait cette nuit.

Gênée, elle plaqua la main sur son cou. Mieux valait ne pas lui dire qu'elle avait adoré qu'il la possède ainsi.

— Je peux te poser deux questions ?

Il plissa les yeux. Que voulait-elle savoir ?

— Ça dépend des questions.

— Étais-tu heureux en ménage ?

— Oui, très heureux, pourquoi ?

— Il n'y a aucune photo de ta femme dans la maison.

— Je sais. Je n'aime pas me rappeler.

— Te rappeler quoi ? Votre bonheur ou sa maladie ?

— Tu devrais connaître la réponse, Ruby. Tu as connu ça, non ?

Il était très sombre maintenant, des rides barraient son front.

— Oui, c'est très difficile, dit-elle, le cœur gros, comme chaque fois qu'on faisait allusion à ce maudit cancer. Mais ça ne sert à rien d'essayer de rayer ça de sa vie. Regarde…

Elle avança le bras pour lui montrer ses tatouages.

— Ava, c'est ma mère. J'ai fait ça pour être sûre de ne jamais l'oublier, ni elle ni mon amour pour elle.

Il prit sa main, regarda son poignet puis leva les yeux.

— Mais la date de sa mort… Tu m'as dit qu'elle était morte il y a cinq ans.

— Je ne t'ai jamais dit ça. Je t'ai dit que j'avais quitté la maison il y a cinq ans. C'est toi qui as conclu que c'était l'année où…

— Mais tu m'as laissé le croire. Pourquoi ? l'interrompit-il.

— C'est une longue histoire. Tu as vraiment envie de savoir ?

Sebastian regretta d'avoir dit oui. Mais sa curiosité l'avait emporté.

— Oui, répéta-t-il. Raconte-moi.

— D'accord, mais je vais d'abord me faire un café.

Il la regarda s'affairer, essayant de ne pas penser à elle, nue, de ne pas se rappeler ses cris de jouissance.

— J'avais dix-sept ans quand on a découvert un cancer à ma mère. Il était déjà avancé et le pronostic n'était pas bon. Elle s'est battue… Elle a été très courageuse.

— Ton père devait être effondré.

— Je crois qu'il faisait semblant. Tout le temps où elle a été malade, il a continué à voir sa maîtresse.

— Non ! Tu plaisantes !

— Hélas non ! Maman était tout juste décédée quand il est parti vivre avec *l'autre*. Elle était divorcée et richissime… grâce à son divorce ! Mon père a toujours rêvé d'être riche. Le pire c'est que ma mère devait savoir tout ça car elle m'a demandé de m'occuper de mes frères après sa mort. Alors qu'elle ne l'a pas demandé à papa.

— Tu es donc restée t'occuper d'eux ? Mais que faisait ton père ? Quel métier ?

— Il vendait des voitures de luxe. Je suppose que c'est comme ça qu'il a connu sa femme.

— Il venait quand même de temps en temps voir si tout allait bien ?

— Oui, il est venu deux fois ! Mais la seconde fois, je lui ai dit ce que je pensais de lui et que je ne voulais plus jamais le revoir. Tout compte fait, ça a dû l'arranger.

Elle essaya de rire mais le cœur n'y était pas.

— Et tes frères ?

— Je leur ai raconté ce qui s'était passé et ils m'ont approuvée.

— Vous n'avez jamais revu votre père ?

— Je lui ai envoyé un message pour lui annoncer que Liam et Oliver venaient d'avoir leur diplôme et tu sais ce qu'il a fait ? En guise de félicitations, il a mis la maison en vente. Jusque-là, il payait quand même les factures.

— Drôle de personnage !

— Heureusement, mes frères ont de belles situations, désormais. Quand ils ont été bien installés, je suis partie, loin. J'avais assez donné.

— Je comprends ça. C'était beaucoup de responsabilités pour une fille si jeune.

— En plus, mon petit copain m'avait larguée… parce que je m'occupais trop de mes frères !

— Quand on a découvert le cancer de Jennifer, je lui ai proposé d'arrêter de travailler pour m'occuper d'elle mais elle n'a pas voulu. Elle était très dure. Elle est décédée à l'hôpital, en soins palliatifs. Heureusement, nous n'avions pas d'enfants. Ses parents n'étaient plus là car ils se sont tués en voiture. Elle était fille unique. Ce sont ses grands-parents qui l'ont élevée, mais eux aussi étaient décédés. Tant mieux, car c'est insupportable de voir ses enfants partir avant soi.

Sebastian devait avoir besoin de se confier ; il était intarissable.

— À la fin, elle ne voulait plus que je vienne la voir. Je me suis senti inutile. J'étais inutile. Et désespéré.

Ruby continua d'écouter, sans l'interrompre.

Au bout d'un quart d'heure, profitant de ce qu'il reprenait son souffle, elle posa la question qui lui brûlait la langue.

— Pourquoi n'y a-t-il pas de photos d'elle dans cette maison ? Nulle part…

— À chacun sa façon de réagir à un deuil, dit-il sèchement.

La question lui avait déplu. Il se tut un instant avant de poursuivre :

— Changeons de sujet ! Il va faire chaud, aujourd'hui. Si on se baignait, tout à l'heure ?

— Suis-je autorisée à porter mon bikini ?

— Sûrement pas ! Ce bikini est la tentation incarnée. Dès que je t'ai vue avec, j'ai su que j'étais perdu. Je préfère que tu ne portes rien du tout !

Faisant mine d'ignorer le sourire coquin de Sebastian – qui avait certainement une idée en tête –, Ruby resta de marbre.

Non, elle ne céderait pas. Pas question de tomber encore plus amoureuse de cet homme qui ne le souhaitait pas.

— Désolée, Sebastian, j'ai déjà un programme pour aujourd'hui. J'ai mes courses de Noël à faire et ensuite mes cours.

— Deux heures ? Tu peux peut-être m'accorder deux heures ? Une petite récréation, pour te détendre, ça te fera du bien.

— Non. Quand j'étudie, je m'y mets à fond. Si je plonge dans la piscine avec toi, tu sais bien que…

— Tu as sans doute raison, avoua-t-il. Mais je ne me vois pas passer la journée entière seul. Je peux aller faire les courses avec toi.

— Avec moi ? Et si quelqu'un nous voit ?

— Qui ? Gloria est à Adélaïde et ma mère ne fait jamais de courses le dimanche. Quant aux autres, je m'en moque !

— Je ne sais pas.

Faire des courses avec lui lui semblait aussi intime que partager, comme tout à l'heure, des souvenirs de leur passé.

— Je t'invite à déjeuner, lança-t-il pour la tenter.

Il s'approcha et la prit dans ses bras.

Le contact de son corps contre le sien, sa bouche qui, soudain, cherchait la sienne… Ce baiser, cette proximité… Son cœur se mit à battre très vite…

La sonnerie du téléphone les arracha à leur étreinte. Elle se libéra et décrocha.

— C'est ta mère, lui souffla-t-elle. Oui Frieda, comment allez-vous ?

— Bien, merci, et vous ? Je voulais juste vous remercier pour hier soir. J'ai passé une excellente soirée. Vous êtes épatante. Je suis sûre que Sebastian apprécie. En tout cas, je l'espère.

— Je crois que oui.

— Vous ferez le bonheur de celui qui vous épousera.

— Vous croyez ?

— Absolument.

— C'est gentil. Merci, Frieda. Mais il faut que je vous quitte. J'étais en train de préparer le petit déjeuner de votre fils, mentit-elle.

— Ce grand nigaud ! Enfin, soupira-t-elle. Bien, encore un grand merci.

Et elle raccrocha.

— Ta mère pense que je ferai le bonheur de l'homme qui m'épousera, dit-elle avec le plus grand sérieux.

Il la reprit dans ses bras et la serra contre lui.

— Ça ne m'étonne pas d'elle. Tu aurais dû lui dire que tu ne veux pas de mari.

— Peut-être... Bon, je vais préparer le petit déjeuner.

Elle se dégagea.

9

Une heure plus tard, confortablement installés dans la voiture de Sebastian, ils filaient vers la galerie marchande la plus proche.

— Je ne connais pas cet endroit, dit Ruby. Y a-t-il un grand magasin ou seulement des boutiques ?

— Les deux. On peut commencer par le grand magasin, si tu veux.

Il prit sa main mais elle la secoua pour qu'il la lâche.

— Pas en public, voyons !

— Je pourrai quand même t'inviter à déjeuner ?

— Oui mais commençons par les courses. Pour mes frères, j'ai pensé à du linge de maison. Comme ils s'installent... À cette époque de l'année, il y a souvent des soldes chez Manchester.

L'heure suivante passa très vite. Ravie, finalement, de faire ses courses avec Sebastian, Ruby suivait ses conseils à la lettre.

Leurs emplettes terminées, ils allèrent déposer les paquets dans la voiture. Elle se sentait légère, heureuse. Quelle différence avec toutes ces années passées seule ! Elle avait eu des amis, bien sûr, mais ce n'étaient pas des amis proches, et comme elle n'arrêtait pas de déménager, les liens étaient restés superficiels. Sebastian était la première personne avec laquelle elle faisait les magasins depuis des lustres. C'était bon de partager. Du vivant de sa mère, elles sortaient ensemble. Nourriture, vêtements, maquillage, tout et n'importe quoi, elles achetaient toujours tout à deux. Leur complicité agaçait son père. « Ces deux-là sont fusionnelles », se plaignait-il.

Comme penser à son père la démoralisait, elle songea à ses frères qui lui avaient apporté beaucoup de joie. Mais ils avaient leur vie, maintenant, et elle ne devait pas compter sur eux pour meubler sa solitude.

Sur Sebastian non plus. Quand Georgia reviendrait, il la remercierait. Elle sortirait définitivement de sa vie… et de son lit.

Sans s'en rendre compte, elle poussa un soupir.

— À quoi penses-tu ? lui demanda Sebastian.

— À rien d'important.

— Je n'insiste pas, je respecte ton jardin secret. As-tu faim ?

— Pas plus que ça. En revanche, je boirais volontiers un café.

— Allons-y !

Son café bu, ils repartirent. Passant devant une vitrine, Sebastian remarqua une robe rouge sur un mannequin.

— Regarde. Je crois que cette robe t'irait bien.

Ruby s'arrêta. En effet, la robe était belle. Dos nu plongeant jusqu'à la taille, jupe courte, très courte même.

— Ce serait bien pour Noël.

— Tu es fou. Je ne porterai jamais une chose pareille pour Noël !

— Pourquoi pas ? Essaie-la quand même, insista-t-il en lui tenant fermement la main. Allez, entrons.

Une vendeuse très chic s'approcha aussitôt. Impressionnée et intimidée par le luxe de la boutique, Ruby laissa Sebastian s'adresser à la jeune femme.

— Cette robe rouge, dans la vitrine. Ma femme aimerait l'essayer.

— Non, lui souffla Ruby. C'est trop cher.

— Ne t'inquiète pas, je te l'offre, en remerciement du mal que tu t'es donné pour l'anniversaire de ma mère.

La vendeuse disparut et revint, la robe rouge sur le bras. Sebastian la poussa dans le salon d'essayage.

— Essaie-la !

Ruby passa la robe et ressortit.

— Elle est faite pour toi, dit Sebastian, la dévorant des yeux.

— Tu ne trouves pas qu'elle est provocante ?

— Jamais trop, répondit-il. Elle est sexy, c'est vrai, c'est ce qui me plaît.

Le feu qui brillait dans ses yeux ne laissait planer aucun doute sur les pensées qui le traversaient.

— C'est parfait, dit-il. Nous allons la prendre.

— Oh ! Sebastian, non..., protesta Ruby sans conviction.

La robe était superbe et elle en avait très envie. Et puisque Sebastian insistait pour la lui offrir, elle ne voulait pas le décevoir.

— Vous avez de la chance d'avoir un mari aussi généreux, dit la vendeuse.

Ruby marqua un temps d'arrêt.

— Mais... Ce n'est pas mon mari.

Ce n'était même pas son petit ami !

— Ah, pardon !

Amère, Ruby se changea et rejoignit Sebastian dans la boutique.

— Merci, cette robe me plaît beaucoup mais je ne peux décemment pas la porter à Noël. Je suis ta gouvernante, pas la maîtresse de maison.

Il s'arrêta et se planta devant elle, l'air exaspéré.

— Pour le Noël de ma société, tu n'es pas ma gouvernante, Ruby. Je donne cette fête pour le personnel, or tu en fais partie. Georgia se mettait sur son trente et un à cette occasion. Pourquoi n'en ferais-tu pas autant ?

— Ah. Je n'avais pas réalisé.

— Maintenant, rentrons ! T'avoir vue dans cette robe m'a donné des idées. Tu vois lesquelles...

Sans attendre de réponse, il se dirigea vers la voiture.

Le retour en voiture fut un supplice. Sebastian avait tellement envie de Ruby qu'il en avait mal. La grosse berline à peine arrêtée dans le garage, il se tourna vers elle.

— Montons. Je crois que je vais te prendre avec la robe rouge, dit-il en grimpant les marches de l'escalier. Est-ce que ça te plaît ?

Sans attendre de réponse, il la fit basculer sur le lit.

— Sebastian ! Que fais-tu ?

Sans répondre, il souleva sa jupe et la caressa. Elle poussa un cri et, très vite, sentit une vague de plaisir pur l'engloutir...

— Enlève ta robe...

Les mains tremblantes, elle fit passer sa robe par-dessus sa tête.

— Défais tes cheveux, ordonna-t-il.

Il retint son souffle.

— Tu es belle à damner un saint.

— Tu n'es pas un saint, Sebastian !

— Non, admit-il. Loin de là. Maintenant, ne bouge pas...

Il disparut dans la salle de bains, prit une boîte de préservatifs et revint s'allonger sur le lit.

— Approche-toi.

Elle s'avança vers lui et, le voyant très excité, prit son sexe dans sa main.

— Je suis dans cet état depuis que je t'ai vue dans ton bikini, avoua-t-il. Caresse-moi...

Il crut voir un voile flouter son regard et pensa l'avoir blessée. Mais elle sourit et, sans la moindre hésitation, grimpa à califourchon sur ses hanches...

Surpris par une audace à laquelle elle ne l'avait pas habitué, Sebastian eut du mal à cacher son étonnement. Elle n'avait encore jamais pris l'initiative de leurs ébats. Il avait toujours été le maître, celui qui commençait les positions et les gestes, celui qui décidait du moment de prendre leur plaisir. Qu'elle prenne les rênes lui plaisait.

— Moi aussi, depuis que je t'ai vu au bord de la piscine.

Elle se souleva et, le tenant fermement, le guida en elle. Sebastian commença à gémir, à la supplier... Elle était prête à le recevoir.

— La première fois que je t'ai vu, tu ne m'as pas beaucoup plu, avoua-t-elle.

Le regard rivé sur son visage, elle montait et descendait sur lui, se délectant de le voir gémir de plaisir.

— Mais j'ai toujours aimé ton corps...

Ses yeux bleus avaient viré au noir et elle savourait le supplice qu'elle lui infligeait.

Elle profitait de la situation. Le narguait. Pour se venger, elle le réduisait à un corps. Il gémit de plus belle. Il était sur le point de jouir et elle aussi, il le sentait. Elle s'était resserrée autour de lui, avait rejeté la tête en arrière, éperdue...

Il se libéra le premier, trembla comme s'il n'avait pas fait l'amour depuis une éternité. Elle le suivit en criant, les yeux fermés, les mains plantées dans ses épaules dont elle griffa la chair. Elle resta ainsi un moment, les yeux fermés, à califourchon sur lui qu'elle serrait intimement dans sa moiteur.

Quand elle rouvrit les yeux, il aperçut une larme.

— Qu'y a-t-il ? s'inquiéta-t-il. Qu'est-ce qui ne va pas ?

Elle hocha la tête et roula sur le côté pour se dérober à son regard. Les larmes le mettaient mal à l'aise. Elles trahissaient une émotion, un sentiment, exactement ce qu'il fuyait. Pourquoi se tenait-il à l'écart de femmes comme Ruby ? Pour cette raison, justement. Parce qu'elles étaient trop sentimentales et attendaient qu'il leur offre son amour. Mais bon sang ! Il était un homme, avec ses fantasmes, et elle était si excitante !

— Parle-moi, dit-il. Je veux que tu me dises ce qu'il y a.

Elle soupira, hésita, puis se tourna vers lui.

— Rien de grave. C'est simplement que... c'est trop bon. Tu es incroyable.

Sa réponse le rassura. Il redoutait qu'elle lui dise qu'elle était amoureuse.

— Toi aussi, tu es incroyable. J'ai l'impression que tu es insatiable. C'est flatteur pour un homme.

— J'avoue que je n'ai jamais autant aimé faire l'amour... Jusqu'à ce que je te rencontre. Avant, mon célibat me convenait.

— Apparemment, ce n'est plus le cas. Tu es jeune, c'est normal, tout comme il était certain que tu rencontrerais un jour un homme qui te donnerait du plaisir. Pour ma part, je n'ai pas eu beaucoup d'aventures ces dernières années. C'est sans doute ce qui explique mon... excès. Quoi qu'il en soit, nous sommes tous les deux consentants et tant que nous ne faisons de mal à personne, il n'y a rien à redire. Certes, l'arrangement que j'ai imaginé n'est pas conventionnel mais s'il nous apporte ce dont nous avons besoin, tout est pour le mieux.

Il tourna la tête et l'embrassa tendrement sur la bouche.

— Bien, maintenant, que dirais-tu de quelque chose à grignoter ? Personnellement, je meurs de faim !

— Moi aussi.

— Alors, rhabillons-nous et allons dîner. Nous remonterons dans ma chambre ensuite.

— Tu es sérieux ? Tu n’es pas épuisé ?

— Le dîner me redonnera des forces et, si nous sommes trop fatigués, nous nous coucherons.

— Tu veux dire que je vais passer toute la nuit avec toi ?

10

— Alors, comment ça s'est passé, samedi soir ? demanda Janice en arrivant le lundi matin.

— Euh... Que voulez-vous... dire ? bégaya Ruby.

Janice était-elle au courant des nuits débridées que le patron passait avec sa gouvernante ?

— Eh bien, le dîner avec la mère du patron ?

— Ah, le dîner ! Très bien.

Ruby n'y pensait déjà plus. Ses nuits avec Sebastian l'absorbaient totalement, ne laissant pas de place pour un autre sujet.

— Elle a dû aimer le gâteau. Mes enfants l'adorent.

Ruby remarqua les traits tirés de Janice. Avec ses trois enfants, un mari souvent au chômage et ses heures de travail, Janice ne se ménageait pas. Sa fatigue était compréhensible.

— Tenez, venez, on va prendre un café ensemble avant que vous commenciez.

— Je n'ai pas le temps, hélas, dit Janice en regardant autour d'elle, affolée par l'ampleur de la tâche qui l'attendait. J'ai beaucoup à faire et je ne veux pas me retarder. C'est la fête de l'école et je dois me préparer avant d'y aller car les enfants aiment que je sois belle quand je vais là-bas.

— Pas de problème, je vous aiderai, vous ne serez pas en retard.

Leur café avalé, Ruby se dirigea vers l'escalier.

— Je vais faire le haut, dit-elle. Occupez-vous du bas.

Elle commença par la chambre de Sebastian en essayant d'ignorer le grand lit, témoin de leurs ébats. Elle ne regrettait pas ce qu'elle s'était permis mais, depuis, l'audace dont elle avait fait preuve la troublait. Cela lui ressemblait tellement peu !

À 11 heures, le ménage terminé à l'étage, Ruby descendit.

— Janice, allez-y, je finirai. Faites-vous belle pour vos enfants. Et votre mari.

— Oh lui, il s'en fiche ! Il dit tout le temps que je suis mal attifée.

— Ne l'écoutez pas, Janice, vous êtes belle. Il dit ça parce qu'il est jaloux et a peur de vous perdre, c'est tout.

— Vous êtes un ange !

— Allez, partez, dépêchez-vous !

Janice sortit, laissant Ruby à ses pensées. Sebastian ne lui avait jamais dit qu'elle était un ange. Elle n'était que sa poupée, qu'il jetterait quand il aurait assez joué avec.

Elle se demandait comment elle supporterait d'être rejetée quand son portable sonna.

— Oui, Sebastian ? répondit-elle en essayant de ne pas montrer d'émotion.

— J'ai un problème. Le client britannique à qui j'ai vendu ma série vient de récuser notre contrat. Je suis obligé de filer à Londres. J'ai réservé un vol pour ce soir mais je n'ai pas le temps de passer prendre des affaires à la maison. Prépare-moi un sac et remets-le à un taxi. Merci. Je serai de retour pour la soirée Noël, vendredi.

— Ça ne peut pas se régler par Internet ? Confie le dossier à un avocat.

— Mais je suis avocat, Ruby ! Avant d'être producteur, je plaidais. Ça me rend bien service dans mon métier.

Elle ignorait tout cela. Quel homme secret !

— Juste une question avant que tu raccroches, alors. Puis-je décorer la maison pour Noël ?

— Oui, mais pas trop de lumières et pas de sapin. Je te laisse, j'ai beaucoup à faire avant de partir.

— Envoie-moi un texto quand tu seras arrivé.

— Non, Ruby, pas de texto. C'est exactement ce que je ne veux pas.

— Juste un texto, insista-t-elle.

Soupir sur la ligne.

— D'accord. Un texto.

Songeuse, elle raccrocha et monta préparer son bagage. Dans le fond, elle ne le connaissait pas, ou très peu. Elle ne pouvait donc pas être amoureuse. Ce qu'il lui inspirait n'était pas de l'amour, mais du désir. C'était normal, il était beau et riche et, de plus, excellent amant.

Son regard se mit à pétiller. Pour son retour, vendredi, elle lui réservait un feu d'artifice qu'il n'oublierait jamais.

L'avion qui ramenait Sebastian de Londres se posa à Mascot à 7 heures, le vendredi matin. Bien qu'il ait volé en première, il était épuisé. Peu de sommeil à Londres et nuit blanche durant tout le vol, il n'avait qu'une envie : dormir.

Après avoir repris sa voiture, qu'il avait laissée au parking, il se mêla à la circulation. C'était l'heure de pointe. Un enfer. À son arrivée chez lui, à Mosman, il était dans un état comateux. La mise au point qu'il avait prévu de faire avec Ruby attendrait qu'il ait les idées plus claires, car il lui faudrait du tact pour lui asséner ce qu'il avait l'intention de lui dire. Ça ne serait pas facile.

Impatient de s'allonger, il laissa son bagage dans le coffre de sa berline et entra. Ruby était dans la cuisine. À son sourire, il comprit qu'elle n'attendait que son retour. Justement ce qu'il ne voulait pas...

— Ah, te voilà ! s'exclama-t-elle d'un ton léger. Je te fais un café ? Ton petit déjeuner ?

— Non, rétorqua-t-il sèchement. Rien. Je vais me reposer si je veux être en forme pour la soirée Noël de ce soir. S'il te plaît, pas de bruit pendant quelques heures. Nous prendrons un café ensemble, plus tard.

La gorge nouée, Sebastian vit le sourire de Ruby s'évanouir. C'était cruel mais il devait le faire. Pour elle. Elle verrait à la fin qu'il avait eu raison.

Pivotant sur ses talons, il s'éloigna, la mort dans l'âme. Il ne s'était jamais autant détesté.

Ruby le suivit des yeux jusqu'à ce qu'il disparaisse. Elle l'entendit monter puis claquer la porte de sa chambre.

D'abord interloquée, elle essaya de comprendre. Il n'avait pas dû dormir dans l'avion. Et ses affaires à Londres n'avaient pas dû bien se passer. Il n'empêche, ce n'était pas une raison pour lui parler sur ce ton. Elle n'y était pour rien, tout de même !

Dépitée – elle avait fantasmé toute la semaine –, elle poussa un soupir et essaya de surmonter sa déception. Il fallait qu'elle l'admette : elle était amoureuse d'un homme qui ne partageait pas ses sentiments.

Le mieux, se dit-elle, c'était peut-être de partir avant d'être broyée par le chagrin. L'ennui, c'est qu'elle ne s'en sentait pas le courage.

Tant pis. Puisqu'elle ne pouvait avoir le cœur de Sebastian, elle se contenterait de son corps, ce qui n'était déjà pas si mal. De toute manière, le jour où Georgia reviendrait, la question serait réglée : il faudrait partir

D'ici là... elle n'avait qu'à s'occuper pour s'étourdir. Le ménage ? La maison était impeccable. Se poser et lire ? Pas possible, trop passif. Facebook, alors. Elle allait regarder les pages de ses frères et lire ce qu'ils avaient posté.

Bonne idée...

Après une heure sur le réseau social, elle s'assoupit. La sonnerie du téléphone la réveilla.

— Bonjour, Ruby.

C'était Zack.

— J'essaie de joindre Sebastian mais son portable est éteint.

— Il est monté, il se repose. Il est rentré très fatigué. Ça n'a pas dû bien se passer à Londres.

— Pas du tout. Tout s'est réglé au mieux de ses intérêts, il m'a envoyé un texto. Bon, ne le réveillez pas, il n'est pas à prendre avec des pincettes quand il est fatigué. Dites-lui que je viens ce soir, il n'y a rien de changé. Je voulais juste un conseil.

Sur ces mots, il raccrocha, laissant Ruby perplexe. Il était 13 heures. Encore quatre heures avant que le traiteur arrive. Elle avait largement le temps de se préparer. Ni coiffeur, ni esthéticienne, la robe rouge suffirait à faire son effet. Se penchant, elle attrapa le roman qu'elle essayait de lire depuis le début de la semaine et recommença... à la première page !

Un coup frappé à la porte de sa chambre tira Sebastian de son profond sommeil.

— Oui.

— Désolée de te déranger, mais il va être 19 heures et les invités ne vont plus tarder.

— Bon Dieu ! 19 heures ? Donne-moi cinq minutes et j'arrive.

Il sauta de son lit et fila sous la douche.

— Pas le temps de me raser, marmonna-t-il.

Dents brossées, cheveux coiffés, il passa un pantalon et une chemise, enfila ses mocassins et dévala les marches.

La cuisine bruissait d'agitation. Une jolie blonde mettait des verres sur un plateau tandis qu'un jeune homme s'occupait des bouteilles. Ils étaient jeunes et beaux mais Sebastian n'avait d'yeux que pour Ruby. Peu maquillée, les cheveux épinglés sur le sommet de la tête, elle était adorable et immensément désirable. Un péché.

— Ruby, je prendrai un café dehors.

— Quelque chose avec ? Tu dois mourir de faim.

Oui, il avait faim. Mais ni de toasts ni de croissants. Il avait faim d'elle. De sa bouche. De ses seins. De ses cuisses. De son corps tout entier avec ses plis secrets.

— Non, seulement du café.

Sebastian s'était assis dehors et regardait d'un air perplexe les guirlandes lumineuses qu'elle avait installées. La décoration ne lui plaisait pas ?

— Je pose ton café là ?

— C'est parfait. Maintenant, assieds-toi. J'aimerais te parler avant que les invités arrivent.

Ruby retint son souffle. Vu sa tête, ce qu'il avait à lui dire n'allait pas lui faire plaisir.

— De quoi ? Au fait, Zack t'a appelé mais ton portable était éteint. Il avait besoin d'un conseil. Tu voulais me parler ?

Il reposa sa tasse.

— Oui. Là-bas, j'ai eu le temps de penser à notre arrangement. Ça ne fonctionnera pas, je crois.

— C'était ton idée.

— Je ne dis pas le contraire, mais...

— Tu ne sais pas ce que tu veux !

— Non, mais je sais ce dont je ne veux pas. Je ne veux plus être amoureux. La mort de Jennifer m'a fait trop mal. Manque de chance, tu es...

La sonnette de la porte d'entrée l'interrompit.

— Voilà le DJ !

Elle soupira. Elle ne saurait la suite qu'une fois la fête terminée.

Les invités commencèrent à arriver, les salons à se remplir. Tous travaillaient avec Harvest Productions. On s'embrassait, se saluait. Le champagne aidant, Ruby commença à se détendre, mais le cœur n'y était pas.

L'arrivée de Zack la dérida un peu.

— Oh ! Vous êtes ravissante ! Le rouge vous va bien.

— Le noir ne vous va pas mal non plus !

Il s'avança vers le salon.

— Zack ! s'exclama Sebastian. Te voilà. Que se passe-t-il encore ?

— Rien, tout est réglé. Donne-moi quelque chose à boire, veux-tu ?

— Suis-moi dans mon bureau.

Ils disparurent, laissant Ruby perplexe. Le serveur passant avec un plateau, elle prit une nouvelle coupe de champagne, puis fila dans la cuisine pour grignoter quelques canapés. En revenant au salon, elle croisa Sebastian. Ils se regardèrent, droit dans les yeux. Ce fut bref mais intense.

Les heures passèrent. À minuit, le DJ rangea son matériel et les invités prirent congé peu à peu. Le traiteur finit de débarrasser et laissa Ruby et Sebastian seuls.

— Viens dans mon bureau, Ruby. Nous n'avons pas fini de parler.

Émoustillée par le champagne, elle le suivit.

— Je sais ce que tu vas me dire, commença-t-elle. Que tu ne veux plus… de notre arrangement

— Ce n'est pas ça, au contraire. C'est bien là le problème. Ce que j'allais te dire tout à l'heure, c'est que je ne peux pas te garder comme gouvernante.

— Alors, tu me licencies, c'est ça ?

— Ne t'énerve pas. Je suggère que tu démissionnes, c'est tout, mais je te dédommagerai grassement.

— Grassement ! Tu me paies pour que je te débarrasse le plancher !

— C'est normal, non ?

Normal. Elle ferma les yeux pour retenir ses larmes. Ah non, elle n'allait pas, en plus, pleurer devant lui ! Elle ne lui ferait pas ce plaisir.

— C'est parfait, réussit-elle à articuler. Je m'en vais. Mais garde ton argent, je n'en veux pas.

— Ne sois pas stupide. C'est normal que je te dédommage. Tout est ma faute, à commencer par l'arrangement que j'avais imaginé.

— Tu ne m'as pas forcée, dit-elle.

— Peut-être, mais ça ne me donne pas meilleure conscience pour autant. Sois simple, s'il te plaît. Laisse-moi t'aider. Je sais que tu veux poursuivre des études. Je peux t'acheter un appartement ou te donner de l'argent, au choix.

Elle réfléchit un instant. Oui, il était riche, immensément riche. Pourquoi ne pas en profiter ?

Elle se leva, le toisa.

— Je ne veux pas de ton appartement, pas plus que de tes liasses. Je savais qu'il ne faut jamais coucher avec son patron. Demain matin, je serai loin. Et ne t'inquiète pas, je n'ébruiterai pas notre liaison. Je dirai que nous ne nous entendions pas. En revanche, j'attends de toi des références élogieuses et un mois de salaire pour m'aider à rebondir. D'accord ?

Elle allait franchir la porte quand il la rattrapa.

— C'est impossible. Je ne peux pas raconter ce bobard à ma mère. Ni à ma sœur. Elles ne me croiront jamais.

— Trouve autre chose si tu veux. Maintenant, tu peux aussi

leur dire la vérité. Qu'on a couché ensemble et que lorsque tu as senti que tu tombais amoureux, tu as pris peur. Parce que c'est ça, n'est-ce pas ? Tu tiens à moi, je tiens à toi. Quelle horreur !

Blessé par son sarcasme, il la lâcha.

— Tu m'accuses de lâcheté.

— Non, de faiblesse, rectifia-t-elle.

Comme il ne changerait jamais, mieux valait qu'elle parte. Tout de suite. Pendant qu'elle en avait encore le courage.

Elle le regarda une dernière fois. Il avait l'air si malheureux qu'elle avança la main et lui caressa la joue. Il semblait perdu. Affreusement seul.

— Et si nous profitions une dernière fois l'un de l'autre ? suggéra-t-elle. Tu l'as dit toi-même, nous ne faisons de mal à personne.

Elle laissa sa main courir sur sa joue. Il piquait un peu. Puis elle passa un doigt sur ses lèvres.

— Fais-moi l'amour une dernière fois... comme cadeau de rupture, demanda-t-elle.

Le supplice qu'il vivait se lisait dans ses yeux. Il posa la main sur la sienne.

— Oh non, Ruby. Non, pas ça !

C'était trop tard. Hissée sur la pointe des pieds, elle ne caressait plus ses lèvres, elle les avait happées.

C'était trop tard. Si sa tête disait non, tout son corps criait oui. Mais comment résister ? Elle ondulait contre lui sans pudeur. Et il la serrait contre lui, lui faisant entrevoir le plaisir à venir.

— Non, pas ici. Viens, dit-elle.

Elle prit sa main et l'emmena dans sa chambre, et, sans dire un mot, commença à le déshabiller.

Comme il protestait, elle posa un doigt sur sa bouche.

— Chut, tais-toi, et enlève tes chaussures.

Il s'exécuta. Sans le quitter des yeux, elle passa deux doigts dans l'élastique de son boxer et l'abaissa.

— Tu es beau, dit-elle en reculant pour l'admirer.

Excitée par le spectacle qu'il lui offrait, elle le dévorait des yeux, s'attardant sur ses parties les plus intimes comme pour mémoriser chaque centimètre de sa peau, de son sexe, de son corps.

Devant sa gêne, elle se mit à sourire, un sourire diabolique, presque pervers. Et, très vite, elle ôta sa robe rouge et son string.

À son tour il sourit, du même sourire que le sien et, incapable de rester de marbre, se précipita et la fit basculer sur le lit.

— Non !

Il ignora son cri.

Ses mains couraient sur sa peau, impatientes

— Non, répéta-t-elle, gémissant sous ses assauts.

Il ne pensait plus, ne raisonnait plus. À cet instant, il se moquait de l'aimer. Il se moquait de tout sauf d'être en elle et d'apaiser dans sa moiteur les tourments qui l'agitaient depuis qu'il l'avait vue pour la première fois.

— Tu es le diable incarné, souffla-t-il.

Elle le cherchait. Le tentait. L'excitait. Et il n'arrêterait pas, même si elle l'implorait, le suppliait. Une fois ne serait pas assez. Dix fois non plus. Elle voulait un cadeau de rupture ? Il allait lui donner une nuit qu'elle n'oublierait jamais.

11

Sebastian se réveilla brusquement, tiré de son sommeil par un bruit familier : la sonnerie de son téléphone.

Plongée dans un sommeil profond, Ruby ne réagit pas.

5 h 20. Qui l'appelait si tôt ?

— Allô ?

— Vous êtes bien M. Marshall ? Ici l'hôpital St Vincent. Nous avons un patient du nom de Zachary Stone. Il nous a communiqué votre nom comme personne à prévenir. Il a reçu des coups de couteau dans l'estomac.

— Quoi ? Mais où, comment...

— Une femme, désaxée, paraît-il. Son pronostic vital n'est pas engagé. Il vient d'être emmené au bloc. Il est toujours bon qu'un patient voie un visage connu quand il réintègre sa chambre après une anesthésie. C'est pourquoi je vous appelle.

— Que se passe-t-il ? demanda Ruby en s'étirant.

— C'est Zack. Il a été poignardé par une psychopathe. Il est à l'hôpital, il faut que j'y aille !

Il sauta du lit et prit ses vêtements.

— Je t'accompagne. Je ne veux pas rester ici à me faire du mauvais sang.

Incapable de refréner un accès de jalousie, il s'emporta.

— Du mauvais sang ? Pourquoi ? Y a-t-il quelque chose entre vous que j'ignorerais ?

— Tu es pathétique, Sebastian ! Zack est un ami. Et je m'inquiète pour mes amis. Maintenant, restons-en là, cette conversation est absurde.

Vingt minutes plus tard, ils arrivaient à l'hôpital. Ils n'avaient pas dit un mot de tout le trajet.

— Et s'il meurt ? demanda Ruby.

— Mais non, il est solide comme un roc.

— Oui mais, psychologiquement, je ne suis pas sûre qu'il soit aussi solide que tu le crois.

— Comment le sais-tu ?

Percevant une nouvelle pointe de jalousie, elle se moqua. Ce qu'il éprouvait pour elle n'était peut-être pas de l'amour, mais ça y ressemblait.

Il soupira. Hier soir, il avait eu tort de se laisser influencer. Où cela allait-il le conduire ?

Pour l'heure, il avait une autre préoccupation.

— Allons-y, dit-il, se dirigeant vers l'ascenseur.

Installés dans la salle d'attente du service de chirurgie, Ruby et Sebastian patientaient. Zack n'était toujours pas réveillé. Soudain, deux policiers entrèrent.

— Vous êtes bien Sebastian Marshall ?

Sebastian avait beau être proche de Zack, il ignorait tout de l'agression dont avait été victime son ami. Selon un témoin, la femme s'était jetée sur lui et il n'avait rien fait pour se défendre.

— C'est étonnant, dit Ruby.

— Non, ça ne m'étonne pas de lui.

Comme les policiers repartaient, bredouilles, une aide-soignante approcha.

— Vous êtes les amis de M. Stone ? Bien, vous pouvez le voir. Mais pas trop longtemps, recommanda-t-elle. M. Stone a besoin de repos.

Zack, très pâle, était relié à des machines par toutes sortes de tuyaux.

— Comment te sens-tu ? lui demanda Sebastian.

— Ils disent que l'opération s'est bien passée. C'est ça, Susan ? dit-il à l'infirmière qui le redressait sur ses oreillers.

— Aussi bien que possible, monsieur Stone. Pour l'instant, je vous laisse, je reviendrai dans un quart d'heure changer la perfusion.

Et sans un mot de plus, elle sortit.

— Raconte un peu ce qui t'est arrivé, demanda Sebastian. Qui est cette femme ?

— Je n'ai pas grand-chose à raconter. C'est une fan qui me poursuit depuis un moment. Ça faisait des semaines qu'elle rôdait autour de chez moi, qu'elle me photographiait. Je l'avais signalée à la police avant de venir à ta soirée. Elle l'a su et ça l'a mise hors d'elle. Quand je suis rentré chez moi après ta soirée, elle m'attendait et m'a agressé avec un couteau.

— Il paraît que tu ne t'es pas défendu ?

— Bof ! Parlons d'autre chose.

— Ruby voulait t'apporter des fleurs et je lui ai dit que c'était un peu tôt.

— Dommage, j'adore les fleurs.

— Je vais en chercher.

Ruby avait compris que Zack voulait rester seul avec Sebastian. Elle sortit de l'hôpital et retrouva le fleuriste qu'elle avait repéré en venant. Les fleurs choisies et son bouquet terminé, elle remonta la rue et regagna la chambre de Zack. Susan, l'infirmière, arrivait elle aussi.

— Désolée, dit-elle. Il faudrait laisser M. Stone se reposer.

À regret, ils quittèrent la chambre.

— Pas très aimable, cette infirmière, grommela Sebastian.

— Elle fait son métier. Tu pourras y retourner demain. Mais dis-moi, pourquoi s'est-il laissé frapper ?

Il la regarda avec insistance puis détourna les yeux. Il n'était pas décidé à répondre.

— Je te le dirai une autre fois. Quand nous serons seuls.

D'un signe de tête, il montra un petit groupe qui parlait dans le parking. Elle monta dans la voiture, il se glissa au volant.

— Avant de démarrer, dis-moi pourquoi il ne s'est pas défendu.

Il hésita.

— Je ne sais pas si je devrais te le dire. Promets-moi de ne le répéter à personne.

— Tu as ma parole.

— Bien. Zack a fait cinq ans de prison. De dix-huit à vingt-trois ans. Il a tué un homme de façon accidentelle. Il allait fêter son anniversaire dans un club quand, en arrivant, il a vu un ivrogne qui frappait sa petite amie. Zach est intervenu, lui a dit d'arrêter, l'autre a continué. Alors Zack l'a frappé. Ils se sont battus, le type est mal tombé. Blessure grave à la tête, il est mort huit jours plus tard. Bien entendu, la fille avec qui le type était s'est retournée contre Zack, disant que tout était sa faute. Et comme il n'avait pas les moyens de s'offrir un bon avocat, il a écopé de dix ans. Il en a fait cinq. Libéré sur parole.

— Quelle histoire !

— D'autant plus que sa mère, qu'il adorait, est morte peu de temps après sa libération, renversée par un camion-toupie. Un drame pour lui, qui n'avait qu'elle. Elle l'avait élevé en solo, son père les ayant abandonnés des années auparavant.

— C'est terrible.

— Quand il est sorti de prison, comme il était séduisant, elle l'a orienté vers le mannequinat mais ça n'a pas marché ; ensuite il a enchaîné les castings dans l'espoir de décrocher un rôle au cinéma ou au théâtre et un jour *bingo !* Il a été choisi. Tu connais la suite. Elle aurait été très fière de lui.

Ruby pensa à sa propre mère. Si elle la voyait de là-haut, elle ne devait pas être fière de la voir coucher avec son patron.

Elle soupira.

— Tu comprends maintenant pourquoi il ne s'est pas défendu. Il a eu peur d'être accusé, à tort, et qu'on le jette de nouveau en prison. Mais la peur est souvent mauvaise conseillère. Par peur, on peut commettre des actes terribles.

Pourquoi disait-il ça ?

Sans un mot d'explication, il mit le contact et démarra.

— On en reparlera si tu veux, dit-il. À la maison. Mais avant, je vais grignoter. Je meurs de faim. Et quand j'ai faim, je ne pense plus.

Ils continuèrent à rouler en silence. Ruby dans ses interrogations.

Sebastian, apparemment absorbé par ce qu'il allait se mettre sous la dent.

Il avait menti. Il pensait très bien. Il n'avait fait que ça pendant tout le trajet du retour.

Choqué par la mésaventure de Zack, il avait réfléchi à sa vie. Depuis le décès de Jennifer, il s'était juré de ne plus tomber amoureux. Il avait trop souffert. Jusqu'à présent, il avait survécu en se réfugiant dans le travail. Mais s'abrutir pour ne pas ressasser, ce n'était pas vivre.

Ruby avait raison, il était pathétique. Un homme normal n'aurait pensé qu'à faire une place dans sa vie à une femme comme elle. Qu'avait-il fait, lui ? Une proposition ridicule et, s'il ne l'en empêchait pas, elle allait faire ses bagages et partir. Dès aujourd'hui.

Il fallait qu'il arrête ça.

Sans lui dire qu'il l'aimait – ce serait prématuré –, il fallait lui montrer qu'il tenait à elle. Qu'il lui propose autre chose que cet arrangement boiteux.

— J'espère que tu ne comptes pas sur moi pour te préparer ton petit déjeuner avant mon départ ? lança-t-elle froidement comme il garait sa voiture.

— Non.

— Bon, à quelle heure veux-tu que je sois partie ?

Il se tourna vers elle et planta son regard dans le sien.

— Je ne veux pas que tu partes, Ruby.

Elle écarquilla les yeux.

— Pardon ?

— Je veux que tu restes.

— Ah bon ? Hier soir tu m'as dit... Tu m'as dit que...

— C'était hier soir. Les choses ont changé. Tu veux bien qu'on parle ? Qu'on parle sérieusement.

— Eh bien... oui, répondit-elle.

Complètement désarçonnée, elle partit dans la cuisine préparer le petit déjeuner. Rien de compliqué : du pain grillé et du café qu'ils prirent sur la terrasse.

Son café bu, Sebastian décida de se lancer. Allait-elle accepter ? Elle avait de la personnalité, et était capable de l'envoyer promener. Sauf si elle était amoureuse. Mais elle ne l'était pas.

— Écoute, Ruby. Tu dois savoir que tu comptes beaucoup pour moi. Je voudrais que tu restes, et que… nous entamions une relation plus… officielle.

Ruby crut que son cœur s'arrêtait.

— Officielle ? répéta-t-elle, sidérée par ce qu'il venait de dire.

En voiture, tout à l'heure, il était si renfrogné qu'elle avait cru que tout était fini, qu'il allait exiger qu'elle parte dès leur retour.

— Oui, insista-t-il, se levant pour venir s'asseoir à côté d'elle. Mais seulement si tu es d'accord, évidemment.

Malgré la joie qui l'inondait, elle décida de s'offrir une petite vengeance.

— Écoute, je ne sais pas, laisse-moi réfléchir.

Dépité, il la dévisageait quand il la vit sourire. Un sourire malicieux qui trahissait son cœur.

— Tu es une chipie ! dit-il en prenant son visage dans ses mains.

Il se pencha vers elle et déposa sur ses lèvres un baiser tendre qui la surprit. D'habitude, il était plus fougueux, mais elle aimait aussi cette douceur. Brusquement, il releva la tête.

— Ne le prends pas mal, Ruby, mais, nous deux, je préférerais que ça ne s'ébruite pas. Pour l'instant, je te veux toute à moi, le temps de voir où nous en sommes vraiment.

Elle resta sans voix.

Il lui sourit, ce qui la rassura.

— Tu as chamboulé ma vie, tu le sais, non ?

— Toi aussi, Sebastian, tu as chamboulé ma vie.

Mais éprouvait-il pour elle ce qu'elle ressentait pour lui ? Il n'avait pas dit qu'il l'aimait, simplement qu'il tenait à elle. Ce n'était pas la même chose.

— Écoute, Sebastian, je préférerais que notre relation reste discrète pour l'instant. Je ne passerai pas Noël avec ta mère et ta famille. Je refuse de faire semblant d'être seulement ta gouvernante.

— Tu as raison. Attendons…

— D'accord.

Il vit son visage s'assombrir.

— J'ai peur qu'ils croient que je suis une profiteuse, une croqueuse de diamants.

— Écoute, Ruby. Si cela t'ennuie à ce point, je leur téléphonerai aujourd'hui pour les préparer à l'annonce que nous leur ferons après les fêtes.

— Non, surtout pas !

— Pourquoi fais-tu cette tête, alors ?

Elle haussa les épaules.

— J'ai vraiment peur qu'on me juge mal.

— Qu'est-ce que tu racontes ? Ma mère t'adore déjà.

Elle soupira.

— Je crois que tu as raison.

— En ce cas, souris et réponds : que veut faire ma petite amie aujourd'hui ?

— Rien en particulier. Je suis fatiguée.

— En ce cas, allons nous coucher. Je te laisserai même dormir.

— Merci, dit-elle en déposant un baiser sur ses lèvres. Si tu me laisses dormir, tu auras peut-être une récompense à mon réveil.

12

À son réveil, récompense promise, Ruby fit l'amour à Sebastian. Ils se donnèrent l'un à l'autre sans réserve. Avec passion, tendresse et gravité. Était-ce l'amorce de l'amour ?

Il avait aimé Jennifer mais c'était un amour de jeunesse, égoïste, qui manquait d'écoute et de compréhension.

Avec Ruby, c'était différent. Il savait qu'elle avait été malmenée dans le passé et n'avait plus confiance dans les hommes. Après un père indigne, elle avait fréquenté un type odieux.

Il allait devoir gagner sa confiance et conquérir son cœur. Elle le désirait, cela ne faisait pas de doute. De là à dire qu'elle l'aimait d'amour, c'était un bien grand pas. Pourquoi l'aimerait-elle ? N'avait-il pas tout fait pour qu'elle le haïsse ?

Lui l'aimait, c'était certain et il voulait qu'elle l'aime. Le travail pour la séduire sentimentalement allait être long et difficile. Il ferait tout pour réussir car il tenait à elle plus qu'à la prunelle de ses yeux.

Le dimanche, Ruby se réveilla dans les bras de Sebastian ; dehors, le soleil brillait déjà très fort. Elle se sentait reposée et comblée. La veille au soir, Sebastian lui avait fait l'amour doucement, tendrement. Elle avait aimé qu'il prenne son temps, aimé le regarder au fond des yeux et se dire qu'elle l'aimait. Ils avaient beaucoup parlé avant de s'endormir et elle avait découvert de nouvelles facettes de sa personnalité, décidément fascinante.

Assombri à la pensée du retour de Georgia, l'optimisme de son réveil s'évapora d'un coup. Sebastian avait-il songé à plus tard ? Pensait-il l'installer dans un appartement, pas trop éloigné, et lui rendre visite de temps à autre ? S'il croyait s'en sortir comme ça, il ne la connaissait pas !

Comme il s'étirait, elle soupira.

Arrête de te faire du mal. Profite de ce qui se présente. Tu ne peux rien espérer de plus pour l'instant.

— Au fait, t'ai-je dit que Harvest Productions fermait pendant l'été ? annonça Sebastian pendant le petit déjeuner. Comme ça, toute l'équipe s'absente en même temps.

— Quand tournez-vous la prochaine saison de *City Police* ?

— En janvier, si Zack est remis. On en saura plus à l'hôpital, cet après-midi.

— Tu n'as pas peur qu'on trouve louche de nous voir ensemble ?

— Ça ne regarde personne. Allez, va t'habiller ! Plus tôt on y sera, moins on aura de risques de croiser d'autres personnes.

Il avait raison. Zack était seul dans sa chambre avec Susan, l'infirmière, qui prenait sa tension et leur lança un regard noir.

— Tu as meilleure mine, déclara tout de suite Sebastian.

— Oui, je serai debout dans une semaine, n'est-ce pas, Susan ?

— Oui, si vous vous tenez tranquille et faites ce qu'on vous dit.

Sur ce commentaire, l'infirmière quitta la chambre.

— Dis-moi franchement, Zack, comment te sens-tu ?

— Pas top ! Mais je suis vivant et cette folle a été arrêtée.

— As-tu eu des visites ? Veux-tu que je prévienne les autres au boulot ? Je peux envoyer un mail.

— Pas tout de suite. Dans un ou deux jours.

— Ce sera trop tard. Ce sera déjà dans la presse.

Faisant irruption dans la chambre, Susan stoppa net la conversation.

— Vous voudriez bien sortir, ordonna-t-elle.

— Bon, Zack, on va te laisser. On revient très vite.

— Apporte-moi de la lecture la prochaine fois.

— OK. Salut !

Une fois dehors, Sebastian prit la main de Ruby.

— Veux-tu venir avec moi acheter le cadeau de Noël de ma mère ? Je n'ai jamais d'idées. D'habitude, Gloria m'accompagne mais je suis sûr que ton choix sera plus avisé que le sien. Tu sens les gens. C'est vrai. Je le pense.

Flattée, Ruby rougit de plaisir. Faire du shopping avec lui, elle adorait.

Deux heures plus tard, les bras chargés de paquets, ils regagnèrent la voiture.

— Si on déjeunait maintenant ? proposa Sebastian. Je connais un resto sympathique

— Bonne idée.

— Je t'emmène.

Ils s'installèrent dans un coin et commandèrent.

La dernière bouchée avalée, Ruby prit une profonde inspiration avant de poser la question qui lui brûlait la langue.

— Que comptes-tu faire quand Georgia reviendra, Sebastian ?

— Qu'attends-tu ?

Elle recula au fond de sa chaise. Il essayait de savoir ce qu'elle espérait. Si elle se montrait trop pressante, il risquait de paniquer et de mettre un point final à leur histoire. Si elle voulait que leur romance continue, mieux valait qu'elle affiche un certain détachement.

Moue sur le visage, elle haussa les épaules.

— Comme je te l'ai dit, je souhaite faire carrière dans le social. Il faut d'abord que je finisse mes études. Pour cela, il me faut du temps et un toit. Quand Georgia reviendra, je chercherai un autre poste de gouvernante ici, à Sydney. Je n'ai pas envie d'aller vivre chez mes frères.

— Tu ne veux toujours pas te marier ?

— Ça, sûrement pas ! Mais c'est Noël, on parlera de ça l'année prochaine. Pour l'instant, occupons-nous de la fête qui approche, d'accord ?

— D'accord.

Au ton de sa voix, elle comprit que quelque chose le préoccupait, sans deviner quoi.

— Bien, il est temps de rentrer, sinon nous allons nous retrouver dans le gros de la circulation.

Le jour commençait à décliner quand ils regagnèrent la maison. Ils dînèrent en bavardant de tout et de rien mais d'aucun sujet sérieux, et allèrent se coucher, ensemble. Ils n'étaient peut-être pas passés devant M. le maire, mais ils vivaient comme un couple marié, pensa Ruby.

13

— Voilà la lecture que tu m'as demandée, dit Sebastian en posant les romans sur la table de Zack.

— Merci. Maintenant, dis-moi, depuis quand couches-tu avec Ruby ?

— Depuis avant la soirée que j'ai donnée pour Noël. Mais je ne voulais pas que ça se sache.

— Et elle ?

— Elle ne veut pas se marier.

— Ça tombe bien, toi non plus.

— Justement... J'ai changé. Je croyais que je voulais juste vivre une aventure avec elle mais maintenant je crois que... je voudrais l'épouser.

— Qu'est-ce que tu attends ?

— Tu m'as écouté ou pas ? Je viens de te dire qu'elle ne veut pas de mariage.

— Tu lui as dit que tu l'aimais ? Ce serait peut-être pas mal de le lui dire !

— Elle ne me croira pas.

— Arrête ! Sois romantique, bon Dieu ! Je sais, ce n'est pas ton fort, mais force-toi, tu verras ça marche. Les femmes adorent ça.

— Pas étonnant que tu aies toutes les femmes que tu veux, Zack. Tu es un poète, toi ! Allez, je te laisse, j'ai beaucoup à faire.

Sur ces mots, Sebastian quitta la chambre, la tête pleine d'idées. Mais elles demanderaient du temps. Des efforts. Et de l'argent.

Ce dernier point au moins ne lui poserait pas de problème.

Arrivé à la maison, après des courses qui lui prirent un temps fou, il commença par chercher Ruby. Il voulait la voir, juste la voir. Elle lui manquait. Mais elle n'était pas là.

Dépité, il alla se faire un sandwich à la cuisine et lui envoya un texto, auquel elle répondit :

Je fais des courses, je reviens très vite.

Effectivement, moins de vingt minutes plus tard, elle garait la voiture devant le perron.

— Tu n'as pas déjeuné en ville ? s'étonna-t-elle. Qu'as-tu fait, alors ? J'ai cru ne jamais te revoir !

Il ne voulait pas lui dire la vérité. *Je cherchais la plus somptueuse des bagues pour toi, ma Ruby chérie.*

Il décida de ne lui mentir qu'à moitié.

— Je cherchais ton cadeau de Noël. Mais comme je n'ai rien trouvé qui me plaise, j'ai décidé de t'emmener dîner au Café Sydney, le soir de Noël.

— Mais c'est un trois-étoiles !

— Tu le vaux bien, non ? plaisanta-t-il.

— C'est beaucoup trop chic, Sebastian !

Ses yeux qui brillaient comme deux diamants criaient le contraire.

— Bien, ça, c'est réglé ! Maintenant, je vais voir Zack demain. Veux-tu venir avec moi ?

— Je ne crois pas. Son agression est sortie dans la presse. Il va recevoir beaucoup de visites. Je préfère ne pas me montrer. De toute manière, j'ai énormément à faire. Je vois Liam et Oliver demain soir. Nous échangerons nos cadeaux.

Brusquement, elle tapa du pied.

— Zut ! J'ai oublié le papier cadeau. Je ne sais pas à quoi je pense. Janice a raison, j'ai la tête ailleurs.

Si seulement elle pouvait penser à moi !

— Si tu achètes du papier cadeau, prends-en pour moi, s'il te plaît. Tu es ma sauveuse, Ruby ! Je ne sais pas ce que je deviendrais sans toi.

— Tu aurais Georgia, rétorqua-t-elle. Ou Gloria. Ou Janice.

— Oui, mais ça ne serait pas comme toi, dit-il avec chaleur.

Elle sentit le fin duvet de ses bras se hérisser. Cela faisait longtemps qu'elle n'avait pas eu ainsi la chair de poule. Elle plaisanta pour chasser son trouble.

— Flatteur, va ! Tu as passé trop de temps avec Zack. Son numéro de charme a déteint sur toi !

Il essaya de cacher qu'elle le blessait.

— Tu verras, je sais être charmeur quand je veux.

Elle éclata de rire.

— Dommage que je n'en profite jamais !

— Les charmeurs sont souvent creux, Ruby, lui fit-il remarquer, retrouvant son ton habituel. Il vaut mieux un homme sérieux et sincère.

Elle leva la tête et lui sourit.

— Ça va, Sebastian. Ne change rien pour moi. Je t'aime comme tu es.

Noël arriva enfin. Puisque Sebastian avait décidé de l'inviter à dîner dans le plus prestigieux restaurant de la ville, elle se prépara pour lui faire honneur. Préférant réserver la robe rouge, trop sophistiquée, pour le soir de Noël, elle choisit de porter la jolie robe qu'elle avait achetée récemment. Avec ses sandales à lanières, elle serait très chic. Elle laissa ses cheveux onduler librement sur ses épaules, mit le pendentif en or que sa mère lui avait offert pour ses seize ans, se maquilla très peu et se parfuma discrètement.

Comme d'habitude, Sebastian était parti voir Zack. Cette invitation à dîner la réjouissait au plus haut point. Elle n'était jamais allée au Café Sydney mais savait qu'il se trouvait au port. Plus encore que le délicieux dîner qu'elle imaginait et la vue sur la mer, c'était le fait que Sebastian se montre avec elle qu'elle trouvait excitant. Tout ce que Sydney comptait de gens riches et célèbres s'y pressait, impatients de s'afficher, qui avec son conjoint, qui avec une nouvelle conquête.

Que dirait Sebastian quand il y retrouverait des connaissances ? La présenterait-il comme sa gouvernante ou sa « fiancée » ?

Elle verrait bien, mais l'attente la rendait nerveuse.

Il faisait très beau. Ni trop de vent ni trop de chaleur, et pas l'ombre d'un nuage. Sebastian devait l'attendre à la descente du ferry.

Effectivement, il était là, superbe dans un jean couture et une chemise bleue comme ses yeux. Très soigneux de sa personne, il avait l'art de se mettre en valeur.

— Désolée d'être en retard, dit-elle.

— Pas de problème, répondit-il, tout sourire. Tu es magnifique. Une femme comme toi se mérite.

Elle rougit jusqu'aux oreilles.

— Cet endroit est fabuleux. Tu me fais le plus fantastique des cadeaux mais je suis affreusement gênée, je n'ai rien acheté pour toi.

Elle y avait pensé, bien sûr, mais quoi offrir à quelqu'un qui avait tout ?

— Ne t'inquiète pas, tu m'as déjà donné beaucoup.

— Ah ? s'étonna-t-elle.

— Oui, le bonheur. Grâce à toi, je suis de nouveau heureux. Avant que tu entres dans ma vie, je travaillais mais je ne vivais pas. J'existais, je gagnais beaucoup d'argent, j'en retirais une certaine satisfaction, c'est vrai. Mais je passais à côté de l'essentiel. Avoir quelqu'un dans sa vie, une femme comme toi, et savoir qu'elle est là quand on rentre le soir, c'est merveilleux.

Ruby retint son souffle. Était-il en train de lui faire une déclaration sans oser lui dire franchement qu'il l'aimait ? Bien sûr, ce n'était pas facile à dire. Elle non plus ne le lui avait pas dit, de peur de gâcher ce qu'il y avait entre eux.

Non, elle s'égarait. Ce n'était pas possible.

— Est-ce que je t'apporte du bonheur, Ruby ?

Elle hésita. Elle ne pouvait pas dire qu'elle était vraiment heureuse. Sauf au lit.

— Oui, quand on fait l'amour.

Sa réponse ne sembla pas lui plaire. Comme le silence s'éternisait, elle leva sa coupe de champagne.

— Au bonheur ! lança-t-elle.

— Au bonheur !

Un homme sûr de lui se planta devant leur table.

— Que célébrez-vous, Sebastian ? Et qui est cette charmante personne que je ne connais pas ?

Anxieuse – quel qualificatif allait-il employer ? –, Ruby se mordilla les lèvres.

— Alors, Gregory, on vient rôder, comme toujours quand il y a une jolie femme dans les parages ! ironisa Sebastian. Non, Ruby n'est ni mannequin, ni actrice. C'est mon amie. Nous sommes ensemble, si tu préfères, insista-t-il. Ruby, je te présente Gregory Bardon. L'agence de casting Bardon, c'est lui. Il est tout le temps à l'affût de nouveaux talents. Gregory, je te présente Ruby.

— Félicitations ! Tu as beaucoup de chance.

Il baisa la main de Ruby.

— Vous êtes ensemble ? Vraiment ? Mince alors ! J'aurais parié que tu étais gay.

Ils éclatèrent de rire et Bardon s'éloigna.

Sebastian et Ruby terminèrent leur dîner et rentrèrent.

— Il fait bon. Si on se baignait ? proposa Sebastian. Mets ton bikini si tu veux.

— Tu es sûr ? Tu ne crains pas de ne pas pouvoir te tenir ensuite ?

— Je me contrôle sans problème quand je sais ce qui m'attend. La pensée de te faire l'amour pendant des heures me réjouit.

N'en croyant pas ses oreilles, Ruby répéta tout bas « te faire l'amour ». Avait-elle bien entendu ?

— Je veux te faire l'amour, Ruby, reprit-il. Parce que je suis amoureux de toi.

Devant son air sidéré, il insista.

— On dirait que c'est une mauvaise nouvelle ?

Il devait se rappeler les reproches qu'elle lui avait adressés. Elle l'avait même traité de salaud…

— Oh non ! C'est une nouvelle extraordinaire, Sebastian, parce que moi aussi je suis amoureuse.

— De moi ? C'est vrai ? Tu es sûre ?

Son visage s'illumina comme celui d'un enfant découvrant ses cadeaux de Noël au pied du sapin.

— Oui, Sebastian. Je t'aime. Infiniment. Immensément. À la folie !

— Moi aussi je t'aime infiniment. Ce ne sont pas des mots, Ruby. J'aime la belle, la délicieuse, l'exquise, la merveilleuse personne que tu es.

Les larmes commençaient à lui piquer les yeux. Elle les chassa d'un discret battement de cils.

— Je ne pensais pas qu'un homme comme toi puisse m'aimer.

Elle étouffa un sanglot et s'exclama :

— Oh ! Sebastian, tu n'imagines pas combien je suis heureuse !

Il rayonnait.

— Tu n'imagines pas combien je suis heureux de l'entendre. Je croyais… Non, ce que je croyais n'a pas d'importance. Ce qui compte, c'est que nous nous aimons, mon amour. Je suis sur un petit nuage, Ruby. Je suis au septième ciel et je pense que je n'en descendrai jamais.

Il la prit dans ses bras et la serra contre lui. Après une tendre étreinte, elle releva la tête.

— On pourrait oublier la piscine et aller directement au lit, suggéra-t-elle. Qu'en dis-tu ?

— Ruby, tu es réveillée ?

Elle le lâcha et roula sur le dos.

— Oui, *maintenant* je suis réveillée.

— J'ai une question à te poser et je ne peux pas attendre.

— Quoi donc ?

— Accepterais-tu de m'épouser ?

Elle se dressa. Empoigna le drap qui avait glissé, découvrant sa poitrine, et le remonta sur ses seins.

— Pardon ? Tu plaisantes ?

— Je ne plaisante pas, Ruby. Je te l'ai dit, après le décès de Jennifer, j'avais décidé de ne plus jamais m'engager avec une femme. C'était idiot, c'était lâche. Oui, j'étais malheureux et ne voulais plus souffrir mais, aujourd'hui, je pense que ce sont ses dernières années qui m'ont démoralisé. Elle m'a rejeté, a refusé que je l'aide. Tu ne feras jamais ça, n'est-ce pas ? C'est ensemble que nous affronterons ce que la vie nous réserve, j'espère. Quoi qu'il arrive, nous nous battrons ensemble.

— C'était courageux de sa part, dit Ruby.

Et elle fondit en larmes.

— Marions-nous vite, alors. Pourquoi attendre ?

— Je vais demander à Zack d'être mon témoin.

— Et moi à mes frères.

Il bondit du lit et fila dans son dressing.

— Tiens, dit-il en revenant dans le lit. C'est pour toi.

C'était un petit écrin noir qu'elle s'empressa d'ouvrir.

— Oh ! Sebastian ! C'est trop !

— Rien n'est trop beau pour toi.

Il prit sa main et glissa la bague à son annulaire.

— Comment savais-tu que j'adore les rubis ?

— Un zeste de chance et mon sens de l'observation.

— Elle est magnifique, mais je ne la mettrai pas demain pour Noël. Ta mère et ta sœur penseraient que j'en veux à ton argent.

— Ne dis pas de bêtises ! Ma mère sera ravie et Gloria aussi. Maintenant, au lieu de bavarder, célébrons nos fiançailles comme le font les vrais amoureux, dit-il avant de prendre sa bouche.

14

— Oh cette robe ! s'exclama Sebastian.

— Quoi ? Elle est trop osée ?

Ruby commença à avoir des doutes. Qu'allait penser la famille de Sebastian ? Et, surtout, que dirait-elle quand ils annonceraient leurs fiançailles ?

— Ne t'inquiète as, Ruby. Tu n'as aucune raison de t'en faire.

— Je ne peux pas m'en empêcher.

— En ce cas, dépêchons-nous, plus vite ce sera fait, plus vite tu seras soulagée.

— Maman appelait ça « se mettre la rate au court-bouillon ».

— Comme c'est drôle ! J'aurais adoré ta mère.

— Je suis sûre qu'elle t'aurait adoré, elle aimait les hommes virils. Elle trouvait Gregory Peck superbe et tu sais quoi ? Tu lui ressembles.

— Je prends ça pour un compliment, mais j'aurais préféré que tu me compares à un acteur plus contemporain ! Ai-je l'air d'un vieux barbon ?

— Tu es superbe.

— Allons-y, Gloria doit nous attendre.

Elle habitait dans une de ces maisons anciennes soigneusement entretenues, entourées de magnifiques jardins.

À peine étaient-ils arrivés que deux ados se précipitèrent.

— Salut ! dit l'aîné.

Il ressemblait comme un clone à son oncle.

— Joyeux Noël. Et ça, c'est Ruby ? Salut, Ruby. Maman avait raison, Alex. La nouvelle gouvernante est canon.

— Matthew ! le reprit Sebastian, tiens-toi, je t'en prie. Ruby, je te présente mes neveux, Matthew et Alexander.

Il passa le bras autour des épaules de Ruby.

— Ruby sera bientôt votre tante.

Les deux garçons partirent en hurlant à la cantonade :

— Oncle Sebastian est fiancé ! Oncle Sebastian est fiancé !

Le reste de la famille accourut, Gloria en tête. Aux anges, elle prit la main de Ruby et s'extasia.

— Cette bague est magnifique !

Un peu plus lente à se déplacer, Frieda les rejoignit avec quelques pas de retard.

— Enfin, Sebastian, tu fais preuve de bon sens !

— Oui, maman.

— Bienvenue dans la famille, Ruby ! Je ne pourrais pas être plus heureuse.

— Merci, Frieda.

— Ruby avait peur que vous trouviez nos fiançailles prématurées, dit Sebastian.

— Ne sois pas ridicule ! Vous êtes tous les deux assez grands pour savoir ce que vous faites. Et le mariage ? C'est pour quand ?

— Dans six semaines. Il faut un mois pour obtenir la licence. Ruby aimerait que la cérémonie ait lieu ici, dans le jardin.

— Excellente idée ! s'exclama Gloria. Maintenant, je retourne à la cuisine. Henry, sers à boire à nos invités. On a plein de choses à fêter, aujourd'hui.

Ils étaient tous assis quand Sebastian se pencha à l'oreille de Ruby.

— Tu n'as pas appelé tes frères.

— Bien, j'y vais, dit-elle en se levant.

Une fois seule, elle composa le numéro de Liam.

— Ah, c'est toi, Ruby ! Joyeux Noël.

— Vous êtes toujours au restaurant ?

— Oui, pourquoi ?

— J'ai quelque chose à t'annoncer. Accroche-toi !

— Pas de bêtise, au moins ?

— Non, t'inquiète ! J'entends du bruit.
— C'est Oliver. Raconte, que se passe-t-il ?
— Sebastian et moi, nous allons nous marier.
— C'est une blague ?
— Non.
— Mais tu l'aimes ?
— Oui, comme une folle.
— Et lui ? Il t'aime ?
— Comme un fou.

Ruby entendit un bruit de fond qui s'amplifiait et des exclamations. Rachel et Lara avaient compris et commentaient.

— Vous vous mariez quand ?
— Très vite.
— Ce n'est pas un mariage forcé, au moins ?

Elle éclata de rire.

— Mais non, Oliver ! Je t'ai dit que nous étions amoureux.
— Ça s'entend à ta voix.
— Bon, on se voit bientôt, alors ?

Sur cette promesse, elle raccrocha et retourna dans le salon.

— Tout va bien ? Qu'ont dit tes frères ?
— Ils ont été interloqués d'abord, et ravis.
— Pendant que tu leur téléphonais, j'ai appelé Zack à l'hôpital. Il était aux anges. Il est d'accord pour être mon témoin.

Très solennel, Sebastian se leva et, visiblement ému, prit la parole.

— Maintenant que vous connaissez tous la nouvelle, place aux festivités. Et, pour commencer, les cadeaux !

Quand arriva l'heure de se quitter, Ruby, rayonnante, lança :

— L'année prochaine, Noël ce sera chez nous.

Elle ne le dit pas mais se le jura : il y aurait un immense sapin avec plein de guirlandes lumineuses et des centaines de boules de toutes les couleurs, et un Père Noël sur son traîneau, tout illuminé, sur la pelouse, devant la maison.

15

Six semaines plus tard

— Ruby, tu es prête ? C'est l'heure.

L'heure...

Mon Dieu ! L'heure de son mariage. L'heure d'embrasser un avenir qu'elle n'avait jamais imaginé pour elle. Mais l'amour et la sincérité des sentiments de Sebastian avaient tout transformé, tout emporté. Lui aussi avait changé. Aujourd'hui, grâce à elle, il avait surmonté son deuil.

Elle poussa la porte de la chambre.

— Dis donc, sœurette, tu es très belle, s'exclamèrent les deux frères en chœur.

— Vous dites ça pour me faire plaisir ?

— Non, tu es superbe.

Elle tourna sur elle-même pour se faire admirer. Elle avait choisi une robe bustier, rehaussée de perles, cintrée à la taille et décolletée bas dans le dos. Elle était en soie sauvage ivoire et traînait légèrement par terre. Elle n'avait pas voulu de voile, préférant se faire une natte lâche piquée de fleurs. Côté bijoux, elle était sobre. Au doigt, le rubis et, aux oreilles, les boutons en diamant que Sebastian lui avait offerts au petit déjeuner. Elle en avait pleuré d'émotion.

Sa robe la serrait plus aujourd'hui qu'au premier essayage car elle était enceinte, nouvelle qu'elle n'entendait pas annoncer déjà à ses frères. Ils dénonceraient un mariage forcé ! Sebastian savait, évidemment. Quand il l'avait appris, il avait décidé de laisser la nature suivre son cours. Cela avait été *son* choix. Le soir de Noël, dans son enthousiasme, Ruby avait oublié de prendre sa pilule. Quand le test était revenu, positif, ils avaient sauté de joie. Tous les deux. Ils choisissaient déjà le prénom. Beau pour un garçon, Ava pour une fille, comme sa maman chérie.

— Viens, dit Oliver. Le célébrant s'impatiente.

Ruby lissa sa robe sur ses hanches et son ventre, prit son bouquet de camélias roses et sortit.

La cérémonie qu'elle voulait simple allait se dérouler sur la pelouse. Il faisait beau, ni trop chaud ni trop humide, ce qui était rare en février à Sydney. Ruby avait insisté pour qu'on garde les illuminations de Noël et qu'on fasse appel au DJ, et au traiteur qui les avait régalés ce jour-là. Quand elle sortit sur la terrasse, il n'y avait plus une chaise de libre. Tous les invités avaient répondu présent. Armés de leur téléphone portable, ils la photographiaient. Enfin, elle vit Sebastian. Là-bas, au bout du tapis rouge. Il rayonnait. Elle s'avança, adressant des sourires radieux à droite et à gauche. Georgia était là. Elle avait fait le voyage depuis Melbourne et y retournerait dès demain.

— Je suis désolée mais je ne reviendrai pas, avait-elle annoncé à Ruby et Sebastian. Je ne peux plus me passer de ces enfants.

Cette décision ne gênait pas Ruby. Elle ne voulait pas de gouvernante. Ils avaient déjà Janice et Tom. Sebastian avait suggéré qu'ils engagent une nounou après la naissance mais elle avait hurlé : « Une nounou ? Jamais ! »

Gloria, Henry et les deux garçons entouraient Frieda, resplendissante.

Ruby porta de nouveau les yeux sur l'homme qui l'attendait en souriant. Qu'il était beau ! Et séduisant ! Et dire que c'était son mari !

Zack fit un clin d'œil à Ruby qui passait près de lui. Il avait bien récupéré. Et sans doute réfléchi car Susan et lui, dorénavant, c'était du sérieux.

Elle continua d'avancer sans quitter son futur mari des yeux et arriva enfin à sa hauteur.

— J'étais en train de me dire que je suis le plus chanceux des hommes. Et que tu es la plus belle des femmes.

Le célébrant se gratta la gorge.

— Pouvons-nous commencer ?

Ruby lui répondit par un « oui », tellement tonique que l'assemblée éclata de rire.

La cérémonie fut comme elle l'avait souhaitée, simple, rapide et joyeuse. Zack présenta, sur un coussinet de velours rouge, les alliances que les jeunes mariés se passèrent au doigt.

— Vous pouvez vous embrasser, dit le célébrant.

Sebastian ne se le fit pas dire deux fois. Prenant sa femme par la taille, il happa ses lèvres avec fougue devant le parterre qui applaudissait, heureux d'être témoin de ce bonheur éclatant.

Pressée de montrer le bout de son nez, Ava Frieda Marshall naquit avec trois semaines d'avance, suivie, une minute plus tard, de Beau Henry Marshall. Bien que petits, le frère et la sœur se portaient bien. Ils étaient même déjà très éveillés.

Ravis mais un peu débordés – Ruby ayant refusé la nounou que Sebastian proposait d'engager –, les parents avaient été aidés par Frieda, qui adorait les deux chérubins.

Zack et Susan leur avaient fait la surprise d'annoncer qu'ils allaient être parents à leur tour, avaient accepté d'être les parrains de Beau et d'Ava. Ils devaient se marier prochainement et étaient très accaparés par les préparatifs de la fête. Encore des réjouissances en perspective !

L'été prochain, ils partiraient tous en vacances ensemble.

Le succès de la série *City Police* avait dépassé les pronostics les plus optimistes. Phénoménal, il était le plus grand de tous les temps pour une série TV. Ruby, quant à elle, était allée au bout de son rêve. Elle avait repris ses études et obtenu haut la main son master en sciences sociales. Dorénavant, elle travaillait à temps partiel comme conseillère d'éducation dans un lycée où son sens de l'écoute, entre autres, était très apprécié.

Quant à Sebastian, il n'éprouvait plus le besoin de s'étourdir chez Harvest Productions car il avait trouvé auprès de Ruby et des jumeaux tout le bonheur auquel il aspirait depuis toujours sans vouloir l'admettre. Il leur consacrait donc un maximum de temps. La famille baignait dans l'amour et l'harmonie et Ruby, comblée, avait la certitude que rien, jamais, ne pourrait les séparer.

JENNIFER HAYWARD

Un envoûtant patron

Traduction française de

ANNE DE RIVIÈRE-DUGUET

HARLEQUIN

Titre original :
THE MAGNATE'S MANIFESTO

Ce roman a déjà été publié en 2020.

1

Armée d'un gobelet rempli de café brûlant, Bailey prit place derrière son bureau, avec autant de grâce que le lui permettait sa jupe crayon.

Espérant que ce jour serait différent des autres, elle alluma son ordinateur et fixa l'écran d'un regard ensommeillé, le temps que le système d'exploitation démarre.

Après avoir avalé une gorgée du breuvage âcre et puissant, elle ouvrit sa boîte mail et leva un sourcil en voyant le message intitulé « Oh, mon Dieu ! » que lui avait envoyé son amie Aria. Elle cliqua dessus pour l'ouvrir et manqua de s'étrangler avec son café à la vue du gros titre qui s'affichait sous ses yeux :

« JARED STONE, LE PLAY-BOY LE PLUS CONVOITÉ DE SILICON VALLEY, DÉCLENCHE UN INCIDENT INTERNATIONAL AVEC SON MANIFESTE SUR LES FEMMES ! »

Le sous-titre ajoutait :

« Un manifeste qui ne laisse planer aucun doute sur ce que pense le sexy milliardaire de la présence des femmes dans les conseils d'administration. »

Bailey reposa sa tasse sur le bureau d'un geste brusque et cliqua pour avoir accès au manifeste. Elle constata qu'il avait déjà été visionné par plus de deux millions de personnes.

La Vérité sur les femmes, qui n'aurait apparemment jamais dû quitter le cercle des amis intimes de Jared Stone, était désormais commenté par la planète entière. En général, les femmes vilipendaient un « salaud sans cœur » et un « macho répugnant » tandis que les hommes abondaient plutôt dans le sens du patron de Bailey.

En lisant sa prose ô combien éloquente, elle faillit tomber de sa chaise.

> *Après être sorti et avoir travaillé avec de nombreuses femmes à travers le monde, je suis arrivé à la conclusion suivante : les femmes mentent sur un point. Elles disent vouloir être les égales des hommes et avoir accès aux postes de direction, mais c'est faux. En dépit de leurs allégations et de leur indignation face aux limites que leur impose le soi-disant « plafond de verre », elles n'ont aucune envie de négocier un contrat ou d'orchestrer une fusion. Elles veulent être femme au foyer, veulent qu'un homme prenne soin d'elles et leur offre des nuits torrides et des bijoux à intervalles réguliers ; et, surtout, les empêche d'errer sans but dans la vie.*

Cette dernière phrase fit bondir Bailey. S'il y avait bien une façon de décrire sa vie, ce n'était sûrement pas celle-là. Elle avait passé les douze dernières années à tenter d'échapper à son destin, faisant l'impossible pour obtenir sa maîtrise, puis gravissant les échelons à la force du poignet. Tout d'abord, dans une petite start-up de la Silicon Valley, puis, trois ans plus tard, chez Stone Industries, la société de produits électroniques dans le vent.

Là, sa fulgurante progression avait été stoppée net. Directrice des ventes pour l'Amérique du Nord, elle avait passé les dix-huit derniers mois à espérer un poste de directrice adjointe, que Stone semblait déterminé à ne pas lui offrir. Elle avait pourtant travaillé dur et beaucoup de ses collègues pensaient que le poste lui revenait de droit. Mais Jared Stone semblait penser le contraire et ne le lui avait pas attribué — décision qui l'avait profondément blessée venant de l'homme pour lequel elle avait tant d'admiration.

Pourquoi ne la respectait-il pas comme les autres ?

Sa fureur décupla, manquant de la submerger. Maintenant, elle savait pourquoi : parce que Jared Stone n'était qu'un phallocrate de la pire espèce. Un être... *abject*.

Portant à nouveau son regard sur l'écran, elle lut les « conseils » que Jared offrait à ses homologues masculins.

> Conseil n° 1 : *Toutes les femmes sont folles. J'entends par là qu'elles pensent différemment de nous, comme si elles venaient d'une autre planète. A vous de trouver la moins folle d'entre elles si vous désirez coûte que coûte fonder une famille — ce que je déconseille fortement, bien entendu.*
> Conseil n° 2 : *Quoi qu'elles en disent, toutes les femmes veulent se marier. Pourquoi pas, si tel est votre propre désir. Mais, pour l'amour du ciel, sachez à quoi vous vous engagez !*
> Conseil n° 3 : *Toutes les femmes veulent un tigre dans la chambre à coucher. Elles veulent être dominées, que vous gardiez le contrôle de la situation. Elles ne veulent en aucun cas que vous soyez à l'écoute de leurs besoins. Arrêtez de faire cette erreur. Soyez des hommes, des vrais.*
> Conseil n° 4 : *Toutes les femmes commencent leur journée avec une liste de souhaits qu'elles biffent au fur et à mesure de la journée. Ce peut être une bague sertie de diamants, un peu de votre précieux temps... Peu importe : acceptez d'emblée ou fuyez. Et, croyez-moi, prendre la fuite risque d'être bien moins onéreux sur le long terme.*

Abasourdie, Bailey s'arrêta de lire. Elle qui avait cru que seul l'intense conflit de personnalité qui crépitait entre Jared et elle était en cause ! Elle s'était lourdement trompée. Certes, le désir qu'ils avaient de s'entre-déchirer chaque fois qu'ils pénétraient dans une salle de réunion était légendaire, mais la raison de sa stagnation professionnelle était tout autre : Jared Stone méprisait la population féminine dans son ensemble.

Elle n'avait jamais eu la moindre chance...

Trois ans, fulmina-t-elle en fixant d'un regard noir son écran. Cela faisait trois ans qu'elle travaillait pour ce sale type égocentrique et faisait exploser ses ventes. Et tout ça en pure perte. La rage au ventre, elle commença à pianoter une lettre sur son clavier :

« Par la présente, je vous informe de ma démission. En effet, je ne peux plus travailler dans une entreprise gérée par cet infâme individu. Cela va à l'encontre de tous mes principes. »

Elle écrivit sans retenue, poursuivant son courrier jusqu'à ce que sa colère reflue enfin. Puis elle écrivit une version édulcorée, qu'elle comptait remettre le jour même aux ressources humaines.

Elle ne travaillerait pas une seconde de plus pour cet insupportable despote arrogant.

D'excellente humeur, Jared gara sa voiture dans le parking de Stone Industries, saisit sa serviette et se dirigea vers les rutilantes portes de verre coulissantes. Après un jogging de plusieurs kilomètres dans le parc national du Golden Gate, comme tous les matins, une longue douche brûlante et un trajet sans encombre, il était en pleine forme.

Fredonnant un air qu'il venait d'entendre à la radio, il marcha à grands pas vers les ascenseurs qui trônaient au centre de l'élégant bâtiment à l'architecture spectaculaire. La vie était belle, il était au sommet de sa carrière, à deux doigts de signer le contrat qui ferait taire ses détracteurs les plus virulents — et renforcerait le contrôle qu'il avait de son entreprise. Il se sentait invulnérable, capable de déplacer des montagnes, et même de sauver le monde si on lui en donnait les moyens.

S'engouffrant dans la cabine, il lança un large sourire à la ronde, tout en notant mentalement le nom des employés qui avaient fait l'effort de venir travailler tôt. Gerald, du service financier, lui adressa un sourire narquois, comme s'ils partageaient un amusant secret ; Jennifer Thomas, l'assistante d'un des vice-présidents, lui offrit un sourire contraint et répondit quelque chose d'inaudible à son bonjour amical ; la femme du département juridique, dont il ne se souvenait jamais du nom, lui tourna carrément le dos.

Bizarre...

Cette ambiance singulière s'aggrava encore lorsque les portes s'ouvrirent à l'étage de la direction et qu'il se dirigea vers son bureau. Mary le regardait d'un air si étrange qu'il ne put s'empêcher de baisser les yeux sur ses vêtements. Avait-il taché sa chemise ? Voyant que ce n'était pas le cas, il fronça les sourcils en dévisageant son assistante tandis qu'elle lui tendait ses messages.

— Qu'est-ce qu'ils ont tous à faire la tête ? Le soleil brille, les ventes sont en progression...

— Vous n'êtes pas allé sur internet, n'est-ce pas ?

— Vous connaissez ma position là-dessus, répondit-il patiemment. 7 h 30 est une heure bien assez matinale pour découvrir quelle folie a encore frappé le monde.

— Dans ce cas, marmonna-t-elle, il est grand temps de vous connecter avant l'arrivée de Sam Walters, à 11 heures.

A l'évocation du président du conseil d'administration de Stone Industries, Jared fronça les sourcils.

— Je n'ai pas de réunion prévue avec lui.

— Maintenant, si, le contredit-elle. Jared... Je...

Elle posa son stylo sur la table et lui fit face.

— Votre... *manifeste* a été divulgué sur internet hier soir.

Jared se sentit blêmir. Il n'avait écrit que deux manifestes dans sa vie. Le premier lorsqu'il avait créé Stone Industries et qu'il avait défini sa vision pour l'entreprise et le deuxième tout récemment — un pamphlet humoristique qu'il avait partagé avec ses amis la veille lors d'une soirée bien arrosée. *Et qui n'était pas destiné au grand public !*

D'après l'expression de Mary, elle ne parlait pas du manifeste concernant Stone Industries...

L'estomac noué, il baissa les yeux sur les messages qu'il tenait à la main. Son penchant pour le scandale lui avait-il joué un tour, cette fois ?

Lorsque son mentor et conseiller Sam Walters pénétra dans son bureau, suivi des responsables juridique et communication, il sut sans l'ombre d'un doute qu'il était allé trop loin. Le génie financier de soixante-six ans n'avait pas l'air enchanté.

D'un geste, Jared les invita à s'asseoir et prit aussitôt les devants :

— Sam, tout ceci n'est qu'un énorme malentendu. Nous allons publier une déclaration disant qu'il s'agissait d'une simple blague. Demain, tout sera oublié.

Julie Walcott, responsable de la communication, leva un sourcil dubitatif.

— Plus de trois millions de personnes ont déjà lu votre manifeste. Et les chiffres ne cessent d'augmenter. Les femmes menacent de boycotter nos produits. Le sujet est loin d'être clos.

Jared se crispa, l'estomac noué. Toutefois, il n'était pas du genre à montrer le moindre signe de faiblesse, surtout maintenant que le monde entier voulait sa perte.

— Que me conseillez-vous de faire ? Implorer le pardon des femmes ? Me mettre à genoux et jurer que je ne pensais pas un traître mot de ce que j'ai écrit ?

— Oui.

Il lui lança un regard interloqué.

— C'était une blague *entre amis*. Répondre aux allégations ne ferait qu'y accorder du crédit.

— C'est désormais une blague entre vous et le monde entier, riposta Julie. Répondre aux critiques est la seule chose qui permettrait aujourd'hui de sauver votre entreprise.

Sam croisa les bras sur son torse.

— Il y a des implications juridiques, Jared. On pourrait nous reprocher de discriminer les femmes. De plus, et comme vous le savez, la fille de David Gagnon est membre fondateur d'une organisation féministe. Inutile de préciser que cela ne va pas lui plaire.

Jared serra de toutes ses forces le bord de son bureau. Stone Industries visait un partenariat avec Maison électronique, la plus grande chaîne européenne en la matière, afin d'accroître sa présence internationale. Or Micheline Gagnon, la fille du P-DG, était une journaliste sociale très active. Elle ne serait pas ravie, et c'était un euphémisme.

Dire que tout ceci n'avait été qu'une blague...

— Dites-moi ce que je dois faire, soupira-t-il.

— Vous devez présenter des excuses. Dire qu'il s'agissait d'une plaisanterie de mauvais goût entre amis et que cela ne reflète pas du tout l'opinion que vous avez des femmes, pour lesquelles vous avez au contraire le plus grand respect.

— Et c'est le cas ! assura-t-il. Je trouve simplement qu'elles ne se montrent pas toujours honnêtes avec leurs sentiments.

Julie le dévisagea froidement.

— Depuis quand n'avez-vous pas nommé une femme au comité de direction ?

Je ne l'ai jamais fait, songea Jared, glissant d'un geste nerveux les doigts dans sa chevelure.

— Montrez-moi une femme qui y a sa place et je la nommerai tout de suite.

— Que pensez-vous de Bailey St John ? proposa Sam en levant un sourcil broussailleux. Vous semblez être le seul à penser qu'elle ne mérite pas d'être directrice adjointe.

Jared se rembrunit.

— Bailey St John est un cas à part. Elle n'est pas prête.

— Vous devez faire un geste, insista sèchement Sam. Vous êtes sur la corde raide, Jared. Donnez-lui le poste. Et faites en sorte qu'elle soit prête.

— Ce n'est pas une bonne idée, protesta-t-il. Bailey doit encore mûrir. Elle n'a que vingt-neuf ans, bon sang ! La nommer directrice adjointe maintenant serait pure folie.

Sam leva de nouveau les sourcils, sans doute pour lui rappeler combien l'opinion du conseil d'administration lui était en ce moment défavorable. Comme s'il avait besoin qu'on lui rappelle à quel point l'avenir de la société qu'il avait créée et transformée en multinationale était en jeu ! *Sa* société.

— Donnez-lui le poste, Jared, trancha Sam. Ne sacrifiez pas dix années de travail acharné pour une broutille.

La rage et la frustration le submergèrent comme une lame de fond. Il avait volé Bailey à un concurrent trois ans plus tôt, pour son potentiel. Et elle ne l'avait pas déçu. Il la nommerait certainement un jour directrice adjointe, mais pour l'instant elle n'était encore qu'un électron libre. On ne savait jamais à quoi s'attendre avec elle. Et il ne pouvait pas se permettre de l'avoir dans ses équipes en ce moment.

Sam le dévisagea d'un regard dur.

— D'accord, s'écria-t-il, rendant les armes. Quoi d'autre ?

— Une formation de sensibilisation à la discrimination, proposa la responsable du département juridique.

— Sûrement pas, décréta fermement Jared. Autre chose ?

Julie lui exposa son plan. Ses propositions étaient bien fondées et il les accepta toutes, sauf la formation de sensibilisation à la discrimination, avant de clore la réunion.

Une fois seul, il se dirigea vers la fenêtre. Comment une journée qui avait si bien commencé pouvait-elle se transformer en véritable cauchemar ? se demanda-t-il, écœuré. A l'origine du problème était la fin brutale de sa liaison avec Kimberley. La jolie comptable lui avait toujours juré qu'elle ne voulait pas de liaison stable. Rassuré sur ce point, il avait donc baissé sa garde. Mais, le samedi précédent, elle lui avait reproché de lui briser le cœur en la maintenant dans l'incertitude, puis l'avait fixé de ses grands yeux bleus en l'implorant de s'engager.

Dès le lendemain matin, Kimberley avait reçu le traditionnel cadeau de rupture : un splendide bracelet orné de diamants. Il s'était senti triste, et même seul, et avait écrit ce manifeste. Mais il s'était fixé une règle immuable : pas d'engagement.

Avec un rictus amer, il posa la paume sur la vitre. Peut-être aurait-il dû informer l'équipe chargée des relations publiques des circonstances du mariage de ses parents. La façon dont sa mère avait saigné son père à blanc, transformant un homme courageux en une demi-portion... Il se serait à n'en pas douter attiré la sympathie du conseil d'administration.

Il soupira. Julie ferait mieux de consacrer plus de temps à contrôler les médias. Après avoir créé un ordinateur révolutionnaire dans sa chambre d'étudiant, transformant une idée de génie en un des plus grands groupes de produits électroniques des Etats-Unis, coté en Bourse, jamais il n'aurait pu imaginer un tel déferlement de haine de la part des journalistes. Des bêtes féroces, espérant sa mort. Eh bien, cela ne se produirait pas. Il irait en France, établirait un partenariat avec Maison électronique, couperait l'herbe sous le pied à ses concurrents et présenterait le contrat signé à la réunion du comité de direction prévue dans deux semaines. Il n'avait qu'à présenter sa vision marketing à David Gagnon, obtenir son adhésion et l'affaire serait conclue.

Se détournant de la fenêtre, il se dirigea à grands pas vers la porte et intima à Mary de faire venir *immédiatement* Bailey St John dans son bureau. Certes, il allait la promouvoir, mais il n'était pas stupide, il se préserverait une porte de sortie afin de l'écarter du poste si elle se montrait trop inexpérimentée.

Ensuite, il passa un coup de fil au responsable du service informatique. Celui qui avait piraté sa messagerie allait regretter le jour où il avait croisé son chemin…

Sa lettre de démission à la main, Bailey attendait depuis près d'un quart d'heure devant le bureau de Jared Stone lorsque Mary l'invita enfin à entrer. Affichant un sourire contraint, elle poussa la lourde porte de bois. Dominée par une immense cheminée en marbre et de grandes baies vitrées, la pièce était meublée de façon intentionnellement minimaliste — un style épuré et raffiné, très masculin, qui portait avec éloquence l'empreinte du maître des lieux.

Elle éprouva un léger vertige en ressentant le trouble familier qui lui coupait les jambes chaque fois qu'elle se trouvait en présence de son patron. Elle ne cherchait peut-être pas à le séduire, à la différence de toutes les femmes de la Silicon Valley, mais cela ne voulait pas dire pour autant qu'elle était insensible à son charme. Le regard bleu acier qu'il tourna vers elle, célèbre dans le monde entier, fit battre son cœur plus vite. A moins que ce ne soit son corps tout en muscles, mis en valeur par un costume sur mesure, ou son esprit brillant.

Ses joues s'empourprèrent tandis que Jared l'invitait à s'asseoir d'un geste de la main. Elle s'apprêtait à lui obéir, comme ses disciples sans cervelle, avant de se raviser.

— Je ne suis pas venue ici pour discuter, mais pour vous donner ma démission.

— Votre démission ?

Sa voix rauque avait pris un ton incrédule.

— Oui, confirma-t-elle sèchement.

Redressant les épaules, Bailey marcha vers lui, refusant de le laisser prendre le dessus comme il le faisait toujours. Arrivée à un souffle de son visage, elle s'arrêta et affronta son regard d'un bleu intense.

— Je suis fatiguée d'*errer sans but* dans une entreprise qui ne m'offre aucune perspective d'avancement.

Elle avait repris à dessein l'expression utilisée par Jared dans son manifeste. Le regard de celui-ci s'assombrit.

— Je vous en prie, Bailey. Je pensais que vous au moins étiez capable d'apprécier une plaisanterie.

Elle posa les mains sur les hanches.

— Vous avez pesé chacun de vos mots. Et dire que je croyais que ma stagnation professionnelle était due à nos personnalités différentes.

L'ombre d'un sourire ourla les lèvres de Jared, étirant la cicatrice qui barrait sa lèvre supérieure.

— Vous voulez sans doute parler du fait que nous voulons nous entre-déchirer dès l'instant où nous assistons ensemble à une réunion ? s'enquit-il en la déshabillant du regard. Voilà le genre de chose qui me pousse à sortir du lit le matin.

Bailey leva les yeux au ciel, agacée par la futilité de cette réaction.

— J'ai toujours su quelle opinion vous aviez des femmes, mais je pensais malgré tout que vous me respectiez. Je me suis visiblement trompée.

— Mais je vous respecte, riposta Jared.

— Alors pourquoi le travail que j'ai effectué ces trois dernières années vous laisse-t-il indifférent ? Pour quelle raison avez-vous donné le poste que je méritais à Tate Davidson ?

— Vous n'étiez pas prête, répondit-il d'un ton calme, qui tranchait avec sa propre agitation.

— Que voulez-vous dire ?

— Vous n'êtes pas assez mûre, expliqua-t-il, condescendant. Vous réagissez de façon instinctive. Comme maintenant, par exemple. Vous n'avez pas réfléchi à la question avant de m'apporter votre lettre de démission.

Une bouffée de rage la transperça, mais Bailey s'efforça de ne rien trahir de son tumulte intérieur.

— Ne croyez pas cela, protesta-t-elle. J'ai eu de longs mois pour réfléchir à la question. Et vous me pardonnerez si je ne prends pas trop au sérieux votre réflexion sur ma maturité après votre tour de force de ce matin. Votre intention était-elle de faire rire tous les hommes de la planète ? Eh bien, bravo ! Pari réussi. Mais quelle régression pour les femmes !

Il plissa les yeux.

— Je suis prêt à nommer une femme au conseil d'administration si elle le mérite, Bailey. Mais je ne le ferai pas pour créer une bonne impression. Vous avez beaucoup de talent et, si vous arrivez à dépasser le besoin que vous avez de le prouver, vous irez loin.

Elle refusa de se laisser amadouer. Repoussant une mèche de cheveux de son visage, elle fusilla son boss du regard.

— J'ai eu de meilleurs résultats que tous les hommes de cette entreprise au cours des deux dernières années, et cela n'a pas suffi. Je renonce à essayer de vous impressionner. Apparemment, la seule chose qui pourrait vous influencer est la taille de mon bonnet de soutien-gorge.

Un sourire passa sur les lèvres de Jared.

— Je crois qu'aucun homme sain d'esprit ne trouverait à redire sur vos charmes.

Son compliment détourné lui mit le feu aux joues. Elle l'avait bien cherché, elle devait le reconnaître.

— Voici, dit-elle en lui donnant la lettre d'un geste brusque. Considérez ma lettre de démission comme la réponse à votre manifeste. Et, croyez-moi, il s'agit de ma *deuxième* ébauche.

Il saisit la lettre de ses longs doigts fins et la parcourut brièvement. Puis, les yeux rivés aux siens, il la déchira lentement.

— Je ne l'accepte pas.

— Réjouissez-vous que je ne vous attaque pas en justice,

riposta-t-elle avant de pivoter sur ses talons. Les ressources humaines ont la copie de ma lettre. Je vous accorde deux semaines de préavis.

— Je vous offre un poste de directrice adjointe, Bailey, l'interpella Jared, la faisant stopper net. Vous avez fait un travail phénoménal pour stimuler les ventes nationales et, pour cela, vous méritez une promotion.

L'espace d'un instant, un sentiment d'allégresse la saisit — elle rencontrait enfin le succès après trois longues années de travail acharné ! —, suivi aussitôt par un profond découragement. Elle savait exactement pourquoi Jared lui faisait une telle proposition. Pivotant, elle le fixa d'un regard glacial.

— Qui vous a conseillé de m'offrir cette promotion ?

Voyant un muscle tressaillir violemment sur la mâchoire de son interlocuteur, Bailey redoubla de fureur.

— Vous voulez que je sois votre tête d'affiche, dit-elle lentement. Un symbole à mettre sous les feux des projecteurs dans l'espoir de calmer la vindicte populaire.

Il serra la mâchoire, immobilisant son muscle récalcitrant.

— Je veux vous promouvoir à ce poste parce que vous le méritez, c'est tout. Acceptez, ne soyez pas stupide. Nous sommes attendus dans deux jours chez David Gagnon, dans sa maison du sud de la France, pour présenter notre plan marketing, et j'ai besoin de vous à mes côtés.

Bailey hésita. Elle voulait refuser, lui jeter sa proposition au visage et sortir de son bureau la tête haute. Deux choses la retinrent. Tout d'abord, Jared Stone lui offrait enfin la chance de sa vie, la possibilité de siéger au comité exécutif d'une des entreprises les plus performantes au monde. Ensuite, et malgré son côté arrogant et sûr de lui, Jared était l'homme le plus brillant qu'elle ait jamais rencontré. Et tout le monde le savait. Si elle travaillait à ses côtés comme son égale, sa carrière serait lancée et elle serait assurée de ne jamais retourner à la vie qu'elle s'était toujours juré de laisser derrière elle. La survie primait sur l'orgueil. Comme toujours. Les hommes qui détenaient tous les pouvoirs n'avaient rien d'inhabituel pour elle. Elle savait comment les prendre, les battre à leur propre jeu. Jared ne serait pas différent. Elle le savait.

Elle le dévisagea longuement, observa la façon arrogante dont il penchait la tête. L'envie de lui prouver combien il se trompait sur elle et sur les femmes en général était presque irrésistible. Ce serait son cadeau pour toutes ses consœurs de la planète.

— C'est d'accord. Mais à deux conditions.

Il plissa les yeux.

— Doublez mon salaire, et donnez-moi le titre de directrice marketing.

— Nous n'avons pas de poste de directeur marketing.

— Maintenant, si.

Il écarquilla les yeux, avant de les plisser de nouveau.

— Bailey...

— Dans ce cas, nous n'avons plus rien à nous dire, dit-elle en se détournant, prête à quitter le bureau.

— C'est d'accord.

Surprise par son revirement soudain, Bailey fit volte-face. Elle comprit alors sans l'ombre d'un doute que Jared était dans de sales draps. Mais son euphorie ne dura pas longtemps. Elle venait de signer un pacte avec le diable, songea-t-elle en acquiesçant d'un signe de tête. Elle allait certainement en payer le prix...

2

Au moment où Bailey sautait dans un taxi pour se rendre à l'aéroport, le tollé soulevé par le manifeste de Jared avait atteint son paroxysme. Deux organisations féministes exhortaient les consommateurs à un boycott total des produits de Stone Industries, tandis qu'un éminent blog masculin félicitait le milliardaire pour « son opinion éclairée ».

C'était de la folie pure. Le chauffeur de taxi écoutait à plein tube une émission inepte dans laquelle des auditeurs étaient invités à partager leurs points de vue sur la question. Au bout de quelques minutes, Bailey en eut assez :

— Je vous en prie, supplia-t-elle d'une voix lasse. Changez de station. Tout sauf lui. Je ne supporte plus de l'entendre.

Le chauffeur lui jeta un regard irrité dans son rétroviseur, mais obtempéra néanmoins à sa requête. Levant les yeux au ciel, Bailey extirpa son portable de son sac et appela la seule personne en qui elle avait confiance : sa meilleure amie depuis l'université.

— Où es-tu ? lui demanda Aria. Je cherche à te joindre depuis que cette histoire avec Jared Stone a commencé.

— En route pour l'aéroport. Je l'accompagne en France, ajouta-t-elle, tout en vérifiant son maquillage dans son miroir de poche.

— En *France* ? s'écria son amie. Tu n'as pas démissionné ? Bailey, ce texte est un véritable scandale !

Et écrit pour choquer, songea Bailey. Elle rangea son miroir, se renfonça dans le siège usé et fit la moue.

— Il m'a nommée directrice marketing.

— Peu importe. C'est un crétin !

Bailey fixa pensivement la longue file de voitures devant elle.

— Je veux ce travail, Aria. Je sais bien qu'il m'a promue uniquement pour des raisons stratégiques. Cela étant, je vais accepter son offre et en tirer le meilleur parti. Puis je m'en irai.

Comme elle l'avait toujours fait, sautant sur toutes les opportunités qui s'offraient à elle et utilisant au mieux son talent et sa détermination pour réussir.

Elle entendit Aria avaler une gorgée de ce qui devait être un café brûlant additionné d'édulcorants, puis observer une pause — sans doute pour donner du poids à ce qu'elle allait lui asséner.

— Ils disent qu'il va conquérir le monde ou emmener tout le monde dans sa chute. Prête pour l'aventure ?

Bailey eut son premier vrai sourire de la journée.

— T'ai-je dit pourquoi j'ai accepté de travailler pour lui ?

— Parce que tu es tombée amoureuse de son intelligence. Et pas seulement de son intelligence, d'ailleurs...

Bailey fronça les sourcils.

— Et qu'entends-tu par là exactement ?

— Je parle du soir où il t'a embauchée. Il n'est pas venu te parler parce qu'il détectait en toi un esprit brillant. Il a aperçu tes jambes interminables et s'est dirigé tout droit vers toi. Et c'est seulement alors que ton intelligence l'a subjugué, ajouta-t-elle avec un soupir. Il te rend peut-être folle, mais je vous ai vus tous les deux ensemble : vous êtes comme les pôles opposés d'un aimant.

— Je suis parfaitement capable de gérer Jared Stone.

— J'ai bien peur que tu ne te fasses des illusions. Enfin... Vous allez où en France, au fait ?

— A Saint-Jean-Cap-Ferrat, dans le Sud.

— Veinarde ! Bon, amuse-toi bien, et surtout évite les problèmes.

Certes, Bailey avait eu un léger béguin pour Jared lorsqu'elle avait pris ses fonctions, mais, lorsqu'il avait commencé à la prendre de haut et à la contrarier à tout bout de champ, son attirance pour lui s'était vite estompée.

Le trafic était assez fluide pour un vendredi soir et le taxi ne mit pas longtemps pour arriver à l'aéroport. Bailey sortit de la voiture devant le minuscule terminal dédié aux vols privés, prête à s'imprégner de l'atmosphère de luxe et de sérénité qu'elle trouverait à bord du jet de l'entreprise.

Elle fut aussitôt éblouie par un océan de lumière, traversant son champ de vision comme autant de boules de feu. *Des flashes d'appareils photo*, réalisa-t-elle, effarée. Les pupilles dilatées par l'angoisse, elle essayait tant bien que mal de recouvrer son équilibre quand une main ferme se posa sur son bras. Levant les yeux, elle rencontra le visage séduisant mais sombre de Jared.

— Seigneur, marmonna-t-elle en s'accrochant à lui, tandis que les forces de sécurité se frayaient un chemin à travers la foule. Regrettez-vous votre petite blague, maintenant ?

— Je l'ai regrettée à la seconde où celle-ci a été diffusée sur internet, admit-il, tout en la protégeant d'un photographe particulièrement zélé. Mais se complaire dans les regrets n'est pas mon style.

Sans doute pas… En revanche, braver l'adversité, si. Agissant comme un bouclier humain au milieu de la bousculade créée par les journalistes, il semblait tout-puissant et infiniment séduisant. Son jean noir épousait à la perfection ses longues jambes aux muscles déliés, et son torse bien dessiné était mis en valeur par un pull-over bleu cobalt qui faisait ressortir ses yeux d'un bleu profond. Si on y ajoutait la fine cicatrice qui fendait sa lèvre supérieure, on obtenait une photo digne d'une couverture de magazine de mode.

Soudain, un reporter esquiva les deux gardes du corps de Jared et braqua son micro devant le visage de Bailey.

— Kay Harris vous a qualifiée de « stratégie de diversion » ce matin au cours de son émission. Auriez-vous des commentaires à faire à ce sujet ?

Bailey lui jeta un regard irrité, ignorant la pression que Jared exerçait dans son dos pour la faire avancer.

— Je pense, dit-elle en faisant face aux caméras, que M. Stone a fait une erreur de jugement. Il s'en est excusé ce matin même et l'affaire est désormais close. Je travaille pour une entreprise remarquable, en passe de devenir l'un des plus grands fabricants d'électronique du monde. Je suis très fière de ce que nous avons accompli et j'ai le plus grand respect professionnel pour Jared Stone.

Les questions se mirent alors à fuser. Levant la main, elle expliqua qu'ils avaient un avion à prendre et laissa Jared la propulser en avant, une main dans le creux de son dos.

— Depuis quand êtes-vous devenue si diplomate ?

— Depuis que vous avez causé tout ce tintamarre.

Elle s'arrêta, inspira profondément et remit un semblant d'ordre dans ses vêtements froissés.

Jared lui fit face.

— Merci. Je vous dois beaucoup.

Bailey détourna les yeux, incapable de soutenir son regard de braise. Regarder Jared, c'était comme observer toutes les forces du monde concentrées en un seul homme, diffusant une énergie impossible à ignorer. Elle l'avait senti le soir où il s'était résolument dirigé vers elle — rencontre à l'issue de laquelle elle avait été embauchée. Elle ne voulait pas ressentir ce genre d'émotion maintenant. Alors qu'elle allait devoir passer douze heures avec lui dans son jet privé.

— Ce n'était rien, fit-elle en haussant les épaules. Ne me faites pas regretter mes paroles.

— Je suis sûr que c'est déjà le cas...

Sa réplique moqueuse lui fit lever la tête. La lueur sombre dans son regard lui rappela à quel point leur bonne entente était précaire.

— Après vous, murmura-t-il, l'invitant à sortir sur le tarmac.

Elle passa devant lui et grimpa à la passerelle. Elle avait déjà pris ce jet une fois et avait été charmée par son décor sobre à la touche indéniablement masculine. Un policier monta dans l'avion pour vérifier leurs passeports, puis Bailey s'installa dans un des somptueux sièges en cuir et boucla sa ceinture.

Ils décollèrent, laissant derrière eux la ville de San José. Dès que les signaux lumineux des ceintures de sécurité s'éteignirent, Jared sortit une montagne de documents et suggéra qu'ils répètent leur présentation. Il voulait qu'elle soit parfaite. Comme il s'agissait d'un projet qu'elle ne connaissait pas, la nuit risquait d'être longue...

Elle le fut. Leurs styles étaient diamétralement opposés. Elle aimait improviser, contrairement à Jared. Sans compter qu'il était très intimidant lorsqu'il était pris par son sujet. Au bout de quatre heures, et après avoir répété la présentation quatre fois, Jared s'affala dans le siège en face d'elle et se frotta les yeux.

— Cela ne marche pas. Vous êtes la reine du hors-sujet.

— C'est ce qui rend la présentation crédible, riposta-t-elle. J'essaie de vous pousser dans vos retranchements. C'est vous qui perdez le fil du sujet.

Il lui lança un regard incrédule.

— Je suis scrupuleusement le Powerpoint, protesta-t-il.

Elle soupira, un début de migraine lui enserrant la tête.

— Vous restez bloqué sur la présentation. Essayez de vous détendre. Cela fonctionne à merveille, je vous assure.

— Cette idée m'effraie. Beaucoup.

Bailey se tourna avec soulagement vers l'hôtesse qui venait leur proposer un apéritif.

— Je prendrai un verre de vin. Je l'ai bien mérité.

— Whisky, renchérit Jared, avant de se renfoncer dans son siège et de l'observer à travers ces cils — les cils les plus longs qu'elle ait jamais vus.

— En quoi est-ce que cela vous gêne de vous conformer au plan ?

Bailey écarquilla les yeux.

— Je le fais lorsque c'est nécessaire. Rappelez-vous ce que j'ai dit à la presse tout à l'heure.

— Vous contestez tout ce que je dis.

— Je conteste tout ce qui n'a pas de sens, répliqua-t-elle. Je n'ai pas vu le document avant ce soir. Mon avis est impartial.

— Le texte est *parfait*, s'entêta Jared.

— Il le serait si tout le monde pensait comme vous. Seulement, David Gagnon a un côté artistique dont vous devez tenir compte.

— Vous le connaissez déjà si bien que ça ?

— J'ai fait mon travail : je me suis renseignée. Quelle valeur ajoutée vous apporterais-je si je m'alignais sur vos propos sans ajouter ma touche personnelle ?

Son employeur se rembrunit.

— Cela m'aiderait considérablement, d'autant que c'est

sans doute le seul temps de répétition que nous avons. David est connu pour sa vie mondaine et il a certainement prévu des réceptions tous les soirs.

Bailey grimaça. Ses recherches lui avaient tout appris sur le train de vie luxueux de David Gagnon et ses soirées légendaires auxquelles participait le gotha européen — style de vie qu'elle abhorrait. Du temps où elle habitait à Las Vegas, elle avait trop souvent vu ce que l'argent et le pouvoir pouvaient provoquer.

— Bailey ?

Jared la dévisageait, une expression agacée sur le visage.

— Pardon, dit-elle avec un sursaut, sortant de sa rêverie.

— Je disais que David avait un faible pour les blondes, répéta-t-il. Vous êtes donc mon arme secrète.

La colère la submergea, aiguillonnée par un passé qu'elle ne pouvait pas totalement oublier.

— Si vous pensez un seul instant que je vais flirter avec lui, vous vous trompez lourdement ! Et je n'arrive pas à croire que vous puissiez seulement suggérer une telle chose, sachant que votre réputation ne tient qu'à un fil et que je suis la seule capable de vous maintenir à flot.

Il la toisa longuement pendant que l'hôtesse disposait leurs verres sur la table.

— Je vous demandais de le charmer, Bailey, pas de coucher avec lui.

Elle le fusilla du regard.

— Pardonnez-moi d'avoir mal interprété vos propos, railla-t-elle. Il semblerait que nous autres femmes n'ayons aucune utilité en dehors de nous trouver un homme fortuné. Je voulais juste vous le faire remarquer.

— Je vous rappelle que c'est vous qui avez dit que le passé appartenait au passé. Peut-être pourriez-vous tourner la page ?

— J'ai lancé ça pour les journalistes. Mais sachez que mon respect à votre égard est au plus bas.

Les yeux de Jared prirent une teinte gris acier.

— Du moment que vous me respectez sur le plan professionnel, le reste m'importe peu.

Elle avala une gorgée du vin velouté, l'identifiant comme un mélange de cabernet et de merlot.

— Je serais curieuse de connaître votre véritable opinion des femmes.

— Si vous croyez que je vais répondre à cette question, vous me prenez pour plus bête que je ne suis.

— Non, vraiment, insista-t-elle. J'aimerais savoir.

Il soutint son regard quelques instants, puis haussa les épaules.

— L'étude des rapports entre les hommes et les femmes date de la nuit des temps. Nous, les hommes, chassons, rassemblons, pourvoyons aux besoins du foyer. Les femmes veulent être protégées, en sécurité. Dès l'instant où nous ne sommes plus à la hauteur ou dès que ces dames reçoivent une meilleure offre, nous sommes remplacés.

Le choc rendit Bailey silencieuse. Sa mère ayant été la seule à subvenir aux besoins de la famille, alors que son alcoolique de père était le plus souvent au chômage, ce genre de réflexion lui paraissait grotesque.

— Vous ne pensez pas vraiment ce que vous dites, déclara-t-elle finalement. Cela paraît fou de mettre toutes les femmes dans le même panier.

— Je ne dis jamais rien que je ne pense pas. Savez-vous qui détient réellement le pouvoir, Bailey ? Réfléchissez-y.

Elle fronça les sourcils.

— Et que faites-vous des femmes indépendantes ? Et de celles qui contribuent à parts égales avec leur mari aux besoins du couple ?

— Cela ne dure pas. Il y a toujours un rapport de force dans une relation. Et, lorsque c'est la femme qui détient le pouvoir, la relation est vouée à l'échec.

— C'est ridicule ! s'écria-t-elle, incrédule. Vous êtes décidément impossible.

Il sourit, dévoilant des dents d'une blancheur incroyable.

— *Impossible ?* J'ai entendu pire cette semaine. Allez, admettez-le, Bailey : une femme forte comme vous doit aimer qu'un homme prenne le contrôle. Sinon, vous lui marcheriez dessus.

Un signal d'alarme retentit dans sa tête. La conversation

prenait un tour dangereux, empruntait un chemin sur lequel elle ne voulait pas s'aventurer. Redressant le menton, elle soutint son regard.

— Au contraire. J'aime être aux commandes, comme vous. *Tout le temps*. Ne l'aviez-vous pas encore compris ?

Il l'examina longuement à travers ses paupières mi-closes.

— Je ne suis pas certain de vous connaître du tout.

La tension entre eux était telle que l'air semblait saturé d'électricité. Mal à l'aise, elle but une gorgée de vin.

— Ne devrions-nous pas nous remettre au travail ?

— Après le dîner. Dégustez votre vin tranquillement. Nous allons bavarder un peu.

Bailey chercha un sujet de conversation anodin. Ne trouvant pas, elle fouilla dans son sac à main pour dénicher son rouge à lèvres et l'en extirpa.

— Non, ne faites pas ça.

Sa main se figea à quelques centimètres de ses lèvres.

— Pardon ?

— Ne remettez pas de rouge à lèvres, expliqua-t-il. Vous êtes parfaite ainsi.

Une chaleur intense se diffusa dans son corps. Quelle idiote ! Jared Stone avait sans doute dit cette phrase à un nombre incalculable de femmes. Alors pourquoi remettait-elle son bâton de rouge dans son sac et prenait-elle son baume à lèvres à la place ?

Son verre de whisky à la main, Jared passa la main sur sa barbe naissante.

— Vous êtes toujours tirée à quatre épingles. Vous n'avez jamais une mèche qui dépasse ou un revers mal ajusté, et vous êtes toujours droite comme un i, même après quatre heures de répétition. Pourquoi cette façade ? Qu'avez-vous peur que les gens découvrent si vous vous détendiez ?

— Je travaille dans un monde professionnel dominé par les hommes. On m'écraserait comme une puce si je montrais le moindre signe de faiblesse.

— Peut-être, convint-il. Est-ce la raison pour laquelle vous repoussez les hommes ? Vous préférez les laisser se brûler les ailes au vu et au su de tous ?

Elle affronta son regard de braise.

— Si je ne leur témoigne aucun intérêt, c'est sans doute parce que je les trouve stupides. Et *là* vous empiétez sur ma vie privée, ajouta-t-elle, ce qui n'a pas lieu d'être dans cette conversation.

— Mais si ! la contredit-il d'une voix douce, le regard rivé au sien. Nous devons nous accorder parfaitement pour que cette présentation soit une réussite : nous connaître sur le bout des ongles, anticiper nos besoins mutuels, collaborer pleinement jusqu'à atteindre une symphonie bien orchestrée. Mais pour cela nous devons impérativement nous faire confiance, ce qui est loin d'être le cas pour l'instant. Sans parler du fait que je ne connais strictement rien de vous.

Bailey fut parcourue d'un frisson. Personne ne la *connaissait*. Excepté Aria, peut-être. Certes, les gens connaissaient Bailey St John, la femme d'affaires posée qui avait réussi professionnellement et qu'elle avait créée par la seule force de sa volonté. Mais personne, pas même Jared, ne découvrirait qui elle était vraiment.

Elle allait donc devoir la jouer fine. Son verre serré contre elle, elle se carra dans son siège et afficha l'expression distante qu'elle avait perfectionnée au cours des ans.

— Posez vos questions, alors. Que désirez-vous savoir ?

Jared enregistra d'un bref coup d'œil l'attitude faussement désinvolte de sa collaboratrice. Au vu de ses réponses évasives, il n'avait aucun doute : elle ne lui donnerait qu'un vague aperçu de la vérité. Mais c'était toujours mieux que rien, et leurs désastreuses répétitions ne pouvaient qu'en être améliorées. Ils ne communiquaient pas sauf pour s'envoyer des piques — ce qui, en soi, pouvait être amusant, surtout dans une chambre à coucher, mais moins lorsque le conseil d'administration surveillait ses moindres faits et gestes et quand la plus importante présentation de sa vie était imminente.

Si Bailey et lui la faisaient maintenant, ils sombreraient comme le *Titanic* : lentement mais sûrement. David Gagnon avait beau les avoir choisis personnellement comme partenaires, cela ne voulait pas dire qu'ils pouvaient se permettre la moindre erreur.

Il but une gorgée de whisky, détailla la jeune femme pendant qu'il savourait le fin breuvage, puis posa son verre sur sa cuisse.

— En relisant votre CV, je me suis demandé pourquoi vous aviez choisi de faire votre premier cycle à l'université du Nevada de Las Vegas. Le choix semble étrange, vu que vous avez grandi sur la côte Est. En Floride, n'est-ce pas ?

Elle acquiesça.

— Aviez-vous obtenu une bourse ?

L'expression fermée qu'il lui avait si souvent vue au fil des ans fit aussitôt son apparition.

— Je viens d'une ville proche de Tampa nommée Lakeland, dont la population atteint à peine quatre-vingt mille habitants. Je voulais faire mes études ailleurs, et l'UNLV proposait un excellent programme en commerce et économie.

— Vous avez donc choisi la « ville du péché » ?

— Le lieu semblait aussi bien qu'un autre.

— Cela a-t-il un rapport avec le fait que vous n'êtes pas proche de votre famille ?

— Pourquoi dites-vous une chose pareille ?

— Vous ne rentrez jamais chez vous pour les vacances et vous ne parlez jamais de votre famille. Je suppose donc que c'est le cas.

Elle détourna le regard, l'air gêné.

— Je ne suis pas très proche d'eux, c'est vrai.

Ah ! Il avait touché un point sensible.

— Ensuite, vous avez passé votre maîtrise à Stanford, puis avez été directement embauchée dans une start-up. Avez-vous toujours voulu travailler dans Silicon Valley ?

— Oui. J'ai toujours adoré la technologie. Si je n'avais pas fait d'études de commerce, j'aurais aimé être ingénieur.

— Ils sont fort demandés, concéda Jared. D'où vous vient votre intérêt ? De vos parents ? De l'école ?

Elle sourit.

— De l'école. Les sciences ont toujours été mes matières préférées et mes professeurs m'ont encouragée dans ce sens.

— Et que font vos parents dans la vie ?

Si Jared n'avait pas été en train d'observer la jeune femme d'un regard perçant, il n'aurait pas vu son léger mouvement de recul.

— Mon père est représentant de commerce et ma mère est coiffeuse, dit-elle finalement en relevant le menton.

Il écarquilla les yeux, surpris. Ce n'étaient pas tant ses origines modestes qui l'étonnaient que leur incompatibilité avec la femme qui lui faisait face. Il l'aurait plutôt crue aristocrate, venant d'une famille fortunée. En effet, tout en Bailey était parfait, élégant, distingué.

— Pas d'homme dans votre vie, ni de famille, résuma-t-il. Avec qui passez-vous votre temps libre lorsque vous n'êtes pas au bureau ? Ce qui n'arrive pas souvent, je dois dire...

— Vous devriez en être ravi : c'est la raison pour laquelle vos ventes ont autant progressé.

— J'aime que mes employés aient une vie en dehors du travail, affirma-t-il sèchement. Mais peut-être avez-vous un fiancé dont personne n'a entendu parler ?

— J'ai des amis, dit-elle d'une voix guindée.

— Des passe-temps ? Des loisirs ?

Elle ne répondit pas tout de suite, cherchant visiblement une réponse appropriée — qui serait très éloignée de la vérité, à n'en pas douter.

— J'aime lire.

— Ah, c'est donc cela ! Vous passez vos week-ends un livre à la main. Pas très réjouissant, tout cela...

— Peut-être que je fais venir des hommes chez moi pour une nuit torride, puis que je les renvoie chez eux.

— Ce sont des hommes chanceux !

— Jared, n'êtes-vous jamais politiquement correct ?

— En tout cas, j'espère bien l'être ce week-end.

Elle ne put s'empêcher de sourire.

— Bien, en savez-vous suffisamment sur moi pour que nous puissions maintenant évoquer *votre* fascinant passé ?

— Cela ira pour l'instant.

Il lui versa un autre verre de vin, déterminé à lui faire lâcher prise. Bailey changea de position et replia ses longues jambes sous elle. Il eut du mal à ne pas fixer ses ravissants mollets.

— Est-il vrai que votre amour pour l'électronique vous vient des heures consacrées à bricoler dans le garage avec votre père ?

— Oui. Mon père était banquier d'affaires, mais sa véritable passion était de réparer les moteurs de voitures. J'ai passé un temps fou à travailler avec lui dans le garage.

Elle fronça les sourcils.

— Vous parlez de votre père au passé. Serait-il décédé ?

— Non, dit-il avec réticence, peu désireux de se dévoiler, mais conscient qu'il n'avait pas le choix s'il voulait gagner la confiance de Bailey. Il a détourné de l'argent puis, après s'être rendu compte qu'il était allé trop loin, il a tenté de regagner les sommes perdues dans des salles de jeu de Las Vegas.

— Oh ! je suis désolée. Je n'étais pas au courant.

Jared eut un rictus amer.

— Ce n'est pas le genre de choses dont je me vante. La banque a étouffé l'affaire et seuls les gens concernés l'ont su.

Elle le dévisageait d'un air incertain, se demandant sans doute pourquoi il s'était confié à elle.

— La confiance, murmura-t-il. Je pensais ce que je disais, Bailey. C'est la présentation la plus importante de l'histoire de Stone Industries. Nous devons réussir coûte que coûte. Nous n'aurons pas de deuxième chance. Et pour cela nous devons impérativement nous faire confiance mutuellement.

Elle se mordilla la lèvre inférieure.

— Vous devez être à fond avec moi, insista-t-il.

— C'est le cas, affirma sa nouvelle directrice adjointe.

Il se détendit légèrement.

— Bien. Reprenons et faisons en sorte que ce soit parfait.

Comme elle se penchait pour saisir ses notes, elle étouffa un gémissement.

— Qu'est-ce qu'il y a ?

— J'ai dormi dans une mauvaise position et j'ai très mal au cou.

Elle avait souffert pendant toute la répétition, réalisa Jared, atterré. Et dire qu'il avait cru que ses grimaces étaient dues au document, et non pas à la douleur !

— Venez ici.

Comme elle le fixait d'un regard ébahi, il leva les mains et les agita.

— Mes mains sont magiques. Laissez-moi vous aider.

— Ça ira, merci, dit-elle, secouant la tête. Etudions...

Elle se tut lorsque Jared se leva et indiqua sa chaise du doigt.

— La douleur vous empêche de vous concentrer. Cela ne prendra que cinq minutes, ajouta-t-il d'un ton sans appel.

Elle s'assit sur le siège qu'il venait de quitter, consciente sans doute que résister plus longuement serait inutile. Il prit place à côté d'elle, fit courir légèrement ses doigts le long de sa nuque, puis accrut la pression.

— C'est là ?

— Oui, gémit-elle. Faites attention, c'est très douloureux.

— Le maître mot est « confiance », n'oubliez pas.

Il se mit à l'œuvre sur les muscles endoloris de Bailey, commençant par l'extérieur pour se rapprocher petit à petit de la source de la douleur. Il la sentit se détendre, mais pas complètement. C'était à se demander si cette femme acceptait parfois de lâcher prise, de montrer sa vulnérabilité.

Détachant les mains de sa nuque, il les posa sur ses épaules et poursuivit son action, s'attendant à ce qu'elle proteste et lui dise d'arrêter. Mais il n'en fut rien.

Les effluves de son parfum, léger mais enivrant, emplissaient ses narines. Jared eut soudain l'impression qu'une poigne de fer enserrait sa poitrine. L'air sembla s'épaissir et sa main ralentit imperceptiblement. Bailey dut la percevoir aussi, cette indéniable alchimie sexuelle entre eux, car sa respiration s'accéléra, une légère rougeur empourpra sa peau d'albâtre et elle devint totalement malléable sous ses mains.

Elle le désirait !

Cette découverte surprenante ouvrait des perspectives qu'il aurait préféré ignorer. La femme convoitée par tous les hommes de Silicon Valley n'était finalement pas inapprochable. Elle était loin d'être asexuée, comme l'avaient suggéré certains en riant — et peut-être aussi de façon désabusée. L'idée le frappa soudain que la raison pour laquelle il avait évité jusqu'à présent de la promouvoir était peut-être qu'il appréhendait justement cette situation ; qu'il serait obligé de travailler main dans la main avec elle.

Une bouffée de désir lui fit tourner la tête. Sensation certes peu louable, mais qu'y pouvait-il ? Comment diable ne s'était-il pas rendu compte jusqu'à présent qu'il voulait Bailey dans son lit ? Oui, il voulait explorer chaque parcelle de son corps ravissant, faire vibrer ce tempérament de feu…

— Bailey ?

— Mmm…

Son gémissement rauque (de désir ?) fit battre le sang à ses tempes.

— Je crois savoir quel est notre problème.

— *Notre* problème ?

Il posa le doigt sur son pouls rapide à la base du cou.

— Oui. Ceci.

3

Bailey se dégagea si vite qu'elle gâcha en une seconde le travail bienfaisant que Jared venait d'accomplir. L'esprit en tumulte, elle recula dans le fauteuil et croisa le regard étincelant de désir de son patron — reflet de ses propres fantasmes érotiques, hélas.

— Nous... je...

Jared leva la main pour la faire taire.

— Il ne s'agit que d'une attirance sexuelle, Bailey.

Il eût été vain de le nier, songea Bailey, le feu aux joues, mais de la folie pure de céder à cette attirance.

— Et voilà que votre ego surdimensionné refait surface, Jared, railla-t-elle. Vous me contrariez, vous me rendez folle, mais vous ne m'attirez certainement pas.

Il serra les mâchoires. L'éclat de ses yeux se mua en une étincelle de pur défi, comme si l'homme primitif en lui reprenait vie. Elle eut l'impression que son propre cœur allait cesser de battre tandis qu'en Jared le désir irrationnel de voir ce qui se passerait s'il cédait à ses pulsions le disputait au simple bon sens. Mais il reprit le contrôle de lui-même :

— Ce n'est qu'une question de sémantique. Contrariété, attirance, peu importe le nom que vous lui donnez, c'est un problème. Et nous devons savoir si nous sommes capables de travailler main dans la main et parfaire *ensemble* cette présentation.

Bailey inspira profondément, usant de ce sursis pour reprendre contenance. Une fois de plus, Jared avait raison.

— Pourquoi n'essaieriez-vous pas de vous montrer un peu

plus souple, et je ferai plus attention au script ? proposa-t-elle. Nous devrions pouvoir trouver un terrain d'entente.

Il sourit brièvement.

— Pourquoi pas ? Cela vaut le coup d'essayer.

Après un délicieux repas composé de filet mignon et de salade, ils reprirent le travail. Leur dernière répétition ne fut pas parfaite, mais néanmoins plus aboutie que les précédentes.

Jared lui accorda ensuite quelques heures de sommeil avant leur arrivée à Nice.

Le luxe qui entourerait leur visite fut visible dès leur arrivée à l'aéroport, lorsqu'ils furent accueillis non pas par une voiture mais par un hélicoptère et le pilote personnel de David Gagnon. Celui-ci leur donna une franche poignée de main, rangea leurs bagages à l'arrière de l'appareil et les fit monter à bord.

Le trajet entre l'aéroport et Saint-Jean-Cap-Ferrat fut féerique. Bailey, qui était déjà venue en excursion dans le sud de la France avec Aria, était subjuguée. De luxueuses villas étaient nichées à l'abri de criques isolées, abritées derrière de hautes falaises qui les protégeaient du vent. Et les couleurs étaient somptueuses : les fuchsias brillants s'entremêlaient aux couleurs pourpres, tranchant avec le bleu turquoise de la mer scintillante.

Jared lui jeta un regard amusé en la voyant discuter avec le pilote. La température extérieure était de 21 °C, les informa celui-ci en posant l'hélicoptère sur la plate-forme d'atterrissage de la propriété des Gagnon.

Ils furent accueillis à la porte de la vaste villa couleur crème par un majordome, qui les prévint que leur hôte revenait d'une réunion d'affaires et qu'il les verrait ce soir à la fête. D'ici là, ils étaient libres d'explorer les lieux et de manger un morceau. Exténuée par le décalage horaire, Bailey avala un peu de salade, jeta un bref regard à sa suite en front de mer, située à côté de celle de Jared, et décida de faire une sieste.

A son réveil, le soleil radieux de l'après-midi s'était estompé, virant progressivement au rose orangé. Etouffant un bâillement, elle sortit sur la terrasse et observa l'astre se transformer en boule de feu écarlate, entrelacée de traînées bleu-gris. Elle aurait donné n'importe quoi pour rester là et admirer le spectacle, un verre de vin à la main. Mais il était près de 18 heures. Elle devait prendre une douche, s'habiller, puis affronter les distingués invités de David Gagnon. Et espérer qu'elle en avait suffisamment appris au cours de ces dernières années pour que ses origines modestes ne transparaissent pas, faisant tache au milieu de tous ces gens triés sur le volet.

Elle posa un regard absent sur l'explosion de couleurs dans le ciel, tout en se rappelant que la réussite d'une fête dépendait de la manière dont on chauffait le public. S'il y avait une chose qu'elle avait apprise en dansant, c'était bien ça. Et ce soir n'était pas différent. Elle devait se concentrer sur sa proie : David Gagnon. Utiliser ce qu'elle avait appris sur lui pour le convaincre qu'une alliance avec Stone Industries était son ticket d'entrée pour la domination du marché européen.

Dès qu'elle aurait surmonté sa nervosité.

Abandonnant à regret la vue spectaculaire, elle retourna dans sa chambre. Elle ne pouvait peut-être pas admirer le soleil couchant, mais elle pouvait céder à l'envie de boire un peu de vin pour soulager son stress.

Son verre à la main, elle se dirigea vers la salle de bains, entra dans la douche et se lava frénétiquement dans l'espoir d'effacer l'ancienne Bailey et de la remplacer par la nouvelle.

Enveloppée d'un moelleux peignoir, elle gagna le dressing et fit courir ses doigts sur les délicats tissus qu'elle avait accrochés dans la penderie. Elle savait exactement quelle tenue elle allait porter. Saisissant une robe couleur champagne, brodée de perles, elle l'enfila. La robe de soie légère lui arrivait aux genoux et épousait parfaitement ses courbes. Elle était sexy et élégante à la fois — et surtout très éloignée des robes bon marché qu'elle s'achetait auparavant.

Equipée d'un séchoir et d'une brosse, Bailey coiffa ses cheveux en une multitude de boucles, puis se maquilla légèrement. Elle ajoutait un soupçon de parfum sur ses poignets quand elle entendit des coups frappés à la porte.

Jared !

Elle traversa la pièce, déverrouilla la porte et l'ouvrit. La vue de son patron vêtu d'un élégant smoking noir sur mesure fut presque plus intimidante que la perspective de la soirée. Avec ses cheveux noir corbeau coiffés en arrière, sa peau fraîchement rasée et ses longues jambes, il était à couper le souffle.

A l'invitation de Bailey, Jared entra dans la suite, troublé en la voyant pieds nus, un verre de vin à la main. Sa robe épousait si étroitement ses formes qu'elle avait l'air cousue sur elle. Ses cheveux dorés, dont l'un des côtés était retenu par une barrette en forme de papillon, cascadaient en boucles souples sur ses épaules et son maquillage était plus que discret. Elle était tout bonnement époustouflante !

Il essaya de détourner le cours de ses pensées en fixant le tapis, mais il eut aussitôt une vue imprenable sur ses longues jambes bronzées et ses orteils aux ongles rubis qui disparaissaient à moitié dans l'épaisse moquette. Et il se sentit perdre pied. Si Bailey avait été sa maîtresse, ils auraient fait l'impasse sur le cocktail et auraient regardé ensemble le coucher de soleil. Il lui aurait ensuite ôté sa robe et lui aurait fait l'amour maintes fois avant de rejoindre les invités. Et, après la soirée, ils auraient recommencé jusqu'à l'aube.

— Jared ?

— Euh... Pardon ?

— Les chaussures champagne ou les dorées ?

Il jeta un coup d'œil sur les deux paires de hauts talons qu'elle tenait à la main, aussi sexy l'une que l'autre.

— Les dorées. Elles trancheront avec la robe.

— D'accord.

Elle jeta l'autre paire sur le tapis, s'appuya d'une main au mur et enfila les escarpins. Comme son esprit distrait s'éclaircissait peu à peu, Jared remarqua les traits figés et le maintien rigide de la jeune femme. Et surtout la façon dont elle avala d'un trait son vin, geste qui lui rappela son père les soirs où celui-ci devait assister à des soirées organisées par la banque.

— Nerveuse ? Vous connaissez le plan, pourtant : nous devons découvrir leur stratégie en matière environnementale. C'est tout ce qui nous manque pour être fin prêts.

— Je connais le plan, Jared. Et je vais bien.

Il ne la crut pas une seconde. Ses révélations à bord de l'avion lui avaient appris une chose : elle n'était pas née dans ce milieu, même si elle réussissait fort bien à le faire croire.

Il se rapprocha d'elle ; quelque chose dans sa vulnérabilité le touchait au plus profond de lui-même.

— Vous savez quoi ? Partout où vous irez, vous serez toujours la plus jolie femme, Bailey. *Et* la plus intelligente.

Un léger sourire ourla ses lèvres, puis elle se rembrunit.

— Je suis sûre que cette réplique vous a souvent servi.

— Vous n'avez pas idée, admit-il avec un petit sourire en coin. Mais je ne l'ai jamais autant pensé que maintenant. Alors, soyez vous-même ce soir et vous ferez un tabac.

Elle l'étudia quelques instants avant d'acquiescer.

— Nous devrions y aller.

Bravant son attitude revêche, il lui prit la main au lieu de lui offrir son bras.

— Prête ?

— Prête.

Bailey et lui se joignirent à la cinquantaine d'invités qui discutaient et riaient sur la terrasse illuminée, un verre à la main. Scrutant la foule, Jared reconnut un célèbre producteur, un couple de stars hollywoodiennes — et n'était-ce pas Robert quelque chose, là-bas, le cinéaste italien, célèbre pour ses frasques ?

Il prit deux coupes de champagne sur le plateau que lui présentait un serveur et en tendit une à sa compagne. David Gagnon n'avait reculé devant aucune dépense : un quatuor jouait sur une petite estrade, des serveurs en veste noire circulaient comme une armée d'abeilles efficaces et, d'après ce qu'il avait entendu dire, une chanteuse française renommée devait interpréter des chansons un peu plus tard dans la soirée. Mais Jared n'avait qu'un objectif à l'esprit : trouver le maître des lieux et obtenir les renseignements dont il avait besoin pour finaliser le dernier élément de sa stratégie.

Il ne put manquer de noter l'attention que les hommes portaient à Bailey. Il y avait pourtant beaucoup de jolies femmes présentes, certaines même spectaculaires, mais Bailey les surpassait toutes — et de loin. Toutefois, fidèle à elle-même, sa collaboratrice ignora les regards posés sur elle et se concentra sur leur cible.

David Gagnon se détacha du groupe avec lequel il conversait et s'approcha d'eux. Son séduisant visage hâlé se fendit d'un large sourire tandis qu'il portait la main de Bailey à ses lèvres.

— Mon pilote m'a dit que vous étiez ravissante, mais je crois qu'il a péché par excès de prudence.

Bailey sourit à leur hôte et lui répondit dans un français si parfait que Jared en demeura bouche bée.

— Je crois que je suis amoureux, murmura David, sans lâcher sa main. Que faites-vous en compagnie de l'homme le plus controversé de la planète, ma chère ?

— Et le plus brillant, répondit-elle d'un air amusé en libérant sa main. Je suis avec lui pour son esprit vif.

Jared croisa son regard. Il n'y avait pas que cela qui l'intéressait, il en était certain. Et soudain l'envie de lui en faire prendre conscience le tarauda. Peut-être était-ce dû au désir qu'il avait lu dans le regard de David, ou bien à la scène avec les chaussures, dans la suite de Bailey. Peu importait, au fond, puisque toute initiative de ce genre était totalement exclue.

— Votre maison est splendide, dit-il d'un ton appréciateur lorsque David daigna enfin lâcher la main de Bailey et prendre la sienne. Merci pour votre invitation.

— Votre présence a suscité un grand intérêt parmi mes invités, répondit le Français. Ils veulent tous vous rencontrer, qu'ils vous aiment ou vous détestent.

Jared saisit la réprobation dans la remarque de son hôte.

— C'était une simple blague entre amis, qui n'aurait jamais dû être rendue publique, affirma-t-il.

— Mais elle l'a été. Et vous vous êtes aliéné désormais la moitié de la population mondiale.

— Cela passera, affirma-t-il, les dents serrées.

— C'est ce que pensait aussi Richard Braydon lorsque ses commentaires désobligeants sur les Français ont été diffusés sur YouTube, mais ses affaires ont périclité.

Le cœur de Jared se serra. David Gagnon était parfaitement conscient que ses chances de garder le contrôle de son entreprise étaient faibles.

— Cela passera, répéta-t-il d'une voix dure. Et, lorsque vous verrez notre plan marketing, vous serez subjugué.

L'homme inclina la tête.

— Je n'en attends pas moins de vous, Stone. C'est plus votre caractère imprévisible qui m'inquiète.

Ensuite, Gagnon se tourna pour les présenter aux invités, ou plutôt présenter *Bailey* aux invités. Elle était visiblement plus attrayante à ses yeux que lui…

Jared passa le reste de la soirée à tenter de détourner la conversation de son manifeste. Il était fatigué d'en entendre parler et furieux contre lui-même de s'être mis dans un tel pétrin. Mais son calvaire n'était pas pour autant terminé. Placé pour le dîner à côté de la fille de Gagnon, Micheline, il crut qu'il était mort et en enfer tant la conversation de sa voisine de table était insupportable. Bailey avait été placée à côté de Gagnon. Elle passa la soirée à discuter avec lui dans un français impeccable qu'il ne comprenait pas, l'empêchant donc de suivre leur conversation.

Les lèvres serrées en un pli amer, Micheline jeta un regard oblique vers son père.

— C'est une brillante stratégie de votre part, Jared. Vous savez que papa ne peut résister à une jolie blonde.

— Bailey est extrêmement brillante, marmonna-t-il.

Et agaçante, ajouta-t-il *in petto*. Il aurait dû participer à cette conversation au lieu d'écouter les fadaises de sa voisine.

Le dîner s'éternisa, le dessert fut suivi de liqueurs et toujours personne ne bougea. Enfin, la chanteuse française monta sur scène et commença son tour de chant, accompagnée par l'orchestre. Jared profita de l'opportunité pour saisir Bailey par la main.

— Voulez-vous danser ? s'enquit-il d'un ton belliqueux.

Elle acquiesça et se leva en s'excusant auprès de David. Sur la piste de danse, Jared glissa un bras autour de la taille de Bailey. Il entrelaça les doigts aux siens et l'attira contre lui.

— A quel moment comptiez-vous m'inclure dans votre petite conversation ?

Sa collaboratrice soupira.

— Vous m'aviez dit de m'occuper de lui. C'est ce que je fais.

— Excellent travail, je dois dire, railla-t-il. Et quand alliez-vous me dire que vous parliez français ?

— C'est indiqué sur mon CV, riposta-t-elle, tout comme le fait que je parle espagnol et italien.

— J'ai l'impression que votre CV ne vaut pas le papier sur lequel il est imprimé, rétorqua Jared sèchement, tout en humant les effluves de son parfum floral. Quels autres tours avez-vous dans votre sac ?

Elle fronça ses sourcils aux arcs parfaits.

— Je sais qu'il est déconcertant de voir David vous battre froid, mais vous ne pouvez pas m'en tenir rigueur.

— Je ne vous en tiens pas rigueur. Je me demande simplement *qui vous êtes*. Vous parlez couramment français et vous discutez avec aisance de Platon au cours du dîner.

— J'ai étudié Platon à l'université, et c'est le philosophe préféré de David.

— Bien sûr, répondit-il avec ironie. Et notre hôte s'est aussi entiché de vous.

Elle le dévisagea d'un regard froid.

— J'utilise ma tête, Jared. Quelque chose que les femmes avec lesquelles vous sortez ne doivent pas faire souvent. Peut-être est-ce la raison pour laquelle vous trouvez l'idée difficile à accepter...

— J'apprécie votre intelligence.

— Tant mieux, dit-elle, à demi cynique. David révèle beaucoup de choses et je sais désormais ce qu'il recherche. Je lui ai soumis quelques idées et...

— Vous avez *quoi* ? s'insurgea Jared, furieux. Je ne veux pas que vous lui soumettiez des idées, je veux que vous respectiez le scénario établi !

Elle pinça les lèvres.

— Il a aimé mes idées. Il les a adorées, en fait.

Jared dut prendre sur lui pour ne pas exploser.

— De quelles idées parlez-vous ? Celles de notre présentation ou les vôtres ?

— Une des miennes, admit-elle, le rouge aux joues. Celle concernant les kiosques dans les studios de yoga…

Jared ne put retenir un juron.

— Ce n'est pas prévu dans notre stratégie et ne le sera jamais. Apprenez à vous contrôler, Bailey !

Sa collaboratrice releva le menton, des étincelles dans le regard.

— Il a adoré l'idée, Jared. Alors peut-être devriez-vous pour une fois ouvrir votre esprit, utiliser votre imagination.

— C'est ce que je fais, rétorqua-t-il en laissant son regard errer sur les formes généreuses de Bailey.

Il nota qu'elle se troublait.

— Ne faites pas cela, lui ordonna-t-elle. Nous sommes en train de négocier un accord commercial, ne l'oubliez pas. Concentrez-vous.

— Vous avez toute mon attention, comme la plupart des hommes ici présents. Mais qu'allez-vous en faire ?

Ses beaux yeux s'écarquillèrent. La tension entre eux était palpable. Elle le dévisagea longuement, comme une biche aveuglée par l'éclat des phares d'une voiture. Puis elle cligna des yeux et se libéra de son étreinte.

— Eloignez-vous de moi, murmura-t-elle. C'est vous qui devez apprendre à vous contrôler et qui avez perdu de vue votre objectif. Peut-être est-il temps d'y remédier ?

Avant qu'il ne puisse dire un mot, elle le quitta et regagna la table d'honneur. Avait-elle raison ? se demanda Jared. Avait-il perdu de vue l'objectif à atteindre ? Bâtir une société proposant des produits d'excellente qualité était ce qu'il avait toujours voulu faire. Mais, maintenant que son rêve s'était réalisé et qu'il parvenait enfin au sommet de sa gloire, il perdait son temps en broutilles. Et cette situation le rendait fou.

Il reconnut encore une chose avant de s'asseoir à son tour. L'idée d'intégrer des kiosques dans les studios de yoga était brillante. Il l'avait pensé quand elle l'avait mentionnée, durant le voyage vers la France, mais les répétitions finales n'étaient pas le moment indiqué pour s'éloigner du script.

Bon sang ! Il avait pourtant dit à Sam que cela se produirait ainsi. Il aurait dû suivre son instinct.

Après leur danse ensemble, Bailey passa le reste de la soirée à supporter la mauvaise humeur de Jared. Elle avait la nette impression que David Gagnon ne le détestait pas mais voulait lui donner une leçon, car il était évident qu'il éprouvait un grand respect pour le brillant milliardaire.

Elle faisait de son mieux pour calmer le jeu entre les deux hommes, ressentant au plus profond d'elle-même qu'elle était le maillon manquant : le lien entre l'esprit vif de Jared et celui, plus créatif, de David. Le Français encensait ses idées. Et elle ne se sentait pas peu fière, en les regardant boire un dernier verre tandis que les invités se dirigeaient vers la terrasse illuminée par les innombrables étoiles.

— Mon fils Alexandre a été retardé et ne sera pas là avant demain soir, les informa David. Etant donné qu'il me succédera à la tête de l'entreprise l'année prochaine, ce sera lui qui prendra la décision finale. Pourquoi ne profiteriez-vous pas de votre journée demain ? Nous dînerons ensuite tous ensemble et vous ferez votre exposé dimanche.

Jared, qui avait hâte d'en finir avec la présentation, sourit cependant d'une manière affable.

— Vous comptez ralentir le rythme au cours des prochains mois et vous préparer à une douce transition ?

David acquiesça.

— Je serai toujours très impliqué dans la société. Mon fils est ambitieux et déterminé, mais il aura besoin de conseils, dit-il en jetant un regard amusé à Jared. Vous vous entendrez à merveille. Il aime gagner autant que vous.

— Ce n'est pas une mauvaise chose, rétorqua Jared.

Bailey leva discrètement les yeux au ciel. Elle voyait déjà se profiler à l'horizon d'interminables heures de répétition. Tiendrait-elle le coup ?

— Je vais dire au revoir à mes invités, puis je vais aller me coucher, reprit leur hôte. Je vous verrai demain au petit déjeuner.

Bailey ne pouvait imaginer mieux que d'aller au lit. Il était 2 heures du matin, ses pieds la faisaient souffrir le martyre et le contrecoup du décalage horaire, ajouté au fait d'avoir maintenu une façade extérieure toute la soirée, l'avait épuisée mentalement. Sans compter qu'elle avait parlé français pour la première fois depuis des années.

Jared marchait silencieusement à côté d'elle comme un lion en maraude. Elle préféra ne rien dire, se doutant que l'asticoter n'était pas une bonne stratégie. Ils s'engagèrent dans le long couloir et marchèrent en silence jusqu'à ce que Jared s'arrête devant sa chambre et ouvre la porte. Arrivée à sa hauteur, Bailey risqua un regard dans sa direction. Une sourde rivalité semblait les séparer, rendant l'atmosphère entre eux irrespirable. Sous son regard ardent, elle déplaça son poids d'un pied sur l'autre, mal à l'aise.

— Je n'aurais pas dû dire… commença-t-elle.

Son cœur battit à se rompre quand Jared se pencha vers elle et s'appuya d'une main contre le mur. Son regard étincelant lui coupa littéralement le souffle.

— Ajoutez l'idée du yoga au projet, Bailey. Et ne vous lancez *jamais* dans une stratégie sans mon accord préalable ou vous aurez le plus court mandat de tous les directeurs adjoints de Stone Industries.

Il s'était redressé et avait claqué la porte derrière lui avant même qu'elle ait pu dire ouf. Elle demeura là sans bouger pendant quelques instants, puis entra dans sa chambre et ferma la porte. S'appuyant contre celle-ci, elle laissa enfin un sourire triomphant gagner ses lèvres. Elle avait réussi. Elle avait obligé Jared à admettre que ses idées avaient du mérite. Et ils allaient les présenter à David Gagnon !

Son sourire s'éteignit, tandis qu'une brusque poussée d'adrénaline traversait son corps. Quelques secondes à peine auparavant, elle avait été certaine que Jared allait l'embrasser, et cette perspective l'avait excitée au plus haut point. Seigneur… Inspirant profondément, elle s'essuya la bouche du revers de la main. Depuis quand jouait-elle avec son avenir ? Il était peut-être temps de songer à des stratégies alternatives.

4

Bailey se réveilla « toute fringante », comme aurait dit sa mère, prête à revoir la présentation jusqu'à ce qu'elle la connaisse sur le bout des ongles. Souriant à la pensée de sa mère, elle revêtit à la hâte un short et un petit haut en coton. Elle n'avait peut-être pas gardé de bons rapports avec ses parents, qui l'avaient mise à la porte lorsqu'elle avait commencé à travailler dans ce club de strip-tease, mais cela ne voulait pas dire pour autant qu'elle ne gardait pas de bons souvenirs de son enfance.

Elle avait passé bon nombre de samedis assise sur les sièges usés du salon de coiffure de sa mère plutôt que de devoir affronter l'humeur incertaine de son père. Après avoir fait ses devoirs, elle écoutait la clientèle peu raffinée de sa mère parler des hommes dans des termes peu élogieux. Conversations édifiantes et passionnantes pour une fillette de dix ans. Hélas, ce temps béni n'avait pas duré. En grandissant, elle avait été frappée par le mutisme de sa mère. Elle écoutait mais parlait peu. Souriait, mais du bout des lèvres. Elle s'était alors demandé si sa mère savait que son mari non seulement était un alcoolique violent, mais aussi la trompait régulièrement lorsque son métier de représentant en aspirateurs l'amenait loin de la maison — elle avait intercepté suffisamment d'appels téléphoniques de ses soi-disant « clientes » pour ne pas voir clair dans son jeu.

A l'adolescence, Bailey ne se faisait plus aucune illusion. Quel intérêt que sa mère lui sèche les cheveux au rouleau chauffant si elle n'était vêtue que de haillons à l'école et que personne ne voulait être son amie car elle représentait la quintessence de la pauvreté ?

Les souvenirs affluaient à sa mémoire alors qu'elle regardait par la fenêtre de sa magnifique suite de Saint-Jean-Cap-Ferrat — contraste saisissant avec sa vie d'avant.

Après une douche rapide, elle noua ses cheveux en un élégant chignon, puis descendit rejoindre David et Jared dans la salle à manger. Les deux hommes envisageaient une excursion à Nice pour visiter une galerie d'art.

David se leva à son approche, l'embrassa sur les deux joues et tira une chaise pour elle.

— Voulez-vous vous joindre à nous, ma chère ?

— C'est tentant, mais j'ai du travail qui m'attend.

Jared la salua brièvement. Elle lui jeta un regard oblique comme elle saisissait la cafetière. Rasé de près, il était très séduisant dans son jean et son T-shirt blanc qui épousait son torse et ses épaules musclés. Il avait l'air plus détendu ce matin, remarqua-t-elle en se versant une tasse de café. Il avait dû se lever tôt pour pratiquer la méditation bouddhiste. D'après les rumeurs, il aurait lâché l'université pour vivre cinq mois en Inde et étudier auprès d'un maître zen, et pratiquait régulièrement depuis.

Se détournant à regret de ce réjouissant spectacle, elle se mit à beurrer un croissant. Il n'était pas question de saliver devants les attributs de son patron si elle voulait continuer à travailler avec lui. Elle devait même l'ignorer complètement.

Lui et David partirent pour Nice à bord d'une des voitures de collection du Français. Séduite par l'idée de travailler à l'extérieur, Bailey s'installa sur une des terrasses qui surplombait la mer, s'enduisit de crème solaire et se mit à l'ouvrage.

En début d'après-midi, elle avait transformé ses idées innovantes en une stratégie globale prometteuse. Elle peaufina les derniers détails, parcourut une fois de plus les diapositives de son Powerpoint et ferma son dossier, satisfaite. Elle tenait là sa chance de briller. Elle avait forcé la main de Jared pour qu'il accepte d'inclure ses idées, à elle maintenant de les faire paraître attrayantes.

Levant son visage vers le soleil, elle s'octroya un peu de repos en attendant le retour des deux hommes d'affaires.

Jared revint de Nice d'excellente humeur. Il avait créé des liens avec David grâce à leur amour mutuel de l'art, et avait même réussi à le convaincre que son manifeste présentait à long terme peu de risques de susciter des retombées négatives vis-à-vis de sa clientèle féminine.

La seule chose qui le contrariait était le message qu'il avait reçu de son responsable informatique concernant la fuite de son manifeste sur les réseaux sociaux. Après une traque minutieuse, le message à l'origine de la fuite avait été tracé jusqu'au serveur de Craig International. Ce qui ne pouvait signifier qu'une chose : Michael Craig, l'un de ses plus grands détracteurs parmi les membres du conseil d'administration, était derrière cette cabale. Jared n'avait jamais apprécié l'homme, et comptait profiter de l'occasion pour se débarrasser de lui.

Il se dirigea vers la terrasse. Il y trouva Bailey allongée dans un transat, son ordinateur portable sur les genoux, les yeux clos et le visage tourné vers le soleil. David n'avait pas cessé de chanter ses louanges durant leur escapade niçoise. Pas étonnant après ce qui s'était passé la veille, mais ce qui l'avait surpris, en revanche, c'était que le vieux séducteur avait semblé moins intéressé par la beauté de Bailey que par son intelligence et sa créativité.

Il observa la posture faussement détendue de Bailey. Son esprit était sûrement occupé à élaborer des stratégies, songea-t-il, soudain envahi par une vague de culpabilité. Il l'avait sciemment mise sur la touche, la traitant comme un problème insurmontable alors que c'était l'attirance qu'il éprouvait pour elle qui était le véritable souci. Ce n'était pas dans ses habitudes de faire passer ses intérêts personnels avant ceux de l'entreprise ; et pourtant c'était ce qu'il avait fait.

La jeune femme ouvrit les yeux à son approche et se raidit aussitôt.

— Avez-vous passé une bonne journée ?

— Excellente, assura-t-il.

Il s'assit en face d'elle et se versa un verre d'eau minérale.

— Je vous dois des excuses, ajouta-t-il.

Elle écarquilla les yeux.

— Pour quelle raison ?

— Pour vous avoir sous-estimée et vous avoir fait languir à un poste qui n'était pas à la mesure de vos talents.

Elle se redressa et croisa son regard.

— Nous n'avons pas encore fait la présentation.

Il avala une gorgée d'eau.

— J'ai vu vos idées. Je me suis trompé sur votre compte. J'aurais dû vous écouter. Vous aviez raison hier soir. Mon jugement était faussé.

— Etes-vous sûr de vous sentir bien ? le taquina-t-elle.

— Certain. Vous m'avez fait réfléchir hier soir. En bien.

Elle fronça les sourcils.

— J'ai peut-être été un peu dure avec vous.

— Je l'avais mérité, rétorqua-t-il en haussant les épaules.

Gênée, elle indiqua du doigt son ordinateur.

— Voulez-vous voir ma présentation ?

Il acquiesça.

— J'ai entendu dire qu'Alexandre Gagnon était intransigeant pour les détails. Je tiens donc à m'assurer que tout est parfait.

Ils passèrent en revue le document qu'elle avait préparé. Il la félicita sur la façon dont elle l'avait présenté et fit quelques suggestions. Puis, convaincu qu'ils ne pouvaient faire mieux, il proposa à Bailey une partie de tennis.

Sur le court, il fut surpris de constater qu'elle n'était pas mauvaise. Elle compensait son manque de technique par une détermination absolue. Son *modus operandi*, semblait-il...

Il l'étudia tandis qu'elle s'apprêtait à servir. Dans son regard, il pouvait lire la concentration. Il l'imaginait bien servir des cafés ou vendre des chaussures pour payer ses études et assurer son avenir. Et il ne put s'empêcher d'éprouver de l'admiration pour elle. Bon sang, il lui fallait se reprendre ! Et vite.

Bailey enfila un jean, un petit haut moulant et une blouse vaporeuse. Alors qu'elle était encore sous la douche, Alexandre Gagnon, directeur du développement international — et bientôt directeur tout court — de Maison électronique, était arrivé en hélicoptère, accompagné du responsable marketing. Jared et elle feraient connaissance avec eux au cours du dîner prévu à bord du yacht de David.

Plus à l'aise avec le caractère intime de cette soirée, Bailey chaussa des sandales à lanières, vaporisa quelques gouttes de parfum au creux de ses poignets et alla attendre Jared devant sa porte. Lorsqu'il ouvrit, un léger sourire ourla ses lèvres et son regard l'enveloppa de la tête aux pieds.

— Vous ne vouliez pas que je choisisse vos chaussures, cette fois ?

Elle ignora délibérément l'allusion sensuelle.

— J'avais la situation sous contrôle.

La main qu'il plaça dans le creux de son dos pour la guider le long du couloir lui brûlait la peau tant ses sens étaient en émoi. Il était fort séduisant avec son pantalon noir et sa chemise à manches courtes bleu marine qui mettait en valeur ses yeux. Mais elle garderait ses pensées pour elle-même…

Un puissant bateau à moteur les attendait le long du quai pour les emmener au yacht. Les autres invités étaient déjà à bord, les informa le membre d'équipage en démarrant le moteur.

Les yeux écarquillés, Bailey regardait autour d'elle avec admiration. Ayant grandi en Floride, elle avait toujours vécu entourée de bateaux, mais jamais de telles splendeurs. Le yacht de David était de toute beauté, et ils étaient en route pour Cannes et son célèbre festival. Elle vivait un rêve.

Le bateau ralentit et se rangea le long de l'élégant yacht, peint aux couleurs du drapeau français. Le ciel était teinté de rose et les lumières de Saint-Jean-Cap-Ferrat scintillaient à l'horizon. C'était féerique.

David les salua, puis se tourna pour les présenter aux deux hommes qui l'accompagnaient. Bailey salua le responsable marketing venu spécialement de Paris, puis se tourna vers

Alexandre Gagnon, un homme svelte et élégant aux cheveux noirs et aux yeux d'un gris d'acier.

Son pouls s'accéléra lorsque celui-ci s'avança vers elle. Elle vacilla et se reprit *in extremis*.

Ce ne pouvait être lui ! Ce n'était pas possible…

Elle l'étudia avec soin, espérant s'être trompée. Mais ce regard froid était bien celui qui l'avait examinée avec concupiscence à Las Vegas dix ans auparavant. Et l'homme semblait l'avoir reconnue…

— Quel plaisir de vous rencontrer, *Bailey*, murmura-t-il, saisissant sa main pour la porter à ses lèvres.

Son cœur se serra dans sa poitrine. Elle eut l'impression d'étouffer. Elle ne lui avait jamais dit son vrai prénom, mais maintenant il le connaissait. En proie à la panique, elle dut se retenir pour ne pas sauter du bateau et nager jusqu'à la rive.

Jared avait-il senti son désarroi ? Elle n'en était pas sûre. Toutefois, après avoir serré la main d'Alexandre, il s'empressa de reposer la sienne dans le creux de son dos en un geste protecteur. Alexandre suivit son geste du regard, puis leva de nouveau les yeux vers elle.

— Je me réjouis d'entendre votre présentation demain. Mon père m'a parlé de vos brillantes idées.

Les jambes toujours flageolantes, Bailey dut prendre appui sur Jared pour rester debout. Elle sentait le regard brûlant de celui-ci posé sur elle.

— Oui, euh… Nous espérons que vous les apprécierez.

— Nous *savons* que vous allez les adorer, corrigea Jared.

Alexandre eut un sourire qui n'atteignit pas ses yeux.

— Mon père m'a appris que vous aviez passé votre maîtrise à Stanford. Où donc avez-vous fait votre premier cycle ?

Il le savait très bien, pesta intérieurement Bailey, tandis que des gouttes de sueur perlaient à son front.

— A l'université de Las Vegas, se força-t-elle à répondre.

Alexandre Gagnon claqua des doigts.

— Ça explique tout ! J'étais sûr de vous avoir déjà rencontrée, mais je ne me souvenais plus où.

L'éclat de son regard lui fit froid dans le dos. Elle se figea.

— Vous devez faire erreur, murmura-t-elle. Je suis certaine que nous ne nous sommes jamais rencontrés.

— Je dois me tromper, alors, dit Alexandre en inclinant la tête.

Bailey se relâcha et demanda un martini au serveur venu leur proposer un rafraîchissement, espérant que l'alcool dissiperait sa nervosité.

Jared se pencha vers elle, l'air inquiet.

— Mais qu'avez-vous donc ? lui murmura-t-il à l'oreille.

— Je ne me sens pas dans mon assiette.

Il la sonda de son regard perçant.

— Un martini n'est peut-être pas la boisson idéale, alors. Laissez-moi vous apporter un verre d'eau.

— C'est sans doute la traversée qui m'a un peu barbouillée ; ça va passer.

Le martini l'aida un peu. Elle le sirota lentement, laissant l'alcool la détendre peu à peu. Elle devait coûte que coûte se ressaisir. *Mais comment ?* Alexandre Gagnon l'avait de toute évidence reconnue. Elle fit défiler ses options dans sa tête. Elle devait continuer à prétendre ne pas le connaître, le traiter comme une simple connaissance professionnelle.

Hélas, elle se rendit vite compte qu'il avait été placé juste en face d'elle à table, et la chemise rouge qu'il portait ne lui rappelait que trop bien leur dernière rencontre.

A la Chambre Rouge, le club de strip-tease le plus réputé de Las Vegas, célèbre pour ses jolies femmes et son somptueux décor, elle était connue sous le nom de Kate Delaney. Ce soir-là, elle avait dansé dans une robe rouge en dentelle assortie à ses sous-vêtements. Porter du rouge et danser en dernier signifiait qu'on était la danseuse la plus sollicitée de la semaine. Ce qui n'avait rien d'inhabituel pour elle. En effet, elle attirait bon nombre de clients réguliers, venus voir son corps se dénuder petit à petit jusqu'à laisser entrevoir des délices à explorer.

Alexandre s'était installé au premier rang, tout comme il l'avait fait les trois soirées précédentes. Elle avait senti son regard brûlant posé sur elle. Malgré les nombreuses personnes présentes dans la salle, elle n'avait été consciente que de sa présence, de la silhouette inquiétante qui l'approchait tous les soirs après sa prestation pour lui offrir un verre. Elle avait toujours refusé, malgré l'argent qu'il distribuait sans compter, car il y avait quelque chose chez l'élégant étranger qui lui faisait froid dans le dos.

Elle était retournée dans la loge, étrangement affectée par l'énorme pourboire qu'il lui avait laissé. Ses compagnes s'étaient douchées et rhabillées à la hâte pour aller s'amuser en ville, mais elle avait pris son temps, n'ayant rien à faire ce soir-là à part étudier ses cours. Soudain, elle avait levé la tête et aperçu l'étranger debout sur le seuil de la porte. Le cœur battant à se rompre, elle s'était levée, terrifiée.

— Vous n'avez pas le droit d'être là.

— Bruno m'a laissé entrer. Il nous accorde cinq minutes.

— Sortez ! s'était-elle écriée en pointant la porte du doigt.

Au lieu de lui obéir, il s'était appuyé contre le chambranle et avait détaillé Bailey de façon lascive.

— Pas avant de vous avoir fait ma proposition, Kate.

Elle aurait dû le faire jeter dehors, mais la crainte l'avait emporté.

— Vous avez rejeté mon invitation à boire un verre trois soirs de suite, avait-il murmuré en marchant vers elle. J'ai donc décidé de tenter une nouvelle stratégie.

S'efforçant de juguler sa peur, elle avait reculé jusqu'à la table.

— Je sais que vous êtes étudiante. Je vous offre 50 000 dollars pour une nuit passée avec vous. Et je respecterai vos conditions.

Elle l'avait fixé, choquée. Choquée que quelqu'un puisse payer une telle somme pour passer la nuit avec une femme. Choquée que cette femme soit *elle*. Certes, les hommes lui donnaient de l'argent lorsqu'elle dansait, mais elle n'était pas pour autant une *escort-girl*.

L'espace d'une seconde, l'idée lui avait traversé l'esprit que 50 000 dollars paieraient ses études et ses dépenses pour l'année. Elle pourrait suivre ses cours comme une étudiante lambda. Elle ne serait pas en permanence épuisée par ses horaires infernaux et pourrait enfin jeter ses escarpins à hauts talons, qui étaient une véritable torture quotidienne. Puis la honte l'avait submergée et elle s'était écriée :

— Sortez immédiatement de ma loge.

Il n'avait pas bronché.

— Tout le monde a un prix, Kate. Dites le vôtre.

— C'est là que vous vous trompez. Pas moi.

Passant devant lui, elle avait ouvert la porte. Il avait dû voir la haine dans ses yeux parce qu'il était parti. Ensuite, Bruno, le responsable de la sécurité, avait nié toute responsabilité dans cette affaire mais avait été licencié quelques semaines plus tard pour vol.

— Bailey ?

Les sourcils froncés, David Gagnon regardait l'assiette de fruits de mer à laquelle elle avait à peine touché.

— Vous n'avez pas apprécié le repas ?

Levant les yeux, elle vit le serveur prêt à la lui retirer.

— Je suis désolée. Je ne me sens pas très bien ce soir.

— Peut-être avez-vous abusé du soleil aujourd'hui, suggéra-t-il en français. Vous avez le teint si pâle !

— Sans doute, approuva-t-elle. Je me sentirai certainement mieux après une bonne nuit de sommeil.

Jared la fixait d'un air légèrement réprobateur. Peut-être parce qu'elle n'avait pas ou si peu participé à la conversation. Son regard intense l'oppressait et elle avait besoin de s'échapper. Elle s'excusa et se rendit aux toilettes. Prenant une profonde inspiration, elle s'aspergea le visage d'eau et s'essuya avec une épaisse serviette moelleuse. Puis elle se mit du rouge à lèvres et pinça ses joues pour leur donner un peu de couleur. Malgré ses efforts, elle était encore blême lorsqu'elle quitta la pièce.

Elle posait le pied sur le pont pour prendre un peu l'air lorsque Alexandre se planta devant elle...

— Vous avez bien progressé dans la vie, Bailey, dit-il, appuyant négligemment son bras sur la balustrade. Ou devrais-je dire Kate ? Quel est votre véritable prénom ?

Bouleversée, Bailey dut lutter pour garder son sang-froid.

— Désolée, mais je ne vois pas de quoi vous parlez, répliqua-t-elle, bien décidée à nier.

— Vous croyez que je ne me souviens pas de vous ? Je me

souviens de chaque courbe de votre corps délicieux, de la façon dont vous teniez en haleine chaque client de la Chambre Rouge.

— Vous vous trompez de personne, souffla-t-elle.

— Je ne crois pas.

Se détachant de la balustrade, il s'approcha d'elle. La fébrilité de Bailey augmenta d'un seul coup. Son cœur battait la chamade.

— Vous me désiriez ce soir-là, reprit le Français. Je l'ai vu sur votre visage.

— Je ne vous connais pas !

Elle s'apprêtait à s'éloigner quand il la saisit par le bras pour l'arrêter.

— Ils ne savent pas, n'est-ce pas ? Vous vous êtes donné beaucoup de mal pour laisser le passé derrière vous.

— Lâchez-la, Gagnon !

Au son de la voix basse et menaçante de Jared, elle se figea. Poings serrés, il semblait prêt à frapper Alexandre. L'estomac de Bailey se contracta. *Pourvu qu'il n'ait rien entendu !*

Alexandre ôta la main de son bras et recula un peu.

— Calmez-vous, Stone. Bailey et moi étions juste en train d'avoir une petite conversation.

Jared s'approcha jusqu'à n'être plus qu'à un pas d'Alexandre.

— Je n'aime pas la tournure que cela prend. Pas plus que Bailey, apparemment. Alors peut-être devrions-nous tous retourner à table pour le dessert...

Alexandre le toisa longuement. Puis il leva les mains en un geste d'apaisement.

— Elle est belle, n'est-ce pas ? Interrogez-la sur son grain de beauté si sexy sur la hanche. C'est quelque chose, croyez-moi ! Mais peut-être le savez-vous déjà ?...

Effondrée, Bailey regarda Alexandre s'éloigner d'un pas guilleret. Seigneur, il n'avait pas dit ça à Jared, elle avait dû mal entendre...

Le regard fixé sur elle, ce dernier n'esquissa pas un mouvement. Il semblait même ne pas respirer.

— De quoi parle-t-il ? Et comment le connaissez-vous ?

Elle secoua la tête, s'obstinant dans sa tactique.

— Je ne le connais pas, martela-t-elle.

Ce n'était pas faux, du reste. Elle ne connaissait rien de lui. Hélas, Alexandre Gagnon jouait un rôle clé dans la suite des événements. Il pouvait décider de son destin. Ou de celui de Jared.

— Alors pourquoi êtes-vous pâle comme la mort ? Pourquoi êtes-vous bizarre depuis que vous l'avez rencontré ?

Une fois de plus, elle tenta de chasser le nœud qui lui serrait la gorge.

— C'est un odieux personnage qui m'a confondue avec quelqu'un d'autre. J'ai le mal de mer, Jared. Je l'ai toujours eu. Et comme je ne veux pas offenser David, qui a eu la gentillesse de nous emmener faire cette excursion, je propose que nous rejoignions les autres avant qu'il ne s'inquiète.

Sur ces mots, elle se dirigea vers la salle à manger. Le dessert était servi. Bailey réussit tant bien que mal à avaler quelques cuillerées de la délicieuse mousse au chocolat.

Heureusement, la soirée se termina peu après quand David, ayant sans doute pitié d'elle, suggéra de retourner à la villa prendre un digestif. Une fois arrivés, il insista pour qu'elle aille se reposer. Bailey ne protesta pas. Elle repoussa toutefois l'offre de Jared de la raccompagner à sa chambre.

— Je vais bien, lui assura-t-elle.

Mais, fidèle à lui-même, il n'en fit qu'à sa tête.

— Je reviendrai m'assurer que c'est vrai, dit-il devant sa porte.

La main pressée sur le front, Bailey soupira.

— Ne vous donnez pas cette peine. Je serai endormie.

— Je reviendrai vous voir dans une demi-heure, dit-il d'un ton sans appel.

Bailey avala une aspirine, puis parcourut à grands pas sa claire et spacieuse suite. Plus elle marchait, plus son mal de tête augmentait. Le passé qu'elle s'était efforcée de tenir éloigné de sa vie actuelle revenait la hanter, et ses chances de les garder séparés étaient désormais minces. Près de dix ans auparavant, Alexandre Gagnon lui avait offert 50 000 dollars pour passer la nuit avec elle ; aujourd'hui, elle se trouvait de nouveau face à lui et allait devoir l'affronter à la table des négociations...

Cette perspective la rendait fiévreuse. Elle n'avait pas passé toutes ces années à bâtir sa réputation pour laisser un homme comme Alexandre, qui croyait la connaître et se méprenait totalement sur sa vraie nature, tout détruire.

« Je me souviens de chaque courbe de votre corps délicieux, de la façon dont vous teniez en haleine chaque client de la Chambre Rouge. » Les paroles d'Alexandre, dures, accusatrices, résonnaient encore à ses oreilles. Soudain, elle se sentit sale. Les mains tremblantes, elle arracha ses vêtements, enfila un maillot de bain et se rendit sur la plage. La mer était sombre, tout juste éclairée par la lune. Sans réfléchir, elle entra dans l'eau, puis se mit à nager vers le large, vers un lieu où le passé ne pourrait pas la rattraper.

Jared frappa à la porte de Bailey. Il avait siroté un dernier cognac avec ses hôtes, tout en se retenant de mettre son poing dans la figure d'Alexandre. Il ne croyait pas Bailey une seconde quand elle disait qu'elle ne le connaissait pas : sa réaction lorsqu'il était intervenu démentait ses paroles.

« Ils ne savent pas, n'est-ce pas ? Vous vous êtes donné beaucoup de mal pour laisser le passé derrière vous. » Que diable Alexandre avait-il voulu dire par là ?

Les lèvres pincées, il frappa de nouveau. Toujours pas de réponse. Sans plus attendre, il tourna la poignée et ouvrit la porte. Une lampe était allumée, éclairant le salon d'une lumière tamisée. Bailey était invisible. Traversant la pièce à grands pas, il entra dans sa chambre. Le lit n'était pas défait. Les vêtements de Bailey étaient jetés en boule sur le sol, ce qui l'alarma aussitôt : elle était si ordonnée d'habitude.

Il sortit sur la terrasse éclairée. Déserte. Il scruta rapidement les alentours, cherchant à la discerner dans la pénombre. Soudain, une tache blanche dans l'eau attira son attention. C'était elle !

La suivant des yeux, il ôta ses chaussures et ses chaussettes et se rendit sur la plage. Bailey était si éloignée du rivage qu'inquiet il faillit plonger tout habillé dans les vagues pour la rejoindre.

Mais son rythme était régulier, et ses mouvements, sûrs, aussi décida-t-il de l'attendre.

Lorsqu'elle sortit de la mer, elle se dirigea droit vers sa serviette, sans le voir. Elle se sécha vigoureusement. Il avait eu son content de femmes dans sa vie. Beaucoup plus, même, selon certains. Néanmoins, jamais il n'en avait vu une aussi époustouflante. Avec ses jambes interminables, ses hanches à la fois minces et voluptueuses et sa poitrine généreuse, elle était la perfection faite femme. Levant les bras, elle noua d'un geste gracieux ses cheveux où perlaient encore des gouttelettes. Ce simple geste révélait sa beauté parfaite et lui donnait un air presque... intouchable.

Ce qui lui rappela la raison de sa présence ici. Il s'approcha à l'instant où Bailey se penchait pour s'essuyer les mollets, lui offrant une vue imprenable sur son charmant fessier. Soudain, il se figea. La tache sombre sur la hanche de la jeune femme était indéniablement un grain de beauté...

Jared rejoignit Bailey si vite qu'il en eut le vertige. Lorsqu'elle leva la tête, le clair de lune nimba son visage surpris d'une lumière argentée. Elle s'efforça de s'envelopper dans sa serviette, mais il fut plus rapide. D'un geste brusque, il la fit pivoter, tout en pointant du doigt son grain de beauté.

— Vous m'avez menti ! jeta-t-il. Vous dites ne pas connaître Alexandre, mais lui connaît cette marque sur votre corps. Que se passe-t-il exactement ?

Elle essaya de se libérer de son étreinte, mais il enfonça les doigts dans son bras. Les joues de Bailey s'enflammèrent, des étincelles s'allumèrent dans ses prunelles, contrastant avec ses joues blêmes.

— Enlevez vos sales pattes de moi, Jared ! N'êtes-vous pas mieux que lui ?

Il la lâcha aussitôt, la rage menaçant de le faire exploser.

— Nous négocions un contrat qui se monte à plusieurs millions de dollars par an, Bailey. Je veux la vérité et je la veux *maintenant*.

Elle recula d'un pas et serra les bras contre elle.

— Je vous ai dit la vérité : je ne le connais pas. Je l'ai rencontré une fois lorsque j'habitais Las Vegas. Il a voulu me draguer et je l'ai remis à sa place. C'est tout.

— C'est *tout* ?

Jared lâcha un juron.

— Comment connaissait-il la présence de votre grain de beauté si vous l'avez éconduit ?

— Je n'en dirai pas plus, rétorqua-t-elle en redressant le menton. Cette conversation est désormais close.

Son sang ne fit qu'un tour. Et il réalisa que sa fureur n'avait rien à voir avec la transaction en cours. Il voulait juste savoir pourquoi ce sale type connaissait intimement le corps de Bailey.

— Je ne crois pas, dit-il en se rapprochant, surpris de voir qu'elle ne reculait pas. Vous rejetez tous les hommes de Silicon Valley. Vous agissez comme si vous étiez inaccessible et pourtant ce crétin arrogant a eu le privilège de... Je ne comprends pas.

Elle fit un pas vers lui. La chaleur de son corps fusionna aussitôt avec la sienne, les menaçant d'une combustion spontanée.

— Qu'est-ce qu'il y a, Jared ? Vous ne supportez pas que ce n'ait pas été vous ? D'avoir rencontré votre maître ?

— Vous avez raison, je ne le supporte pas. Parce que, si cela avait été moi, vous ne seriez jamais partie.

Elle entrouvrit les lèvres pour riposter. Alors, il la fit taire d'un baiser.

Nom d'un chien ! Jamais il n'avait pris un tel plaisir à embrasser une femme...

Les lèvres de Bailey avaient un goût de miel, et il savoura ce nectar pendant quelques secondes avant qu'elle ne lève la main pour le frapper. Il la saisit au vol et glissa son autre main derrière sa nuque, l'entremêlant à ses cheveux humides. Puis il approfondit son baiser, jouant avec les sens de sa proie jusqu'à la laisser pantelante de désir. Le genre de baiser qui lui ouvrait les portes du paradis. Toujours.

Bailey voulut repousser Jared, mais les assauts répétés de celui-ci la faisaient littéralement fondre. Lorsqu'il emprisonna sa nuque et lui inclina la tête en arrière, elle entrouvrit les lèvres, laissant échapper un petit cri de gorge sous les caresses érotiques de sa langue. Ses lèvres avaient un goût de cognac et de cigare. Et elle en voulait plus. Beaucoup plus.

Il lui glissa un genou entre les cuisses et l'attira vers lui. Il était si proche qu'elle pouvait sentir son cœur battre à l'unisson du sien. La main calée dans le creux de son dos la pressa contre son torse et contre sa puissante érection. Ses tétons durcirent et la chaleur qui la submergea lui fit l'effet d'une lave brûlante qui se déverserait en elle. Jamais elle n'avait connu pareille excitation...

Jared appuya goulûment ses lèvres sur la base de son cou et déposa une multitude de petits baisers sur sa peau humide.

— Bailey, souffla-t-il. Que représente-t-il pour vous ?

Sa question lui fit l'effet d'une gifle. Jared ne l'embrassait pas parce qu'il la désirait, mais parce qu'il voulait la posséder. *Comme tous les autres !*

Appuyant la paume contre son torse, elle le repoussa. L'air abasourdi, il trébucha et faillit tomber à la renverse.

— Que diable... ?

— Vous êtes tous pareils, lança-t-elle entre ses dents serrées. Des chiens qui se battent pour obtenir un trophée de chasse.

Il lui jeta un regard torve.

— Vous avez aimé ce baiser autant que moi !

— Et maintenant je m'en vais. Vous vous leurrez, Jared. Vous n'êtes pas différent des autres.

Pétrifié, il la regarda s'éloigner vers la terrasse.

5

L'esprit en tumulte, Jared courait depuis près d'une heure sur le sentier qui bordait les plages rocheuses quand, à bout de souffle, il se remit à marcher. Il renonçait à comprendre ce qui s'était passé la veille. Etant donné le peu d'informations données par Bailey, la seule chose sûre était qu'Alexandre Gagnon, l'homme qui détenait le véritable pouvoir de décision quant à leur futur partenariat, connaissait de façon suffisamment intime sa directrice marketing pour savoir qu'elle avait un grain de beauté sur la hanche.

Cette pensée raviva sa fureur. Fronçant les sourcils, il s'essuya le visage avec son T-shirt. Bailey avait admis avoir rencontré Gagnon une fois. Il lui avait fait des avances qu'elle avait refusées. Comment connaissait-il donc l'existence de ce grain de beauté ?

Il poussa un juron. Pourquoi Bailey ne lui disait-il pas la vérité ? Qu'y avait-il de si horrible dans son passé qu'elle voulait cacher ? Il avait déjà vu ce regard hanté auparavant : c'était le même qu'avait affiché son père quand il s'était senti cerné, incapable d'échapper à son destin, et que ses mensonges si minutieusement préparés avaient commencé à se détisser.

Sa poitrine se serra. Il détestait les secrets. Peut-être devrait-il aller voir Bailey et la menacer de la renvoyer si elle ne lui disait pas la vérité ? Les enjeux étaient trop importants pour ne pas travailler en complète transparence. Mais elle était un atout inestimable dans ses négociations. David les adorait, elle et ses idées. Par conséquent, l'écarter de la transaction était un non-sens.

Un oiseau de proie survola la plage avant de se diriger vers l'intérieur des terres. Il lui rappela Alexandre Gagnon et la façon dont il avait harcelé Bailey, la veille. Son intérêt pour elle allait visiblement au-delà d'une simple attraction physique et tendait même vers l'obsession.

Tracassé, Jared prit le chemin de la maison. Le mystère qui entourait le passé de Bailey pouvait faire capoter l'affaire en cours s'il n'y mettait pas bon ordre. *Maintenant.*

Il grimpa les marches qui menaient à leurs suites, refusant de s'attarder sur la passion brûlante qui s'était emparée d'eux la veille. C'était une chose d'éprouver une attirance pour quelqu'un, une autre d'y donner suite...

Une fois dans sa chambre, il prit son portable et appela le détective dont il utilisait les services pour s'assurer que son père allait bien. Danny Garrison finit par décrocher après de longues sonneries.

— Allô, dit-il d'une voix ensommeillée.

— Je veux que vous découvriez tout ce qu'il y a à savoir sur ma directrice marketing, Bailey St John.

— Vous réalisez qu'il m'arrive parfois de dormir ?

Jared jeta un coup d'œil sur sa montre. 8 heures du matin. Il n'avait même pas songé au décalage horaire.

— Désolé, mais c'est très urgent.

— Ben sûr, railla le détective.

— Concentrez-vous sur sa vie à Las Vegas. Elle a fait son premier cycle universitaire là-bas.

— Dois-je chercher quelque chose en particulier ?

— Quelque chose qu'elle cherche à cacher.

Indécise, Bailey ôta son chemisier de soie rose — son troisième choix jusqu'ici — et le jeta sur le lit. Rien n'allait plus depuis qu'elle avait posé les yeux sur Alexandre Gagnon. Et pourtant elle devait oublier leur passif commun et se ressaisir. Elle avait une présentation à faire dans quelques minutes. Attrapant la version gris anthracite du chemisier qu'elle venait de jeter sur le lit, elle l'enfila à la hâte et, d'une main maladroite, attacha les boutons. Alexandre se montrerait-il beau joueur ? Dans le cas contraire, mettrait-elle le futur de Jared et de son entreprise en péril ? Ne devrait-elle pas plutôt se retirer du jeu et accepter que son passé l'ait enfin rattrapée ?

Elle essaya de se raisonner. Alexandre Gagnon avait certainement mieux à faire que panser son ego malmené dix ans auparavant. Il avait un important partenariat à envisager pour l'entreprise dont il prendrait bientôt la tête. Cependant, même si elle essayait de se rassurer, le nœud dans son ventre ne cessait de se resserrer.

Elle attacha le dernier bouton d'un geste rageur. Comment avait-elle pu se laisser aller à embrasser Jared ? D'habitude, elle ne se laissait jamais approcher assez pour inspirer la convoitise. L'attitude de son père lui avait appris à se méfier des hommes. Imprévisibles, faibles, ils étaient à éviter.

Tous les mois, la même comédie s'était répétée. Dès la réception de leurs prestations d'aide sociale, son père faisait la tournée des bars et rentrait ivre à la maison, cassant tout et frappant quiconque se mettait en travers de son chemin. Sa mère les protégeait autant qu'elle le pouvait, sa sœur et elle, en les envoyant chez les voisins, mais cela rendait les choses encore plus difficiles quand le lendemain elles rentraient à la maison et voyaient les hématomes sur le visage de leur mère. Si on ajoutait à cela son expérience de stripteaseuse, qui lui avait fait découvrir la face libidineuse des mâles, l'abstinence semblait indubitablement la meilleure solution.

Un coup frappé à la porte lui fit lever la tête. Glissant une mèche rebelle dans son chignon, elle ouvrit. Jared se tenait devant elle, l'archétype de l'homme d'affaires prêt à en découdre.

— Parée ?

Elle acquiesça et se dirigea vers le bureau pour prendre ses notes. Elle les avait rangées avec d'autres documents, mais sa nervosité était telle qu'elle n'arrivait plus à mettre la main dessus.

— Bailey.

Elle n'avait pas réalisé que Jared avait bougé avant de sentir sa main posée sur la sienne. Elle leva les yeux vers lui, se mordillant la lèvre inférieure.

— Mon dossier est là, pas loin. C'est juste que je n'arrive pas à le...

— *Bailey*, répéta-t-il, lui prenant la liasse de documents qu'elle avait en mains pour les reposer sur le bureau. Que représente Alexandre Gagnon pour vous ? Nous sommes des partenaires en affaires et je dois savoir ce qui ne va pas pour pouvoir vous aider.

Elle se dégagea d'un geste brusque.

— Il n'est rien pour moi. Je vous l'ai déjà dit !

Une lueur de colère illumina le regard de Jared.

— J'étais là hier soir. Alexandre ne vous a pas lâchée des yeux, puis il vous a suivie aux toilettes avant de se montrer assez agressif envers vous. Alors, ne me dites pas que ce n'est rien, Bailey. Il a une voix décisive dans cette transaction et je ne veux pas que cette histoire entre vous fasse tout capoter.

— Alors, renvoyez-moi !

— *Je ne peux pas*. David vous adore.

Bailey pinça les lèvres. Elle préférait mourir plutôt que d'avouer à Jared qu'elle avait été stripteaseuse. Elle pouvait déjà entendre ses commentaires désobligeants...

A bout de patience devant son mutisme, il jeta d'une voix rogue :

— Ce n'est pas illégal, au moins, ce que vous me cachez ?

Illégal ? Elle le fixa, éberluée. Mais la lueur d'angoisse au fond de ses prunelles lui mit la puce à l'oreille. Bien sûr, il craignait le scandale. L'histoire de son père avait laissé des traces, quoi de plus normal ? Elle aurait bien aimé rassurer Jared, mais elle ne pouvait pas.

— Non, affirma-t-elle. C'est une affaire personnelle. Rien de plus. Vous devez me faire confiance là-dessus.

Il la fixa longuement puis lâcha un profond soupir.

— Voilà ce que nous allons faire : nous allons entrer dans cette salle de réunion, les épater avec nos idées brillantes et décrocher ce contrat. Surtout, ne vous adressez pas à Alexandre, sauf s'il vous pose une question. Jouez pour David et les deux autres, mais ne laissez pas Alexandre vous ébranler.

Un sentiment d'euphorie s'empara de Bailey lorsqu'elle réalisa que son employeur n'allait pas la renvoyer.

— Compris, dit-elle. Vous pouvez me faire confiance.

— Dommage que ce ne soit pas réciproque...

Elle secoua la tête.

— Si, si, je vous assure. Mais, là, c'est... différent.

L'air peu convaincu, il se racla la gorge.

— C'est l'heure. Nous devrions y aller.

Elle acquiesça et prit ses notes.

Si Jared s'attendait à ce que Bailey se montre hésitante et balbutiante, il en fut pour ses frais. Lorsqu'elle pénétra dans la salle de réunion, quelque chose en elle se réveilla. Son instinct de survie ? Elle fit défiler les diapositives de sa présentation avec un enthousiasme et une détermination qui captivèrent son auditoire. Rebondissant sur les questions qui lui étaient posées, elle avançait une à une ses idées ; elle ne regarda pas une seule fois Alexandre, sauf pour répondre à ses questions pointues et souvent difficiles. Sa propre stratégie était solide mais manquait du savoir-faire marketing de Bailey. Ensemble, ils formaient une équipe formidable.

— Ne vous battez pas contre l'inéluctable, conseilla-t-elle. Touchez les clients au travail et dans leurs loisirs, montrez-leur vos produits dans un cadre agréable comme un studio de yoga, puis vendez-les sur place grâce aux kiosques.

— Intéressant, concéda Alexandre, même si ce concept représente un sacrilège pour un commerçant comme moi. Vous nous demandez de concentrer notre budget marketing sur les ventes hors magasins ?

— En partie, oui, répondit Bailey. Les gens vont de moins en moins dans les magasins, préférant faire leurs achats en ligne. C'est un fait et il faut précéder la tendance.

Alexandre se leva et se mit à arpenter la salle, une technique utilisée pour intimider, suspecta Jared.

— Seulement, le yoga est une niche. Comment cela va-t-il vraiment impacter notre rentabilité ?

— Vous reproduirez l'idée à l'infini. Après avoir formé des équipes, vous les envoyez dans les studios de yoga, mais aussi dans les centres sportifs, les salles de sport... Vous faites tout d'abord la promotion du produit aux instructeurs, qui à leur tour en vanteront les mérites à leurs élèves.

Alexandre n'avait pas l'air convaincu, mais Bailey poursuivit sa présentation sans se décourager. Quand elle eut montré sa dernière diapositive, Jared conclut leur exposé par un résumé vantant les mérites de son entreprise.

David Gagnon se tourna vers son fils.

— Qu'en penses-tu ?

— J'adore. L'idée de la vente directe au consommateur est excellente. Elle cadre avec notre stratégie et nos marchés cibles. Je doute toutefois qu'elle puisse s'appliquer à grande échelle. Et, à en juger par cette étude consommateurs, ajouta-t-il en posant un dossier devant Jared, j'ai peur que votre désormais célèbre manifeste vous ait aliéné les consommateurs féminins.

— Ce n'est qu'un feu de paille, rétorqua Jared.

— Peut-être, concéda Alexandre, mais la clientèle féminine est notre cible privilégiée. Nous ne pouvons nous permettre de nous associer avec une société qui s'est aliéné ce segment du marché.

— Cela ne durera pas, insista Jared.

— Sans doute, admit Alexandre. Vos idées sont bonnes, créatives, mais elles ne suffisent pas. Je veux une étude de marché avant de prendre une décision.

Jared s'efforça de contenir sa colère.

— Cela prendra du temps, protesta-t-il.

Il avait une réunion du conseil d'administration dans moins de deux semaines, et il avait besoin de ce contrat signé s'il voulait garder le contrôle de son entreprise.

Le plus jeune des Gagnon haussa les épaules.

— Nous aimerions organiser une réunion à Paris dans une semaine. Mais vous êtes un homme occupé : si vous avez d'autres engagements, envoyez Bailey à votre place. Nous réglerons les affaires en suspens.

Le sang de Jared ne fit qu'un tour. Ainsi, ce Français prétentieux voulait jouer à ce petit jeu-là ? Régler des *affaires en suspens* avec Bailey : que cachait cette expression pour le moins nébuleuse ?...

Il jeta un coup d'œil vers David, mais l'expression du businessman français semblait empreinte de respect envers son fils.

Aucune aide à attendre de ce côté-là. Rassemblant ses feuillets d'un geste brusque, il se contint, refusant de laisser sa colère prendre le dessus.

— C'est très gentil à vous, mais un ami à moi possède une villa non loin de Nice. Bailey et moi irons y passer la semaine. Nous travaillerons sur le projet et nous vous le présenterons de nouveau à Paris la semaine prochaine.

— Je dois ajouter, intervint David, qu'Alexandre aimerait aussi entendre la présentation de Gehrig Electronics.

Jared eut l'impression que le sol se dérobait sous ses pieds.

— Vous nous mettez en concurrence ?

David acquiesça.

— Et, vu l'importance du partenariat, nous pensons aussi effectuer un audit préalable.

Jared fulminait. Il n'avait jamais été question de Gehrig Electronics avant qu'Alexandre n'entre en scène. Son regard se tourna vers le fils de David. Un coude sur la table, celui-ci le fixait comme un faucon prêt à fondre sur sa proie. David avait raison : son fils aimait gagner. Sauf que, là, cela ne concernait pas la transaction en cours mais Bailey.

La frustration s'empara de lui. Alexandre semblait déterminé à lui mettre des bâtons dans les roues et, s'il voulait avoir une chance de le convaincre, il allait devoir accepter ses conditions. Il n'avait pas le choix.

Se forçant à sourire, il se leva.

— Nous comprenons parfaitement. Aucun problème, messieurs. Que le meilleur candidat gagne.

Ils répondirent encore à quelques questions de l'équipe marketing, puis se donnèrent rendez-vous à Paris pour la semaine suivante. Bailey et lui les quittèrent ensuite pour faire leurs valises.

Devant sa chambre, la jeune femme posa la main sur son bras.

— Je suis sincèrement désolée, Jared. Tout est ma faute. J'aurais dû me retirer du jeu.

— Vous connaissez ses raisons. Il croit que je me suis aliéné toute la clientèle féminine.

— Oui, mais…

— Il n'y a pas que cela, c'est certain, grommela-t-il. Ecoutez, Bailey, nous en reparlerons à Nice. Mais s'il veut en faire son cheval de bataille laissez-le faire. Je n'ai pas l'intention de perdre.

6

Après trois jours de répétitions, Jared se déclara enfin satisfait de leurs progrès. Seuls dans une villa située dans les collines et surplombant la mer, ils appréhendaient le monde extérieur comme une distraction lointaine.

Jared avait chargé Bailey d'intégrer les données d'étude de marché qu'Alexandre avait demandées — étude qui avait fort heureusement prouvé la viabilité de leur projet. De son côté, il réalisait une enquête exhaustive sur leur concurrent pour découvrir ses points faibles. Gehrig Electronics était hélas une entreprise solide au patrimoine technologique riche.

Il jeta son stylo sur le bureau. Ils allaient battre Gehrig, parce que, même si l'autre fabricant avait de bons produits, lui en avait de meilleurs.

Il se leva et se dirigea vers la fenêtre qui surplombait la terrasse. Assise sur une chaise longue, Bailey était penchée sur son ordinateur, travaillant d'arrache-pied. Elle était à la fois une aide précieuse pour lui et une *bombe à retardement*.

Elle ne parlait pas, refusait de parler d'Alexandre, même lorsqu'il abordait le sujet. C'était décidément un problème, se dit-il, au moment où son portable se mettait à sonner. Il regarda le nom s'afficher sur l'écran. Sam Walters. Génial...

— Sam, dit-il, après avoir saisi l'appareil.

Il s'assit et posa les pieds sur le bureau.

— Vous ne m'avez pas appelé, lui reprocha son mentor. Que

se passe-t-il ? On me pose plein de questions ici, auxquelles je ne peux répondre.

— David a transmis le pouvoir de décision à son fils, Alexandre, qui sera P-DG dès l'année prochaine. Ils ont décidé d'effectuer un audit préalable et de faire jouer la concurrence en intégrant Gehrig à l'équation. Nous révisons notre projet, que nous leur présenterons la semaine prochaine, résuma-t-il.

— Gehrig ? s'exclama Sam. Je croyais que nous étions seuls en course ?

— Plus maintenant. Mon manifeste aurait, semble-t-il, fait baisser les intentions d'achat de la clientèle féminine.

Il y eut un long silence.

— Ne dites rien, soupira Jared.

— Il le faut bien, pourtant. La prochaine fois que vous éprouvez le besoin de philosopher, abstenez-vous.

— Je suis d'accord avec vous, mais là il est trop tard. Il ne nous reste plus désormais qu'à gagner.

— C'est certain. Je fais mon possible de mon côté pour calmer le jeu jusqu'à ce que vous mettiez les produits sur le marché. Mais la présence de Gehrig ne joue pas en notre faveur.

— Je suis sincèrement désolé, Sam. Mais nous allons gagner, je vous le promets. En attendant, faites-moi savoir si vous apprenez quoi que ce soit sur Gehrig.

— Je vais passer quelques coups de fil.

— Merci. J'apprécie votre aide.

— Jared ?

— Mmm ?

— C'est vous qui avez créé Stone Industries. C'est donc à vous de le diriger. Concentrez-vous là-dessus.

Le visage de Jared se fendit d'un sourire.

— Merci pour votre soutien, Sam.

Il raccrocha, se demandant ce qu'il aurait fait s'il n'avait pas rencontré Sam lors d'une conférence. Cela avait été le point de départ d'une amitié sans faille avec celui qui l'avait pris sous son aile quand son père l'avait abandonné. Pour le jeune homme impétueux qu'était alors Jared, cette rencontre avait fait toute la différence, et elle lui avait permis de transformer sa start-up florissante en l'entreprise solide et rentable qu'elle était devenue aujourd'hui.

Soudain, un courriel entrant attira son attention. Il provenait de son détective privé, Danny.

Bingo. Puis-je dire que ce fut pour moi un plaisir ?

Sans qu'il sache pourquoi, ce message laconique lui fit froid dans le dos. Après avoir ouvert le rapport, il l'imprima et le mit dans une chemise sans le lire. Il ne savait pas non plus pourquoi il agissait ainsi. Peut-être voulait-il donner une chance à Bailey de se confier à lui, la confiance étant pour lui primordiale ? Et peut-être aimait-il Bailey St John bien plus qu'il n'aurait bien voulu l'admettre...

Les yeux fatigués par un après-midi passé derrière son écran d'ordinateur, Bailey rejoignit Jared sur la terrasse pour dîner. Plus petite et plus douillette que la propriété tape-à-l'œil de David, la villa offrait un luxe discret qui n'était pas pour lui déplaire.

Repoussant les cheveux de son visage d'un geste nerveux, elle but une gorgée du vin rouge charpenté que Jared avait déniché à la cave. Pas facile de se détendre quand son patron la regardait de façon peu amène, quand des décisions prises dans le passé semblaient soudain discutables — alors qu'elles lui avaient paru à l'époque la seule solution viable.

Jared remplit son verre et se leva.

— Faisons une pause ce soir. Nous avons suffisamment travaillé et notre cerveau est sur le point d'exploser.

Etouffant un soupir de soulagement, Bailey l'examina du coin de l'œil. Avec son jean et son T-shirt bleu marine, il était très séduisant. A la réflexion, c'était peut-être une mauvaise idée de se détendre car le travail l'empêchait de songer au baiser qu'ils avaient échangé.

— Je crois que je vais aller dormir, dit-elle, étouffant un bâillement. Je manque cruellement de sommeil.

Il la dévisagea longuement.

— J'ai préparé un feu dans le parc. Le ciel est dégagé, parfait pour observer les étoiles.

— Je ne vous imaginais pas en boy-scout, railla-t-elle.

— Tout était là. Il n'y avait qu'à empiler le bois. Venez.

Il prit son verre, une pochette bleue posée sur une chaise et entreprit de descendre la colline. N'avait-il pas dit qu'ils ne travailleraient pas ce soir ? Toutefois, peut-être voulait-il peaufiner certains détails. Ce serait plutôt une bonne chose : cela leur éviterait de dévier sur des sujets personnels, et Jared ne lui poserait pas de questions sur Alexandre.

Elle se leva et le suivit, son verre de vin à la main. De gros rochers avaient été placés à côté d'un foyer improvisé. Elle s'assit sur l'un d'eux, tout en observant Jared allumer les feuilles de journal et souffler sur le petit bois pour attiser les flammes.

— Mon père adorait faire du feu, dit-il.

— Quel âge aviez-vous lorsqu'il a détourné les fonds de la banque ?

Il lui lança un regard perçant ; ses traits paraissaient durs à la lumière du feu.

— Encore des questions, alors que vous demeurez un mystère ?

Elle haussa les épaules.

— C'est vous qui avez parlé de lui.

— J'étais en deuxième année d'université.

— Est-ce la raison pour laquelle vous avez abandonné ?

— Oui, répondit-il en attisant les flammes. Après avoir tout perdu, mon père ne pouvait plus payer mes études.

— Que lui est-il arrivé ?

— Il est allé en prison pour trois ans.

Elle se força à ne pas montrer son empathie et sa stupéfaction.

— Que fait-il maintenant ?

Etirant ses longues jambes devant lui, il fixa le feu.

— Lorsqu'il était en prison, ma mère a divorcé et a épousé le directeur de la Banque centrale européenne. A sa sortie, il a disparu. Je l'ai fait suivre par un détective, qui l'a retrouvé aux Caraïbes, où il vivait dans une hutte sur la plage.

Interloquée, Bailey secoua la tête.

— Savez-vous pourquoi il a agi ainsi ?

Sa bouche se tordit en un rictus amer, accentuant la cicatrice qui barrait sa lèvre.

— Pourquoi il a volé de l'argent à son employeur et à ses meilleurs amis ? Je ne saurais répondre à cette question, n'étant pas psychologue, mais cela a peut-être à voir avec ma mère. Elle l'a saigné à blanc. Et ce n'était jamais suffisant.

Bailey inspira profondément. Voilà qui expliquait tout.

— Qu'entendez-vous par « elle l'a saigné à blanc » ?

— Elle en voulait toujours plus. Mon père a fait fortune dans les produits bancaires d'investissement. Son métier l'a usé et quand il a voulu ralentir le rythme ma mère n'a jamais accepté. Leur fortune la définissait et, lorsque mon père n'a plus su répondre à ses attentes, elle l'a quitté. Il en a été si affecté qu'il a perdu les pédales, ajouta-t-il, les dents serrées.

— Et... comment est-il maintenant ?

— Je n'en sais rien. Ça fait longtemps que je ne lui ai pas parlé, admit-il en évitant son regard. Je lui envoie de l'argent tous les mois, et il l'accepte.

Elle le dévisagea longuement dans le silence qui suivit. Comme il avait dû souffrir ! Devant un tel drame, son manifeste, aussi détestablement misogyne soit-il, s'expliquait.

— Toutes les femmes ne sont pas comme votre mère, Jared, finit-elle par dire.

— Ah non ? Et vous ? demanda-t-il d'un ton qui fit naître un frisson le long de sa nuque. J'ai un contrat de plusieurs millions de dollars en suspens, vous êtes une inconnue dont le passé trouble risque de tout faire capoter et vous refusez toujours de parler.

— Je vous ai dit tout ce qu'il y avait à savoir.

— Et maintenant vous allez me dire la vraie histoire, dit-il, saisissant la pochette bleue qu'il agita devant elle.

— Qu'est-ce que c'est ? s'enquit-elle, inquiète.

— Votre passé, Bailey. Tout est là-dedans.

— Qui vous a fourni ces renseignements ?

— Un détective privé. Et, croyez-moi, il n'a rien oublié.

Le sang battant à ses tempes, elle eut une sensation d'étourdissement.

— Jared, je ne peux pas...

— Mais si. Je viens de vous raconter l'histoire sordide de ma famille, à votre tour, maintenant. Je n'ai pas lu le rapport. Voici venue votre chance.

Les yeux écarquillés, elle le vit se lever, s'approcher du feu et jeter le dossier dans les flammes. Elles léchèrent le papier jusqu'à ce qu'il devienne gris et se recourbe sur lui-même. Comme son estomac...

Jared revint sur ses pas et s'arrêta devant elle.

— Qui est Alexandre Gagnon pour vous, Bailey ?

Les flammes engloutirent ce qui restait du dossier dans un flamboiement ardent. Le geste de son boss était clair : il lui donnait une chance de raconter sa version, de lui faire confiance comme il lui avait fait confiance depuis le début.

Les mains moites et le cœur battant la chamade, elle sut qu'elle n'avait d'autre choix que de se livrer à son tour...

— J'ai rencontré Alexandre Gagnon lorsqu'il est venu voir mon numéro à la Chambre Rouge, à Las Vegas.

— La Chambre Rouge ? Le club de strip-tease ?

— Oui, répondit-elle en soutenant son regard. J'étais une stripteaseuse de haute volée, Jared. Je gagnais une fortune en ôtant mes vêtements devant les hommes.

Il ouvrit la bouche comme pour dire quelque chose, puis sembla se raviser et lui indiqua d'un geste de poursuivre.

— A dix-sept ans, je suis allée à Tampa avec une copine. Nous nous promenions dans les rues sans un sou en poche lorsqu'une femme m'a abordée — une danseuse dans un des clubs les plus chauds de la ville. Elle m'a dit que je devrais postuler, que je gagnerais beaucoup d'argent.

Gênée, elle se tordait les mains et les fixait du regard.

— Nous étions très pauvres, vous comprenez. Mon père était un alcoolique régulièrement au chômage, et ma mère faisait de son mieux pour subvenir aux besoins de la famille, mais son salon de coiffure n'était pas très rentable. Alors quand cette femme m'a dit combien je pouvais gagner en dansant, j'ai été subjuguée. Danser était une des rares choses que je savais faire, car un professeur m'avait laissé étudier sans payer, pensant que j'avais du potentiel.

— Vous avez donc fait du strip-tease ?

Elle acquiesça.

— J'ai gagné plus d'argent en une semaine que ma mère en un mois. Cela m'a permis d'aider financièrement la famille. Mais, lorsque mon père a appris ce que je faisais, il a sauté au plafond, expliqua-t-elle en faisant la moue. Ils n'arrivaient pas à joindre les deux bouts, ma sœur n'avait plus de vêtements à se mettre, mais mon argent était « sale ». Il m'a mis à la porte. Croyez-moi, c'était la meilleure chose qui ait pu m'arriver. Mon père n'avait pas le vin facile.

— Dix-sept ans ? Seigneur, vous étiez un bébé, Bailey ! Et comment avez-vous obtenu l'autorisation de travailler dans un bar ?

— J'ai menti sur mon âge et je me suis procuré une fausse carte d'identité.

Il s'assit à côté d'elle et mit les mains sur ses tempes.

— Vous avez donc quitté Tampa pour Las Vegas, où vous êtes allée à l'université. Vous avez continué à danser ?

— J'ai déménagé à Las Vegas *pour* danser et ainsi pouvoir me payer des études. J'ai dansé dans différentes boîtes de nuit, appris le métier, puis j'ai trouvé une place à la Chambre Rouge. Toutes les filles rêvent d'y travailler : spectacles burlesques, filles superbes, c'est le lieu privilégié des hommes fortunés. Je me suis fait un paquet d'argent là-bas.

Jared fit la grimace.

— La façon dont les hommes vous regardaient ne vous gênait pas ?

— C'était un travail, comme n'importe quelle autre profession.

— Oter ses vêtements devant des inconnus n'est pas un travail normal, Bailey.

La moutarde lui monta au nez devant cette réaction bornée.

— J'avais des rêves, Jared ! Comme vous. La seule différence est que vous vous êtes servi de votre tête, et moi, de mon corps.

Le regard de son compagnon s'assombrit.

— Vous possédez un cerveau extraordinairement pointu. Pourquoi ne vous en êtes-vous pas servie ?

— J'ignorais tout de mon potentiel, répondit-elle, se retenant de hurler. Je pensais être une vaurienne issue du caniveau, et personne n'a essayé de me convaincre du contraire. Pas plus mes professeurs que mes camarades de classe. Pour eux, j'étais la pauvre fille Williams qui n'arriverait jamais à rien. Eh bien, ils se sont trompés.

Jared se frotta les yeux.

— St John n'est donc pas votre véritable nom ?

— Non, admit-elle. Je l'ai changé lorsque j'ai quitté Las Vegas pour la Californie.

— Bailey est-il votre véritable prénom ?

— Oui. Ma mère m'a donné le nom de sa boisson favorite.

Il secoua la tête, puis demeura longtemps silencieux, le visage sombre.

— Qu'entendez-vous par « stripteaseuse de haute volée » ?

Croyait-il qu'elle octroyait des faveurs aux clients ? se demanda-t-elle, effondrée. Quelque chose qui ressemblait à une lueur d'espoir mourut en elle et Bailey se replia sur elle-même, ne voulant pas lui montrer à quel point sa remarque l'avait blessée.

— Vous voulez savoir si je couchais avec les hommes pour qui je dansais ?

— Oui, répondit-il d'une voix dure.

— Cela ferait-il une différence si je disais oui ?

— Bon sang, Bailey ! Répondez à ma question.

— Je dansais, dit-elle d'une voix glaciale, puis je rentrais chez moi pour étudier. Rien de plus.

Il expira longuement.

— Et que vient faire Alexandre Gagnon là-dedans ?

— Chaque semaine, le propriétaire du club demandait à sa danseuse favorite de faire un numéro spécial en fin de soirée. Vêtue de lingerie fine rouge, on était le clou du spectacle et on gagnait des tonnes de pourboires. Cette semaine-là, c'est moi qu'il avait choisie pour tenir ce rôle.

Elle remarqua le regard circonspect que lui lançait Jared et choisit de l'ignorer.

— Alexandre est venu pour la première fois un mardi soir. Il m'a donné un énorme pourboire et m'a invitée ensuite à boire un verre avec lui. Pour une raison que j'ignore, j'ai refusé. Il était pourtant élégant et présentait bien, mais il y avait quelque chose en lui qui ne me plaisait pas. Et dans ce métier il faut se fier à son instinct. Il est revenu le lendemain, puis le surlendemain, et a continué à me gratifier d'énormes pourboires et à me demander de boire un verre avec lui. La troisième fois, après lui avoir une fois de plus dit non, je suis allée dans les vestiaires pour ôter mon maquillage. J'étais seule, les autres filles étaient parties s'amuser en ville. Comme je rentrais chez moi pour étudier, je n'étais pas pressée. A un moment donné, lorsque je me suis retournée, il était là, sur le seuil de ma porte.

— Comment a-t-il passé le barrage des videurs ?

Elle fit la grimace.

— J'ai appris par la suite qu'il avait soudoyé Bruno, le responsable de la sécurité, pour qu'ils ferment les yeux. Je sais que Bruno était un flambeur et qu'il devait beaucoup d'argent à droite à gauche, alors peut-être était-il redevable à Alexandre. J'étais sous le choc et je lui ai dit de s'en aller. Il m'a complètement ignorée.

— Et ensuite ?

— Il m'a fait des avances.

— C'est-à-dire ?

— Il m'a offert 50 000 dollars pour coucher une nuit avec lui.

Une lueur inquiétante traversa le regard de Jared.

— Pour *une* nuit ?

— Oui.

— Que s'est-il passé quand vous avez refusé ?

— Il m'a dit que tout le monde avait un prix. Je devais dire le mien. Je lui ai dit de sortir et cette fois il l'a fait.

— Et c'est tout ?

— Il est revenu à la charge deux soirs de suite, puis il est parti et je ne l'ai jamais revu.

Jared se leva et s'avança vers le feu.

— Mon Dieu, Bailey ! Pourquoi ne m'avez-vous rien dit ?

— A *vous* ? s'écria-t-elle. Vous, l'homme qui a écrit un manifeste expliquant que les femmes devaient rester à la maison et n'avaient pas leur place dans un conseil d'administration ? Vous plaisantez !

— Pour l'amour du ciel, vous savez bien que ce concept ne s'applique pas à vous, s'exclama-t-il en secouant la tête. Que vous a dit Alexandre sur le yacht ? Vous aviez l'air secouée.

— Il s'est rendu compte que personne n'était au courant de mon passé.

— Et… ?

— Vous nous avez interrompus à ce moment-là.

Son regard se durcit.

— Vous ne pouvez pas éternellement fuir votre passé. Il finit toujours par vous rattraper.

— Je devrais donc dire à tout le monde que j'étais stripteaseuse ? lança-t-elle en ricanant. J'ai passé ma vie entière à essayer de tourner la page, Jared. Je n'ai pas honte de ce que j'ai fait, mais les autres vont me juger. La directrice marketing de Stone Industries, ancienne stripteaseuse : comment croyez-vous que cela sera perçu ?

Il demeura silencieux.

— Il vous veut toujours, marmonna-t-il enfin.

Bailey se sentait prise à la gorge. Son passé avait fini par resurgir. Elle se doutait depuis toujours que cela arriverait, mais pourquoi maintenant ? Au moment même où elle pensait enfin s'en sortir ?

Des larmes de frustration affluèrent à ses paupières. Elle but son vin d'un trait et posa son verre sur le sol.

— Je vais me retirer du jeu, dit-elle en se levant. C'est la seule chose à faire.

Elle s'enfuit alors avant d'éclater en sanglots.

Jared restait figé, interloqué par ce qu'il venait d'apprendre. Bailey avait été stripteaseuse à Las Vegas… Tous les soirs, elle avait ôté ses vêtements devant des inconnus pour de l'argent, afin de payer ses études. L'idée de voir Bailey agir ainsi semblait tellement tirée par les cheveux que cela en était risible. Il aurait ri, d'ailleurs, s'il n'avait pas été si consterné. Dire qu'il l'avait imaginée vendant des chaussures dans le centre commercial local ou servant des cafés pour payer ses études !

A présent, l'image de Bailey se trémoussant en lingerie fine autour d'une barre ne le quittait pas... Combien d'hommes l'avaient vue ainsi ? Et pourquoi cette idée le dérangeait-elle autant ?

L'esprit en tumulte, il décida qu'un bon verre de whisky lui remettrait les idées en place. Il regagna la villa, dénicha une bouteille de pur malt dans le salon et se versa un verre. Avec un peu de chance, l'alcool lui permettrait d'oublier l'expression sur le visage de Bailey quand il lui avait forcé la main. Elle ne voulait pas que les gens connaissent son passé. Et il l'avait obligée à le lui révéler.

Le verre à la main, il sortit sur la terrasse et s'accouda à la balustrade. La mer scintillait en contrebas, illuminée par le clair de lune. L'alcool au goût fumé glissa dans sa gorge et une chaleur bienvenue se diffusa en lui, contrebalançant l'inquiétude qui le rongeait. Il avait eu besoin de savoir. La fin justifiait les moyens. Et maintenant ?

Il devait retirer Bailey de l'affaire. Il y allait de leur intérêt à tous les deux. Il était clair qu'Alexandre faisait une fixation sur elle, à en juger par la somme astronomique qu'il lui avait proposée pour coucher avec elle. Et un homme comme lui n'abandonnait jamais. Néanmoins, il y avait aussi David à prendre en considération. Bailey était un véritable atout à ce niveau-là. Il avait besoin de ses idées de génie pour gagner.

L'expression sur son visage lorsqu'elle avait offert de prendre du recul revint le hanter. Bailey s'était battue pour échapper à une façon de vivre que la plupart des gens auraient acceptée comme leur destin, sans essayer de s'élever au-dessus de leur condition. Elle était la femme la plus courageuse et la plus intelligente qu'il ait jamais rencontrée.

Il laissa son regard errer sur les yachts qui se balançaient doucement au gré du vent, leur lent roulis augurant d'une nuit calme et paisible. Soudain, une étrange certitude l'envahit : Bailey avait besoin que quelqu'un croie en elle. Il était à peu près certain que cela ne lui était jamais arrivé. Il n'allait pas la décevoir...

Bailey venait d'enfiler sa chemise de nuit lorsqu'on frappa à la porte.

— Je vais bien, Jared, lança-t-elle, devinant l'identité de son visiteur. J'ai juste besoin de sommeil.

— Je ne partirai pas d'ici avant de vous avoir parlé. Ouvrez cette porte !

Son ton était dur, implacable. Levant les yeux au ciel, elle saisit son peignoir et l'enfila à la hâte. Puis elle ouvrit la porte. Jared emplissait l'espace de sa stature impressionnante.

— Je ne vous laisserai pas tomber. Nous sommes des partenaires et nous traverserons cette épreuve ensemble.

— Jared...

Elle cligna des yeux pour chasser ses larmes. Après tout ce qu'elle lui avait avoué, il la soutenait encore ?

— Nous formons une équipe. Vous m'avez fait confiance en me révélant votre passé, et je sais que cela n'a pas dû être facile pour vous. J'ai *besoin* de vous à mes côtés dans cette salle de réunion, Bailey.

Une larme glissa le long de sa joue. Personne ne lui avait jamais manifesté un tel soutien. Depuis l'âge de dix-sept ans, elle se battait seule, et soudain elle en avait assez.

— Nom d'un chien, murmura-t-il en essuyant ses larmes du pouce. Pensiez-vous vraiment que j'allais vous abandonner, après tout ce que vous avez fait ?

— Je pensais que vous ne me respecteriez plus et ne voudriez plus de moi si vous saviez ce que j'ai été obligée de faire...

Glissant les doigts sous son menton, il l'obligea à relever la tête.

— Je n'ai jamais autant respecté une femme que vous, assura-t-il. Pour ce que vous êtes et ce que vous avez accompli.

Quelque chose fondit en elle. Quelque chose qui avait été gelé si longtemps qu'elle en avait même oublié son existence. Peut-être était-ce son cœur ?...

— Mais que faites-vous d'Alexandre ? Dieu seul sait ce dont il est capable, et je m'en voudrais si vous perdiez ce contrat à cause de moi.

— Je ne perdrai pas, assura Jared. Alexandre Gagnon aime gagner, mais moi plus encore.

— Je…

Il posa un doigt sur ses lèvres. Confuse, elle se tut. Le courant entre eux était si fort qu'elle demeura immobile, observant ses prunelles s'assombrir. Lentement, il posa les lèvres sur les larmes qui inondaient ses joues et les embrassa l'une après l'autre, lui apportant un sentiment de réconfort qui se mua rapidement en quelque chose de bien plus troublant.

Sur une impulsion, elle entoura le visage de Jared de ses mains et l'embrassa avec fougue, tandis qu'il défaisait la ceinture de son peignoir et faisait glisser le tissu sur ses épaules. Elle se pressa contre lui jusqu'à ce que sa peau entre en contact avec les muscles puissants de son torse.

— Tu es si belle… murmura-t-il.

Sa bouche quitta la sienne et il lui embrassa la gorge. Lorsqu'il toucha le point sensible, entre son cou et son épaule, Bailey étouffa un cri. Sans hésiter, il approfondit son baiser jusqu'à ce qu'elle enfonce les doigts dans ses épaules et s'accroche à lui désespérément.

— Jared…

Sans répondre, il glissa un doigt sous la bretelle de sa chemise de nuit et la fit glisser. Lorsqu'il lui prit un sein dans sa paume, son cœur manqua un battement. Elle aurait pu le repousser, aurait *dû* le repousser, mais le désir violent qu'elle éprouvait pour cet homme la troublait si profondément qu'elle ne lui résista pas. Jamais personne ne l'avait touchée de cette façon. Et, pour une fois dans sa vie, elle laissa ses sens dicter sa conduite.

Jared l'attira à lui. Il fit tomber la deuxième bretelle et passa la langue sur ses tétons gonflés, la faisant frissonner de plaisir. Sans savoir comment, elle se retrouva dans ses bras ; il la porta jusqu'au canapé du salon, où il prit place. Il l'installa à califourchon sur ses cuisses et écrasa la bouche sur la sienne avec passion, faisant naître en elle une étincelle délicieuse.

Compte tenu de son manque d'expérience, elle aurait dû s'inquiéter de la vitesse à laquelle les choses progressaient. Pourtant, avec Jared, elle se sentait en confiance. Elle enfouit la tête dans le creux de son cou et huma son odeur masculine, faite de musc et de senteurs épicées.

Jared retroussa le bas de sa chemise de nuit et suivit du doigt l'intérieur de sa cuisse.

— J'aime ta sensualité, souffla-t-il d'une voix rauque.

Il glissa son doigt sous l'étoffe de sa culotte. Son murmure fit naître un frisson le long de la nuque de Bailey. Et lorsqu'il posa le pouce sur son clitoris et se mit à tracer des cercles d'une lenteur insidieuse, elle crut qu'elle allait s'embraser.

— Jared... gémit-elle, au bord de l'extase.

Il la fit taire d'un baiser, la souleva et la posa sur le canapé. Puis il s'agenouilla devant elle.

— Ouvre-toi pour moi...

Son pouls s'accéléra et le désir l'enflamma tout entière. Comment était-il possible de se sentir à la fois si excitée et si embarrassée ? Mais le regard ardent posé sur elle l'électrifia et l'encouragea à poursuivre. Elle entrouvrit les jambes. Jared glissa les mains sous ses fesses et l'attira à lui, puis colla les lèvres sur son sexe, lui arrachant un long gémissement. Il lui ôta alors sa culotte d'un geste impatient et reprit aussitôt sa caresse intime.

Un plaisir d'une violence inouïe l'envahit et elle se cambra pour mieux s'offrir à lui. Elle ferma les yeux. La douce caresse de la langue de son amant la faisait vibrer. Il continua, encore et encore, variant la pression et le rythme. Elle sombrait de plus en plus, consumée dans tout son être. Lorsqu'il inséra un doigt en elle et recommença à la torturer avec sa langue, elle se liquéfia.

— Bailey, murmura-t-il. Abandonne-toi.

Elle releva les hanches et s'agrippa au tissu du canapé, tandis qu'il accélérait le rythme. Sans cesser de la lécher, il la pénétra d'un deuxième doigt, accélérant sa cadence effrénée jusqu'à ce qu'explose en elle un orgasme foudroyant. Elle mit la main devant sa bouche pour empêcher son cri strident de déchirer la nuit.

Lorsque ses spasmes cessèrent enfin, elle put de nouveau réfléchir. *Ainsi, voilà donc de quoi il s'agissait ?...*

Jared se pencha vers elle et repoussa ses cheveux de son visage.

— Tu disais ?

Seigneur, avait-elle parlé à haute voix ?

— Rien.

Il lui jeta un regard curieux, puis un lent sourire ourla ses lèvres. Se levant, il la souleva dans ses bras. A chacun des pas qui les menaient vers la magnifique chambre bleu turquoise, les battements de son cœur accéléraient. Elle devait lui dire. *Maintenant.*

— Jared, arrête-toi une seconde. Il faut que je t'avoue quelque chose.

Il obtempéra et la fixa.

— Qu'y a-t-il ?

Elle s'empourpra.

— Je n'ai jamais... il faut que tu saches que je suis...

Les mots moururent sur ses lèvres lorsqu'elle le vit devenir blême.

— Tu plaisantes ?...

7

L'expression sur le visage de Bailey lui fit froid dans le dos et il la laissa choir si vite qu'elle serait tombée s'il ne l'avait pas retenue *in extremis*.

— Dis-moi que tu plaisantes, répéta-t-il d'une voix dure.

Elle s'écarta et releva le menton en un geste de défi.

— Où est le problème ?

— Tu veux me faire croire qu'une ancienne stripteaseuse de vingt-neuf ans est encore vierge ?

— Est-ce ainsi que tu comptes m'étiqueter à partir de maintenant ? Parce que je n'apprécie pas du tout.

Il ferma les yeux et se passa la main dans les cheveux.

— Je ne comprends pas comment une telle chose est possible.

— C'est simple, pourtant, rétorqua-t-elle sèchement. Je n'ai jamais couché avec un homme. Même si je ne m'attends pas à ce que tu comprennes ce genre de choses, vu que la moitié des femmes de Silicon Valley se promène avec tes charmants bracelets de diamant comme s'il s'agissait d'une médaille d'honneur.

Il lâcha un profond soupir.

— C'est la combinaison de ton âge et de ton passé qui me laisse perplexe. Tu ne vivais pas vraiment dans un couvent.

Les mains sur les hanches, elle le fusilla du regard.

— Qu'espérais-tu ? Que j'aurais toutes sortes de tours érotiques dans mon sac après avoir vécu une vie dissolue ?

Il se rembrunit.

— Je ne pensais pas vraiment à grand-chose, comme tu peux l'imaginer, après ce qui vient de se passer.

L'entraîner dans son lit et lui faire l'amour toute la nuit était la seule chose qu'il avait eue en tête. Mais maintenant...

Il secoua la tête. Il n'était plus question de laisser libre cours à sa passion. Les vierges aspiraient toutes au mariage. Cette partie au moins de son manifeste n'était pas fausse.

— Pourquoi ? s'écria-t-il d'une voix rendue amère par la frustration. Pour quelle raison es-tu encore vierge à vingt-neuf ans ?

Elle serra ses bras autour d'elle et inspira profondément.

— Je ne sais pas, Jared. Il me faudrait être psychologue pour répondre à ta question. Les hommes qui voulaient sortir avec moi à Las Vegas n'espéraient qu'une chose, étant donné ma profession. Et quand je suis arrivée en Californie j'étais trop occupée par mon travail pour songer à l'amour.

— J'ai du mal à te croire. J'ai vu nombre d'hommes te poursuivre de leurs assiduités.

— Parce que je représente pour eux un défi. Crois-tu que je ne suis pas au courant de ce qu'ils disent derrière mon dos ? Si je sortais avec l'un d'eux, l'information serait sur les réseaux sociaux en moins de temps qu'il n'en faut pour le dire. Franchement, je préfère m'abstenir.

— Et ce qui s'est passé à l'instant ? Tu étais très... impliquée.

— Il se trouve qu'il y a entre nous une certaine alchimie sexuelle et, pour une fois, je faisais ce que je voulais, sans aucune retenue.

Le cœur de Jared fit un bond dans sa poitrine. Taraudé par l'envie de la porter dans la chambre et finir ce qu'ils avaient commencé, il enfouit ses mains dans ses poches. Il avait beau apprécier Bailey et vouloir faire l'amour avec elle, il n'était pas homme à s'engager. C'était tout bonnement au-dessus de ses forces. Un peu comme si on lui demandait de laisser une pile de documents au milieu de son bureau, lui qui se montrait toujours méticuleux. Bureau rangé, esprit rangé, lui disait toujours son maître zen. S'il couchait avec Bailey, c'en serait fini de la paix de son âme. Résolu malgré son excitation, il soutint son regard.

— J'ai juste une question à te poser.

— Laquelle ? s'enquit-elle d'un air méfiant.

— Ne ressens-tu jamais une certaine… *frustration* ?

Les yeux de Bailey lancèrent des étincelles.

— Sors de ma chambre, Jared !

Dès son réveil, une question l'assaillit : comment était-elle censée affronter son patron après leurs ébats de la veille ? Ce n'était pas une chose dont elle avait l'habitude, et la perspective de prendre son petit déjeuner avec lui la gênait terriblement.

Mortifiée, elle plaça un oreiller sur sa tête et se rallongea. Grâce au ciel, elle n'avait pas crié haut et fort, même si ses gémissements de plaisir n'avaient pas été exactement discrets. Et, s'il l'avait mise dans son lit, elle l'aurait laissé prendre sa virginité. Parce que, l'espace d'un instant, elle avait cru voir un autre visage de Jared Stone — le vrai ? L'homme avait certes écrit un manifeste misogyne, mais il avait semblé croire suffisamment en elle pour la soutenir contre vents et marées. Il la respectait pour ce qu'elle était et pour ce qu'elle avait fait, avait-il même dit.

Elle pressa l'oreiller contre son visage. Avait-il juste essayé de la mettre dans son lit ? Avait-il cru qu'elle était une bombe sexuelle en raison de son passé ? Au moment même où l'idée lui traversait la tête, elle sut que ce n'était pas vrai : Jared n'aurait pas pris le risque de la soutenir uniquement pour passer la nuit avec elle. Non, son talon d'Achille était son incapacité à s'engager dans une quelconque relation, et une jeune femme vierge devait être à ses yeux un phénomène déconcertant, effrayant.

D'un geste rageur, elle jeta l'oreiller sur le sol. Il la respectait peut-être, mais il n'en demeurait pas moins Jared Stone, l'homme dont aucune femme ne devrait s'approcher à moins d'être aussi superficielle que lui. Ce qui l'amena à réfléchir à la partie du manifeste qu'elle n'avait pas lue.

Elle se rendit dans le salon et alluma son ordinateur. Le pamphlet avait désormais été lu plus de cinq millions de fois. Elle tapa le mot « vierge » sur son moteur de recherche, et le résultat s'afficha à l'écran. En gras.

Ne ramenez jamais de jeunes femmes vierges chez vous, sauf si vous envisagez le mariage.

Sa vision se brouilla. Qu'est-ce qui clochait chez elle ? A quel moment avait-elle oublié qui était son employeur ? Au moment où ses baisers l'avaient laissée pantelante de désir, lui répondit une petite voix intérieure.

Furieuse contre elle-même, elle se leva, se dirigea vers la salle de bains et se plaça sous le jet de la douche. Elle allait faire en sorte de ne pas penser à ce qui s'était passé la veille et essayer d'apprécier ce que Jared faisait pour elle. Il risquait beaucoup dans cette affaire, et elle comptait bien l'aider à gagner. Ensuite, elle partirait le plus loin possible de cet homme pendant qu'elle avait encore toute sa tête...

Jared prenait son petit déjeuner sur la terrasse lorsque Bailey le rejoignit. Il avait certainement déjà avalé deux ou trois croissants, comme tous les matins. Il avait un des métabolismes les plus élevés qu'elle ait jamais vus chez quelqu'un. Ses muscles d'acier étaient mis en valeur par un short moulant et un T-shirt gris qui ne laissait pas beaucoup de place à l'imagination.

Elle s'empourpra lorsqu'il leva les yeux sur elle ; au prix d'un violent effort, elle ne laissa rien paraître de ses sentiments.

— Bonjour, dit-il.

Faisant de son mieux pour ignorer l'effet que sa voix rauque avait sur elle, Bailey le salua en retour. Elle tendit la main vers les viennoiseries tout juste sorties du four et saisit un pain au chocolat prometteur.

— Georgina s'est dépassée ce matin, observa-t-elle.

Jared jeta un coup d'œil à son petit pain.

— Je me suis toujours demandé comment on arrivait à mettre le chocolat au milieu.

— Il faut rouler la pâte de cette façon, expliqua-t-elle en joignant le geste à la parole.

Il leva un sourcil interrogateur.

— Tu es douée en cuisine ? Voilà qui me plaît. J'adore qu'une femme cuisine pour moi... Si elle s'en va après !

Elle lutta contre l'envie de lui lancer sa viennoiserie à la figure.

— Je ne sais pas si je vais réussir à tenir, maugréa-t-elle.

— C'est-à-dire ? A vivre avec moi une semaine ? fit-il d'une voix amusée. Allez, parle franchement.

Elle secoua la tête, refusant d'entrer dans son jeu. Saisissant la cafetière, elle se versa une tasse du breuvage brûlant, puis la reposa sur la table de manière à masquer Jared.

— Tu crois pouvoir te cacher derrière cette cafetière ?

— Pas vraiment, soupira-t-elle, même si j'en ai envie. Veux-tu que nous parlions d'hier soir ?

Il haussa les épaules.

— Je t'ai apporté un peu de soulagement, au moins, alors qu'il m'a fallu courir pendant des kilomètres pour me calmer.

— Je ne parlais pas de ça, rétorqua-t-elle, le feu aux joues, et je préférerais qu'on n'aborde plus le sujet.

Son visage se fendit d'un large sourire.

— Comme tu veux. Je disais juste que tu n'étais pas la seule à être grincheuse ce matin.

— Je ne suis pas grincheuse. En colère, peut-être. J'ai été vraiment stupide de penser que ma virginité ne ferait pas de différence pour un coureur de jupons comme toi.

Le sourire de Jared s'effaça.

— Tout d'abord, cette appellation est exagérée. Ensuite, je t'ai quittée hier soir pour une seule raison : je ne fais jamais de promesses que je ne peux pas tenir. Et, si cela fait de moi un salaud, alors tant pis.

— Je ne t'ai jamais rien demandé, protesta-t-elle, abasourdie. Tu es si obnubilé par toi-même que tu n'as aucune idée de ce que pensent réellement les gens.

Il se pencha en avant et posa ses coudes sur la table.

— Ose me dire que tu ne veux pas tout le tralala : un homme qui t'aime, une bague sertie d'un diamant, un foyer accueillant…

— Tu veux la vérité, Jared ? Je ne sais pas ce qu'est l'amour. Je ne l'ai jamais connu, donc comment le saurais-je ? Mes parents m'ont mise à la porte quand j'avais dix-sept ans. Ensuite, danser devant eux a détruit le peu de confiance que j'avais encore dans les hommes. J'ai livré mes propres batailles depuis si longtemps que je me contenterai d'un homme qui me respecte. Un homme qui me dise la vérité et m'accepte pour ce que je suis.

— Il ne s'agit pas de toi mais de règles que j'ai établies. Si tu n'avais pas été vierge, on se serait adonné à quelques-uns de mes fantasmes. Et, crois-moi, j'en ai beaucoup.

— Tu es vraiment un abruti ! s'écria-t-elle, gênée et humiliée à la fois. Tu sais quoi ? Je pense que tu as créé ces règles pour fuir tes responsabilités. Le mariage de tes parents était un désastre, donc tu penses que toute relation est vouée à l'échec. Tu évites de te lier à qui que ce soit pour ne pas courir le risque d'avoir à t'engager. En fait, tu as peur.

— Et c'est toi qui me dis ça, railla-t-il.

— Tu as raison, admit-elle, repoussant son pain au chocolat à peine entamé et se levant. Mais moi, au moins, je l'admets.

— Où vas-tu ? Nous n'en avons pas encore terminé.

— J'ai besoin d'aller me promener. Cette conversation m'a fait perdre l'appétit.

Depuis qu'il s'était réveillé, deux heures plus tôt, Jared faisait de son mieux pour se voiler la face. Embrasser et toucher Bailey avait été inévitable, il s'en rendait bien compte, même s'il ne s'était pas attendu à ce qu'elle soit toujours vierge. Il l'observa de loin se diriger vers la plage, le dos raide et la tête haute.

« Pour une fois, je faisais ce que je voulais, sans aucune retenue », lui avait-elle lancé. Il se rembrunit et jeta sa serviette sur la table. Comment était-il censé interpréter ces paroles ? Qu'était-il supposé faire ? Il devait se tenir éloigné de Bailey, lui conseilla une petite voix intérieure. Cette femme constituait un danger pour lui, un caprice qu'il ne pouvait se permettre de satisfaire alors qu'il avait un contrat crucial à négocier. Alors pourquoi diable marchait-il à présent d'un pas déterminé à sa suite ?

— Va-t'en, Jared, lui jeta-t-elle lorsqu'il la rejoignit.

— Que voulais-tu dire quand tu as affirmé que danser devant des hommes avait détruit ta confiance en eux ?

— Tu ne demanderais pas ça si tu avais fréquenté des clubs de strip-tease.

Il haussa les épaules.

— Ce n'est pas mon truc.

— J'imagine que non. Puisque les femmes font la queue derrière ta porte pour passer une nuit avec le *tigre*.

— Bailey...

— Pourquoi me poses-tu la question ?

— Je veux savoir.

Jared crut qu'elle allait lui intimer de se mêler de ses affaires. Il n'était pas sûr de ce qui se cachait derrière son regard indéchiffrable. La gêne ? Le besoin de se protéger ? Soudain, elle se mit à parler :

— Il y a trois sortes d'hommes qui se rendent dans les boîtes de strip-tease. Les plaisantins. Ils viennent en groupe pour une soirée entre célibataires ou un enterrement de vie de garçon. Ils boivent un peu trop, laissent de bons pourboires, puis s'en vont. Ensuite, il y a les habitués. Certains deviennent des amis, paient pour danser avec toi et pour que tu les écoutes s'épancher sur leur vie de couple ratée.

Jared rit doucement.

— Tu réalises que tu apportes de l'eau à mon moulin ?

Elle ignora sa saillie.

— Ceux-là sont gentils, mais peuvent se transformer en méchants s'ils tombent amoureux de toi. Ils décident alors que tu as besoin d'être sauvée de cette vie de débauche et veulent t'épouser. Dans le pire des cas, ils peuvent même se mettre à te harceler. Et là cela devient un vrai problème.

Il fut horrifié.

— Tu as déjà connu ça ?

— Une fois. Le club l'a vu me suivre et a appelé la police.

— Et la troisième sorte ?

— Les hommes qui veulent t'avilir. Ceux qui ont raté leur vie ou qui ont l'impression de ne pas être appréciés chez eux à leur juste valeur. Ils te traitent avec mépris. Tout est bon pour eux si cela leur permet de se sentir mieux en te mettant plus bas que terre.

Un léger sourire éclaira le visage de Jared.

— Comment gérais-tu ce genre d'homme ? Te connaissant, j'imagine que tu ne devais pas apprécier.

— Effectivement. Un soir, un homme m'a empoignée par

les fesses et je l'ai giflé, grimaça-t-elle. Il m'a frappée à son tour, mais beaucoup plus fort.

Le cœur de Jared se serra.

— Que s'est-il passé ensuite ?

— Les videurs l'ont jeté dehors. Il est revenu le lendemain.

— Ils l'ont laissé entrer ?

— Il dépensait de l'argent. C'est la seule chose importante à leurs yeux.

— Cela arrivait souvent ?

— Non. En général, c'étaient des injures. On s'habitue, à la longue, même si cela finit par te miner le moral.

Elle avait l'air si vulnérable et si petite que savoir qu'elle avait dû affronter des hommes de deux fois sa corpulence rendait Jared fou de rage.

— Quelles étaient les règles de la Chambre Rouge concernant les contacts physiques ?

Elle détourna le regard.

— Si on voulait se faire beaucoup d'argent, il fallait accepter de faire des danses contact.

Jared avait assisté à ce genre de danse érotique lors de l'enterrement de vie de garçon de son meilleur ami. Cela ne l'avait jamais tenté.

— Et cette danse était-elle réalisée avec ou sans vêtements ?

Elle rougit de nouveau.

— On devait porter une culotte. Deux, en fait. Je ne sais même pas pourquoi. Peut-être par mesure d'hygiène.

Imaginer Bailey en tenue légère se trémousser sur les genoux d'un homme le mettait mal à l'aise.

— Cela ne te gênait pas de faire ça ?

— Bien sûr que si ! riposta-t-elle sèchement. Mais il s'agissait d'un travail, très lucratif, au demeurant. Et, si je n'avais pas eu à me soucier de questions d'argent, j'aurais choisi une autre voie. Mais je n'ai pas eu cette chance et je voulais avoir une vie meilleure.

Jared hocha lentement la tête. Bailey regardait la mer, comme absente. Le soleil illuminait sa peau d'albâtre.

— La plupart des hommes ne posaient pas de problème,

reprit-elle. Ils respectaient les règles et n'essayaient pas de franchir la ligne.

— Sauf les hommes comme Alexandre.

Elle se tourna vers lui, songeuse.

— Sais-tu ce qu'il m'a dit ce soir-là, dans le vestiaire ? Qu'il respecterait les limites que je lui imposerais.

Jared serra les poings.

— Tiens-toi à l'écart de lui quand nous serons à Paris.

Elle acquiesça.

— C'est d'accord.

Il ne voulait pas que le fils Gagnon s'approche d'elle, et était certain de ne jamais vouloir qu'un homme lève encore la main sur elle. Ni même pose la main sur elle. Jamais.

Il se frotta la joue, perplexe, et cligna des yeux quand un rayon perça les nuages. Mal à l'aise, il avait la nette impression de perdre son sens commun. Protéger Bailey contre Alexandre était normal, mais vouloir la garder rien que pour lui l'était beaucoup moins... Comment diable en était-il même arrivé à imaginer un tel scénario ?

8

Bailey et lui atterrirent à Paris un dimanche soir après une heure et demie de vol dans le jet privé de la compagnie. Un chauffeur les attendait pour les conduire en ville.

Observant le jeu des couleurs sur la Seine, Jared ne put s'empêcher de penser que « Ville lumière » était une expression bien plus appropriée que « ville de l'amour » pour décrire la capitale française. Tout d'abord, l'amour était un mythe perpétué par les romantiques du monde entier, et ensuite il n'y avait pas de ville aussi merveilleuse la nuit que Paris.

Bailey discutait en français avec le chauffeur et lui posait des questions sur les principaux monuments de la ville. Il se remémora ses paroles : « Je ne sais pas ce qu'est l'amour. Je ne l'ai jamais connu, donc comment le saurais-je ? Je me contenterai d'un homme qui me respecte. Un homme qui me dise la vérité et m'accepte pour ce que je suis. »

Les lèvres pincées, il fixa les élégantes façades des bâtiments historiques en bordure de Seine. Bailey était tout ce dont un homme pouvait rêver. Intelligente, d'une beauté stupéfiante, intéressante et désirable… Qu'aucun homme ne l'ait encore séduite était tout bonnement incompréhensible.

Il chassa ces pensées comme la voiture s'arrêtait devant leur élégant hôtel. C'était justement en raison de sa vulnérabilité et de sa virginité qu'il garderait dorénavant ses distances avec la jeune femme. Il y allait de sa santé mentale.

Leur avion ayant pris du retard à Nice, ils avaient à peine une heure pour se doucher et s'apprêter pour le dîner organisé à leur attention — et à celle de leurs concurrents...

Jared laissa Bailey devant sa chambre et se dirigea vers la sienne.

Il finissait de mettre sa chemise quand un coup frappé à la porte lui fit lever les yeux. Il alla ouvrir et se trouva face à Bailey, habillée de pied en cap. Elle le détailla de haut en bas en un regard éloquent. Son vœu d'ignorer l'attirance incoercible qu'il éprouvait pour elle semblait déjà compromis...

— J'ai juste besoin d'une cravate, marmonna-t-il en faisant demi-tour pour s'éloigner d'elle.

Bailey entra dans la chambre et se dirigea vers le balcon pour admirer la vue.

— Cette ville est si belle, la nuit...

— Ma préférée, renchérit-il.

— Et pourtant tu n'y passeras jamais ta lune de miel car tu ne te marieras jamais. Comme c'est triste.

— Je suis visionnaire. J'amènerai ma petite copine au lieu de devoir payer une procédure en divorce.

Le rire de gorge de Bailey fit fuser le désir dans ses veines.

— Tu te crois si dur, Jared, murmura-t-elle en se tournant vers lui. Mais tu ne l'es pas du tout. Le savais-tu ?

Il choisit de ne pas répondre. Elle était vêtue de blanc ; une robe simple et élégante qui mettait en valeur ses courbes féminines. Ses cheveux relevés en chignon dénudaient son cou gracile. Malgré sa décision de se tenir éloigné d'elle, Jared eut beaucoup de mal à ne pas l'effleurer des lèvres. Il s'efforça tant bien que mal de nouer sa cravate.

Bailey l'examina d'un œil critique, puis s'approcha d'un pas déterminé. Il retint son souffle quand elle s'arrêta devant lui et écarta ses mains.

— Ta cravate est de travers.

Tout comme son esprit, songea Jared. Bailey refit son nœud de cravate en un rien de temps, avec une technique aussi parfaite qu'efficace. Son parfum lui chatouillait agréablement les narines et elle était si proche qu'il lui aurait suffi d'un pas pour que son corps soit serré contre le sien.

— Comment as-tu appris à faire un nœud de cravate ?

Elle fit la moue.

— J'ai suivi des cours de savoir-vivre.

Stupéfait, il écarquilla les yeux.

— Pour quelle raison ?

— J'ai grandi dans la misère et personne ne m'a appris à me comporter en société. Malgré mes études, je n'étais pas préparée à ce genre de vie. On me l'a donc enseigné.

— Je comprends, murmura-t-il, étrangement ému.

Lorsqu'elle se mordilla la lèvre en le fixant droit dans les yeux, il faillit l'embrasser. Mais il n'en était pas question. Et surtout pas ce soir, alors qu'il allait devoir faire preuve de beaucoup d'ingéniosité s'il voulait gagner ce marché.

— Nous devons y aller, coupa-t-il abruptement. Nous sommes déjà en retard.

La souffrance qui passa dans les beaux yeux de sa collaboratrice ne lui échappa pas, mais il feignit de l'ignorer.

— La voiture nous attend. Allons-y.

Le restaurant de fruits de mer sur la rue de Rivoli était bondé en cette douce soirée d'été. Le maître d'hôtel les conduisit à une table au fond de la salle, où les attendaient déjà les autres convives.

Le P-DG de l'entreprise concurrente, John Gehrig, se leva et présenta sa femme, Barbara. Gehrig était un quinquagénaire amical et chaleureux qui plut tout de suite à Bailey. Sa femme, tout aussi charmante, travaillait pour lui comme conseillère juridique ; elle était réputée se montrer fin stratège.

Bailey s'avança pour saluer David Gagnon, puis Alexandre, élégamment vêtu d'un costume gris et d'une chemise bleu marine ; le charme indéniable du Français attirait le regard de nombreuses femmes. Il déposa un baiser sur ses joues et le contact de ses lèvres contre sa peau la fit frissonner.

— Vous êtes en beauté ce soir, murmura-t-il à son oreille. Il est regrettable que Stone ait eu le privilège de vous escorter.

— Heureuse de vous revoir, dit-elle simplement, en reculant d'un pas.

Jared prit place à côté d'Alexandre, la laissant s'asseoir entre lui et Barbara. Suivant les conseils avisés de celle-ci, Bailey commanda un cocktail. Bientôt, les deux femmes discutaient à bâtons rompus.

— Alors, s'enquit Barbara. Jared et vous sortez ensemble ?

Elle secoua la tête.

— Qu'est-ce qui vous fait penser ça ?

— La façon dont il vous regarde. Comme s'il voulait vous dévorer toute crue ! Et puis il y a le sombre et séduisant Alexandre... Insaisissable, disent les médias.

Bailey se demanda encore une fois pourquoi Alexandre faisait une fixation sur elle. Avec son physique et sa fortune, il pouvait avoir toutes les femmes qu'il désirait.

Jared choisit cet instant pour lui poser une question, captant son attention en posant sa main sur la sienne. Ce geste n'échappa pas à Alexandre, qui l'observait en douce depuis le début du repas. Elle s'appuya discrètement contre Jared et répondit à sa question sur le climat délétère du commerce de détail. Le fait d'apprécier autant son contact alors qu'elle était censée le détester était une question qu'elle ne voulait pas approfondir. Elle ne faisait que jouer un rôle pour contrecarrer les plans d'Alexandre.

Le dîner s'étira en longueur, agrémenté de mets délectables et de grands crus. Les discussions allaient toujours bon train quand un chariot de fromages leur fut apporté. Le maître d'hôtel leur proposa du porto en accompagnement. David et Jared, tous les deux adeptes de ce vin sucré, furent invités à se rendre à la cave pour choisir leur sélection. Voyant que les Gehrig sortaient pour fumer une cigarette, Bailey se dirigea vers les toilettes pour ne pas se retrouver seule avec Alexandre. Hélas, elle eut beau prendre son temps, Alexandre était toujours seul à table lorsqu'elle revint.

— Asseyez-vous, Bailey, chuchota-t-il. Je ne mords pas.

Bien sûr que si, songea-t-elle. Mais, ne voulant pas faire d'esclandre, elle obtempéra.

— Alors, prête pour mardi ?

Elle acquiesça.

— Je pense que le plan final vous plaira.

— Bien, dit-il en posant son verre. Jared est certes un franc-tireur, mais il a une bonne perception de l'avenir.

— Je suis ravie que vous vous en rendiez compte.

Il la fixa longuement de son regard gris acier.

— Pourquoi avez-vous rejeté mon offre à Las Vegas ?

— Cela n'avait rien de personnel, rétorqua-t-elle, mal à l'aise. Je ne me rapprochais jamais des clients.

— Et pourtant vous vous rapprochez de votre patron.

Bailey faillit s'étouffer.

— Il n'y a rien entre Jared et moi !

— A d'autres. Vous êtes obsédée par lui. Et, si vous ne couchez pas encore avec lui, cela ne saurait tarder.

— Choisissez un sujet de conversation plus approprié ou je quitte la table, menaça-t-elle, furieuse.

— Je ne vous demande pourtant pas grand-chose. Une seule nuit. Considérez les choses ainsi : je réitère ma proposition, sauf que cette fois vous ne gagnez pas 50 000 dollars mais sauvez la mise de votre amant.

Elle écarquilla les yeux, n'en croyant pas ses oreilles.

— Pourquoi moi ? Vous pouvez avoir toutes les femmes que vous désirez.

Il inclina la tête vers la chaise vide de Jared.

— Je veux ce qu'il a, *lui*.

Elle secoua la tête devant son regard de dément. Décidément, cet homme était fou.

— Pour une femme qui faisait du strip-tease pour gagner sa vie, vous êtes très naïve, poursuivit-il. Je veux vivre mes fantasmes. Je veux ce que vous offriez sur scène, mais pour moi seul.

Bailey se leva, les jambes flageolantes.

— Vous êtes fou à lier !

— Non. Je sais ce que je veux, c'est tout. Asseyez-vous, ajouta-t-il. Ils reviennent.

Elle pivota et vit Jared et David serpenter entre les tables. Son boss avait les yeux fixés sur elle. Elle se rassit.

— Ne gâchez pas les chances de Jared, susurra Alexandre.

Bailey passa l'heure suivante en état de choc, peu au fait de ce qui se passait autour d'elle. Les convives dégustèrent le porto et savourèrent le fromage, puis, après le dessert, la soirée se termina enfin.

Alexandre Gagnon offrit de les raccompagner à l'hôtel. Jared accepta, ne voulant sans doute pas se montrer grossier. Une fois dans l'ascenseur, Jared croisa les bras sur sa poitrine et fixa Bailey de son regard d'acier.

— Que t'a dit Alexandre, à table ?

Prise de vertige, elle s'adossa à la cloison.

— Il a dit que tu avais une bonne perception de l'avenir et que tu avais fait le bon choix. Et que je pourrais sceller l'affaire si je couchais avec lui. Une seule nuit.

En voyant l'expression de froide détermination sur le visage de Jared, elle eut peur qu'il s'élance à la poursuite d'Alexandre. Mais, lorsque les portes de l'ascenseur s'ouvrirent, il sortit et se dirigea d'un pas raide vers les chambres.

— Ta carte magnétique, exigea-t-il en la lui prenant des mains.

Une fois la porte ouverte, il demeura longtemps silencieux avant de se tourner vers elle.

— Qu'a-t-il dit d'autre ?

— Je lui ai demandé pourquoi il s'intéressait tant à moi, et il m'a répondu qu'il voulait vivre ses fantasmes. Il voulait ce que j'offrais sur scène et savoir qu'il était le seul à l'obtenir, dit-elle d'une voix tremblante. Je crois qu'il est fou.

Jared demeura si parfaitement immobile qu'elle pouvait entendre les battements de son cœur. Puis il prit une profonde inspiration et s'avança vers elle.

— Il croit surtout pouvoir avoir tout ce qu'il veut, dit-il enfin. Mais il ne posera pas la main sur toi. Je te le promets.

Sans transition, il l'entoura de ses bras et la tint contre lui.

— Il bluffe, ajouta-t-il.

— Je ne crois pas. Il a fait entrer Gehrig dans la discussion.

— Cela ne m'étonne pas. Ils sont brillants, et je suis même étonné que les Gagnon n'aient pas fait appel à eux dès le départ.

Bailey le repoussa.

— Laisse-moi rentrer, Jared. Tout ceci devient ridicule.

— Certainement pas. Et puis nous avons notre « projet X ». Grâce à lui, nous allons emporter le contrat.

Jared n'avait jamais eu l'intention d'utiliser cette carte secrète. Leur stratégie était bâtie autour de leurs produits et reposait sur un éventail de partenaires. Et dire qu'il s'apprêtait à y mettre le chaos à cause de Bailey...

Elle passa devant lui et ouvrit en grand le placard, duquel elle sortit sa valise. Elle se mit à jeter ses vêtements dedans.

— Que diable fais-tu ?

— Je m'en vais ! s'écria-t-elle, pivotant pour lui faire face. Quand je serai partie, Alexandre perdra son intérêt pour moi et jouera peut-être loyalement.

— As-tu écouté un mot de ce que j'ai dit ? rétorqua Jared, rouge de fureur. Il s'en fiche, Bailey ! Tu n'es pas un facteur décisif. Tu n'es qu'un pion dans son jeu. Alors, oublie-le et concentre-toi sur notre capacité à obliger Alexandre à prendre la bonne décision.

Elle secoua la tête. Et si Alexandre ne se ralliait pas à leur cause ?

— Je ne peux pas prendre ce risque, souffla-t-elle. Je ne veux pas te faire perdre ce contrat.

Elle se remit à jeter ses vêtements pêle-mêle dans la valise, les yeux pleins de larmes. Jared la saisit par la taille et la fit pivoter.

— Combien de fois dois-je te dire que nous formons une équipe ? Nous ferons cette présentation *ensemble* et nous gagnerons.

Elle baissa les yeux sur son nœud de cravate parfaitement noué. Pourquoi faisait-il ça ? Pourquoi la soutenait-il à ses propres dépens ?

— Il m'a dit qu'il voulait ce que tu avais. Ironique, n'est-ce pas, quand tu refuses ce que je t'offre ?

— Tu sais que ce n'est pas vrai, protesta-t-il.

— Et comment le saurais-je ? s'emporta-t-elle. Je m'offre à un homme pour la première fois de ma vie, nous partageons un baiser, des caresses intimes, puis il m'envoie valser... Tout ça à cause de ses *règles* idiotes !

— Ce ne sont pas des règles idiotes, dit-il d'un ton sec. Elles t'évitent de souffrir.

— Elles t'évitent *à toi* de souffrir, corrigea-t-elle.

Il haussa les épaules.

— Si tu veux.

— Tu n'es qu'un lâche, lança-t-elle, dégoûtée. Toi qui parles toujours de confiance, tu n'es même pas capable de te montrer honnête envers toi-même.

— Tu veux la vérité, Bailey ? Tu veux savoir ce qui me travaille ? J'ai passé la semaine à me dire que je ne pouvais te faire l'amour car je risquerais de te blesser. Alors que je ne pense qu'à ça. A te faire découvrir l'amour dans mes bras, à t'apporter tant de satisfaction que tu ne voudras plus jamais regarder un autre homme.

Le cœur de Bailey fit un bond dans sa poitrine. Seigneur, comme elle aimerait qu'il laisse libre cours à ses fantasmes !

— Alors, fais-le, murmura-t-elle. Oublie tes règles.

— Bailey...

Elle le fit taire en posant un doigt sur ses lèvres.

— Je ne te demande rien, Jared. Pas de promesses, pas d'engagement. Je veux juste te connaître... intimement.

Il posa un regard insistant sur elle.

— En es-tu sûre ?

— Oh oui, souffla-t-elle.

Toute pensée cohérente déserta Bailey lorsque Jared l'embrassa. Elle entrouvrit les lèvres, s'abandonnant aux caresses érotiques de sa langue. L'esprit en tumulte, elle sentit qu'il ployait sa tête en arrière et approfondissait son baiser.

Le corps en feu, elle se pressa contre lui et Jared l'agrippa par les fesses pour la plaquer contre son sexe tendu. Puis, d'un mouvement du bassin, il se déhancha pour se frotter à elle et elle ressentit une telle décharge de volupté que sa timidité s'envola. Dieu sait qu'elle avait souvent entendu les filles du club parler de leurs escapades amoureuses, mais la façon dont Jared mettait tous ses sens en émoi était extraordinaire !

Il déposa des baisers sur toute la longueur de son cou, la faisant frissonner de plaisir. Puis, sans transition, il la fit pivoter et lui plaqua les mains contre le placard.

— Il est temps de passer aux choses sérieuses...

La voix rauque de Jared fit naître un frisson le long de sa nuque.

Soulevant sa chevelure d'une main, il se remit à l'embrasser ; puis, de l'autre main, il défit la fermeture de sa robe. La chaude brise provenant des portes-fenêtres caressa sa peau, tandis qu'il faisait glisser sa robe sur ses épaules. Le fin tissu tomba autour de ses pieds en un doux bruissement. Mais elle n'eut pas le temps de s'en inquiéter : déjà, les mains de Jared erraient sur sa peau en de délicieux effleurements.

Lorsqu'il tomba à genoux et posa les lèvres sur le bas de son dos, elle retint son souffle. Il progressait de façon méthodique, comme s'il cherchait à mémoriser chaque centimètre carré de sa peau. Sous ses mains expertes, le désir se déploya au fond de son ventre et prit de l'ampleur. Une chose était sûre : elle le désirait autant que lui la désirait. Soudain, il la retourna...

Il la parcourut du regard : ses chaussures à hauts talons, ses hanches voluptueuses, ses seins dans leur écrin de dentelle, et s'arrêta enfin à son visage. Sous son regard scrutateur, Bailey sentit une onde de chaleur courir dans ses veines. Elle poussa un hoquet de surprise lorsqu'il glissa les doigts sous l'étoffe de sa culotte de soie et la lui retira.

— Tu es si belle, murmura-t-il.

Là-dessus, il lui écarta doucement les jambes et entreprit de caresser son clitoris. Elle crut défaillir. Ses jambes tremblaient et, si elle n'avait pas pris appui sur la porte du placard, elle aurait perdu l'équilibre. Ivre de plaisir, elle partait à la dérive dans un flot agité de sensations.

— Tu jouiras quand je serai au plus profond de toi, affirma-t-il. Et pas avant.

Il se mit à la caresser avec une lenteur délibérée et, en dépit de ses meilleures résolutions, Bailey ne put garder la tête froide. Ecartant encore ses jambes, il la pénétra avec deux doigts, la préparant à ce qui allait suivre. C'était si bon qu'elle aurait pu crier de plaisir, mais il s'arrêta avant qu'elle n'atteigne le point de non-retour.

— Nous allons utiliser le lit, cette fois, déclara-t-il.

D'une pression légère, il la fit avancer. Elle s'assit sur la couette et le regarda se déshabiller, dévoilant le corps tout en muscles qu'elle avait déjà vu en maillot de bain, mais jamais en boxer. A la vue de la bosse qui déformait le tissu, elle déglutit. Apparemment, les rumeurs concernant son anatomie généreuse étaient vraies... Peut-être ne se montrait-elle pas très judicieuse en le prenant comme premier amant.

S'il l'avait pu, Jared aurait ôté ses vêtements encore plus vite. Sous le regard pénétrant de Bailey, il faillit perdre le contrôle de lui-même. Mais, s'il y avait jamais eu un moment où il devait rester zen, c'était maintenant. Il n'avait jamais fait l'amour à une vierge, et n'avait aucune idée de la façon de procéder pour rendre cette première expérience inoubliable. Si on y ajoutait le fait qu'il n'avait jamais autant désiré une femme que Bailey, tout pouvait arriver...

Tremblant de désir, il s'avança et posa un regard appréciateur sur son corps superbe. Vêtue seulement de son soutien-gorge et pelotonnée sur le lit avec ses jambes interminables repliées sous elle, Bailey St John était d'une beauté à couper le souffle. Mais ce fut son visage qui le captiva. A la fois vulnérable et dur. Cette combinaison était irrésistible. Elle était parfaite, exquise en tout point.

Il s'assit à son tour sur le lit, attira la jeune femme sur ses genoux et la mit à califourchon face à lui.

— Je n'arrive pas à comprendre qu'un homme ne t'ait pas encore mis dans son lit... même si j'en suis ravi !

— Voilà un aveu important, *monsieur Manifeste*.

— Je crois que mes règles sont depuis longtemps passées à la trappe, dit-il en souriant.

Il lui souleva les cheveux d'une main et mordilla sa peau soyeuse. Il était si excité qu'il dut prendre sur lui pour aller lentement. Il devait faire passer le plaisir de Bailey avant le sien.

Baissant la tête, il posa les lèvres sur le renflement de ses seins et dégrafa son soutien-gorge. Puis il lui captura les seins entre ses mains et commença à en rouler lentement les mamelons entre ses doigts.

— Es-tu prête à me recevoir ? souffla-t-il à son oreille. Parce que je te veux *maintenant*.

La façon dont Bailey captura sa bouche, glissant les doigts dans ses cheveux, était l'incitation dont il avait besoin pour la repousser sur le lit. Son regard calme et posé suivait chacun de ses gestes, tandis qu'il faisait courir la main sur son ventre et lui prodiguait de nouveau la caresse la plus intime.

— Il me faut un préservatif, dit-il dans un dernier sursaut de lucidité. Je reviens tout de suite.

Bailey lui saisit le poignet de ses mains délicates.

— Je prends la pilule depuis des années, pour raison de santé.

Sans plus attendre, Jared lui saisit les mains, les tint au-dessus de sa tête et, les doigts enlacés aux siens, la fixa du regard.

— Je serai là. A chaque étape, souffla-t-il. Guide-moi.

Sans la lâcher des yeux, il se plaça à l'entrée de son sexe et l'attisa en frottant son érection en un va-et-vient aguicheur.

— Jared...

Il la pénétra à peine, pour lui laisser le temps de s'accoutumer à lui. Elle était incroyablement étroite, et l'effort qu'il fit pour ne pas s'enfoncer plus profondément le fit frissonner.

— Respire, lui intima-t-il.

La poitrine de Bailey se souleva tandis que sa respiration se faisait plus profonde ; elle sembla se détendre peu à peu. Il entra un peu plus en elle et l'intimité de sa maîtresse se contracta autour de sa virilité, l'acceptant et le rejetant à la fois.

— Noue tes jambes autour de ma taille, ordonna-t-il.

Elle obtempéra et il la pénétra plus profondément, procédant par à-coups pour lui laisser le temps de s'adapter. Lorsqu'il atteignit enfin la fragile barrière, il sentit Bailey tressaillir.

— Je vais te faire mal, mais cela ne durera pas.

Elle acquiesça et ferma les yeux. Il reprit alors son va-et-vient et franchit l'hymen d'un mouvement ample qui la fit grimacer de douleur et se tordre sous lui. Il l'embrassa et la tint contre lui jusqu'à ce qu'elle se détende enfin.

— C'est bien, l'encouragea-t-il. Le plus dur est fait.

Les yeux rivés aux siens, il commença à bouger en elle, d'abord lentement, puis de plus en plus vite, se retirant pour la pénétrer de nouveau, jusqu'à ce qu'elle s'arc-boute pour lui permettre d'aller encore plus loin.

— C'est bon... murmura-t-elle, le regard liquéfié. Si bon ! Mon Dieu, Jared, ne t'arrête pas. S'il te plaît...

Il libéra une de ses mains pour lui emprisonner la taille et la maintenir fermement. Il accentua alors ses poussées, cherchant à atteindre le point sensible qui donnerait à Bailey le plus puissant des orgasmes.

— Parle-moi, l'exhorta-t-il, au bord du gouffre.

— C'est extraordinaire. Jared... Je ne crois pas que...

Il glissa une main entre eux et, du pouce, titilla son clitoris jusqu'à ce qu'elle ondule des hanches malgré elle. Rejetant la tête en arrière, elle se cramponna convulsivement à lui et fut secouée de spasmes, tandis qu'après un dernier coup de reins Jared se laissait lui aussi emporter par l'orgasme en poussant un râle de plaisir.

Il fallut de longues minutes pour que son corps cesse enfin de trembler et que la fraîcheur de la nuit le fasse frissonner. Jared remua en Bailey et se demanda, étonné, comment il pouvait être encore excité après leurs ébats. Secouant la tête, il se coula hors d'elle pour rabattre la couette et en couvrir la jeune femme. Celle-ci protesta d'un léger gémissement qui le fit sourire.

— Donne-moi une seconde, murmura-t-il à son oreille. Je n'en ai pas encore fini avec toi.

Il saisit une bouteille d'eau sur la commode et but à grosses goulées tout en s'efforçant de mettre de l'ordre dans ses idées. En effet, ce qu'ils venaient de vivre n'avait pas été une simple prouesse sexuelle. Il se sentait déchiré et à vif, comme si quelqu'un avait dépouillé son corps et son esprit, le laissant exposé à la vue de tous. Et son instinct lui dictait de se ressaisir. Au plus vite.

Il jeta un regard oblique sur Bailey. Ses cheveux blonds étalés sur l'oreiller, elle le regardait boire. Inconsciente, semblait-il, de ses tourments internes. Elle était si sexy qu'il comprit qu'il ne se rassasierait jamais d'elle.

Ses mains se resserrèrent autour de la bouteille. Il déraillait vraiment ! se fustigea-t-il. Quelle que soit l'attirance qu'il ait pu éprouver pour une femme dans sa vie, son engouement pour elle faiblissait tôt ou tard. Les relations amoureuses ne duraient jamais ; les gens s'ennuyaient, à la longue. Ainsi allait la vie.

Reposant la bouteille sur la table, il prit Bailey dans ses bras.

— Tu regrettes ? s'enquit-elle en le dévisageant.

— Absolument pas, prétendit-il. J'ai encore soif de toi, mais je ne suis pas certain que tu sois prête…

Pour toute réponse, Bailey le ramena à elle et l'embrassa longuement. Il n'en fallut pas plus pour que l'excitation le reprenne. D'une poussée sur son omoplate, il la retourna.

— Jared… murmura-t-elle d'un ton légèrement inquiet.

— Je te veux ainsi, souffla-t-il en la chevauchant.

Elle demeura immobile, démontrant ainsi la confiance qu'elle avait en lui. Il déposa des baisers de sa nuque à sa taille, le long de sa colonne vertébrale. Puis il glissa la main entre ses jambes et caressa la faille qu'elle venait d'ouvrir.

— Tout va bien ?

— Oui, murmura-t-elle en écartant un peu plus les genoux.

Sans plus attendre, il glissa un bras sous le ventre de la jeune femme et la pénétra d'un puissant coup de reins.

Cette fois, il alla plus lentement, savourant chaque centimètre de son merveilleux corps. Lorsqu'elle agrippa l'édredon et sombra dans l'extase en laissant échapper une longue plainte rauque, il fut à son tour aspiré par un tourbillon de sensations, qui le conduisirent au paroxysme du plaisir. Jamais il n'avait vécu une expérience sexuelle aussi éblouissante de toute sa vie…

Plus tard, le regard perdu dans la pénombre qui les enveloppait, il dut se rendre à l'évidence : il ne servait à rien de prétendre que rien n'avait changé. Parce que *tout* avait changé.

9

La sonnerie de son téléphone portable réveilla Jared à l'aube. Clignant des yeux sous les rayons du soleil qui filtraient à travers la fenêtre, il se leva, saisit son caleçon et courut dans sa chambre dans l'espoir de décrocher avant que la sonnerie ne réveille Bailey. Un rapide coup d'œil sur l'écran lui permit de voir qu'il s'agissait de Danny, son détective privé. Fermant la porte du pied, il décrocha.

— Stone.

— Tu sembles à moitié endormi. J'étais pourtant certain que tu avais déjà parcouru la moitié des Champs-Elysées au pas de course à l'heure qu'il était.

— Soirée mouvementée hier soir, éluda-t-il. Tu as quelque chose à me dire ou bien tu m'as juste appelé pour te venger ?

— Il s'agit de ton père. Il veut te parler.

Abasourdi, Jared s'adossa à la porte. Cela faisait quoi... un an et demi, deux ans, qu'il n'avait pas parlé à son père ?

— Que veut-il ? Il n'est pas malade, au moins ?

— Il n'a rien dit à ce sujet. Mais il veut absolument te voir.

Jared se raidit. Pourquoi était-ce à *lui* d'accourir alors que son père l'avait rejeté pendant presque dix ans ?

— Il n'est apparemment pas très en forme, Jared.

Bon sang, il n'avait vraiment pas besoin de ça maintenant !

— Je ne peux pas y aller avant plusieurs semaines.

— Je ne fais que te transmettre le message. Et au fait, reprit le détective, j'ai l'information que tu voulais sur le gars de ton conseil d'administration, Michael Craig. C'est encore pire que tu ne l'imaginais.

— Envoie-moi tout ce que tu as.

Jared raccrocha et jeta son téléphone sur le bureau. Michael Craig méritait amplement ce qui allait lui arriver. Plus ennuyeux, en revanche, était l'état de santé de son père — du moins ce qu'il en devinait. Même quand ses horaires insensés de banquier lui prenaient tout son temps, jamais celui-ci n'avait rechigné à jouer avec son fils. Puis, au fil des ans, il avait commencé à décliner. L'intensité de son stress quotidien avait fini par avoir raison de lui, l'éloignant pour toujours de Jared.

Son cœur se serra à ce souvenir. Lorsque son père avait commis la plus grosse erreur de sa vie en détournant des fonds de sa banque, il était déjà trop tard pour l'aider. Aujourd'hui encore, il ne se passait pas une journée sans que Jared se demande ce qu'il aurait pu faire pour éviter cette catastrophe. Rien, sans doute. Et pourtant la culpabilité le rongeait. Il avait toujours cru que s'éloigner de la honte qui s'était abattue sur sa famille était la seule chose à faire s'il voulait avoir une chance de survivre dans le monde des affaires, où seule la réputation comptait. Son père ayant refusé son aide, quel autre choix avait-il eu ?

Les rayons du soleil éclairèrent son visage. Il avait une décision à prendre : devait-il cesser de fuir et répondre à l'appel de l'homme qu'il considérait autrefois comme un héros, ou bien attendre qu'il soit trop tard ?

Incapable de décider, il choisit de prendre une douche. Il était trop tard pour retourner au lit, sans compter que c'était le dernier endroit où il voulait aller. Croire qu'il pouvait entraîner Bailey au lit pour une relation sans lendemain, comme elle l'avait proposé, était la plaisanterie du siècle.

Ouvrant le robinet, il se glissa sous le jet brûlant. « Pas d'attaches », déclara-t-il à voix haute. Il aurait aussi bien pu donner à Bailey la corde pour le pendre car, s'il était honnête avec lui-même, le seul adjectif pour décrire ce qui s'était passé hier soir était… « émotionnel » — un mot si éloigné de ses convictions que c'en était risible. Malgré tout, il ne pouvait nier l'évidence :

jamais de sa vie il ne s'était senti aussi proche de quelqu'un. C'était comme s'il avait rencontré l'âme sœur.

Rejetant la tête en arrière, il laissa l'eau couler sur son visage. Seigneur ! Il s'était pourtant juré de ne pas coucher avec elle. Il savait que ce serait une erreur. Comment pouvait-il s'embarrasser d'une femme qui n'était pas seulement l'obsession d'Alexandre Gagnon, mais était en passe de devenir la sienne ?

Après s'être versé du shampoing sur la tête, il se frotta les cheveux, s'efforçant de retrouver un peu de bon sens. Tout d'abord, se concentrer sur la présentation à venir. Ensuite, prendre Bailey au mot. Ils venaient juste de vivre une nuit torride entre deux adultes consentants. Le fait que Bailey lui ait volé un morceau de son cœur était sans importance. Il n'était pas homme à s'engager et ne le serait jamais.

Peut-être était-il temps d'agir en conséquence ?...

Adossée à la porte de la salle de bains, Bailey observa la silhouette de Jared sous la douche. Aucun homme ne pouvait rivaliser avec lui, eu égard à son corps d'athlète et ses prouesses sexuelles, elle en était certaine. La soirée de la veille avait été exactement ce qu'il lui avait fallu pour oublier Alexandre Gagnon. Sauf qu'elle n'était pas certaine qu'il n'avait été question que de sexe. Elle aurait pu rester dans les bras de Jared pour toujours. Et c'était *ça* le problème. Seigneur, elle devenait trop émotive ! se fustigea-t-elle. Il était grand temps de se ressaisir.

— Peux-tu me dire où tu as mis les papiers de la présentation ? fit Jared, la sortant de sa rêverie. J'aimerais les relire avant la réunion.

Le robinet qui se fermait aurait dû l'alerter. Pourquoi demeura-t-elle immobile alors quand Jared sortit de la douche et saisit une serviette ? Elle n'en savait rien.

— Désolée, je... Je vais t'attendre dans la chambre, bredouilla-t-elle en reculant d'un pas.

— Pour l'amour du ciel, Bailey, s'écria-t-il en se frottant vigoureusement les cheveux avec sa serviette. Il est un peu tard pour faire preuve de timidité.

— Etait-ce ton téléphone que j'ai entendu sonner ?

Il acquiesça, puis se couvrit les reins de sa serviette, au grand soulagement de Bailey. Son expression sombre ne fit pas grand-chose pour renforcer ce sentiment, en revanche.

— Les documents sont sur la table près de la fenêtre.

Elle l'étudia de près. Avait-il des regrets ? Apparemment, oui, vu son attitude. Elle attendit quelques instants pour voir s'il allait commenter leurs ébats de la veille, mais il resta muet.

— Il est clair que tu regrettes ce qui s'est passé hier soir, dit-elle, relevant fièrement le menton.

— Je ne regrette rien, affirma-t-il d'un ton détaché.

— Alors pourquoi as-tu l'air…

— Bailey ! C'était bien. Torride, même. Tu étais sexy en diable. Que veux-tu que je te dise de plus ?

Elle cligna des yeux, stupéfaite. Avait-il *vraiment* dit ça ?

— Bien, rétorqua-t-elle, le cœur serré. C'est bon à savoir. Et, au cas où tu t'inquiéterais, je tiens à te rassurer. Je pensais ce que j'ai dit : ce n'était qu'une aventure d'un soir.

Elle tourna les talons et sortit avant de succomber à la fureur qui l'habitait.

Ils passèrent la matinée au siège de Maison électronique, situé dans le quartier de Montparnasse, à écouter les présentations de la direction commerciale et marketing. Bailey avait pris place à côté du jeune et séduisant responsable marketing français. Jared avait noté que celui-ci flirtait avec elle dès que l'occasion se présentait. Très intelligent de la part de sa collaboratrice de se positionner comme faisant partie intégrante de l'équipe de leur associé. Jared était admiratif.

Toutefois, durant une pause, elle le coupa au beau milieu d'une phrase et refusa son offre de lui apporter un café.

— Bailey, l'interpella-t-il à voix basse. Je t'ai prévenue qu'il ne pouvait rien se passer entre nous, que ce n'était pas une bonne idée.

Elle leva les yeux vers lui. Ses lèvres tremblaient, seul signe d'une émotion que démentait son regard impavide.

— Je te l'ai dit ce matin : *j'ai compris* !

Elle s'éloigna. Jared demeura figé, sans voix. C'était ainsi qu'elle prenait les choses, alors ?

L'attitude glaciale de Bailey perdura tout l'après-midi, alors qu'ils visitaient trois des magasins de Maison électronique à Paris, et se poursuivit pendant le cocktail qui précédait la fête annuelle de la société française, à laquelle ils avaient été conviés. Jared se contint, jusqu'à ce qu'ils discutent avec la P-DG d'une entreprise de cosmétiques partenaire de David Gagnon, une jeune femme charmante que Jared courtisait pour des raisons commerciales. Soudain, Bailey leva les yeux au ciel, avant de marmonner des excuses et de se rendre aux toilettes.

Furieux, il la regarda s'éloigner. Pour qui se prenait-elle, bon sang ? Ils avaient le contrat du siècle à décrocher, il l'avait soutenue sans faillir et elle se comportait comme une gamine après une nuit passée ensemble !

Il abrégea sa conversation avec la Française et se dirigea à son tour vers les toilettes, où il attendit que Bailey apparaisse. Lorsque la porte s'ouvrit enfin, il bondit :

— Accorde-moi une minute, siffla-t-il entre ses dents en la repoussant dans les toilettes, dont il ferma la porte du pied.

— Jared, ce n'est vraiment pas l'endroit.

— Tu ne peux t'en prendre qu'à toi-même, riposta-t-il en la fusillant du regard. Pas d'engagement, m'as-tu dit hier soir. Alors qu'est-ce qui ne va pas chez toi ?

— Rien, marmonna-t-elle en baissant la tête.

Il lui souleva le menton du pouce. Les yeux emplis de larmes de Bailey lui nouèrent le ventre.

— Ne me fais pas ça... Tu avais promis.

Elle se dégagea de son étreinte et s'adossa à la cloison.

— C'est vrai, admit-elle. Je n'ai sans doute pas un cœur de pierre comme toi. Tu peux l'allumer et l'éteindre selon ton bon vouloir, n'est-ce pas ?

Il la dévisagea, perplexe.

— Pas tant que ça. Sinon, pourquoi serais-je là à discuter avec toi au lieu de faire de la lèche aux cadres de Maison électronique ?

— Ah, mais tu te débrouillais très bien, assura-t-elle.

— Jalouse ?

Elle le fixa longuement avant de lâcher un soupir.

— C'est juste que... J'ai du mal à ne pas penser à ce qui s'est passé hier soir. A faire semblant que ce n'était pas spécial alors que, pour moi, ça l'était.

Jared sentit sa résolution fléchir. Bailey était sa grande faiblesse ; une faiblesse qui le perdrait s'il y succombait.

— C'était spécial pour moi aussi, admit-il du bout des lèvres. Je ne veux pas qu'on se laisse emporter, c'est tout.

— Pourquoi ? Qu'arrivera-t-il à ton avis si tu laisses tes sentiments prendre le dessus ? Crains-tu que la terre s'ouvre et t'engloutisse ?

— Non.

— Alors, quoi ? insista-t-elle. Qu'arrivera-t-il, à ton avis ?

Poussé par son instinct, il la souleva par les hanches et la déposa sur le lavabo en marbre.

— Je risque de faire ça.

Il captura ses lèvres en un baiser passionné, qui se voulait à la fois une punition et une absolution. Elle prit appui sur ses épaules pour le repousser, mais il l'ignora. S'il se jetait dans le feu, alors elle aussi. Lui capturant le visage entre les mains, il l'embrassa plus lentement, tout en se traitant de fou. Un soupir échappa des lèvres de Bailey, qui répondait avec empressement à son baiser.

Lorsque Jared s'éloigna enfin, ce fut pour lui écarter les jambes et se positionner entre celles-ci.

— Tu me détruis à petit feu, murmura-t-il. Et je n'aime pas ça.

— Moi non plus, mais tu m'as blessée ce matin. Montre-toi honnête avec moi, explique-moi tes raisons.

— Je suis désolé... murmura-t-il à son oreille, avant de lui mordiller le lobe, la faisant frissonner.

Excité devant sa réaction, il releva sa robe et lui caressa la hanche de la paume. L'odeur de sa peau soyeuse emplit ses narines et l'émoustilla. Glissant une main sous ses fesses, il l'attira à lui. Il voulait la sentir contre lui.

— Jared... souffla-t-elle en nouant les jambes autour de sa taille, lui infligeant une exquise torture.

Il secoua toutefois la tête.

— J'ai envie de toi, mais on ne peut pas faire ça ici.

Elle acquiesça. Il la fit descendre du lavabo et remit de l'ordre dans les vêtements de Bailey, puis dans les siens.

— Je dois remettre du rouge à lèvres, murmura-t-elle, l'air ébranlé. Vas-y, je te rejoins.

Il hocha la tête et ouvrit la porte. Puis il se retourna et lui vola un dernier baiser.

— Nous parlerons dès notre retour à l'hôtel, proposa-t-il, d'accord ?

— D'accord.

Il la relâcha, fit quelques pas et... faillit heurter Alexandre Gagnon !

— J'ai vu votre baiser passionné, lança le Français. Ai-je le droit de dire que je suis jaloux ? Parce que c'est le cas.

— Peut-être devrions-nous aller boire un verre à la place ? suggéra Jared, résistant à l'envie de lui mettre son poing dans la figure.

Alexandre haussa les épaules.

— Si vous le dites.

Pour toute réponse, Jared se dirigea vers le bar, commanda deux whiskys et avala une bonne lampée avant de parler.

— Voilà comment les choses vont se passer maintenant : vous allez vous tenir éloigné de Bailey, sinon je vous briserai, dit-il d'un ton menaçant.

Un sourire dédaigneux déforma les lèvres de son rival.

— Vous êtes sérieusement épris, Stone, le saviez-vous ?

Hélas, oui, convint Jared *in petto*.

— Elle m'a dit que vous ne couchiez pas ensemble, insista Alexandre en le scrutant du regard.

— Les choses changent.

Jared posa son verre, puis se pencha jusqu'à n'être plus qu'à quelques centimètres du visage du Français :

— Vous ne l'aurez jamais. Tenez-vous-le pour dit.

Impavide, Alexandre avala une gorgée de whisky.

— Je n'ai jamais pris un refus très au sérieux...

— Vous n'êtes même pas arrivé à l'acheter, le contra Jared.

Alors qu'est-ce qui vous fait croire que vous pourriez l'avoir gratuitement ?

Une lueur dangereuse s'alluma dans le regard de son adversaire, qui haussa les épaules.

— Ce contrat sera votre réussite ou votre échec, Stone. A vous d'en décider. Pourquoi ne pas m'accorder Bailey pour une nuit ? Rien ne vous empêche ensuite de faire comme s'il ne s'était rien passé.

Jared se raidit et serra les poings. Jamais de sa vie il n'avait ressenti une telle fureur.

— Vous êtes un malade, siffla-t-il entre ses dents. Bailey m'a dit que vous vouliez ce que j'avais. Eh bien, sachez que vous ne l'aurez jamais, Gagnon. *Jamais !*

L'expression de Gagnon se durcit.

— Vous marchez sur la corde raide, Stone.

— Tout comme vous, riposta-t-il en se levant. J'aurais dû la prendre sous votre nez, hier soir. Cela m'aurait donné un profond sentiment de satisfaction.

Il s'en alla avant de perdre la raison — à moins qu'il ne l'ait déjà perdue ! En effet, il n'aurait jamais dû dire ça à Gagnon. Il courait le risque de perdre le contrat… et Bailey.

Bailey entra dans le restaurant à l'instant même où Jared quittait le bar, une expression furieuse sur le visage. Voyant la même expression sur le visage d'Alexandre, elle fut instantanément sur ses gardes. Que s'était-il donc passé entre les deux hommes ?

Avant qu'elle puisse le demander à Jared, on leur annonça que le dîner était servi. Le visage fermé, il prit place à côté d'elle et la laissa entamer la conversation avec les Gagnon, leurs voisins de table :

— Vous devez adorer vivre à Paris. La ville est si jolie.

— C'est vrai, acquiesça David, même si je compte prendre ma retraite dans le Sud. Pour moi, c'est le paradis sur terre.

— C'est sûr, renchérit Bailey. Le climat est très agréable.

— Vous devriez pourtant aimer les chaleurs extrêmes, après avoir vécu à Las Vegas, intervint Alexandre.

D'une main tremblante, Bailey posa son verre.

— Je préfère le climat plus tempéré de la Californie.

— A propos de Las Vegas, enchaîna Alexandre. Je me suis enfin souvenu du lieu où je vous avais rencontrée. D'habitude, j'ai une mémoire infaillible : cela me rendait fou de ne plus me souvenir.

Jared lança un regard noir à Alexandre.

— Gagnon... lâcha-t-il, intimidant.

— C'était à la Chambre Rouge. Comment ai-je pu oublier une chose pareille ? Vous étiez pourtant mémorable !

John Gehrig écarquilla les yeux.

— Connaissez-vous la Chambre Rouge ? demanda Alexandre en se tournant vers son responsable marketing, qui secoua négativement la tête. Vous devriez y aller la prochaine fois que vous irez dans le Nevada. Ils ont les plus belles femmes sur scène. Mes clients en salivaient. Mais il y avait une danseuse du nom de Kate Delaney qui nous tenait tous en haleine. On ne pouvait la quitter des yeux.

David lança un regard étonné à son fils.

— Quel est le rapport avec Bailey ?

— Kate Delaney était le nom de scène de Bailey.

— Oh ! fit l'aîné des Gagnon en se frottant le menton d'un air pensif. Vous étiez ce qu'on appelle une danseuse *burlesque* ?

— Non, corrigea-t-elle d'un ton neutre, ne laissant rien transparaître de ses sentiments. La Chambre Rouge est un club de strip-tease.

David écarquilla les yeux, et les deux cadres qui avaient gardé le nez dans leur Smartphone depuis le début du repas levèrent enfin la tête et la dévisagèrent. Le feu aux joues, Bailey déglutit avec peine.

— Grâce à cela, j'ai pu payer mes études.

David Gagnon fronça les sourcils.

— Ce devait être...

— ... très lucratif, oui, rétorqua-t-elle en baissant les yeux.

Le silence était assourdissant, nota-t-elle. Comme elle aurait aimé disparaître sous terre !...

John Gehrig se racla la gorge.

— J'aime beaucoup la Chambre Rouge. Les danseuses sont superbes. Je suis certain, ajouta-t-il en lui lançant un regard amical, que vous étiez merveilleuse.

— Il n'y avait pas un homme dans la salle qui n'était pas subjugué, assura Alexandre. N'est-ce pas merveilleux de voir que le rêve américain existe bel et bien ? De stripteaseuse à directrice marketing : comme c'est enthousiasmant !

Voyant Jared s'apprêter à se lever, Bailey s'empressa de poser la main sur la sienne dans l'espoir de le calmer.

— Ne dis rien, souffla-t-elle.

Jared fixa longuement sa main, puis se cala contre le dossier de sa chaise. David Gagnon lança un regard de reproche à son fils.

— Si tu étais un gentleman, tu choisirais un autre sujet de conversation, Alexandre. Mais, puisque tes manières laissent à désirer, je vais m'en charger.

Là-dessus, David lança une discussion sur le cours de l'euro et l'économie française, à laquelle John Gehrig se joignit. Bailey prit une profonde inspiration. Il lui était impossible de quitter la table maintenant, mais Dieu qu'il était difficile de rester assise là, sous le regard mi-curieux mi-ironique des jeunes cadres de Maison électronique. Du coin de l'œil, elle vit l'un d'eux pianoter sur son portable, puis le tendre discrètement à son collègue. Des photos d'elle en tant que Kate Delaney, à n'en pas douter...

Conscient de son trouble, Jared lui posa la main sur la cuisse.

— Respire...

Repoussant sa main, Bailey fixa d'un air absent les lumières scintillantes de la tour Eiffel à travers la fenêtre. Elle connaissait la chanson, cette humiliation qui lui collait à la peau — un sentiment familier, détestable, qu'elle aurait tant voulu ne plus jamais éprouver.

Elle avala d'un trait son verre et sourit au serveur, qui le lui remplit aussitôt. Dans sa jeunesse, le mot « alcoolique » était tabou, comme si le déni était la solution. Apparemment, elle suivait le même chemin : en choisissant de ne pas reconnaître son passé et les choix qu'elle avait faits, elle espérait ne pas avoir à en souffrir et continuer ainsi à prétendre qu'elle était quelqu'un d'autre. Mais tout était fini maintenant. Avec tous ces hommes qui la dévisageaient comme une bête curieuse, elle était anéantie.

— Je dois y aller, murmura-t-elle à Jared pendant qu'on retirait leurs assiettes. Dis-leur que j'ai la migraine, que je suis exténuée... Dis-leur ce que tu veux.

Se levant d'un bond, elle saisit son étole, son sac à main, puis se faufila entre les tables et sortit du restaurant. Une fois dehors, elle héla un taxi. Jared la rejoignit au moment où elle s'engouffrait dans la voiture.

Aucun des deux ne dit un mot avant d'être dans la suite de Bailey. Jetant son sac sur une chaise, elle attaqua :

— Pourquoi a-t-il fait ça ? Pourquoi a-t-il voulu m'humilier ainsi ? Que s'est-il passé entre vous deux ?

Jared s'assit sur le canapé près de la fenêtre. A la vue de son expression penaude, le cœur de Bailey se serra.

— Alexandre m'a vu sortir des toilettes et a fait des remarques que je n'ai pu laisser passer, admit-il. Je lui ai dit des choses que je n'aurais pas dû.

— Comme quoi ?

— Quand je lui ai annoncé que nous sortions ensemble, il n'a pas eu l'air de s'en soucier. Il m'a juste suggéré de te prêter à lui pour une nuit. J'ai perdu la tête : je l'ai remis à sa place. Je suis allé trop loin.

Une vague de nausée la submergea.

— Qu'as-tu dit d'autre ?

— Je lui ai dit que j'aurais dû te faire l'amour sous ses yeux pour qu'il sache ce qu'il n'aurait jamais.

— Tu n'as pas dit *ça* ! s'écria-t-elle, furieuse.

— Bailey...

— Ton comportement est inexcusable. Tu savais pourtant ce dont il était capable, qu'il n'hésiterait pas à me jeter mon passé au visage.

— Je n'y ai pas pensé.

— Non, bien sûr que non ! Tu étais bien trop occupé à te vanter de m'avoir mise dans ton lit, de sorte qu'il lui était impossible de ne pas riposter. Seigneur, Jared, j'avais des sentiments pour toi. Comment as-tu pu faire ça ?

Il couvrit la distance qui les séparait en quelques pas. La lueur de rage au fond de ses yeux la fit reculer d'un pas.

— J'ai risqué ce contrat pour toi, Bailey. En raison de mes sentiments pour toi. Alors, ne mets pas en doute mes intentions. Oui, j'ai fait une erreur ce soir : j'ai laissé ma colère prendre le dessus et je m'en excuse. Même si, en fin de compte, c'est peut-être une bonne chose car tu as besoin de laisser ton passé derrière toi et d'aller de l'avant.

Elle écarquilla les yeux.

— C'est une blague, j'espère ? Tu crois que c'est une bonne chose que les hommes à qui je vais faire ma présentation demain m'imaginent nue sur scène au lieu d'écouter ce que j'ai à leur dire ?

— Et alors ? Qui se soucie de ce qu'ils pensent ? Tu es brillante. Tes idées sont brillantes. Tu veux prouver que mon pamphlet est un tissu de mensonges ? Alors ressaisis-toi ! Il faut que tu t'endurcisses.

Les poings serrés, elle faillit le frapper. Mais, sentant les larmes perler à ses paupières, elle recula d'un pas pour ne pas s'effondrer.

— Tu m'as dit tout à l'heure que tu voulais parler, lâcha-t-elle. Alors, vas-y. Cette conversation est très intéressante.

Il secoua la tête.

— Je ne pense pas que le moment soit indiqué.

Le visage fermé de Jared lui fit froid dans le dos. Il avait des doutes sur ses sentiments pour elle après ce qui venait de se passer, après avoir vu une tablée d'hommes réagir de la même façon que lui quand il avait appris la nouvelle. Choqués. Consternés. Elle le voyait inscrit sur son visage.

Elle fut soudain saisie d'une colère terrible. Pourquoi les hommes finissaient-ils toujours par la rejeter ? Son père, qui l'avait jetée dehors ; puis l'homme qu'elle avait rencontré à Las Vegas, qui n'aspirait qu'à une seule chose ; et maintenant Jared. Elle se sentait souillée. Jared l'avait utilisée comme un pion sur un échiquier pour asseoir sa suprématie sur Alexandre Gagnon.

— Maintenant que tu m'as à ta disposition, lança-t-elle, pourquoi ne pas profiter pleinement des avantages ?

Se baissant, elle ôta sa chaussure, qu'elle lui lança au visage. Un missile argenté qu'il saisit au vol.

— Je sais que tu es curieux. Tu m'as posé des questions là-dessus quand nous étions à Nice. Alors assieds-toi et laisse-moi te montrer, ajouta-t-elle, saisissant son autre chaussure.

— Bailey...

La chaussure heurta la paume ouverte de Jared et tomba sur le sol. Il fit un pas vers elle et voulut la saisir, mais elle recula, les yeux étincelants.

— Assieds-toi ! ordonna-t-elle.

Il obéit. Sans doute parce qu'il ne savait pas quoi faire d'autre face à cette femme hystérique. Bailey défit les boutons de son chemisier avec des gestes maladroits.

— Arrête, dit Jared en secouant la tête.

— Oh ! je t'en prie, tu adores ça, ironisa-t-elle, ôtant son chemisier.

— Rhabille-toi ! intima-t-il, une lueur inquiétante dans le regard.

— Pourquoi ? Un effeuillage sexy, une petite danse lascive, c'est ce que tu veux, non ? le provoqua-t-elle en faisant glisser sa jupe sur ses hanches. Comme tous les hommes, d'ailleurs.

— Faux. J'ai des sentiments pour toi. Et tu le sais très bien.

Elle s'avança vers lui, posa les mains sur ses épaules et s'assit à califourchon sur ses genoux.

— Tu veux savoir comment je dansais pour eux ? Comment je les touchais ? Comme ça...

Jared demeurait immobile, les traits déformés par la colère. Cette attitude agaçait Bailey au plus haut point, et la poussa à se frotter à lui de façon plus lubrique qu'elle ne l'aurait fait avec ses clients.

— Tu vois, tu aimes, susurra-t-elle en l'entendant haleter.

— Bien sûr. Mais tu vaux mieux que ça.

Elle secoua la tête, les larmes aux yeux.

— J'ai vu ta tête quand je t'ai parlé de mon passé. Tu étais horrifié.

— J'étais choqué, contredit-il.

— Choqué, horrifié, quelle différence ?

— Une grande différence, assura-t-il.

Elle déglutit avec peine. Oserait-elle lui poser la question qui la taraudait, au risque de le perdre à tout jamais ?

— Pourrais-tu imaginer vivre un jour avec moi, Jared ?

— Je t'ai dit que j'éprouvais des sentiments pour toi, répondit-il d'un ton exaspéré. Ne me pousse pas à bout.

L'avertissement qu'elle lut dans son regard lui fit peur, mais avoir réalisé qu'elle *l'aimait* était pire. Dans un sursaut de désespoir, elle eut recours à de vieilles habitudes et déposa un baiser sur le coin de sa bouche, puis glissa la main sur le haut de sa cuisse, là où sa virilité déployée se dessinait à travers son pantalon. Il sursauta sous l'effet de sa caresse ; elle en éprouva un véritable triomphe.

— Non !

Il la jeta si vite sur le canapé qu'elle en eut le vertige. Le reproche dans ses prunelles la fit frémir.

— Nous avons une présentation à faire demain. Nous allons rentrer dans cette salle comme une équipe soudée, Bailey, et nous allons gagner. Il ne se passera rien d'autre entre nous.

— Tu ne veux pas de moi, murmura-t-elle.

— C'est vrai, répondit-il d'une voix dure. Je veux la Bailey que je connais. La femme qui m'a permis de scruter son âme hier soir. Pas *ça*.

Pivotant sur ses talons, il sortit en claquant la porte. Bailey se pelotonna sur le canapé et pleura toutes les larmes de son corps. Elle pleura pour la jeune fille qu'elle avait été. Pour ce qu'elle aurait aimé ne jamais avoir eu à faire. Pour la cruauté que lui avait témoignée Jared.

Pour avoir tout gâché.

10

Bailey se réveilla avec le chant des oiseaux. Longtemps après le départ de Jared, elle s'était glissée sous les draps et s'était endormie. Un sommeil peuplé de cauchemars sans fin.

Elle grimaça au son strident des freins du camion à ordures et se redressa sur son séant. Paris semblait une ville trop élégante pour avoir des camions à ordures. Et pourtant même la Ville lumière devait se débarrasser de certaines choses...

Se levant, elle jeta un coup d'œil par la fenêtre. La vue du camion vert la fit réfléchir. Jared avait-il raison ? Sa volonté de se détacher du passé était-elle en train de la détruire ?

Elle ouvrit les doubles portes vitrées, sortit sur le balcon et s'accouda à la balustrade. Elle était très fière de ce qu'elle était devenue. Sans le passé qu'elle avait eu, en serait-elle là aujourd'hui ? Sans doute pas. Elle devait s'accepter telle qu'elle était, avec ses qualités et ses défauts, car ils faisaient partie intégrante d'elle-même. Qu'elle le veuille ou non.

La froide lumière du jour la fit frissonner. La veille, quand la tablée avait appris la sinistre vérité, elle avait eu l'impression d'être réduite en miettes. Et pourtant elle était toujours là. Blessée et en colère, mais toujours là.

Le camion à ordures tourna au coin de la rue, la laissant seule avec ses pensées. Elle avait passé sa vie entière à se battre contre l'adversité, à refuser de baisser les bras quand tout était contre elle — raison pour laquelle les paroles de Jared l'avaient tant blessée hier soir. Elle ne supportait pas la lâcheté, et encore moins qu'il la considère comme lâche.

Mais surtout elle ne supportait pas qu'il ne l'aime pas.

Son cœur se serra. Elle ne s'était même pas rendu compte jusqu'à présent qu'elle voulait être aimée. Ce sentiment nouveau pour elle était quelque peu effrayant, terrifiant, même, et avait fait fuir Jared. Peut-être pour toujours.

L'activité accrue dans la rue lui indiqua qu'il était temps de rentrer et de s'habiller. La présentation était prévue pour aujourd'hui. Et la seule chose dont elle était sûre était qu'elle devait gagner ce contrat pour Jared.

Elle venait tout juste de vêtir un tailleur-pantalon gris quand elle s'arrêta net, chaussures à la main. Il n'était pas question de minimiser sa féminité parce que ces hommes pensaient qu'elle n'était qu'un simple divertissement érotique. Cela voudrait dire qu'ils avaient gagné.

Elle ôta rapidement sa tenue et opta pour le tailleur mauve qu'elle avait acheté sur les Champs-Elysées. Le tissu était superbe et la jupe courte révélait ses jambes interminables.

On frappa alors à la porte. Elle ouvrit à Jared, qui sourit en la voyant.

— Est-ce ta tenue de combat ?

— Quelque chose comme ça, admit-elle.

S'approchant d'elle, il repoussa une mèche de cheveux derrière ses oreilles.

— Je ne voudrais personne d'autre que toi à mes côtés aujourd'hui.

L'intensité de son regard lui redonna de l'espoir.

— Moi non plus, renchérit-elle.

Elle sortit de la chambre. Les sentiments n'étaient pas de mise aujourd'hui. Ils avaient un contrat à gagner.

Jared profita du court trajet pour mettre de l'ordre dans ses pensées. Il n'avait pas dormi de la nuit, en partie à cause de Bailey, mais aussi parce que d'une façon ou d'une autre son avenir serait déterminé aujourd'hui. C'en était fini de courtiser son conseil d'administration, de montrer ce dont il était capable, alors que tout ce qu'il avait fait durant ces dix dernières années était de dégager du profit pour ses actionnaires. Dorénavant, soit ils adhéraient à sa vision des choses, soit il arrêtait tout.

Il jeta un regard par la vitre et observa le ballet incessant des voitures qui zigzaguaient d'une file à l'autre. Etablir un partenariat avec Maison électronique serait un accomplissement remarquable et lui permettrait de transformer le secteur de l'électronique grand public. Toutefois, il ne voulait plus sacrifier son âme pour la compagnie qu'il avait créée. Peut-être était-ce l'injonction de son père, relayée par Danny, qui lui avait enfin ouvert les yeux, lui faisant réaliser que la vie n'était pas limitée au seul travail ?

La voiture s'arrêta devant le gratte-ciel abritant le siège social de l'entreprise de David Gagnon. L'équipe Gehrig était déjà installée quand ils entrèrent dans la salle de conférences bondée. L'ambiance était bonne, mais pas survoltée. A eux d'électriser la salle et le tour serait joué.

Si Alexandre Gagnon jouait équitablement...

Une fois les présentations faites, la réunion commença.

Jared s'avança vers le devant de la salle et débuta la session par un bref historique de Stone Industries ; il mit en avant les alliances fructueuses que l'entreprise avait tissées au fil du temps à travers le monde. Ensuite, il tendit le micro à Bailey, qui semblait calme et posée. Elle était d'une beauté renversante.

— C'est bien parti, murmura-t-il. A toi, maintenant.

Elle acquiesça et fit face à la foule, qui ne la quittait pas des yeux. Jared était sûr que les murmures étouffés avaient plus à voir avec les ragots dus aux révélations de la veille qu'avec la réunion elle-même ; Bailey aussi, visiblement, à en juger par son expression rembrunie. Il la vit cligner des yeux, puis se ressaisir. Elle redressa les épaules. Et commença.

Elle présenta ses diapositives de façon claire et concise. Sûre d'elle, elle se déplaçait lentement dans la salle, retenant l'attention de son auditoire, sollicitant des réponses de sa part. Lorsque le jeune responsable marketing qui avait cherché sa photo sur internet lors du dîner de la veille dit quelque chose à son voisin en aparté, elle s'arrêta à côté de lui et lui demanda s'il avait une question à poser. Le jeune homme rougit et se tut. Bailey poursuivit sa présentation. Jared se gardait bien d'intervenir. Il savait qu'il pouvait lui faire confiance. En revanche, il était fasciné par la femme qu'il avait sous les yeux. Jamais il ne l'avait vue ainsi. Impérieuse. Féroce. Combative. Il sut alors qu'il l'avait mal jugée. Courageuse et vulnérable, sublime, elle était tout ce dont il avait toujours rêvé.

Elle lui avait fait ressentir des choses qu'il avait cru ne jamais connaître — et n'avait même pas conscience d'en être capable. Il savait qu'elle avait raison : il avait peur. Peur de faire les mêmes erreurs que son père. Peur d'aimer une femme qui le quitterait peut-être un jour.

Il remua sur sa chaise, mal à l'aise. Bailey n'avait jamais eu personne pour l'aimer et la protéger. Et pourtant elle avait eu assez de courage pour s'ouvrir à lui dans l'espoir de connaître l'amour. Il espérait être cet homme-là. Etre celui qui la protégerait et croirait en elle. Et, dans le même temps, la vouloir avec autant de force lui faisait peur. Il avait peur que ce rêve soit hors d'atteinte.

Il glissa une main dans ses cheveux, tandis que Bailey s'asseyait à côté de lui, le rose aux joues.

— Où es-tu allée chercher tout ça ? souffla-t-il à son oreille.

— Les camions à ordures. Je te raconterai, ajouta-t-elle devant sa mine abasourdie.

Suivit alors un débat animé sur la façon dont ils concevaient la vente directe aux consommateurs, et sur leur stratégie peu orthodoxe de vente au détail. Globalement, leurs propositions furent bien accueillies. Alexandre Gagnon parla en dernier.

— Très impressionnant, Stone, dit-il d'un ton glacial. Mais au final ce sont les produits qui feront la différence, pas le marketing. Et j'estime que Gehrig et vous avez des produits de qualité similaire.

C'était un argument valable, concéda Jared. Si on se basait sur les produits actuels...

Il se leva et se dirigea vers l'avant de la salle pour faire défiler ses diapositives.

— Je voudrais vous présenter… le « projet X » !

La salle entra en effervescence quand il détailla la nouvelle génération de sa gamme de produits : téléphones, tablettes, ordinateurs, systèmes d'alarme résidentiels, tous reliés par une plate-forme commune — un thermostat connecté à la maison. Aucune entreprise n'avait jamais rien créé de tel, et Jared jubila de sentir l'électricité dans la salle. Les questions fusèrent.

Un sourire aux lèvres, Alexandre Gagnon observait la scène de loin, comme s'il savait que Jared avait gagné. Il attendit la fin de la présentation et qu'ils soient enfin seuls pour parler :

— Vous n'avez pas daigné nous informer du projet X avant maintenant…

— Non, confirma Jared.

— Je vous donnerai ma réponse dans une semaine, alors, conclut Alexandre, les yeux étincelants de rage.

Jared acquiesça et salua David. Ce dernier semblait avoir le cœur brisé tandis qu'il embrassait Bailey ; Jared ne put s'empêcher de sourire. Bailey avait cet effet sur les hommes. Et lui, comment comptait-il répondre à cette irrésistible attirance ?

11

Au cours de la première heure de vol, Jared fit une rapide synthèse de la présentation, prépara une liste de choses à faire et décrivit brièvement la façon dont il voyait sa stratégie marketing évoluer. Il voulait étendre les idées de Bailey aux autres partenaires, en faire la pierre angulaire de leur politique. Quand bien même Bailey adorait l'idée, elle était trop fatiguée émotionnellement pour écouter vraiment son boss. Allaient-ils avoir une discussion, ou bien envisageait-il d'oublier ce qui s'était passé entre eux ?

Jared répéta sa question, de ce ton condescendant qui lui tapait tant sur les nerfs.

— Euh... Quoi ?

Il la dévisagea longuement.

— Besoin d'une pause ?

Pour toute réponse, elle jeta son calepin sur la table, se leva et jeta un coup d'œil par le hublot. Le bruit du portable de Jared, rabattu dans un claquement sec, brisa le silence.

— Considère alors que notre travail est fini pour ce soir.

Quelque chose dans le ton de sa voix lui fit tourner la tête. Il l'observait de cet air pensif qu'il avait depuis la fin de la présentation chez Maison électronique. Soudain, il héla l'hôtesse et lui demanda de leur apporter une bouteille de champagne.

— Nous n'avons pas encore gagné, objecta-t-elle en levant un sourcil. Alexandre peut très bien mettre sa menace à exécution et choisir Gehrig.

— Il ne le fera pas. Il veut à tout prix le projet X.

Tout sourire, la jolie hôtesse leur servit une flûte à chacun.

— Merci, dit Jared en la congédiant d'un geste de la main.

Après un dernier regard langoureux vers lui, la jeune femme s'éclipsa à contrecœur.

— Tu devines ce qu'elle pensait ? déclara Bailey.

Jared acquiesça tout en lui tendant une flûte ; elle rougit lorsque leurs doigts se frôlèrent.

— Et elle a bien raison, renchérit-il. Je ne compte pas passer les prochaines heures à étudier le prix de notre action.

— Nous n'avons même pas encore parlé, protesta Bailey.

— Eh bien, parlons, dit-il en trinquant avec elle. Tu t'es montrée extraordinaire dans cette salle aujourd'hui. Brillante, même. Je suis très fier de toi.

Elle rougit, mal à l'aise.

— Le camion des ordures m'a réveillée ce matin. En l'observant par la fenêtre, je me suis souvenue de tes paroles. Si je ne liquide pas mon passé, je ne pourrai jamais aller de l'avant. Je voulais gagner pour toi.

La saisissant par la main, il l'attira contre lui.

— Je me suis éloigné de toi hier soir non pas parce que je ne te désirais pas, mais parce que la Bailey que je veux est celle que j'ai vue dans la salle de réunion ce matin.

— Je ne sais toujours pas qui elle est.

— Je sais. Chaque fois que je te vois lutter et triompher, cela me touche profondément.

Bailey sentit son cœur battre la chamade.

— Hier soir, poursuivit-il en lui caressant la joue du pouce, l'idée qu'Alexandre puisse t'approcher me rendait fou. Il fallait que je lui dise qu'il ne t'aurait jamais parce que je te voulais pour moi. Et pourtant je ne suis pas du genre possessif, crois-moi.

Submergée d'une joie immense à la pensée de n'avoir pas tout gâché, Bailey prit une profonde inspiration.

— Nous devrions peut-être apprendre à tourner la page.

Il sourit légèrement.

— Tu as dit que tu te satisferais d'un homme qui te respecterait. Un homme qui te dirait la vérité et t'aimerait pour ce que tu es. Je ne te ferai jamais de promesses en l'air, mais je peux te promettre ces choses-là. Et je ferai de mon mieux pour le reste.

Une boule se forma dans la gorge de Bailey, menaçant de l'étouffer. Elle n'avait pas besoin de promesses, ne désirait que sa confiance.

— Tu devras sans doute souvent m'aider à me relever, avoua-t-elle.

— Compte sur moi.

Il captura ses lèvres en un baiser langoureux, puis la prit dans ses bras et la porta vers la chambre, située à l'arrière du jet privé. La pièce était minuscule, composée seulement d'un lit et d'une commode. Lorsqu'il la déposa sur la moquette moelleuse, et s'assit lui-même sur le lit, le cœur de Bailey s'affola.

— Hier soir, dit-il, je ne voulais pas te voir t'abaisser ainsi. Mais, ce soir, montre-moi ce que tu sais faire.

— Jared...

Il secoua la tête.

— Savoir que tu danses pour moi seul est très excitant.

L'intensité de son regard la cloua sur place. Elle voulait le satisfaire, effacer le souvenir de la nuit précédente. Elle plia une jambe et ôta sa chaussure.

— Pas de projectile, s'il te plaît, dit Jared en levant la main.

Elle jeta sa chaussure sur le sol, puis retira la seconde, avant de se lever et de s'avancer vers lui. Elle entreprit de défaire les boutons de son chemisier.

— Il y a des règles, murmura-t-elle, aguicheuse. Il est interdit de me toucher ou de m'embrasser.

— Je crois que j'ai changé d'avis.

Les yeux rivés sur lui, elle prit son temps pour ôter son chemisier. Le regard de Jared se fixa sur ses seins, dont les pointes se dressaient.

— Tu veux toujours changer d'avis ?

— Non, souffla-t-il d'une voix rauque. Continue.

Elle s'assit à califourchon sur lui et attendit d'être submergée par le sentiment de détachement qui la protégeait autrefois dans cette situation. Hélas, Jared ne la lâchait pas du regard, l'obligeant à rester connectée à lui. Avec lui, il n'y avait de place que pour la vérité.

— Je ne sais pas pourquoi ils appellent ça la « danse contact », maugréa-t-il. Pour moi, il s'agit plutôt de torture.

— On peut le décrire ainsi. Mais, si tu es sage, tu auras une surprise, murmura-t-elle en ondulant de façon lascive.

Elle sentait son membre dur sous ses cuisses, et des images de leurs ébats lui revinrent à l'esprit. Elle n'arrêta pas pour autant sa danse érotique ; Jared serra les poings.

— J'espère qu'il s'agit d'un traitement de faveur, Bailey. Parce que, si tu agissais ainsi avec un autre homme, je me sentirais obligé de le tuer.

Elle se pencha et l'embrassa.

— On se calme. Oui, il s'agit d'un traitement de faveur.

Il posa les mains sur ses hanches. Elle les lui retira aussitôt.

— Il est interdit de me toucher, lui rappela-t-elle.

— Mais tu viens de m'embrasser !

— Parce que c'est moi qui dirige.

— Crois-le... marmonna-t-il.

— Interdiction de me toucher, répéta-t-elle, imperturbable. En revanche, tu peux m'embrasser.

Sans hésiter, il baissa la tête et captura un téton durci entre ses lèvres. Une décharge de volupté la traversa et elle creusa les reins pour mieux s'offrir aux caresses de son amant. Lorsqu'il reporta son attention sur le deuxième mamelon, elle vibra contre lui et faillit perdre la maîtrise de soi qu'elle chérissait tant. Mais il s'agissait de Jared, et elle était folle de lui...

— Seigneur, s'exclama-t-il en redressant la tête. Je capitule.

D'un mouvement souple, elle se leva et ôta sa jupe. Puis sa petite culotte. Sous son regard gourmand, elle reprit sa place et baissa la fermeture du pantalon de Jared.

— Laisse-moi te toucher, supplia-t-il.

Sans répondre, elle le débarrassa de son boxer et se frotta contre sa dure longueur. Malgré son impatience, il lui fallut toute sa concentration pour guider au bord du sien le sexe de Jared. Le plaisir fut si intense lorsque son gland frôla son clitoris qu'elle poussa un râle de plaisir. Sans attendre son autorisation, il la saisit par les hanches et entra en elle de quelques centimètres.

— Plus profond, marmonna-t-elle.

Il se prêta à sa requête et s'enfonça lentement en elle, centimètre par centimètre, tout en murmurant à son oreille des mots d'amour. Sa voix sexy l'excitait, l'enflammait, et elle s'empala sur lui jusqu'à la garde. Le sentiment de plénitude se mua en vagues, dont la puissance augmenta à chacune des poussées de son amant, jusqu'à ce qu'il l'amène sur les hauteurs tourbillonnantes de l'extase. Enfouissant les doigts dans ses cheveux, elle le supplia d'une voix rauque d'en finir.

Il glissa une main entre eux et la masturba avec délicatesse. En le voyant lui prodiguer cette caresse intime, elle sentit monter l'orgasme en elle. Bailey se laissa emporter, tout en criant à Jared l'amour qu'elle éprouvait pour lui…

Il l'entendit. Elle s'en rendit compte à la façon dont il se figea, quelques secondes avant de basculer à son tour dans l'extase.

Le fait que Jared n'ait pas rebondi sur ce qu'elle venait d'avouer ne la perturba pas outre mesure. C'était Jared, après tout, et il venait de franchir un pas immense en se confiant à elle. Elle allait se contenter de cela pour l'instant.

En espérant que ses sentiments pour elle évolueraient.

Elle se réveilla à la lueur de la lune, seule dans le grand lit. Un rapide coup d'œil au réveil lui apprit qu'ils allaient atterrir dans moins de deux heures. Elle se redressa et scruta l'obscurité à la recherche d'un verre d'eau. Comme ses yeux s'habituaient à la pénombre, elle vit Jared, assis sur une chaise près du hublot, le regard perdu au loin.

— Tu n'arrivais pas à dormir ?

Surpris, il tourna la tête.

— Non.

Elle s'approcha de lui et lui posa la main sur l'épaule. La raideur de son maintien et son visage impassible la stoppèrent toutefois dans son élan, jusqu'à ce qu'il l'empoigne et l'installe sur ses genoux. Elle soupira. Jared était un homme si complexe qu'elle était sûre de ne connaître qu'une infime partie de lui.

Blottie dans ses bras, elle suivit du doigt le contour de sa mâchoire, caressa la cicatrice sur sa lèvre.

— Comment t'es-tu fait ça ?

Il se rembrunit.

— Le fils d'un ami de la famille que mon père avait lésée en détournant des fonds était avec moi à Stanford. Lorsque mon père a été envoyé en prison, il m'a insulté dans un des bars du campus. Il a dit des choses que je n'ai pas pu laisser passer et nous nous sommes battus. Lorsqu'il a vu qu'il aurait le dessous, il s'est servi d'une bouteille cassée comme arme.

Bailey frissonna.

— Il aurait pu te blesser gravement.

Il eut un geste désinvolte de la main.

— Il souffrait. Sa famille était ruinée. J'ai payé, résuma-t-il.

— Mais tu n'étais pas responsable des actions de ton père !

— Quand on est triste et en colère, on s'emporte facilement.

Certes, mais ce n'était pas à lui de porter ce fardeau, songea Bailey, le cœur serré. Quelle épreuve terrible cela avait dû être pour lui !

Jared la tint serrée contre lui, lui caressant doucement les cheveux.

— Mon père veut me voir, lui apprit-il. L'appel que j'ai reçu hier matin était de mon détective privé. Il m'appelait pour me prévenir que mon père n'allait pas bien.

L'appel qu'il avait reçu juste avant de devenir froid et distant avec elle, se souvint Bailey. Tout s'expliquait...

— Sais-tu pourquoi il veut te voir ?

— Non.

— Comptes-tu y aller ?

— Je ne sais pas. A sa sortie de prison, il m'a dit qu'il avait besoin de temps pour savoir ce qu'il voulait faire. Ma mère s'était déjà remariée et la plupart de ses amis lui avaient tourné le dos. Quant à moi, il ne voulait même plus me voir. J'ai retrouvé sa trace dans les Caraïbes, mais j'ai pensé qu'il valait mieux me tenir éloigné de lui. Nous n'avons jamais vraiment renoué depuis, car il m'a toujours repoussé.

— Il devait avoir honte.

— J'avais peur d'affronter ce qu'il était devenu. Avant cette épreuve, il était un homme fier et puissant. Ensuite, il n'était plus que le fantôme de lui-même.

Elle saisit la main de Jared et la serra dans la sienne.

— Cela ne t'arrivera jamais, Jared. Tu es un des hommes les plus forts que je connaisse. Et tu le sais.

Il se raidit et fit mine de retirer sa main, avant de se raviser et de lâcher un profond soupir.

— J'aurais dû aller le voir au lieu de payer quelqu'un pour le surveiller. C'est mon père, bon sang ! Il n'est pas bien et je l'ai laissé se transformer en ermite.

— Tu n'étais qu'un gamin. Triste et en colère, qui plus est, parce qu'il était censé s'occuper de toi.

— Cela n'excuse en rien mon comportement.

— Il n'est pas trop tard pour y remédier, avança Bailey.

S'ensuivit une longue pause, qu'elle finit par briser :

— Va le voir, Jared. Sinon, tu ne te le pardonneras jamais.

Il demeura silencieux. Elle se blottit alors contre lui dans l'espoir d'absorber un peu de son stress, consciente toutefois qu'il était le seul à pouvoir se délivrer de sa blessure intérieure. Et à se pardonner à lui-même. La tension qui l'animait s'éleva peu à peu entre eux telle une présence maléfique, créant une distance impossible à combler.

Elle n'insista pas. Elle s'habilla, retourna dans la cabine et demanda à l'hôtesse de l'air de lui servir une tasse de thé. Puis elle demeura assise, rêveuse. Les gens arrivaient-ils vraiment à vaincre leurs démons ? Ou était-ce plus facile de les accepter comme faisant partie intégrante de soi ? Elle avait toujours agi ainsi, mais Jared l'avait convaincue de les combattre. Si seulement il pouvait agir de la même façon...

12

Sa nouvelle présentation n'était pas très sexy. Devait-elle ajouter des graphiques ? Des images ? Pourquoi diable n'arrivait-elle pas à se concentrer ? Certes, Jared revenait des Caraïbes aujourd'hui, et Bailey avait hâte de le revoir, tout comme elle voulait savoir comment sa rencontre avec son père s'était passée et s'il avait eu des nouvelles d'Alexandre Gagnon. Ce n'était pas pour autant une raison pour perdre la tête !

Un sourire étira ses lèvres. La vie avait décidément bien changé pour elle depuis son retour de France. Non seulement elle était directrice marketing d'une entreprise innovante, mais elle était aussi amoureuse de son patron.

Un frisson d'anticipation la traversa. Elle avait passé deux nuits dans la belle demeure de Jared avant le départ de celui-ci. Des moments merveilleux à cuisiner pour son amant et apprendre à le connaître. Sans compter les heures passées dans son lit. Des instants précieux qu'elle chérissait plus que tout. Mais, la veille de son départ, il était devenu de plus en plus nerveux. Elle lui avait proposé de lui préparer un bon repas dans l'espoir de le distraire. Le regard distant, il avait à peine touché à son assiette et avait coupé court à leur soirée, prétextant un vol tôt le lendemain. Néophyte en relations amoureuses, elle n'avait pas su analyser la situation. Etait-il en train de se défiler ? Devait-elle lui laisser de l'espace à cause de son père ? Devait-elle s'inquiéter qu'il n'ait répondu à aucun de ses textos depuis, à part pour lui dire qu'il était bien arrivé ?

Son pouls s'emballa. Etre avec Jared lui avait fait comprendre que son travail ne lui suffisait plus. Certes, elle désirait vivre dans une jolie maison, mais seulement si Jared la partageait avec elle.

Elle revint à son PowerPoint, dont les diapositives, sur l'écran, semblaient la fixer. Elle poussa un soupir. Elle devait coûte que coûte finaliser son dossier avant la réunion du lendemain.

Tate Davidson passa alors devant son bureau, laissant des effluves d'eau de toilette bon marché sur son passage.

— Le patron est en pleine forme, lança-t-il.

Elle leva la tête.

— Jared est rentré ?

— Bien sûr ! Ne me dis pas qu'il ne s'est pas encore présenté à sa *directrice marketing* ?

Elle ignora sa pique. Tate était simplement jaloux. Et elle avait des choses plus importantes à voir. Jared était rentré... Pourquoi n'était-il pas venu la voir ?

Son téléphone fixe sonna sur son bureau, brisant sa rêverie. Elle décrocha vivement. C'était Nancy, du département des ressources humaines, qui voulait fixer un rendez-vous avec elle.

— A quel sujet ?

— Faire le point après vos deux mois de période d'essai.

Elle fronça les sourcils.

— Comment ça ?

— Je parle du rendez-vous inscrit dans votre contrat, expliqua Nancy patiemment. Jared voulait faire le point avec vous à l'issue de votre période d'essai.

Vraiment ? N'était-ce pas trois mois, d'habitude ? Ayant signé le contrat sans l'avoir vraiment lu, elle l'extirpa de son tiroir et le parcourut. Effectivement, c'était inscrit noir sur blanc.

— N'est-ce pas trois mois, en général ?

— Souvent, oui, mais, s'agissant d'un poste hautement qualifié, Jared voulait être certain de ne pas se tromper.

« Se tromper » ? Son sang ne fit qu'un tour, et elle poursuivit sa lecture :

Ce poste peut être résilié à tout moment par l'employeur pour quelque raison que ce soit, pas seulement pour manque de performance.

— Et cette clause de résiliation vous paraît-elle normale ?

— Eh bien… Les termes sont un peu plus rigoureux que d'habitude, concéda Nancy.

Les mots se brouillèrent sous ses yeux. La rage la faisait vibrer.

— Considérez que ce rendez-vous a eu lieu, Nancy.

— Mais, Bailey…

Elle raccrocha, se leva d'un bond et se dirigea d'un pas nerveux vers les ascenseurs. Arrivée à l'étage de la direction, elle passa devant Mary, médusée, frappa à la porte du bureau de Jared et entra sans attendre d'y être invitée.

Penché sur une pile de documents, Jared leva les yeux et, après avoir croisé son regard, alla fermer la porte.

— Que se passe-t-il ?

— Tout d'abord, j'ai été ravie d'apprendre ton retour par Tate Davidson. J'aurais aussi apprécié une réponse à mes nombreux textos, même si je suis consciente que tu es un homme fort occupé.

Son expression s'adoucit.

— Je suis désolé, murmura-t-il. J'allais descendre te voir après le déjeuner.

— Ensuite, enchaîna-t-elle, agitant le contrat sous son nez, as-tu demandé aux ressources humaines d'inclure cette clause dans mon contrat ? Celle qui t'autorise à me licencier selon ton bon vouloir ?

— Oui, admit-il, l'air gêné. Mais c'était avant que je sache ce dont tu étais capable.

— Tu avais pourtant accepté mes conditions !

— Je ne pouvais guère te nommer à un poste d'une telle envergure sans assurer mes arrières, voyons ! Sois raisonnable.

— *Assurer tes arrières ?* répéta-t-elle en haussant le ton. Cette clause va bien au-delà. Elle te donne la possibilité de te débarrasser de moi à tout moment. Même Nancy a dit que c'était…

quels étaient ses mots exacts ? Ah oui : « plus rigoureux que d'habitude ».

— Bailey, dit-il d'un ton calme, cette clause n'a plus lieu d'être. Tu as largement fait tes preuves et, si tu le souhaites, je ferai rédiger un nouveau contrat.

— Et moi qui croyais que tu étais un homme de parole, que tu comptais honorer l'accord que nous avions conclu.

— La confiance se gagne, dit-il en blêmissant.

— Et dire que je t'ai tout donné… La seule chose que je te demandais en retour était d'être franc avec moi.

Il secoua la tête, les yeux étincelants.

— Tout ce que je t'ai dit et promis ces dernières semaines était vrai. Ne laisse pas tes peurs tout gâcher.

— *Tout gâcher ?* C'est toi qui oses me dire ça, alors que tu fais machine arrière à la première occasion ? Après ton départ aux Caraïbes, tu es devenu injoignable…

— J'étais inquiet pour mon père, se défendit-il.

— Donc tu m'envoies sur les roses, s'écria-t-elle, furieuse. Je ne suis pas une experte, mais je croyais qu'on était censé s'appuyer l'un sur l'autre dans les moments difficiles.

— J'ai essayé. Mais tu m'en demandes trop.

Les lèvres pincées et l'air têtu de Jared eurent raison de ses dernières bribes de self-control.

— Je sais que tu m'as entendue te dire que je t'aimais dans l'avion, mais tu as fait comme si de rien n'était.

— Je t'ai dit que je ne pouvais faire de promesses en l'air. Ce n'est pas dans ma nature. Tu le savais, pourtant.

N'importe quelle excuse aurait fait l'affaire. Mais une telle dérobade la fit frémir.

— Je ne peux pas continuer ainsi, Jared. Si tu ne peux pas me faire confiance, il vaudrait mieux que nous cessions de sortir ensemble.

— Tu te sers de cette excuse pour mettre fin à notre relation avant même qu'elle ait commencé.

Elle secoua la tête.

— Je ne veux pas d'une aventure d'un soir. Ce n'est sans doute pas dans ma nature de me contenter de si peu.

— Bailey…

Il la saisit par le bras, mais elle se dégagea et sortit en trombe de son bureau.

Jared s'apprêtait à suivre Bailey quand Mary passa la tête dans son bureau.

— Alexandre Gagnon est en ligne, l'informa son assistante.

Il jura. S'il y avait bien une personne à qui il ne voulait pas parler maintenant, c'était bien lui. Mais, comme le sort de sa société dépendait de cet homme, il n'avait pas le choix. Il ferma la porte, se dirigea vers son bureau, s'assit et inspira profondément. Puis il décrocha.

— Allô ?

— Bonjour, Stone, dit Alexandre de sa voix au timbre suave. J'ai de bonnes nouvelles pour vous. Nous avons décidé d'accepter votre offre de partenariat.

A ces mots, Jared ressentit un profond soulagement. Il ferma un instant les yeux pour savourer sa victoire. *Leur* victoire…

— Merci. J'en suis très heureux.

— Sous réserve que nous ayons l'exclusivité du projet X.

— Certaines lignes de produits, rectifia-t-il, pas toutes.

— Nous parviendrons certainement à un accord là-dessus, concéda Alexandre. Nous devrons collaborer très étroitement au début. La planification sera un facteur fondamental. Je souhaite donc que Bailey vienne à Paris pour des réunions trimestrielles. Comment va-t-elle, au fait ?

— Bailey n'entre pas dans notre accord.

— Quelle véhémence ! C'est seulement son cerveau qui m'intéresse, Stone. Que comptez-vous faire ? L'épouser ? Cela alimentera sûrement les sujets de conversation.

Le sang de Jared ne fit qu'un tour. Et pourquoi pas, après tout ? La crainte de voir Bailey sortir de sa vie pour toujours pourrait bel et bien l'inciter à l'épouser…

— Adressez-nous le contrat, Gagnon. Et ne comptez pas sur Bailey pour les réunions à Paris. J'enverrai Tate Davidson, mon directeur adjoint.

Il raccrocha avant de dire quelque chose qui pourrait compromettre leur nouvelle alliance et s'enfonça dans son fauteuil, immensément soulagé. Il pouvait désormais aborder la réunion du lendemain avec son conseil d'administration en toute sérénité. L'énorme abus de frais professionnels de Michael Craig était étalé à la une des médias ce matin, grâce à un plan bien orchestré pour le discréditer et le mettre à la porte du comité de direction.

Tout s'arrangeait pour lui.

Toutefois, c'était Bailey qui occupait ses pensées. Il s'était senti obligé de rajouter cette clause à son contrat. Après tout, il dirigeait une compagnie cotée en Bourse et ne pouvait nommer à un poste si crucial une personne dont il avait toujours contesté les aptitudes sans se protéger.

Sauf qu'elle avait raison : la clause n'aurait dû concerner que ses résultats. Au lieu de cela, il avait manipulé la situation à son avantage. Par lâcheté.

Oui, Bailey avait bel et bien raison.

Son séjour aux Caraïbes n'avait pas non plus arrangé les choses. Son père n'était plus que l'ombre de lui-même. Il souffrait de diabète et, après avoir lu son manifeste sur internet, il avait voulu que Jared sache la vérité. Les exigences de sa femme n'avaient pas été la seule raison de ses ennuis, lui avait-il avoué. Son absence de confiance en lui et son incapacité à vivre ses rêves avaient joué un rôle central.

D'une intensité effrayante, sa conversation avec son père l'avait à la fois bouleversé et rendu furieux contre lui-même. Il aurait dû faire plus. Il aurait dû agir plus tôt. Et surtout il aurait dû se montrer plus courageux.

Il n'était pas son père. Pas plus que Bailey ne ressemblait à sa mère. Il avait passé le vol du retour à comparer les deux femmes. Sa mère était une femme cassante, avide de pouvoir et satisfaite de vivre dans le sillage des hommes puissants qu'elle avait conquis. Bailey, en revanche, était forte, courageuse et indépendante. Assez étrangement, ce qu'il rejetait auparavant était désormais la seule chose qui comptait à ses yeux : avoir une femme forte à ses côtés. Pourquoi n'avait-il pas eu la bravoure de lui avouer son amour pour elle ? Il l'aimait déjà quand elle s'était confiée à lui à Nice, et plus encore après leur nuit ensemble. Et tout ce qu'il avait fait depuis, c'était nier cette attirance.

Quel idiot !

Il avait brisé la confiance de Bailey avec cette clause absurde. Certes, il avait eu ses raisons pour agir ainsi, mais elles semblaient désormais inopportunes.

Soudain, une idée traversa son esprit. Une idée stupide, fruit de son cerveau embrumé par le décalage horaire, ou une idée lumineuse, il n'en savait trop rien. Mais une chose était sûre : il n'allait pas laisser partir Bailey sans se battre.

13

Lorsque Bailey était arrivée en Californie, elle s'était fixé des règles : ne compter que sur elle-même, ne pas avoir d'attentes trop élevées et rester concentrée sur son objectif. Cette façon de faire aurait été parfaite si elle ne s'était pas entichée de son patron, un homme au cœur de pierre...

Secouant la tête, elle entra dans son café fétiche. La file d'attente, un composé hétéroclite d'étudiants débraillés et de jeunes cadres en costume-cravate, était interminable. Bailey tapa impatiemment du pied. Jared avait peut-être raison : elle était toujours pressée. Lorsque son tour arriva enfin, elle se trouva face à Christian, celui qui la servait tous les matins.

— Je ne m'attendais pas à te voir ici, s'étonna-t-il. As-tu lu le journal ?

— Non, pourquoi ?

— Tu devrais. On ne parle que de ça ici.

Elle haussa un sourcil interrogateur.

— Quelque chose en particulier que je devrais savoir ?

— Tu le sauras en le voyant, dit-il en lui rendant son argent. C'est la maison qui paie. Tu as l'air d'en avoir besoin...

Bailey prit son café et se rendit au bureau, sa lettre de démission dans la poche. Elle venait de franchir l'entrée de l'immeuble lorsque Aria l'appela.

— Je dois admettre que, là, il m'a bluffée, lança son amie, bille en tête.

— De quoi parles-tu ?

— As-tu lu le journal ce matin ?

— Pourquoi tout le monde me demande ça ? Jared aurait-il écrit quelque chose concernant notre partenariat européen ?

— Tu ne l'as pas lu, soupira Aria. Jared a effectivement écrit quelque chose, mais cela n'a rien à voir avec le business.

— Génial, marmonna Bailey. Encore un de ses traits de plume spirituels destiné à opposer les machos et les féministes ?

— Ne m'as-tu pas dit que tu assistais à ta première réunion du conseil d'administration, ce matin ?

— Si je ne démissionne pas avant, dit-elle en entrant dans la cabine d'ascenseur.

— Je te suggère de lire le *San Francisco Chronicle* avant de faire ça. Page 5, précisa-t-elle. Puis appelle-moi. Sans faute.

Les portes de l'ascenseur se refermèrent au moment où Bailey raccrochait. Songeuse, elle pressa le bouton du 26e étage. Qu'est-ce que son amie pouvait bien avoir voulu dire ?

A peine sortie, elle saisit un exemplaire du *Chronicle* sur la table basse du hall, puis se dirigea vers son bureau. Le café à la main, elle ouvrit le journal à la page indiquée par son amie. L'article était intitulé :

« LA VÉRITÉ SUR LES FEMMES : RÉFUTATION »

Les yeux écarquillés, elle commença à lire :

> *Il y a quelques semaines, j'ai écrit un manifeste ayant pour titre* La Vérité sur les femmes. *Voulu comme un article honnête, quoique satirique, il a suscité une vive émotion parmi vous, alors même qu'il n'était pas destiné à être diffusé.*
>
> *Au moment où je l'ai écrit, j'en pensais chaque mot, même si j'ai un peu outré mes idées — n'est-ce pas le propre de la satire ? L'expérience m'a en effet appris que la plupart des femmes ne voulaient pas forcément être carriéristes comme les y encourage notre société contemporaine, et que les cris d'orfraie poussés par certaines à propos du fameux « plafond de verre » ne sont que le reflet de leur propre aveuglement. Pour*

tout vous dire, je n'étais pas favorable à la présence de femmes dans un conseil d'administration, ni convaincu de leur capacité à se mesurer aux hommes.

J'ai alors eu la chance de travailler avec une femme, ma responsable marketing, Bailey St John, dont j'ai longtemps, je dois admettre, mésestimé les talents, même si je l'admirais. Cette femme extraordinaire m'a non seulement prouvé que j'avais tort, mais m'a aussi appris l'importance de se confier à quelqu'un.

J'ai réalisé que je désirais construire ma vie avec elle, pas seulement pour fonder une famille mais parce que je l'aime. Je l'aime pour ce qu'elle est. Pour son courage. Pour tout ce qu'elle m'a appris. Elle a fait de moi un meilleur homme.

Alors, malgré mes imperfections, je te fais une proposition, Bailey.

Je t'offre une jolie maison avec une clôture blanche.

Je t'offre une alliance et un engagement de toute une vie.

Je t'offre des nuits torrides, car cette partie-là au moins de mon manifeste est vraie et je sais que tu adores ça !

Et, plus important encore, je t'offre ma plus grande sincérité, même quand les choses deviennent difficiles.

Si mon offre t'intéresse, tu sais où me trouver.

Avec tout mon amour,

Jared.

Lorsqu'elle lut la dernière phrase, les larmes coulaient déjà sur le visage de Bailey. L'esprit en tumulte, elle relut l'article, vaguement consciente de l'arrivée de Tate Davidson, qui l'informa que la réunion commençait dans cinq minutes.

Elle se moucha et, sa lettre de démission à la main, se rendit dans la salle de réunion à la suite de l'autre directeur adjoint.

Tous les membres du conseil d'administration étaient déjà là. Jared aussi. Assis en bout de table, à côté de Sam Walters, il la toisa d'un regard pas franchement amène. Tous les regards étaient fixés sur elle, d'ailleurs, ce qu'elle aurait préféré éviter.

Elle s'assit, les genoux tremblants. Sam ouvrit alors la séance et commença par passer en revue les données financières. Après avoir enlevé sa veste et desserré le nœud de sa cravate, Jared tambourinait des doigts sur la table.

Ensuite, Tate dévoila la réussite de la transaction avec Maison électronique, sous les applaudissements. Jared leva alors la main pour faire revenir le calme. Il darda sur Bailey un regard perçant.

— As-tu lu le journal ce matin ?

Elle acquiesça, un léger sourire aux lèvres.

— Cinq minutes avant la réunion.

— As-tu quelque chose à partager avec nous sur le sujet ?

— Oui, murmura-t-elle car on aurait pu entendre une mouche voler. Mais je préfère le faire en privé.

Julie Walcott, directrice du service de communication, leva la main.

— Puis-je faire une suggestion ? Pouvons-nous faire en sorte que ce soit votre dernier « manifeste », Jared ?

— Avec plaisir, concéda-t-il, bougon.

Sam relança la réunion. A sa vive surprise, Bailey se vit attribuer de nouvelles responsabilités. A partir de maintenant, la communication et le marketing devraient la consulter avant toute décision. Bailey fixa Jared, abasourdie, et Tate écumait de colère contenue — vu l'humeur morose du patron, personne ne pipa mot.

Lorsque la réunion prit fin, Jared s'approcha d'elle.

— Dans mon bureau !

Bailey demeura debout, sa lettre de démission serrée contre sa poitrine, tandis que Jared s'adossait à la porte qu'il venait de fermer, tel un prédateur s'apprêtant à bondir sur sa proie.

— Qu'est-ce que tu as dans les mains ?

— Ma lettre de démission.

— Tu ne démissionneras pas, dit-il d'un ton sans appel.

Elle le dévora des yeux. Son chevalier servant, le même qui lui avait promis cette nuit-là à Nice de la soutenir contre vents et marées...

— Pensais-tu ce que tu as écrit dans ta réfutation ?

Il acquiesça.

— Chaque mot.

L'émotion lui serra la gorge.

— Je croyais que les promesses n'étaient pas ton fort.

— C'est ce que je croyais aussi, marmonna-t-il en l'attirant dans ses bras. Et regarde-moi, maintenant.

Ce qu'elle fit. Cet homme était tout ce dont elle avait toujours rêvé. Et tellement plus encore !

— Revoir mon père m'a bouleversé, et j'avais besoin de temps pour réfléchir. Mais jamais je n'ai changé d'avis en ce qui te concerne. Et, comme je te l'ai dit dans l'avion, je te dirai toujours la vérité, même quand tu ne voudras pas l'entendre.

— Je sais. Je voulais juste que tu me dises... ou m'écrives... Enfin, peu importe : acceptes-tu de me le dire ?

— Je t'aime, Bailey. Je t'aime depuis notre soirée à Nice.

Il ponctua ses mots d'un long baiser. Elle s'apprêtait à y répondre avec empressement quand il l'écarta fermement.

— Eh, protesta-t-elle. Ce n'était pas...

Les mots moururent sur ses lèvres quand elle vit l'écrin qu'il venait d'extirper de sa poche.

— Tu n'étais pas censée arriver si tard, ce matin. Tu es si matinale, d'habitude. J'allais t'offrir ceci.

Elle crut que son cœur allait exploser dans sa poitrine lorsqu'elle vit l'alliance sertie de diamants nichée dans son écrin bleu.

— Tu peux en avoir une autre si tu veux, dit-il d'une voix rauque. Dix, même. Mais celle-ci est mon gage d'amour et de fidélité, Bailey St John. Epouse-moi.

Elle tendit la main, et il glissa l'anneau à son doigt.

— Est-ce un oui ? s'enquit-il, portant sa main à ses lèvres.

— Oui, souffla-t-elle. Je t'aime, Jared Stone, et je n'ai pas peur de le dire.

— Tu pourras me le répéter à l'envi ce soir. En attendant, tu as de nouvelles responsabilités professionnelles à honorer, plaisanta-t-il.

Avant de regagner son bureau, Bailey se jeta dans les bras de l'homme de sa vie. Jared était à elle et le serait pour toujours.

Blottie contre son torse, confiante, en sécurité, elle venait enfin de trouver sa place. Elle n’était plus l’ancienne Bailey, ni celle d’aujourd’hui, mais celle qu’elle était destinée à être. A deux.

JULIA JAMES

Séduction au *palazzo*

Traduction française de
BARNABÉ D'ALBES

HARLEQUIN

Titre original :
CINDERELLA IN THE BOSS'S PALAZZO

Ce roman a déjà été publié en 2021.

1

Incrédule, Jenna fixa encore la lettre qu'elle tenait entre les mains. Les mots étaient dactylographiés en relief sur un papier d'une luxueuse épaisseur, et signés par quelqu'un portant le titre de « secrétaire de direction auprès du *signor* Evandro Rocceforte ; groupe Int. Rocceforte, Turin ». Elle les relut, savourant le mélange d'excitation et de fierté qui faisait battre son cœur à coups redoublés.

Huit ans plus tôt, elle avait éprouvé la même jubilation en apprenant qu'elle était reçue au concours d'une très prestigieuse faculté britannique de lettres et de langues : oui, sa candidature avait été retenue alors que, toute son enfance, elle n'avait connu qu'indifférence et découragements. Chacun de ses diplômes lui avait prouvé qu'elle avait raison de croire en elle, et le plus gratifiant d'entre eux restait bien sûr son certificat d'enseignement, couronnant son cursus. Ensuite, elle avait réussi à survivre à quatre années harassantes dans l'une des écoles élémentaires les plus défavorisées d'un quartier populaire de Londres.

Un petit changement d'air cet été ne lui ferait donc pas de mal ! Le poste n'exigeait de sa part aucune compétence qu'elle ne maîtrisait déjà : il s'agissait de donner des cours particuliers à une fillette de sept ans, et de séjourner auprès d'elle dans un *palazzo* en pleine campagne piémontaise !

L'anticipation et le désir de relever ce défi firent courir un délicieux frisson le long de sa nuque. Ni les qualifications ni l'enthousiasme ne lui manquaient. Mais… Une forte personnalité ?

La capacité d'irradier quelque chose d'unique autour d'elle ? Non. Jenna ne possédait aucun charisme, aucune qualité lui permettant de sortir du lot, et elle s'était habituée à être le genre de personne qu'on ne remarque jamais – celle à qui nul ne prête attention. Mais, jusqu'à maintenant, cela n'avait pas été un problème dans l'exercice de son métier, et il n'y avait aucune raison qu'il en soit autrement dans ce contexte.

Aussi s'installa-t-elle devant son ordinateur pour rédiger sa réponse positive au courrier turinois.

Evandro Rocceforte jeta un regard sombre sur le grand écran de son bureau, où défilaient les détails du chiffre d'affaires faramineux de chaque activité de son groupe. Ce n'était pourtant guère la réussite de ses plus récents investissements qui occupait ses pensées, mais sa dernière conversation avec son avocat, fort mécontent de la clause qui entérinait le divorce... Clause qu'Evandro avait concédée sans difficulté, trois mois auparavant, pour être enfin libéré de son ex.

Au cours de la lente et douloureuse procédure, Bérénice avait joué la partie de façon agressive, osant les coups les plus vicieux dans une seule intention : le punir. Moins pour lui faire payer le sacrilège d'avoir voulu le divorce que pour le châtier d'un crime encore plus grand. Un crime impardonnable.

L'avoir percée à jour. Avoir su voir derrière le masque, sous la beauté glamour, les paillettes, l'étincelant charisme qu'elle offrait à ses cercles jet-set. Avoir su, une fois dessillé, plus las que blessé par ses constantes infidélités, la regarder pour ce qu'elle était vraiment : une femme narcissique et manipulatrice, incapable d'éprouver un sentiment, ivre de son pouvoir sur autrui et ne suivant qu'une loi, celle du « moi, moi, moi ».

Elle n'attendait rien d'autre d'un homme – de tous les hommes –, qu'il soit à ses pieds, béat d'adoration, prêt à satisfaire le moindre de ses désirs. Il en savait quelque chose, lui qui était tombé dans ce rôle pathétique... Quel imbécile !

Enfin, c'était du passé, en dépit des innombrables tentatives de Bérénice pour le ramener sous son charme et surtout à sa botte. Il avait alors compris que le dépit de son ex ne tarderait pas à prendre la forme d'une fureur sauvage, d'une incontrôlable soif de vengeance. Ce qui n'avait pas manqué d'arriver, dès l'instant où il avait demandé le divorce. Elle s'était saisie de toute arme à sa portée, sans oublier la plus puissante.

Évidemment.

Malgré lui, il se sentit pâlir. Depuis qu'elle avait donné naissance à Amélie, Bérénice s'était servie de l'enfant comme d'un instrument contre lui, aussi avait-elle aisément fait de la bataille autour de la garde parentale un véritable enfer.

Mais Evandro s'était battu, lui aussi. Bec et ongles. Car cette bataille-là, il n'avait pas le droit de la perdre. Il fallait absolument protéger Amélie de l'influence toxique de sa mère, qui ne l'aimait pas davantage qu'elle ne savait aimer un autre être humain. Bérénice ne connaissait pas l'amour. Pas même l'affection, ni le respect. Seulement le pouvoir. Evandro avait dû offrir des sommes astronomiques, en plus de la pension, pour obtenir gain de cause, mais Bérénice avait fini par céder… À une condition.

Evandro haussa les épaules, refusant d'y penser.

Cette terrible condition, vengeance et menace tout à la fois, destinée à satisfaire l'ego surdimensionné de son ex, il avait décidé de l'ignorer – parce qu'elle n'aurait jamais aucune incidence sur sa vie, parce qu'il saurait *l'éviter*.

L'hiver précédent, Evandro avait célébré l'officialisation de son divorce et sa liberté chèrement reconquise en s'offrant une liaison torride avec la sensuelle Bianca Ingrani. Elle et tant d'autres rêvaient d'être la prochaine *signora* Rocceforte, et comment le leur reprocher ? Il venait de redevenir l'un des célibataires les plus convoités d'Italie : un trentenaire milliardaire dont la plastique attirait tous les regards féminins, dès qu'il entrait dans une pièce. Eh bien, tant pis, Bianca et les autres devraient se contenter d'une liaison.

Les objections scandalisées de son avocat au prix final fixé par Bérénice lui revinrent en mémoire. Une nouvelle fois, il les ignora. Cette affaire n'aurait *jamais* d'importance. Dont acte.

En se redressant sur son fauteuil, il fit rouler ses épaules et songea que son aventure avec Bianca n'était rien d'autre qu'une récompense, une récréation, une bouffée d'air frais.

Désormais, il devait se concentrer sur des choses beaucoup

plus importantes – sur *quelqu'un* de beaucoup plus important. Amélie. L'enfant pour qui il s'était battu avec tant de détermination, tant de volonté. Sa fille. Hélas, que savait-il de la paternité ? Était-il capable de la rendre heureuse ? Dès le début, Bérénice lui avait délibérément arraché Amélie, l'emmenant avec elle à l'étranger, empêchant tout contact entre la petite et lui... Jusqu'à ce qu'elle lui donne enfin la garde exclusive.

Il était donc un étranger vis-à-vis de sa propre fille, songea-t-il avec un soupir sombre. Il ferait de son mieux, se promit-il. Au moins, l'enfant était désormais en Italie, dans la tranquillité du vieux *palazzo* familial, devenu son nouveau foyer, et elle pouvait compter sur un avenir serein.

Le reste n'avait aucune importance.

— Termine tes additions, ensuite, ce sera l'heure d'aller déjeuner, déclara Jenna d'un ton joyeux mais ferme à son élève.

Pendant les leçons, elles parlaient français, mais le reste du temps elles alternaient la langue de Molière avec celles de Shakespeare et de Dante. Dans la mesure où la fillette était trilingue, il était essentiel de cultiver chez elle ces compétences. Jenna soupçonnait qu'on l'avait choisie pour honorer cette charge précisément grâce à ses aptitudes linguistiques... Même si son maniement de l'italien était moins fluide que celui de l'anglais et du français.

Peut-être aussi pour son expérience auprès d'élèves récalcitrants ? Car, si Amélie ne méritait pas d'être qualifiée de rebelle, elle ne manifestait guère d'enthousiasme pour les disciplines scolaires. Le pire, c'étaient les mathématiques. Après tout, comment s'en étonner ? L'arrivée de la petite en Italie était très récente. Elle n'avait jamais vraiment eu de domicile régulier, ne fréquentait ni garderie ni jardin d'enfants : depuis toujours, elle avait suivi sa mère dans son existence nomade et ultramondaine, au gré des saisons des galas sur la Côte d'Azur et à Monte-Carlo, ne vivant que dans des palaces ou, pour quelques mois, dans des villas prêtées par des VIP, de Beverly Hills aux Hamptons en passant par Hawaï... avant une nouvelle saison en Europe. Aucune stabilité. Aucune routine, ni point d'ancrage.

Il y avait déjà une quinzaine de jours que Jenna était ici, mais il ne lui avait pas fallu plus de deux jours pour comprendre qu'Amélie avait été traitée par sa mère comme une sorte de poupée destinée à amuser son entourage – et vite rangée sur l'étagère dès qu'elle s'en lassait. Confiée à une invraisemblable succession de nounous et de baby-sitters – parfois durant plusieurs semaines d'affilée, pendant que Bérénice Rocceforte partait en croisière sur un yacht –, la fillette avait fort heureusement dû tomber en de bonnes mains, car elle était bien élevée, gaie comme un pinson et d'une intelligence vive. Son imagination sans limite était irriguée de contes de fées, de classiques du long-métrage d'animation et de jeux vidéo à l'univers fantasy. Elle était douée pour le dessin, avec les feutres comme à la gouache, et elle avait plusieurs fois stupéfait Jenna par sa célérité dans les jeux de construction les plus complexes. En revanche, la discipline scolaire lui était absolument étrangère. Jenna était chargée d'y remédier, durant cet été de transition, avant que la petite ne fasse son entrée au primaire à l'automne.

Elle jeta un regard émerveillé par les hautes fenêtres de la grande pièce qui leur servait de salle de classe. Les cyprès de l'immense parc étaient inondés de la lumière magique du Piémont. C'était probablement une grande chance, pour cette enfant, de trouver enfin une vie stable dans un aussi bel endroit que ce *palazzo*, demeure de maître appartenant à la famille Rocceforte depuis plusieurs générations. Située à une bonne heure de Turin, sur les hauteurs d'Asti, à distance raisonnable d'une petite ville proposant toutes les commodités, la magnifique propriété était composée de trois corps d'habitation. Flanquée d'une luxueuse piscine et d'un parc paysager entretenu par plusieurs jardiniers, elle s'étendait sur un domaine englobant la forêt avoisinante, ainsi que plusieurs vignobles à flanc de colline. Il régnait en ces lieux un calme et une douceur qui ravissaient Jenna. Depuis son arrivée, elle avait l'impression de vivre dans un rêve : les parfums des oliviers et des bougainvilliers possédaient la même grâce irréelle que chaque pièce de cette maison, avec les plafonds aux moulures d'inspiration mythologique, le sol de *granito* du grand hall, le mobilier sobre et élégant, et cette extraordinaire sensation d'espace invitant toujours la lumière du soleil...

Ce chef-d'œuvre édifié pour une famille d'aristocrates au XVIIIe siècle contait son histoire et celle de l'Italie à ses visiteurs grâce aux discrètes fresques murales et aux huiles champêtres – qui offraient à chaque salon, à chaque chambre, et même aux salles de bains, une identité unique. Jenna ne se lassait pas de traquer les détails d'une rose sculptée sur une cheminée, ou de suivre le mouvement d'un groupe de bacchantes peintes sur les caissons d'un plafond. Des rideaux en lin, très simples, encadraient la plupart des fenêtres, et ici, dans cette pièce, un coucou mural très ancien sonnait les heures, pour la plus grande joie d'Amélie.

Jenna était loin, très loin des murs de béton effrité de son école, et de l'exiguïté de sa studette trop bruyante. Elle n'aurait pas pu espérer un décor plus dépaysant ! Cerise sur le gâteau, sa rémunération pour quelques semaines de cours particuliers représentait six mois de son salaire d'institutrice d'école publique.

Oui, décidément, pensa-t-elle, elle avait une chance incroyable d'avoir décroché ce contrat. Et, comme elle retrouverait son train-train londonien à l'automne, il fallait qu'elle en profite. Les deux premières semaines avaient filé à toute vitesse !

Reportant son attention sur la fillette qui se tenait penchée sur son cahier, elle sourit. Amélie était adorable. Toujours souriante, elle oubliait rarement un « merci » ou un « s'il vous plaît ». Ses manières étaient aussi irréprochables que son imagination était vive. Elle adorait qu'on lui lise des histoires, et elle savait les raconter de façon très structurée, en commençant par le début, sans anticiper sur la fin.

L'expérience de Jenna ainsi que plusieurs souvenirs rapportés par l'enfant elle-même permettaient de déduire qu'elle avait bénéficié de l'attention de plusieurs excellentes nourrices. Il n'en était que plus troublant, chez une fillette si avancée, de découvrir une inadaptation si flagrante à la classe… et une telle aversion pour les mathématiques.

De qui tenait-elle ? se demanda Jenna pour la centième fois. Elle avait vu une photographie de Bérénice Rocceforte sur la commode d'Amélie, dans son dressing. La petite avait hérité de la forme oblongue et harmonieuse de son visage, de ses yeux verts.

Mais la mère était brune, alors que la fillette arborait une cascade de boucles blondes. Qui venait peut-être du côté de son père ?

La gouvernante de la propriété, en place depuis plus de quinze ans, Meg Farrafacci, était une Anglaise mariée à un Italien. Jenna et elle avaient pris l'habitude de bavarder le soir, sur la terrasse, après le dîner, en écoutant le chant des grillons. Jenna avait appris beaucoup de choses. Notamment qu'à trente-cinq ans à peine le père d'Amélie était l'héritier d'une grande famille industrielle du nord de l'Italie ayant fait fortune un bon siècle auparavant grâce à l'exploitation du secteur automobile. Aujourd'hui, les compétences de Rocceforte en ingénierie de pointe étaient connues dans toute l'Europe, et forcément, en tant que dirigeant d'un groupe d'envergure internationale, le père d'Amélie était accaparé par son travail... Cependant, le mystère entourant cet absent était épaissi par les regards tristes ou les soupirs de la gouvernante chaque fois qu'elle évoquait son « pauvre maître ». Que voulait-elle dire par là ? Jenna n'avait osé lui poser la question, mais elle subodorait que cela avait quelque chose à voir avec le récent divorce du couple.

De tout son cœur, elle espérait qu'Amélie n'avait pas été soustraite à la tutelle d'un parent désinvolte pour se retrouver sous la responsabilité d'un autre.

Elle était bien placée pour savoir ce qui risquait d'arriver à une enfant du divorce trop désireuse de se faire toute petite pour échapper au psychodrame... Ne pas se sentir désirée et se tapir dans un coin, à l'abri des regards – jusqu'à devenir invisible.

Oh non, elle ne voulait pas qu'Amélie connaisse ce triste sort !

— Le *signor* Rocceforte voudra revenir dès que possible, avait encore assuré la gouvernante la veille. Mais c'est l'un des hommes les plus importants d'Italie !

La fierté se lisait sur son visage.

— Comme ses séjours ne sont jamais prévisibles, mieux vaut que vous vous teniez prête, Jenna, conseilla-t-elle. C'est un homme généreux et loyal, mais il exige l'excellence en tout. Et il voudra constater par lui-même les progrès de la petite.

Comme celle-ci lui tendait son cahier, Jenna retint un soupir. Eh bien, s'il espérait que sa fille serait devenue un as du calcul en deux semaines, il serait déçu. Pourtant, elle ne releva pas les erreurs, afficha un sourire encourageant et déclara :

— Plus tu en feras, plus ce sera facile et amusant, tu vas voir.

— Mais je n'aime pas ça du tout ! rétorqua Amélie en fronçant les sourcils. Maman ne fait *jamais* quelque chose qu'elle n'aime pas. Si quelqu'un veut la forcer, elle se met en colère, et elle jette des affaires. Une fois, elle a lancé une chaussure sur la femme de chambre, parce qu'elle ne lui avait pas apporté le bon foulard. Et le talon était pointu et il y a eu du sang sur la joue de la femme de chambre et elle a couru dehors et maman était encore plus fâchée, et elle m'a fait partir parce qu'elle a dit que c'était aussi ma faute et que je compliquais tout…

L'expérience avait appris à Jenna à demeurer impassible lorsqu'elle entendait un récit aussi révoltant que celui-ci. À rester à l'écoute, à ne pas laisser transparaître un jugement. La fillette avait entamé sa tirade d'un air buté, mais une expression confuse se lisait maintenant sur ses traits.

Jenna sentit son cœur se serrer. Elle revit la femme de son père, qui n'hésitait pas à la gifler chaque fois qu'elle se trouvait « dans ses jambes ».

Pour tenter d'éclipser la tristesse d'Amélie, elle choisit soigneusement ses mots.

— Connais-tu la maxime qui dit « Débrouille-toi pour cacher ta mauvaise humeur, personne n'en veut » ?

Durant un instant, l'enfant resta sans réaction, la mine contrite. Puis un sourire l'illumina.

— C'est rigolo ! s'exclama-t-elle. Ah ah ! Personne n'en veut ! Oui, c'est vrai, ça !

Elle réfléchit avant d'enchaîner :

— Tu crois que mon papa sera de mauvaise humeur contre moi ?

— Je suis certaine que non, affirma-t-elle avec calme et conviction.

Après les accès de rage capricieuse d'une mère, Amélie n'avait vraiment pas besoin d'un père mal disposé envers elle. Ce qu'il fallait avant tout à cette enfant, c'était de l'amour, de la chaleur, de quoi se sentir en confiance. Tout ce dont elle-même avait si cruellement manqué…

Posant résolument le cahier sur la table, elle invita l'enfant à la suivre pour déjeuner dehors, sur la merveilleuse terrasse avec vue sur le parc. La tendresse qu'elle éprouvait pour Amélie lui emplit le cœur tandis qu'elle la regardait avaler de bon appétit une salade de poulet au maïs. Peut-être parce qu'elle se retrouvait en elle. Elles avaient tant en commun… À commencer par une enfance solitaire. Mais il était temps d'y remédier, pour Amélie : il n'était pas trop tard. Son père lui manquait, elle le réclamait à sa façon… Viendrait-il bientôt, comme le promettait la gouvernante ?

Jenna commençait à en douter.

2

Evandro jeta un coup d'œil par le hublot, impatient d'atterrir et de quitter le jet. Son agenda surchargé l'avait conduit à sillonner l'Europe en tous sens pour valider de nouveaux projets audacieux – et renoncer à des investissements hasardeux. Des choix complexes, requérant toute sa concentration et de solides recherches pour étayer toute décision définitive. Il s'agissait de programmes expérimentaux très novateurs applicables à de nombreuses industries, à commencer par le secteur phare du groupe, l'automobile, qui faisait encore aujourd'hui la renommée de la firme.

Afin de réduire trois mois de rendez-vous et de réunions à trois semaines, il s'était imposé une discipline insensée, travaillant quatorze heures par jour, ne dormant que cinq heures par nuit. Il se sentait fatigué, certes, énervé, sans doute ; mais satisfait d'avoir relevé le défi avec succès. Ainsi, il allait enfin pouvoir profiter un peu de sa petite fille. Passer du temps avec celle à qui il voulait offrir une vie meilleure, maintenant qu'il avait réussi à l'arracher aux griffes égoïstes de sa mère.

Pourtant, une appréhension ne le quittait plus depuis la conclusion du divorce. Une sorte de nervosité qui virait parfois à la mélancolie, voire au découragement... Une ombre menaçante. De toute son âme, il voulait construire une relation de confiance avec Amélie, alors qu'il doutait d'en être capable. Encore les effets du poison de Bérénice. Oui, même après tout ce temps... Cette femme sans cœur détruisait tout ce qu'il y avait de positif chez les autres. Si quelqu'un était heureux dans son entourage, il fallait qu'elle détruise ce bonheur. Rien, elle ne lui avait rien épargné, y compris lorsqu'il était devenu papa : elle ricanait en le voyant serrer tendrement contre lui le nourrisson à la clinique. Elle lui répétait qu'il ne serait jamais un bon père, puisqu'il n'était même pas capable d'être un mari convenable...

Irrité par le tour que prenaient ses pensées, il les congédia. Assez de cette constante menace qui le suivait comme un fantôme, jour et nuit ! N'avait-il pas obtenu ce qu'il voulait ?

— Est-ce que vous vous rendez compte des conséquences de cette clause ? avait lentement articulé son propre avocat.

— Elle n'aura jamais de conséquences dans la réalité, avait-il répondu en haussant les épaules. Je sors de dix ans d'enfer conjugal, maître. Alors je vous assure que cette clause ne me fait vraiment pas peur ! La seule chose qui compte pour moi, désormais, c'est Amélie. Elle est ma priorité.

Une priorité qu'il allait retrouver dès la fin de la journée, après un passage obligé au bureau et à son appartement de Turin. Ensuite, l'autoroute... et le vieux *palazzo* familial où l'attendait sa fille chérie.

Jenna lança un coup d'œil inquiet vers le ciel, encore obscurci par l'averse de l'après-midi, alors que le crépuscule ne tarderait pas à tomber. Ce n'était probablement pas l'idéal pour une promenade, mais elle avait trop envie de se dégourdir les jambes et de savourer tous les parfums réveillés par la pluie, dans le parc et à l'orée de la forêt. Le début de la soirée représentait sa seule vraie plage de liberté à l'extérieur : Maria et Loretta, les deux domestiques chargées d'Amélie, lui donnaient son bain avant de la faire dîner « avec les grands ». L'heure de sa traditionnelle conversation avec la gouvernante viendrait ensuite, comme celle de se plonger avec bonheur dans les romans victoriens de sa bibliothèque.

Elle avait la chance de jouir d'un appartement rien que pour elle, dans l'aile ouest de la propriété. Dans sa chambre, qui donnait sur la roseraie, son lit pouvait sans difficulté rivaliser de confort avec ceux des plus grands palaces. La salle de bains était petite mais munie d'une cabine à jets de vapeur et d'une baignoire ancienne à serres d'aigle où Jenna avait l'impression d'être une princesse, quand elle y prenait un bain moussant. Enfin, elle avait droit à un salon meublé, entre autres, d'une magnifique bibliothèque ancienne chargée des titres les plus passionnants dans tous les domaines, d'un bureau de ministre et d'un canapé moelleux, juste en face d'un écran géant branché sur toutes les plates-formes. Cette pièce donnait sur la salle de classe, qui jouxtait elle-même la salle de jeux d'Amélie – puis sa chambre et son dressing. Cette proximité aidait beaucoup Jenna à construire un lien d'amitié entre la fillette et elle. Le soir, elle aimait la rejoindre sous son baldaquin rose et lui lire une histoire, ou l'écouter lui en raconter une.

Pour l'heure, elle avait assez envie de rejoindre un petit sentier qu'elle avait aperçu plusieurs fois, depuis la fenêtre de sa chambre. Une ravissante promenade qui serpentait sur une colline, mais, comme il n'était pas question de s'engager dans une randonnée de plusieurs heures, elle décida de sortir du domaine pour un petit repérage sur les panneaux forestiers qui bordaient le parc régional. La route menant à la propriété était fort peu empruntée mais située non loin d'une bretelle desservant l'axe nord-sud, aussi, dès qu'elle franchit la grille, elle s'apprêta à traverser avec la plus grande prudence. Elle n'avait pas parcouru plus de cent mètres quand elle découvrit, en plein virage et au beau milieu de la chaussée, un amas de grosses pierres.

Elle tourna les yeux vers le relief montagneux qui bordait la route, en montée. La forte averse tombée après plusieurs semaines de sécheresse devait être la cause de cet éboulement. Un éboulement fort mal placé : impossible à anticiper, à cause du virage… Bon sang, si un automobiliste passait par ici avant que les autorités ne soient venues déblayer le passage, l'accident était garanti !

Sortant son mobile de sa poche, elle voulut aussitôt avertir le poste des *carabinieri* le plus proche, mais elle n'avait pas enregistré ce numéro d'urgence. Or, dans cette zone rurale, pas question d'espérer effectuer une recherche wi-fi.

Tant pis. Elle appellerait dès son retour au *palazzo*, pensa-t-elle, poursuivant son chemin, étonnée par la vitesse à laquelle le jour déclinait. Soudain, deux phares apparurent devant elle. Sans hésiter, elle se posta au milieu de la route et fit de grands moulinets des bras pour contraindre le conducteur du véhicule à ralentir. Mais il s'agissait d'une sorte de petit bolide de course, et il allait si vite, si vite... Il y eut le long coup de klaxon qu'elle ignora. Puis le crissement des pneus sur l'asphalte lui déchira les tympans. Éblouie par les phares, elle resta interdite, comme pétrifiée. Elle entendit un claquement de portière, puis une voix masculine hurla d'un ton scandalisé :

— *Idiota !*

Après une bordée de jurons, l'homme enchaîna, furieux :

— Qu'est-ce que vous fabriquez en plein milieu de la route ? Vous vous rendez compte que j'aurais pu vous tuer ? !

Une fois planté devant elle, les mains sur les hanches, il tamisait assez la lumière pour qu'elle commence à discerner sa haute silhouette d'athlète. Costume anthracite au tomber parfait, cravate en soie sur chemise blanche, chaussures de luxe impeccablement cirées. Malgré le contre-jour, elle devina la ligne droite et racée de son menton, son front haut et son teint méditerranéen. Il était immense, beau et d'une élégance telle que... cela ne faisait aucun doute.

C'était Evandro Rocceforte.

Le cœur de Jenna se contracta longuement dans sa poitrine avant d'accepter de se remettre à battre.

Lentement, elle déglutit et s'efforça de recouvrer ses esprits pour répondre :

— *Mi dispiace*. Mais il fallait bien que je vous arrête !

Elle désigna l'éboulement, désormais parfaitement visible, un peu plus haut, dans le scintillement des phares.

— Vous voyez ce qui aurait pu se passer ?

Bizarrement, le visage de son interlocuteur resta de marbre. Elle s'attendait à le voir pâlir, et à ce qu'il se confonde en excuses... Au lieu de quoi il fit quelques pas pour aller constater les dégâts.

— Eh bien, lâcha-t-il une fois parvenu devant le gros tas de rocs. Quel désastre.

Sans autre commentaire, il prit son smartphone, et elle l'entendit demander le déblaiement de la route à Alfredo, le chef des services du *palazzo*. Oui, bien sûr, Alfredo ! Pourquoi n'y avait-elle pas pensé elle-même ?

— Au demeurant, puis-je savoir qui vous êtes ?

Jenna sursauta. L'homme la fixait avec insistance. La teinte gris-bleu de ses yeux l'hypnotisa autant que la mèche de cheveux châtains qui tombait, rebelle, sur son front lisse. Il avait une bouche épaisse et ourlée, et irradiait de séduction, malgré son expression courroucée. Une illumination soudaine parut détendre ses traits crispés, et il fit claquer ses doigts.

— Bien sûr ! L'institutrice anglaise. Cela m'était sorti de l'esprit !

Il sourit et ajouta d'un ton amusé :

— On vous prendrait plus volontiers pour une petite nymphe des bois ayant attendu le crépuscule pour partir crapahuter dans les arbres… Allons, venez. Je vous ramène. La route sera dégagée demain matin et, en attendant, mon agent chef va poser un panneau avant le virage.

Il s'agissait moins d'une invitation que d'un ordre. La respiration encore courte, et ne sachant que penser des réactions de cet homme, Jenna alla s'installer dans l'habitacle.

Ainsi, c'était le père d'Amélie.

Il la traitait d'idiote, lui criait dessus et lançait à tous ses directives, ce qui relevait sans doute du folklore typique d'un capitaine d'industrie d'envergure internationale, mais… Elle avait perçu autre chose. Une note d'humour, lorsqu'il l'avait traitée de « petite nymphe des bois ». La marque d'une imagination féconde… Comme celle de sa fille.

Dans le fauteuil de luxe de cet engin voué à tous les prodiges de la vitesse, elle se recroquevilla sans oser tourner la tête vers lui. Pour son soulagement, son chauffeur termina le trajet à l'allure autorisée. Néanmoins, Jenna ne se sentit tout à fait à son aise que lorsqu'ils eurent traversé le parc pour s'arrêter devant la haute et impériale façade du bâtiment central, son porche en pierre et ses vases Médicis.

Evandro Rocceforte ne lui prêtant plus attention et s'occupant de décharger ses bagages, elle fila. À peine eut-elle franchi le seuil du vaste hall qu'elle frémit. Une électricité palpable chargeait les lieux. Toute la maisonnée vibrait d'une atmosphère de ruche

– comme si l'arrivée du maître avait provoqué un vent de panique chez le personnel. C'en était presque comique. La gouvernante lui glissa hâtivement que, ce soir, Amélie dînerait seule avec son père. Ravie pour la petite, Jenna hocha la tête et, sans demander son reste, rejoignit volontiers ses quartiers.

Dès qu'elle fut parvenue dans la pièce principale de sa suite, elle ouvrit la fenêtre, s'y accouda, ferma les yeux et savoura l'air frais chargé des effluves fleuris du parc. La nuit était tombée, maintenant, et les hululements d'un hibou résonnaient depuis la forêt. Déjà, cigales et grillons entamaient leur concerto nocturne.

C'était le paradis. Elle avait besoin de cette plage de poésie et de paix, après sa rencontre explosive avec son employeur. Le souvenir de sa voix furibonde faisait encore courir un frisson glacé à la surface de sa peau. Seigneur, elle avait seulement voulu lui épargner un accident ! Si elle avait imaginé être ainsi remerciée… Jenna fronça les sourcils et releva le menton. Ah non. Pas de culpabilité inversée ! Non seulement elle n'avait rien fait de mal, mais elle pouvait être fière de son réflexe. Grâce à elle, il était entier. En ce moment, lui, son beau costume et son horrible petite voiture de m'as-tu-vu seraient réduits en bouillie, si elle n'avait pas été une « idiote en plein milieu de la route » !

Elle entendit une femme de chambre trotter dans un couloir, et réprima un sourire, en se rappelant d'abord l'avertissement de la *signora* Farrafacci à propos de son maître et de ses exigences, puis son visage rouge de joie et d'affolement, quand elle l'avait croisé. Presque l'attitude d'une adolescente amoureuse d'une star.

Malgré elle, elle sentit son amusement s'effriter et frémit encore. Elle avait eu peur, en le voyant surgir face à elle, tel un boulet de canon. Sa carrure imposante et la puissante aura qu'il dégageait, puis ce trait d'humour inattendu… Il l'avait déstabilisée. Ah, elle ne voulait plus y penser, décida-t-elle en ouvrant la porte de sa suite pour appeler la domestique, et la prier de lui porter un sandwich et un verre de lait en guise de dîner. La gouvernante lui serait reconnaissante de lui épargner de lui dresser la table, un soir comme celui-là, songea-t-elle, et à la vérité elle n'était pas contre la perspective d'une soirée tranquille, pour une fois, dans sa suite si confortable.

Le message transmis, elle passa dans la salle d'eau pour se faire couler un bon bain. Il était si rare qu'elle profite d'un tel luxe ! À Londres, elle n'avait qu'une toute petite cabine de douche, et jamais un instant de répit.

Mais elle était en Italie, dans le plus beau domaine qu'elle ait jamais vu, et elle avait la chance de pouvoir s'octroyer un merveilleux moment de détente. Avec un soupir d'aise, elle s'allongea dans l'immense baignoire romantique pleine d'une mousse crémeuse et parfumée à la lavande.

Comme une vraie princesse... Et non comme une « petite nymphe des bois ». Quelle étrange image ! Qu'avait-il voulu dire, au juste ? S'agissait-il d'une remarque désobligeante sur sa taille ? Elle était menue, oui, mais pas si petite que cela... C'était lui qui, du haut de son mètre quatre-vingt-cinq ou dix, sortait de la moyenne.

Mais, à la réflexion, une nymphe n'était-elle pas toujours une créature ravissante ? Dotée de pouvoirs magiques ? Elle n'en était pas sûre. Quoi qu'il en soit, le descriptif ne lui correspondait pas.

Elle avait un physique passe-partout : ni grande ni petite, elle avait des yeux noisette et des cheveux châtains mi-longs, le plus souvent remontés en chignon lâche. Taille fine, formes peu marquées, visage ordinaire : elle n'avait guère attiré l'œil des garçons durant l'adolescence. Depuis toujours, elle ne portait que des vêtements simples et confortables. À force de passer inaperçue, elle s'était habituée à la solitude. Même les amitiés qu'elle avait nouées à l'université n'avaient pas franchi le seuil de l'intimité : Jenna était fondamentalement réservée – et à l'écart. Elle avait perdu de vue les camarades du temps des études, et ses relations avec ses collègues, à l'école, étaient restreintes au cadre professionnel.

Alors non. Pas une seule fois quelqu'un ne l'avait trouvée *ravissante*. Elle n'avait pas de pouvoirs magiques. Pas de vie mouvementée à « crapahuter dans les arbres » d'une forêt enchantée. Pas d'aventures rocambolesques.

D'où diable lui était venue cette idée ?

La plupart du temps, les nymphes étaient représentées à demi nues, à l'entrée ou au sortir d'un bain. Eh bien, à cet égard, l'analogie tombait juste ! En s'enfonçant dans l'eau chaude et caressante, Jenna ferma les yeux, savourant la volupté de sa position, l'atmosphère vaporeuse saturée de chaleur, le scintillement des ravissantes appliques en pâte de verre sur la faïence délicate des murs. Une exquise langueur s'empara d'elle. Elle posa un regard distrait sur ses jambes nues, que le soleil piémontais avait dorées. Sous l'eau, ses seins paraissaient plus généreux. En fermant les yeux, elle se rappela les contours du visage de son employeur – un visage sculptural, semblable à celui de certains dieux romains en bronze qu'elle avait contemplés dans les musées. Impossible de ne pas deviner, sous ses vêtements impeccablement coupés, un corps svelte et musclé. Peut-être un torse comme celui de...

Brutalement, elle rouvrit les yeux et se redressa, sa longue chevelure trempée soudain lourde sur ses épaules. Que lui arrivait-il ? C'était la première fois de sa vie que...

Elle avait les joues brûlantes – oui, bien sûr, c'était le bain qui était trop chaud ! Agacée, elle se hâta de se savonner et de se laver les cheveux. La main crispée sur le manche de la douche, elle se rinça à l'eau la plus froide qu'elle put supporter avant de sortir de la baignoire et de la vider en toute hâte, comme pour faire fuir dans le même tourbillon que la mousse parfumée les étranges visions qui venaient de lui traverser la tête.

Son corps tremblait encore des sensations qui les accompagnaient et, au comble de l'embarras, elle se drapa dans le luxueux peignoir de bain mis à sa disposition. Puis, après s'être séché les cheveux, elle enfila son pyjama en coton et passa dans le salon. Loretta y avait déjà déposé son plateau-repas. Jenna n'avait pas faim, mais elle resta bouche bée devant le contenu du plateau. Verrine de risotto, grande assiette de *prosciutto e melone*, et ramequin de *panna cotta* accompagné d'une belle grappe de raisins ! Devant ces merveilles, elle sentit son cœur fondre de gratitude pour le cuisinier, la gouvernante, Loretta – et toute l'Italie !

Dix minutes plus tard, lovée au fond de son canapé, elle dégustait ces délices devant les nouvelles, sur la chaîne britannique. Ensuite, elle relirait son cahier de suivi et le compléterait de ses remarques de la journée, pour le cas où son employeur voudrait le lire le lendemain.

Son *em-ploy-eur*, se répéta-t-elle lentement, détachant chaque syllabe, en saisissant la télécommande avec autorité.

3

Sur la grande terrasse du bâtiment central qui dominait le parc, Evandro contemplait le ciel nocturne, les mains au fond de ses poches. Entre quelques nuages légers qui glissaient, la lune affichait sa fière plénitude. Elle était belle. Étincelante. Mais les pouvoirs attribués à l'astre de la nuit étaient un leurre, pensa-t-il. Exactement comme l'innocence de Bérénice en robe blanche, le jour de leur mariage.

Il réprima un soupir agacé. Pourquoi associait-il la splendeur unique de la lune au souvenir de ses noces ? Cette satanée robe, se rappela-t-il avec amertume, avait coûté une somme extravagante. Toute la cérémonie, à vrai dire – un pont d'or, un carnaval de luxe indécent qui, au lieu de célébrer l'engagement de deux âmes, n'avait inauguré qu'illusions et fausseté.

Plusieurs couvertures de magazine avaient fait honneur aux rivières de diamants et à la tenue de la jeune mariée, rivalisant d'adjectifs pompeux pour décrire sa flamboyance.

Et lui ? Comment avait-il pu se montrer si stupide ?

Sa mâchoire se contracta. Tant de naïveté, tant de sottise et d'aveuglement… Il était seul responsable de s'être laissé mener en bateau par les belles paroles de cette femme, par l'enthousiasme de son père. Il entendait encore le pauvre homme lui répéter que Bérénice avait tout pour elle, que non seulement sa beauté aurait rendu tous les princes de la planète fous de jalousie mais aussi que, grâce à cette alliance, le groupe Rocceforte allait rattacher à son empire Trans-Montane, le groupe français du père de Bérénice.

Oui, sur le papier, l'union semblait idéale. Parfaite.

Elle avait pourtant tourné à l'enfer.

Seule Amélie sauvait le tableau, changeant le jour sous lequel il regardait les dix dernières années de sa vie. Sombrement, il se rappela leurs retrouvailles en début de soirée. Comme la première fois qu'il l'avait revue, trois semaines plus tôt, sur le tarmac de Turin, lorsque sa mère l'avait envoyée vers sa nouvelle vie depuis Nice, sa fille s'était montrée timide et nerveuse, fuyant son regard. Mais cela changerait : il allait lui donner du temps. Se consacrer à elle. Quant à la jeune femme qu'il avait recrutée pour l'été comme institutrice particulière... Il fouilla sa mémoire pour se remémorer son visage. C'était à peine s'il s'en souvenait. Il ne voyait qu'une frêle silhouette surgissant devant ses phares et ondulant des bras – oui, une sorte de nymphe. Quelle frousse elle lui avait flanquée ! Heureusement qu'il avait d'excellents réflexes. Pour la première fois depuis l'incident, il se demanda si son comportement était complètement inconsidéré ou... d'un rare courage.

Peut-être les deux ?

Jenna descendit l'escalier de marbre menant au grand hall, chargée des cahiers d'Amélie et d'un carton à dessin rempli de ses dernières créations. L'heure était venue de livrer le rapport sur les progrès de son élève, et elle frappa doucement à la porte de la bibliothèque avant d'entrer.

La fillette était restée dans la salle de classe avec des exercices de vocabulaire, et Jenna ne savait toujours pas comment interpréter l'étrange humeur d'Amélie depuis le début de la matinée. On aurait dit que l'enfant se tenait sur ses gardes.

Au fond, elle la comprenait. Elle-même éprouvait une certaine nervosité depuis l'arrivée de son père, la veille au soir, un trouble qui ne la quittait pas, tandis qu'elle passait devant la cheminée monumentale et les antiques étagères de chêne couvrant tous les murs de la pièce – qui servait de bureau personnel au maître de maison lorsqu'il était ici, mais où chacun pouvait venir emprunter un livre le reste du temps. Au fond, derrière une immense porte-fenêtre donnant sur la terrasse principale, son employeur était assis à sa table de travail, plusieurs dossiers ouverts à côté de son ordinateur.

À peine l'eut-elle aperçu qu'elle éprouva le même malaise inexplicable que lors de leur première rencontre. Comme des crampes d'estomac, accompagnées d'un curieux vertige, et la sensation d'avoir la tête vide.

Mais elle n'avait pas le droit de lui permettre de l'impressionner ainsi. Elle était ici pour lui parler d'Amélie et, quand il l'invita d'un geste distrait à s'installer face à lui, elle s'efforça d'ignorer le nœud qui lui bloquait la gorge. Elle n'avait jamais côtoyé d'hommes d'affaires, encore moins le grand patron d'un groupe international : alors, à sa place, n'importe qui se serait également senti un peu intimidé, n'est-ce pas ?

Elle concentra toute son attention sur lui, maintenant qu'elle avait l'occasion de le voir en pleine lumière. Teint de bronze, pommettes aristocratiques, menton carré et lèvres sensuelles… Le charisme insensé qu'il irradiait la frappa aussi nettement que la veille. Pourtant, elle observa aussi qu'il avait les yeux cernés, et qu'une ligne nette barrait son grand front… Des plis très fins apparaissaient également aux coins de sa bouche. L'inquiétude avait ridé ce visage pourtant si jeune et, de façon générale, même s'il dégageait force et superbe, elle percevait chez lui un spleen. Un tourment. Qu'est-ce qu'un milliardaire comme lui avait pu endurer ?

— Eh bien, mademoiselle Ayrton, je vous écoute, déclara-t-il de but en blanc. Comment ces premières semaines se sont-elles déroulées ? Soyez aussi concise que possible, s'il vous plaît.

Jenna déposa doucement son chargement sur le bureau, loin de ses papiers, et livra un compte rendu aussi sobre que précis du niveau d'Amélie, avant de décrire sa stratégie : la concentration de ses efforts sur l'acquisition de la lecture et de la compréhension, du calcul élémentaire et, ici et là, quelques éléments de géographie, d'histoire et de sciences.

Elle était en train d'expliquer pourquoi la maîtrise de trois langues avait permis le développement particulier de certaines facultés chez la petite quand son employeur leva une main autoritaire pour l'interrompre.

— Merci, cela suffit. Montrez-moi ses cahiers d'exercices.

Docile, Jenna lui tendit ce qu'il demandait.

Il parcourut les pages en fronçant les sourcils et reposa le tout sans avoir formulé un seul commentaire.

— Amélie fait de réels progrès, déclara Jenna. Dans la mesure où elle n'a jamais connu la discipline d'une école, pas même celle d'une garderie, l'étape la plus difficile pour elle consiste à s'y acclimater. Mais après tout c'est vrai de tous les enfants, qui aiment toujours mieux jouer que travailler.

— Oh ! il n'y a pas que les enfants, répliqua-t-il, sarcastique.

Il y avait une note acide dans sa réplique. Toutefois, c'était peut-être sa façon de faire de l'humour ? Sans oser sourire, Jenna poursuivit.

— La routine et la stabilité sont essentielles pour les enfants à tous points de vue, y compris pour développer leurs facultés d'attention, de concentration. Or, j'ai cru comprendre qu'Amélie en avait manqué jusqu'à présent.

À ces mots, le visage de son interlocuteur se rembrunit.

— Elle a été traînée toute sa vie d'une suite cinq étoiles à une autre, aux quatre coins de l'Europe et des États-Unis : je considère comme un vrai miracle qu'elle ait acquis quelques rudiments de lecture.

Jenna retint un frémissement. Il venait de parler d'une voix glaciale et furieuse, comme lorsqu'il l'avait traitée d'idiote.

Elle préféra ne rien répondre. Elle n'avait pas à commenter le divorce des parents d'Amélie, et elle avait suffisamment acquis d'expérience, lors des réunions parents-professeurs, pour ne pas encourager un père aigri ou une mère exaspérée à éventer rageusement ses griefs vis-à-vis de son ex. Pour un enfant, il n'y avait pas de pire cauchemar qu'une guerre ouverte entre ses parents.

Comme s'il regrettait son mouvement d'humeur, Evandro reprit d'un ton plus enjoué :

— Y a-t-il autre chose que je doive savoir ? Elle a des faiblesses particulières ? Des dons à explorer ?

— Oui, bien sûr ! Même si elle ne manifeste aucun goût pour

les mathématiques, je suis certaine d'arriver à lui faire maîtriser l'addition et la soustraction d'ici la fin de l'été. Et, en dehors de ses talents linguistiques, je la trouve très douée en dessin, et probablement dans les matières artistiques en général.

Ravie de montrer les prouesses de son élève, elle sortit plusieurs planches du carton à dessin.

— Regardez comme elle a le sens des couleurs et de la composition ! À son âge, peu d'enfants ont une approche aussi globale ! Oh ! bien sûr, la technique viendra petit à petit. Et, sur celui-ci, vous voyez combien elle s'est montrée ingénieuse ?

Enthousiaste, elle se mit à vanter l'ambition d'Amélie, qui n'hésitait pas à donner trois tours et un pont-levis à un château, ou à concevoir un « troupeau » de licornes volantes pour tirer un carrosse de princesses.

— On voit combien elle se donne du mal, enchaîna-t-elle avec fierté, et la richesse de son imaginaire ! Elle ne va pas vers la facilité, elle veut représenter exactement ce qu'elle a en tête. Il est indispensable d'encourager sans cesse un tel talent et un tel appétit de création !

Relevant la tête vers lui, Jenna ne permit pas à son visage de marbre de ternir sa ferveur. Elle était sûre d'elle : tout enfant pouvait accomplir des prodiges si on croyait en lui, et à six ans Amélie prouvait par ses dessins qu'elle possédait déjà un talent bien à elle. Il aurait dû en rougir de fierté !

Or il restait indifférent...

Comme son propre père, songea-t-elle avec dépit. Non. Ce n'était pas possible. Elle ne voulait pas cela pour Amélie. Elle ne le permettrait pas !

— Il est vital, énonça-t-elle avec force, il est *essentiel* pour un enfant d'être encouragé, soutenu !

Elle se rendit compte elle-même que la passion et la véhémence qu'elle insufflait à son discours lui venaient de sa propre enfance... des critiques méprisantes et du désintérêt absolu de son père. Et elle s'aperçut aussi que son employeur la scrutait attentivement. Avec insistance. Non comme un patron qui s'assure d'avoir recruté la bonne personne au bon poste, non... D'une façon plus *personnelle*.

Cependant, à peine eut-elle éprouvé cette impression que celle-ci s'évanouit.

Evandro Rocceforte s'enfonça dans son immense fauteuil de direction en cuir – la seule pièce de mobilier contemporain de la bibliothèque, et pourtant très bien intégrée au décor, aux rayonnages de livres reliés comme au superbe bureau en bois de rose.

— Eh bien, je vous remercie de votre éclairage, déclara-t-il en hochant la tête. Continuez sur la même voie, mais...

Il observa une pause avant d'ajouter :

— Attendez-vous à ce que j'interrompe souvent sans préavis vos leçons. Elles ne seront plus la priorité tant que je séjournerai ici : le plus important pour moi, c'est de passer du temps avec Amélie. Vous avez des questions ? Sinon, vous pouvez rejoindre votre élève.

Silencieuse, Jenna se leva et reprit la pile de cahiers et le carton à dessin. Elle avait envie d'adresser encore un message essentiel à son employeur, de défendre l'intérêt de la fillette qui lui inspirait tant de tendresse, et elle rassembla son courage pour conclure :

— Oui. Bien que ce ne soit pas mon rôle de vous le dire, je suis d'accord avec vous : la priorité pour Amélie, ce ne sont pas les leçons. Étant donné tout le temps qu'elle a passé loin de vous, il est urgent qu'elle partage des moments privilégiés avec son père et...

— Vous avez raison, mademoiselle Ayrton, coupa-t-il brutalement en la dévisageant d'un air sévère. Ce n'est pas votre rôle.

Exactement comme la veille, lorsque la voiture pilait à quelques mètres d'elle au beau milieu de la chaussée, Jenna fut soudain pétrifiée. Toutefois, elle retrouva rapidement ses esprits – et sa fierté. Seul l'intérêt d'Amélie lui tenait à cœur, et elle n'avait pas à rougir de ses paroles. Cette petite lui rappelait trop sa propre enfance, le moment où elle avait été forcée de partir vivre avec son père, qui n'était pour elle qu'un étranger.

Relevant le menton, elle asséna sèchement :

— Mon rôle, monsieur Rocceforte, en tant qu'institutrice de votre fille, est de m'inquiéter de son équilibre. C'est à elle, et seulement à elle, que vont ma loyauté et ma responsabilité. C'est une enfant déstabilisée, une enfant du divorce, et, quand bien même elle n'a matériellement manqué de rien, elle a été privée de ce dont elle a le plus besoin : la constance, la sécurité et par-dessus tout la certitude réconfortante de se savoir désirée, estimée et aimée.

Sans se laisser impressionner par le silence de plomb qui suivit cette tirade, elle insista :

— Aimée d'abord, envers et contre tout.

Sur ces mots, elle tourna les talons, indifférente à ce que pensait son arrogant employeur de son audace. Satisfaite d'avoir fait ce qu'elle avait à faire, elle quitta la pièce, le laissant seul.

Dès que la porte se referma, Evandro fixa le siège où la jeune femme se tenait assise un instant plus tôt. Si un commissaire avait surgi dans la pièce pour lui demander à quoi ressemblait l'institutrice de sa fille, comment elle était habillée ou coiffée, si elle était grande ou petite, quelle était la couleur de ses yeux, il aurait été incapable de répondre. En revanche, il aurait pu répéter mot pour mot ce qu'elle lui avait dit. « Désirée, estimée et aimée ». La formule magique rebondissait dans sa tête au gré d'un écho infernal. La bataille sans merci qu'il avait livrée afin d'obtenir la garde de sa fille attestait, son avocat pouvait s'en porter garant, que les deux premiers volets du triptyque étaient acquis à Amélie. Mais le troisième ?

Depuis dix ans, il se sentait hors du monde. Loin de tout, étranger à lui-même. La cruauté de cette union, de cet effroyable échec, l'avait dévasté. Il n'était pas certain de posséder encore un cœur – un cœur en état de fonctionner. L'ombre qui le suivait, la mélancolie qui l'engloutissait lorsqu'il n'était pas en train de travailler, signifiaient probablement qu'il n'était plus tout à fait humain...

Furieux, il se leva d'un bond et ouvrit la porte-fenêtre. Il avait besoin d'air.

Jenna et Amélie déjeunèrent de leur côté, mais le repas leur fut servi en salle de classe et non sur la terrasse, trop proche de la bibliothèque : elles n'étaient probablement pas censées déranger le maître de maison.

La fillette restait d'humeur songeuse, et Jenna considéra qu'une distraction serait bienvenue. Pour elle aussi, d'ailleurs, car la confrontation tendue avec Evandro Rocceforte et les dernières paroles qu'elle avait prononcées avant de s'offrir une sortie théâtrale résonnaient encore dans sa mémoire. Oh ! elle ne nourrissait aucun regret, bien au contraire. S'il s'était offusqué de son discours, tant pis pour lui car elle n'en retranchait pas une virgule.

Amélie méritait un père responsable… et une institutrice attentive.

— Tu sais ce que nous allons faire cet après-midi ? proposa-t-elle gaiement. Une promenade d'observation de la nature !

Le visage de l'enfant s'illumina, et Jenna lui prit la main pour l'emmener dehors. Tandis qu'elles traversaient le patio pour gagner le parc, Jenna renchérit :

— Tu sais, là où j'enseigne, à Londres, il n'y a ni forêt ni animaux sauvages. Alors pense à la chance que nous avons, de pouvoir profiter de ces jardins magnifiques et de la campagne environnante !

— Je me réjouis qu'ils soient à votre goût.

Surprise, Jenna se retourna vivement. Evandro avançait dans leur direction à grandes enjambées.

— Je vous ai vues sortir, toutes les deux, depuis la fenêtre, expliqua-t-il. Où allez-vous ?

La petite main d'Amélie était solidement arrimée à la sienne. Le ton suspicieux de son hôte l'irrita, mais elle n'en montra rien et répondit, placide :

— Oh ! juste faire une promenade de découverte de la nature. Dans le parc.

— Quelle bonne idée. Puis-je me joindre à vous ?

Jenna écarquilla les yeux. La voix du milliardaire avait changé. Parce qu'il s'adressait à sa fille, comprit-elle. Il souriait.

— Qu'est-ce que tu en penses, Amélie ? reprit-il. Moi, je crois que Mlle Jenna pourrait m'apprendre des choses aussi bien qu'à toi. Par exemple, je ne sais rien, vraiment rien, à propos du mode de vie des limaces.

Elle baissa discrètement les yeux vers la fillette, qui serrait toujours très fort sa main dans la sienne. Amélie ne connaissait pas son père. Il avait raison de faire un pas vers elle de cette façon, mais il n'y avait rien d'étonnant à ce que la timidité de l'enfant redouble.

— Je n'aime pas les limaces ! rétorqua-t-elle, sur la défensive.

— Cela n'a pas d'importance, répondit son père d'un ton neutre. Elles s'aiment entre elles. Alors il y aura beaucoup de bébés limaces au printemps prochain.

— Les limaces sont hermaphrodites, dit Jenna. Comme les escargots.

Le mot nouveau piqua la curiosité d'Amélie.

— Qu'est-ce que c'est, hermaphrodite ?

— Eh bien, chaque limace est à la fois un garçon et une fille. Ce qui signifie que n'importe quelle limace peut devenir le papa ou la maman d'un bébé limace.

Amélie fit la grimace avant d'éclater de rire.

— Berk ! Moi, je ne voudrais pas être un garçon !

— Je n'aurais pas voulu avoir un bébé limace, déclara Evandro. Alors que toi tu es parfaite comme tu es. Tu sais, je suis très heureux que tu sois venue vivre ici… Avec moi.

L'accent de sincérité dans sa voix était évident. Jenna en eut le cœur chaviré. C'était exactement ce que l'enfant avait besoin d'entendre.

— Et maintenant, où allons-nous ? demanda-t-il.

— Je pensais que nous pourrions visiter la roseraie pour observer la façon dont les insectes butinent les fleurs, et comprendre ce qui aide les roses à pousser…

Cette promenade à trois était une excellente idée : le partage des activités amènerait Amélie et son père à se rapprocher de façon spontanée.

L'après-midi était chaud. Le soleil tapait depuis un ciel au bleu insolent, et Jenna comprit que leur leçon ne pourrait pas durer plus d'une heure. Amélie et elle portaient des robes d'été, mais son employeur était en costume – un superbe costume trois pièces qui lui allait comme un gant, et dont la couleur gris clair était parfaitement assortie à celle de ses yeux.

— Et maintenant, lança-t-elle dès qu'ils furent parvenus à destination, voyons si nous trouvons une abeille… Tu n'as pas oublié à quoi on reconnaît une abeille, Amélie ?

Elle s'accroupit devant un pied de rosier, invitant son élève à l'imiter.

— « Elles sont noires et jaunes, et leur abdomen est extensible », récita la petite.

Jenna sourit.

— Bravo !

— J'en vois une, ici, avertit Evandro.

Amélie se précipita vers son père, qui désignait une rose cramoisie, presque noire, dans laquelle s'activait en effet une abeille.

Il s'agenouilla par terre, jucha l'enfant sur sa cuisse et l'aida à suivre chaque mouvement de la petite ouvrière. Fascinée, Jenna regarda la fillette passer son bras autour du cou de son père. En quelques minutes, il l'avait apprivoisée.

Fascinée par ce spectacle, elle prit le temps d'exposer chaque étape de la fabrication du miel, et ils passèrent tous trois un long moment à déambuler entre les rosiers.

Ce fut l'occasion, pour Evandro, de raconter comment sa grand-mère avait créé la roseraie. De fil en aiguille, à mesure qu'ils poursuivaient leur promenade, il livra un historique succinct du domaine, insistant sur les touches personnelles ajoutées par les différents membres de la famille Rocceforte.

Lorsqu'ils parvinrent au milieu du parc, il prit l'enfant dans ses bras et montra du doigt la grande fontaine de pierre qui trônait dans le bassin circulaire, où ne scintillaient que quelques flaques.

— Quand j'étais petit, il n'y avait pas de piscine, confia-t-il. Alors, quand il faisait aussi chaud qu'aujourd'hui, j'allais sous le jet de la fontaine. Il monte encore plus haut que la colline.

— C'est vrai ? répondit Amélie, des étoiles plein les yeux.

— Mais oui ! Tu pourras le vérifier toi-même. Je vais la faire réactiver cette semaine.

Pour la plus grande satisfaction de Jenna, il exposa à sa fille les mécanismes à l'œuvre dans le fonctionnement des fontaines. À l'évidence, le sujet le passionnait. Cela deviendrait peut-être un jour un excellent moyen de réconcilier Amélie avec les mathématiques, mais pour l'heure elle était trop petite, et Jenna doutait qu'elle retienne la leçon d'ingénierie de son père… Aucune importance : ils tissaient des liens, rien d'autre ne comptait.

Tandis qu'il faisait son récit, elle ne put s'empêcher d'admirer sa haute stature, ses mouvements précis, tout en se laissant bercer par sa voix grave et profonde. Il possédait un regard hypnotique. Elle se sentait comme aspirée par la teinte mystérieuse de ses yeux, et ses tempes se mirent à bourdonner. Elle avait chaud.

Comme elle passait distraitement une main sur son front brûlant, il reposa sa fille à terre.

— Amélie, va demander à Meg de nous préparer des rafraîchissements, s'il te plaît. Tu lui diras que nous les prendrons dehors. Tu dois avoir soif, non ? Moi, oui, et je suis sûr que Mlle Jenna aussi.

Il se retourna alors vers elle et ajouta d'un ton taquin :

— En tant que sujet britannique, vous trouvez qu'il est l'heure de prendre le thé, n'est-ce pas ?

Amélie partit en courant, et Jenna rougit en se reprochant sa rêverie déplacée. De toute évidence, Evandro Rocceforte l'avait surprise en train de le fixer… Oh ! bon sang. Pourquoi fallait-il que cet homme la trouble autant ?

4

— Venez vous asseoir, dit-il en lui désignant un fauteuil sous le parasol.

En attendant Amélie, ils s'installèrent autour de la table en fer forgé. Evandro retira sa veste et l'accrocha au dos de sa chaise. Puis il planta son regard dans celui de la demoiselle qui n'avait pas hésité à lui déclamer sa définition – claire et intangible – du rôle paternel.

— Alors ? demanda-t-il. À votre avis, je fais des progrès ? Je suis sur les bons rails pour devenir un père acceptable ?

Elle avait les joues roses.

— On dirait bien. Amélie s'est très vite détendue, et elle semble à son aise. Ne soyez pas surpris si elle se montre encore timide dans les premiers temps. Continuez à lui montrer que vous êtes attentif à elle, encouragez-la et vous verrez, elle va s'épanouir.

Non sans étonnement, il perçut une chaleur profonde dans la voix de la jeune femme. Elle lui parlait avec sincérité. Il restait cependant étonné par l'ardeur qu'elle insufflait à ses paroles... Comme si elle le suppliait d'être à la hauteur. Se faisait-il des idées ?

— J'espère que vous n'avez rien contre le fait que j'enseigne parfois certaines choses à l'extérieur... ? reprit-elle après une courte hésitation.

— Si la leçon de cet après-midi illustre ce que vous entendez par là, non, pas le moins du monde, répondit-il. Cela me convient parfaitement.

Sans réfléchir, il enchaîna d'une voix caressante :

— De façon générale, mademoiselle Ayrton, votre travail avec Amélie me convient parfaitement.

C'était la stricte vérité. Et puis il avait conscience de s'être montré assez rustre avec elle. Il avait envie de repartir sur de bonnes bases. Réalisant qu'il oubliait quelque chose, il continua :

— Et je vous prie de m'excuser si, ce matin, je me suis montré… euh… brusque. Voyez-vous…

Il s'efforça de surmonter son malaise.

— Tout ceci est nouveau pour moi, avoua-t-il. Or, si je n'ai pu faire partie de la vie d'Amélie jusqu'à maintenant, ce n'est pas de mon fait. Quoi qu'il en soit, elle est enfin ici, sous ma seule responsabilité, et je compte lui offrir désormais l'existence heureuse qu'elle mérite. La jeunesse épanouissante et choyée que vous m'avez décrite avec tant d'éloquence… en me pressant de la lui garantir.

Cette fois, il eut la nette impression de la voir pâlir, et il examina son visage avec plus d'attention. Quel teint diaphane, presque transparent… Sa peau était radieuse. Pourtant, elle ne portait aucun maquillage. Elle avait une bouche en cœur assez pulpeuse, un petit nez droit et de grands yeux noisette. Un visage avenant, qu'elle refusait visiblement de mettre en valeur, de même qu'elle dissimulait son corps menu sous des vêtements informes et de mauvaise qualité. Pas un bijou non plus n'attirait l'œil sur elle. Sa vilaine robe beige lui couvrait les bras, sans cintrer la taille ni flatter ses jambes. Sa paire de tennis en toile crème était mal assortie avec sa robe. Sa chevelure disparaissait dans une natte sévèrement remontée sur sa tête… Personne n'aurait dû être autorisé à se déprécier ainsi, dans les moindres détails de son apparence, songea-t-il en réprimant un froncement de sourcils.

— Et moi je regrette de vous avoir donné l'impression d'enfoncer des portes ouvertes, répondit-elle avec douceur. Mais, voyez-vous, les enfants du divorce ont une fâcheuse tendance à vouloir se rendre…

Elle s'interrompit et lâcha un long soupir.

— Se rendre quoi ? dit-il.

Elle tourna la tête vers le parc et garda encore le silence une bonne minute.

— Invisibles, finit-elle par lâcher.

Comme elle fuyait son regard, il comprit qu'elle ne faisait pas seulement référence à Amélie.

— J'ai l'intuition que vous parlez d'expérience, dit-il. C'est ce que vous avez vécu vous-même ?

Un vent farouche passa dans le regard noisette de l'Anglaise. Pas seulement noisette, réalisa-t-il. Presque vert. Des éclats aussi profonds que ceux des cyprès brillaient dans ces grands yeux.

— Oui, souffla-t-elle.

Il attendit la suite. Elle ne vint pas, et il sentit sa patience s'éroder.

— Il faut m'en dire davantage, ordonna-t-il.

C'était important. Il voulait comprendre ce que traversait ou ce que risquait de traverser Amélie. Mais de quel droit exigeait-il qu'une étrangère lui livre des confidences intimes ? Contrarié par sa maladresse, il secoua lentement la tête.

— Euh... Excusez-moi, je me suis encore exprimé de façon trop brutale. Je ne suis pas un homme délicat, vous savez, et j'ai l'habitude de donner des directives... Mais dans l'intérêt de ma fille... Bref, je vous serais reconnaissant de m'expliquer ce que vous redoutez.

Rien dans l'expression impassible de la jeune femme ne trahit ce qu'elle ressentait. Enfin, elle posa les mains sur ses genoux et répondit :

— Les enfants ont une perception immédiate des sentiments qu'on a ou qu'on n'a pas pour eux. Quand ils ne sont pas désirés, quand ils représentent un poids, ils le savent tout de suite. Et ils adaptent leur comportement en conséquence. Alors euh...

Elle s'interrompit, et Evandro regretta qu'elle refuse encore d'aller au bout de son explication. Mais, dès que Maria vint déposer un grand plateau sur la table et qu'Amélie les rejoignit, il comprit qu'elle n'avait guère eu le choix. Il allait devoir patienter.

Surmontant sa frustration, il remercia la domestique d'un sourire et disposa lui-même sur la table la carafe d'eau fraîche. La gouvernante avait fait préparer son café favori, du thé pour l'institutrice et un jus d'orange pour Amélie. Un plat de *cantuccini* et de *biscotti* au citron accompagnait le tout.

Il regarda Mlle Ayrton verser un tiers de jus d'orange et deux autres d'eau glacée dans le verre de sa fille.

— À cette heure-ci, il vaut mieux boire le jus de fruits dilué, déclara-t-il.

— Mlle Jenna dit que, si on boit trop de boissons sucrées, on risque de faire tomber ses dents, l'informa la fillette avec un air de vertu impériale qui le fit sourire.

Evandro hocha vigoureusement la tête et reprit :

— C'est vrai. J'ai connu un monsieur qui avait perdu toutes ses dents parce qu'il buvait trop de sodas. On a dû lui en coudre des neuves, mais, chaque fois qu'il se mettait à parler, elles dansaient dans tous les sens et cha faisait de la musiche comme cha, ding, ding, dang...

Il dodelina de la tête en poursuivant son imitation et, quand le rire cristallin d'Amélie retentit, une douce chaleur l'enveloppa. L'institutrice elle-même sourit de bon cœur, et il la trouva soudain très différente. Il avait envie de la voir sourire plus souvent.

— Il paraît que tu as fait beaucoup de progrès en classe, reprit-il en souriant à sa fille. Tu seras prête pour rentrer à l'école cet automne, et je t'en félicite. Sais-tu déjà deux ou trois choses à propos de ton pays, l'Italie ?

Amélie acquiesça vigoureusement.

— Oui. J'apprends l'histoire, et où sont les montagnes et les villes : Rome, Naples, Florence, Venise, Palerme, Pise...

— Bien ! Et la ville où je travaille ?

— Turin ! s'exclama-t-elle triomphalement.

— Bravo.

Il évoqua ensuite les montagnes et lui décrivit celle où il aimait skier chaque hiver.

— Tu aimerais apprendre à skier, après Noël ? On pourra aussi faire de la luge et des batailles de neige...

— Oh oui, oh oui ! fit Amélie avec enthousiasme.

Il tourna alors les yeux vers la jeune femme.

— Et vous, mademoiselle Ayrton ? Vous appréciez les sports d'hiver ?

Elle parut désarçonnée par sa question.

— Je n'ai jamais pratiqué ces activités, avoua-t-elle.

— Alors il faut que tu viennes avec nous ! répliqua aussitôt l'enfant en se tournant vers elle.

— Il y aura longtemps que je serai repartie en Angleterre quand tu iras en vacances de neige, expliqua-t-elle en riant.

Evandro vit le visage de sa fille se décomposer et en eut mal dans la poitrine. Si Amélie éprouvait déjà tant d'affection pour cette étrangère au bout de quelques semaines... C'était dangereux. Pas question de permettre à sa fille de s'attacher à une femme en particulier. L'épée de Damoclès que Bérénice avait suspendue au-dessus de sa tête émit comme un tintement menaçant...

Evandro envoya au loin ces sombres pensées. L'avertissement ne s'appliquait pas à la situation présente. Jenna Ayrton, une femme qu'aucun homme ne pouvait remarquer, était juste une institutrice temporaire pour Amélie. Rien de plus.

Et, dès que l'enfant irait à l'école, elle se ferait des amies et tomberait sous le charme de sa nouvelle maîtresse, oubliant son enseignante d'un été.

Comme lui.

Jenna jeta un coup d'œil à son reflet dans la psyché de sa chambre. À sa surprise, elle avait été conviée à dîner avec le maître de maison et sa fille.

La petite se trouvait avec elle et levait vers elle un regard réprobateur.

— Tu ne vas pas mettre une robe de cocktail ? demanda-t-elle, inquiète.

— Non. Même si j'en avais une, je ne la porterais pas. Je suis ton enseignante, Amélie. Ton papa m'invite à dîner avec vous en tant qu'employée. Tu comprends ?

La moue critique de son élève faisait office de réponse négative. Décidément, Amélie avait été traitée comme une fashionista miniature par une mère ultra-mondaine, et ce soir, dans son esprit, le déballage vestimentaire le plus clinquant était requis.

Elle y avait un peu trop pourvu pour elle-même, hélas, en choisissant dans son dressing digne d'une star de Hollywood une robe en satin fuchsia, copie d'un modèle pour adulte, aux volants siglés des initiales d'un créateur très connu. La tenue était complètement inappropriée pour une enfant de sept ans, mais Amélie affichait un sourire ravi et ne cessait de virevolter fièrement… Jenna n'avait pas le cœur de lui dire ce qu'elle en pensait.

Le père d'Amélie, en revanche, parut sur le point de le faire lorsqu'il vit sa fille apparaître dans la salle à manger et qu'il afficha une grimace horrifiée.

— Amélie avait envie de porter quelque chose de spécial pour vous faire honneur, ce soir, se hâta de déclarer Jenna en espérant que son hôte saisirait le message.

— Contrairement à vous, mademoiselle Ayrton, lança-t-il, cinglant, en désapprouvant d'un bref regard sa robe marine en coton.

Un vêtement simple, confortable, qui n'avait certes rien d'une tenue de soirée, mais Jenna n'en possédait pas - et elle s'en fichait : elle n'en avait pas besoin.

— Si j'étais plus grande, j'aurais pu te prêter une de mes robes, observa Amélie d'un ton de regret.

— *Dio !* Mlle Ayrton doit remercier le ciel que tu aies sept ans, fit son père, toujours railleur.

Son sens de $1a repartie forçait l'admiration de Jenna. Toutefois, le sujet de la controverse étant apparemment épuisé, ils s'installèrent tous trois à la table superbement dressée par la gouvernante : épaisse nappe blanche, service en porcelaine, verres en cristal et argenterie.

En dépit de l'apparente formalité du repas, le maître des lieux avait revêtu un pantalon en toile et un gilet à capuche en cachemire. Il portait des mocassins en daim à même la peau. Même habillé de façon décontractée, il exhalait le charisme et l'élégance, constata Jenna.

Il prit une bouteille et planta son regard dans le sien.

— Vous buvez du vin, mademoiselle Jenna ? Ou bien est-ce contraire à vos principes, en présence de votre élève ? demanda-t-il poliment.

— Ma foi, si vous n'y voyez pas d'objection, moi non plus, répondit-elle avec simplicité.

Après avoir rempli leur verre, il versa du lait dans celui de sa fille et lui demanda :

— En français, on dit « santé ». En anglais, « *cheers* ». Et en italien ?

— *Salute !* s'exclama l'enfant.

— *Salute*, répéta Jenna en même temps qu'Evandro.

Le vin était riche en saveurs, rond et délicat. Après quelques gorgées, Jenna se sentit beaucoup plus détendue. Elle éprouvait encore une sorte de gêne en présence de son employeur, même si elle appréciait beaucoup son humour. C'était inattendu, chez un homme aussi exigeant... Oui, exigeant : au point que sa tenue ne le satisfaisait pas plus que celle d'Amélie, songea-t-elle, embarrassée. En fait, c'était la première fois qu'un homme émettait un commentaire sur son apparence. Dans la mesure où personne ne la voyait, où on ne la remarquait jamais, elle avait fini par ne plus s'investir du tout dans ce domaine. Avait-elle eu tort ?

— Bon appétit, dit-il en souriant, comme était servi le *primo piatto*.

Jenna fut reconnaissante aux domestiques de la tirer de son lamento, et elle sentit ses papilles s'activer à la vue de la terrine de saumon servie avec une bisque de homard et une salade de roquette aux radis.

Non sans inquiétude, elle tourna les yeux vers Amélie. Mais l'enfant ne parut nullement troublée et se saisit immédiatement des bons couverts pour démanteler sa terrine et l'avaler sans objection.

— Vous devez garder à l'esprit, mademoiselle Ayrton, déclara Evandro, qui avait surpris son haussement de sourcils, qu'en France et en Italie les enfants sont régulièrement conviés à partager la table des adultes. Il leur arrive de veiller un peu tard, d'aller au restaurant...

— Parfois, maman m'emmenait avec ses amis, renchérit la petite, et j'avais le droit de mettre ma plus belle robe si je promettais de ne pas parler à table, et de manger proprement, parce que sinon maman se mettait en colère et...

Elle ne finit pas sa phrase. Comme souvent, lorsqu'elle évoquait ce genre de souvenirs, sa voix s'éteignit dans un silence éloquent. Jenna allait réconforter la fillette quand Evandro la prit de vitesse.

— Eh bien, moi, je constate que tes manières à table sont

irréprochables, ma mignonne, dit-il en se penchant vers elle avec un large sourire.

Le compliment mit droit dans le mille : Amélie exhiba une mine fière et radieuse.

— Je suis bien d'accord avec ton papa ! assura Jenna.

— À propos de tes talents, ton institutrice me dit que tu aimes le dessin... ? Je me demandais si tu voudrais bien me peindre quelque chose, rien que pour moi ?

Le visage de la petite irradiait de plaisir.

— Oui, d'accord ! Je te ferai une peinture. Pour la classe, je fais des choses qui viennent de mon imagination, mais pour toi je ferai ce que je préfère : de la mode ! Parce que la mode c'est terriblement important. Maman le dit toujours.

Mal à l'aise, Jenna regarda du coin de l'œil l'expression déconfite de son employeur. Il ne fallait pas qu'il dénigre ce que l'enfant portait au pinacle et qui, à ses yeux, était inextricablement associé à sa mère, mais...

— Ma foi, lâcha-t-il d'un ton prudent, il me semble que la mode est très importante à Paris et à Milan, c'est vrai. Mais ça ne concerne que les grandes personnes, et peut-être les adolescents...

Jenna était soulagée qu'il ait tenu des propos modérés mais, hélas pour sa fille, le désaveu était trop net. Une expression confuse passa sur le visage d'Amélie. Impossible, pour elle, de révoquer ce que sa mère lui avait enseigné.

Bon sang, il devait bien exister un moyen d'infléchir, de remodeler l'obsession vestimentaire trop précoce d'Amélie, pensa-t-elle. Eurêka !

— Tu sais ce qui est formidable, à ton âge ? demanda-t-elle. Se déguiser ! À l'école où j'enseigne, à Londres, une fois par an, c'est le Jour du livre, et chacun s'habille comme un personnage qu'il aime dans une histoire. Qu'est-ce que tu choisirais, toi ?

— Une princesse médiévale ! s'écria-t-elle.

Jenna rit. Elle s'attendait à ce choix de la part d'Amélie.

— Comme la Belle au bois dormant, mais quand elle s'est réveillée, précisa-t-elle.

— *Perfetto !* s'exclama son père. Et pour moi, mademoiselle Jenna ? Qu'est-ce que vous recommanderiez ? Est-ce que vous me placez dans le rôle d'un très, très méchant personnage ?

5

Le regard gris-bleu d'Evandro brillait d'espièglerie. Consciente du défi qu'il lui lançait, Jenna lui renvoya son sourire moqueur.

— Quelle excellente question ! Voyons. Pas un ogre, tout de même : ce serait injuste, mais... Que diriez-vous d'un roi autoritaire qui envoie ses chevaliers à sa place dans les batailles périlleuses ?

Durant une fraction de seconde, comme son employeur restait coi, elle crut l'avoir profondément vexé. Et soudain il éclata de rire. D'un rire si franc, si enfantin, qu'elle en eut la chair de poule.

— Félicitations ! Vous m'avez bien eu. Dire que j'ai osé espérer que vous pourriez me confier le costume du prince charmant...

Afin d'ignorer la boule de chaleur qui se formait en elle, Jenna avala une gorgée de vin et répliqua :

— Il n'est pas impossible que vous le soyez. Mais alors, dans l'histoire, vous êtes victime d'un mauvais sort.

Sans sourire, il arrima son regard au sien et répondit gravement :

— Un sort lancé par une effroyable sorcière ?

Désarçonnée par l'accent soudain sérieux de sa voix, Jenna ne sut que répondre.

— Vous croyez qu'on peut rompre un tel sort ? enchaîna-t-il.

— Les contes de fées sont formels, affirma-t-elle sur le ton de la plaisanterie. Tous les sortilèges peuvent être conjurés.

— Ah ? Comment ?

Durant une fraction de seconde, Jenna eut l'impression d'être transportée dans un livre d'images où un prince charmant cherchait *réellement* à trouver le moyen de se délivrer d'un sort maléfique.

— Voyons, papa ! La bonne fée délivre toujours les gentils des mauvais sorts, déclara Amélie en souriant avec confiance.

Le sourire revint enfin aux lèvres d'Evandro, qui se tourna vers sa fille pour s'enquérir :

— Ah, mais alors il suffit de trouver la bonne fée. Où est-elle ?

— Elle flotte dans une grande bulle argentée, lui dit patiemment Amélie. Et elle a des cheveux argentés, et des ailes argentées, et une baguette magique argentée, et une robe argentée.

— Pourquoi ne la peindrais-tu pas pour ton papa ? suggéra Jenna.

— Excellente idée, lança-t-il. Je suis très impatient de la voir. Et maintenant, *secondi piatti* !

Il fit doucement tinter la clochette et, un moment plus tard, Jenna se vit présenter un filet d'agneau en sauce. Une nouvelle fois, elle fut impressionnée par l'aisance de son élève avec des plats si sophistiqués.

Evandro voulut cette fois mettre à l'épreuve les connaissances historiques de sa fille. Ou plutôt enrichir son savoir de façon ludique et fort habile. Ainsi, dès qu'elle lui récitait une information à propos des Romains, il lui contait une anecdote amusante ou une légende mythologique. Jenna était très impressionnée : cet homme possédait un sens inné de la paternité, il tissait un lien avec Amélie avec un mélange de naturel et de délicatesse qui relevait de la perfection.

Mais ce fut au moment où il décrivait la toison d'or que sa fille afficha un large sourire, puis posa la tête sur la table en bâillant.

— Je vais monter la coucher, proposa Jenna en reculant sa chaise.

— Non, ne bougez pas, ordonna-t-il. Maria !

Un instant plus tard, la jeune femme venait chercher l'enfant.

— Fais de beaux rêves, *piccolina*, murmura-t-il en déposant un baiser sur le front de la fillette, avant que la bonne ne disparaisse avec elle.

— Mais... j'aurais pu m'en charger, répéta Jenna, troublée de se retrouver en tête à tête avec lui.

— Je n'aime pas déguster mon fromage sans compagnie, répliqua-t-il. Par ailleurs, mademoiselle Ayrton, j'attends vos suggestions : que faire pour que ma fille ne porte plus le genre d'horreur qu'elle revêtait ce soir ?

— Ah. Ce sujet-là.

Jenna prit une longue inspiration.

— C'est vrai. Amélie possède une très imposante garde-robe, pour une enfant de son âge, et très peu de vêtements... euh... adaptés à la vie qu'elle mène ici. Mais, comme elle nous l'a clairement fait comprendre ce soir, c'est en adoptant la passion que sa mère voue à la mode qu'elle a voulu lui plaire. Il serait injuste de reprocher à la petite...

— La superficialité navrante de sa mère, certes, coupa-t-il d'un ton impitoyable.

Comme il invitait Jenna à se servir, elle déposa une tranche de fromage et une grappe de raisins dans son assiette, bien que son appétit soit comblé. Puis elle le regarda contempler pensivement son verre de vin.

— La prédilection de mon ex-femme pour les vêtements associant la plus haute vulgarité et les prix obscènes reste le moindre de ses vices.

Le jugement était si dur, le ton de sa voix, si amer que Jenna sentit un frisson glacé lui parcourir l'échine. Le pire était qu'il se réfrénait : à l'évidence, il avait tourné sept fois sa langue dans sa bouche avant de lâcher cet avis. Ce qui laissait deviner un divorce d'une violence rare. Jenna se mordit la lèvre avant de reprendre, d'un ton aussi neutre que possible :

— Les goûts des enfants évoluent vite, et Amélie...

— A besoin d'une nouvelle garde-robe, déclara Evandro. Cela me paraît évident. Vos talents diplomatiques se révéleront indispensables à l'entreprise : vous l'aiderez à choisir ses vêtements.

— Euh... Si vous voulez, répondit-elle, étonnée de se voir assigner cette mission.

— Oui, c'est ce que je veux. Ainsi qu'autre chose : cet après-midi, sur la terrasse, vous étiez sur le point de me livrer le fruit de vos réflexions à propos des enfants de parents divorcés.

Nous avons été interrompus, mais maintenant vous pouvez poursuivre, n'est-ce pas ?

De plus en plus décontenancée, Jenna suivit des yeux les gestes de son employeur, qui déposait un morceau de fromage sur du pain. Après tout, pensa-t-elle, elle avait voulu aborder cette question. Mieux valait en finir.

— Eh bien... Le fossé qui sépare parfois des parents en pleine séparation prend souvent la forme de failles affectives que les enfants contournent, expliqua-t-elle. Ils cherchent à échapper soit aux cris et aux récriminations, soit à une prise à témoin, ou encore au chagrin qu'ils perçoivent chez leurs parents. Ils veulent se faire tout petits. Invisibles. Or l'échappatoire devient vite un système de défense très efficace. Tellement efficace que la carapace forme une seconde peau, et que...

Tant de souvenirs remontaient en elle qu'elle ne sut terminer sa phrase. Elle n'avait pas à ennuyer son employeur avec son histoire personnelle.

— C'est de vous-même que vous parlez, n'est-ce pas ? demanda-t-il d'une voix soudain très douce.

Douce et caressante, comme un encouragement amical. Elle ne s'y attendait pas, et elle en eut la gorge nouée d'émotion.

Sans mot dire, elle acquiesça d'un hochement de tête.

— Ce que je ne saisis pas, enchaîna-t-il, c'est pourquoi vous vouliez devenir invisible... ?

Jenna releva la tête et soutint le regard intense du maître des lieux. Peut-être à cause du vin, ou de l'heure tardive, ou du silence qui régnait dans la grande salle, à cause de la façon dont brillaient les coupes en cristal... Non, elle ne savait pas pourquoi ; et pourtant elle eut envie de lui parler à cœur ouvert.

— Quand ma mère est morte dans un accident de voiture, j'ai été envoyée vivre chez mon père, que je ne connaissais pas, et la femme pour qui il avait quitté ma mère. Ma présence était... Comment dire ? Je n'étais pas la bienvenue. Ni aux yeux de mon père ni à ceux de ma belle-mère et de ses enfants.

Une lueur indéchiffrable anima son regard sombre. Malgré elle, elle s'y arrima.

— Quel âge aviez-vous ? demanda-t-il.

— Six ans.

Elle le vit serrer les poings.

— Plus jeune encore qu'Amélie, souffla-t-il.

— Au début, je rasais les murs et me faisais toute petite en me disant qu'un jour, forcément, mon père finirait par me voir, avoua-t-elle. Que je cesserais d'être invisible pour lui. Mais ce n'est jamais arrivé. Et au bout de quelque temps, une année ou deux, peut-être, je m'y suis résignée. Cela m'a paru… plus sûr.

— Plus *sûr* ? répéta-t-il très bas, visiblement ébahi.

Elle hocha lentement la tête en signe d'assentiment.

— Oui. Plus sûr, de ne pas espérer ce que je n'obtiendrais jamais. Plus sûr, de rester dans ma bulle, loin des regards.

Un long silence pesa entre eux, après qu'elle eut prononcé ces mots. Dehors, la nuit était tombée. La lune était haut dans le ciel et presque pleine. Son halo caressait d'un filet d'argent le grand lustre à pampilles de la salle à manger. Par la fenêtre entrouverte entraient les parfums capiteux des hibiscus et des rhododendrons. Jenna avait l'impression d'être dans un monde inconnu. Troublant.

— Et, depuis, vous êtes restée invisible, chuchota-t-il enfin.

Jenna frémit. Les jeux de lumière soulignaient chaque angle de son visage sculptural. La beauté de cet homme l'impressionnait autant que les accents soudain si intimes de sa voix.

C'en était trop pour elle, et elle détourna le regard, ravalant le sanglot qui lui étranglait la gorge.

— Si c'est ce qui vous inquiète concernant Amélie, je tiens à vous rassurer, ajouta-t-il. Pour reprendre vos termes de ce matin, je vous garantis que je mettrai tout en œuvre pour qu'Amélie se sente désirée et estimée. Parce que, sachez-le, mademoiselle Ayrton, je me suis promis que rien ni personne ne pourrait plus jamais me la reprendre ni m'éloigner d'elle. Jamais !

Il y avait une telle véhémence dans ses paroles, subitement, qu'elle en resta stupéfaite. Le silence retomba entre eux. Par chance, l'entrée de Maria la délivra de tout commentaire : elle venait la prier de rejoindre Amélie, qui réclamait de lui dire bonne nuit.

Ce fut bien plus tard, après avoir embrassé la fillette et retrouvé le calme de sa suite, tandis qu'elle cherchait le sommeil dans son immense lit, que Jenna se demanda pourquoi diable elle avait parlé de son enfance à cet homme. Comment elle avait pu se laisser aller à de telles confidences… alors qu'elle n'en avait jamais parlé à personne.

Non. À personne.

Evandro n'avait pas bougé de la salle à manger. Confortablement adossé à son fauteuil, il dégustait un excellent cognac et, les yeux mi-clos, contemplait le siège vide où se tenait Mlle Ayrton un moment plus tôt.

Ainsi, elle se considérait elle-même comme quelqu'un d'invisible…

Le mot tournoyait dans sa tête. C'était exactement le contraire de ce qu'était Bérénice : toujours voyante, ne cherchant qu'à rester au centre de l'attention générale. Oui, une véritable sorcière. Et, si un jour il avait vaguement eu l'air d'un jeune et joyeux prince charmant, elle s'était chargée de le faire disparaître.

Il se leva et fit quelques pas dans la pièce en se rappelant les bribes de leur conversation à trois sur les contes de fées. La candeur de sa fille lorsqu'elle s'était exclamée : « Voyons, papa ! La bonne fée délivre toujours les gentils des mauvais sorts. » La certitude qu'il avait lue dans ses grands yeux verts, et qui lui serrait encore le cœur.

La texture sirupeuse du cognac lui brûla délicieusement la gorge, et il haussa les épaules. Farfadets, nymphes, enchanteurs, contes de fées, toutes ces balivernes… Ces images folkloriques étaient loin de son esprit, d'ordinaire ! Pourtant, lorsque l'institutrice était apparue au milieu de la route, il avait cru voir une nymphe des bois. L'une de ces créatures merveilleuses qui avaient le pouvoir de changer le destin d'un mortel. Mortel… Certes, l'accident de voiture qu'elle lui avait évité aurait pu lui être fatal. Au lieu de la remercier, il l'avait accablée de reproches.

Et elle avait conservé son calme. De même qu'elle restait toujours d'humeur égale avec Amélie. Fiable. Le seul moment où il l'avait vue s'emporter, c'était ce matin, lorsqu'elle avait cru faire face à un père démissionnaire – comme le sien.

Elle lui avait tenu tête dans l'intérêt d'Amélie. Par générosité. Et pourtant cette personnalité étonnante tenait à rester invisible…

En finissant son verre de cognac, il eut l'intuition qu'il y avait, au contraire, quelque chose d'unique chez elle.

Conformément à ce qu'il lui avait annoncé, Evandro consacra du temps à Amélie chaque jour. Sans s'excuser, il interrompait la leçon pour emmener la petite – parfois pour nager avec elle dans la piscine, pour la conduire au petit cinéma de la ville voir un dessin animé, pour une randonnée dans la forêt, ou encore pour aller faire les magasins de jouets. Depuis le soir où ils étaient rentrés avec un vélo rose, la fillette pédalait à toute vitesse sur la terrasse en claironnant que bientôt son père lui apprendrait à se passer des petites roues.

Jenna n'avait qu'à se féliciter de ce rapprochement, même si ses cours en faisaient les frais. Car, de jour en jour, elle voyait l'enfant prendre confiance en elle, s'épanouir et se couler dans sa nouvelle vie avec l'aisance d'un poisson dans l'eau.

Amélie vivait exactement ce qu'elle aurait aimé vivre à son âge auprès de son propre père, et, en un sens, Jenna éprouvait de la gratitude envers les Rocceforte père et fille de réaliser son vieux rêve. En même temps… elle éprouvait une langueur inexplicable. Un manque. Quelque chose qu'elle expérimentait pour la première fois et qu'elle était en peine de définir.

Jusqu'à présent, elle avait cru se satisfaire de la vie qu'elle s'était bâtie : sa réussite universitaire, son métier, son indépendance. Mais désormais, chaque fois qu'elle voyait au loin la fillette avec son père, elle éprouvait une sorte de solitude.

C'était absurde, elle le savait. Evandro était son employeur, Amélie, sa protégée, et cet été, une parenthèse dans son existence. Pour elle, le *palazzo* n'était qu'une étape temporaire, un lieu de vacances. Aussi s'efforça-t-elle d'en profiter le plus possible, s'offrant quelques longueurs dans la piscine quand Evandro et sa fille partaient en excursion, s'en allant explorer la ville et la campagne chaque fois qu'ils étaient occupés. Malgré tout… ces activités solitaires ne lui procuraient plus la même satisfaction qu'auparavant.

Un élément plus déstabilisant encore s'était installé dans

son quotidien. Le plus grand plaisir de sa journée, le moment qu'elle attendait désormais avec impatience, était son tête-à-tête avec Evandro après le dîner. Il avait instauré cette routine à laquelle elle s'était habituée avec une rapidité inquiétante, et elle se surprenait à attendre ces conversations, à se délecter de son humour et à y répondre avec aisance. À mesure que les jours passaient, elle se sentait de plus en plus détendue auprès de lui.

Elle chercha en vain une explication à ce rite. Evandro Rocceforte appartenait à un univers sans commune mesure avec le sien : il fréquentait des cercles privilégiés, visitait sans cesse les plus grandes métropoles du monde, côtoyait des gens importants dans les affaires... Des gens sophistiqués. Tout le contraire d'une femme comme elle.

Pourtant, tous les soirs, dès qu'Amélie était couchée, il s'enfonçait dans son fauteuil, étendait ses longues jambes sous la table et entamait avec elle une discussion qui n'avait rien à voir avec sa fille... Tous les sujets défilaient, ils parlaient littérature et cinéma, de ce qui agitait le monde, de l'art italien ou de la cuisine locale – de tout.

— Parlez franchement, mademoiselle Ayrton, avait-il coutume de lancer. Je veux connaître votre opinion. Je sais que vous en avez une et que vous êtes capable de la verbaliser avec l'audace et l'aplomb qui vous caractérisent.

Une à une, les réserves tombèrent, ainsi que la distance formelle qui sépare un employeur de son employé. Bientôt, les sorties d'Amélie et son père devinrent des sorties à trois. Ils partaient arpenter les bois ensemble, partageaient les trois repas de la journée, et ils assistèrent ensemble à la réactivation de la fontaine.

L'événement ne se produisit peut-être pas à un instant T. Ce fut sans doute la conséquence inévitable d'un mouvement naturel et répété chaque jour, mais quoi qu'il en soit, un matin, devant le miroir, Jenna s'aperçut qu'elle avait changé.

Elle ne voulait plus être invisible.

En tout cas, pas pour Evandro Rocceforte.

6

Evandro s'appuya contre la carrosserie vert sapin de la voiture familiale tout-terrain qu'il conduisait depuis son arrivée, ayant laissé son petit bolide au garage. Il attendait que ses deux passagères veuillent bien émerger du *palazzo*, impatient de commencer cette grande journée d'excursion.

Le motif officiel de leur sortie était l'acquisition d'une nouvelle garde-robe pour Amélie, mais il était décidé à accomplir quelque chose d'autre de particulier, aujourd'hui.

Deux jours plus tôt, il avait eu une révélation. Jusque-là, il avait pensé que, mal habillée, dépourvue de tout charme et de tout sex-appeal, Jenna Ayrton parvenait néanmoins à sortir du lot, du moins dans le sens où il prenait un plaisir de plus en plus intense à sa compagnie et à leurs conversations.

Pour la première fois de sa vie, il attendait impatiemment la fin de la soirée et le tête-à-tête avec une femme intelligente et pleine d'esprit auprès de qui il se sentait lui-même, sans faux-semblants, sans manières. Elle avait l'art de le détendre. En sa présence, il se sentait libre de s'exprimer, et leurs discussions le passionnaient, quel que soit le sujet. Le plus étonnant était qu'elle semblait aussi apprécier ces instants.

Car peu de gens trouvaient sa compagnie agréable. La direction d'un groupe comme le sien le contraignant à aller droit à l'essentiel avec chacun de ses interlocuteurs, on lui reprochait souvent ses manières cassantes, sa brusquerie, voire son cynisme. Or, par extraordinaire, auprès de Jenna Ayrton, il perdait ses vieux réflexes, il aimait prendre le temps dans chaque conversation, inviter la contemplation et la réflexion dans leurs échanges. Grâce à ce rituel du soir, il se sentait de plus en plus détendu.

Peut-être parce qu'elle était l'une des rares à comprendre son sens de l'humour, ou bien parce qu'elle s'exprimait toujours avec sincérité. Il ne cessait de s'en émerveiller. Incapable de tricherie, ne cherchant jamais ni à lui plaire ni à rallier ses opinions, Jenna Ayrton était l'être le plus franc, le plus candide qu'il ait rencontré. Il en résultait un climat de confiance et un sentiment de réconfort qui, pour lui, n'avait pas de prix. On aurait dit qu'elle avait toujours ignoré l'hypocrisie et le conformisme, ce qui ne l'empêchait pas d'être la douceur et la bonté incarnées.

Finalement, elle était tout l'inverse de la femme qu'il avait épousée.

Et puis, l'avant-veille, ils avaient fait la course, tous les trois. Après une longue promenade dans les bois, Evandro avait annoncé que le premier parvenu à la fontaine se chargerait de commander les rafraîchissements en cuisine.

Naturellement, ils avaient laissé Amélie gagner, et, dès que la petite était partie en riant, il s'était tourné vers la jeune femme, qui haletait, à bout de souffle. Des mèches s'étaient échappées de son chignon et tombaient en boucles lumineuses autour de son visage. Jamais ses yeux n'avaient été aussi verts – d'un vert émeraude, vif et brillant. Ses joues rosies faisaient ressortir la transparence de son teint, et sa bouche pulpeuse était humide.

Une nymphe des bois, avait-il encore songé. Mais pour la première fois il s'était aperçu qu'elle ne pouvait pas être invisible. Qu'il ne le lui permettrait plus.

Le claquement des sandales d'Amélie sur les pierres du porche le sortit de sa rêverie, et il eut le plus grand mal à ne pas avoir l'air consterné devant sa tenue : débardeur brodé de sequins d'or, jupe à volants jaunes – décidément, la virée shopping se révélait urgente.

Il vérifia que la petite était bien installée dans son siège et boucla sa ceinture de sécurité avant d'ouvrir la portière passager à Jenna.

Il haussa les sourcils en découvrant la lanière de cuir tressé qui marquait la taille de sa robe ordinaire en coton bleu ciel. Soudain, ses formes s'esquissaient, une petite poitrine bien ronde et des hanches étroites.

— Installez-vous à côté de moi, ordonna-t-il d'une voix légèrement éraillée. J'en ai assez d'avoir l'air du chauffeur de ces demoiselles.

Amélie et Jenna rirent de bon cœur et, dès qu'ils furent partis, Evandro reprit :

— Il y a un bon moment que vous êtes arrivée en Italie, Jenna, et il est grand temps que vous découvriez un peu la région. J'ai décidé de combiner nos courses vestimentaires à une virée touristique.

— Oh ! vous n'avez pas besoin de vous donner cette peine pour moi ! répliqua-t-elle. Je vous assure que je peux me passer de...

— Nous irons aussi voir les ruines d'une villa romaine, un site archéologique de renom qui servira pour la leçon d'histoire du jour. Ainsi, vous ne pourrez pas prétendre que j'empiète sur le temps scolaire.

Ravi par sa ruse, il adressa un clin d'œil à sa fille dans le rétroviseur et conclut :

— Et maintenant, *avanti* !

En écrasant les gravillons sur la route, comme il prenait le virage où avait eu lieu l'éboulement, il tourna un visage grave vers sa compagne.

— Je ne vous ai jamais remerciée de ce que vous avez fait pour moi, ce premier soir. Je me suis contenté de vous crier dessus. Vous m'avez probablement sauvé la vie.

Et s'il lui était arrivé quelque chose... Il songea qu'Amélie serait immédiatement retournée vivre avec Bérénice, et en eut un frisson rétrospectif.

— Alors, avec du retard... Merci, souffla-t-il.

Leurs regards se rencontrèrent brièvement. Une curieuse intensité le saisit – mais ce courant électrique ne dura qu'un instant.

Il fixa la route qui se déroulait devant eux, sur les collines et au-delà.

Au cœur de la petite cité médiévale, où ils avaient déniché une charmante trattoria, ils dégustèrent tous les trois un plat de *pasta*.

La première partie de la journée avait enchanté Jenna. Dans les superbes ruines où Amélie avait longuement admiré les mosaïques, son père lui avait exposé le fonctionnement de l'hypocauste, le système de chauffage que Jenna avait découvert, elle aussi, avec un vif intérêt. La route qu'ils empruntaient, bordée de cèdres, traversait des vignobles et des champs de maïs, et Evandro leur avait raconté l'histoire de la région, ses légendes et ses héros.

Même si Amélie n'avait pu mémoriser tout cela, c'était une formidable leçon d'histoire pour elle, et la plus belle des illustrations à ce qu'elle lui apprenait en classe.

— Et maintenant ? On va faire les boutiques ? demanda l'enfant d'une voix pleine d'espoir.

La visite de l'église du village, connue pour ses fresques du quattrocento, ayant pris fin, ils étaient en voiture, et l'impatience de la petite amusa Jenna.

— Oui, petite diablesse, on y va ! lança son père.

Un quart d'heure plus tard, ils se garaient dans le centre d'une ville moyenne où la rue commerçante comptait une bonne douzaine de boutiques de vêtements et une galerie commerciale complète.

— Et maintenant, annonça Evandro en verrouillant les portières, je vous abandonne, Jenna. Prenez-lui tout ce dont elle a besoin en veillant à éviter le genre d'horreurs qu'elle possède déjà. Je vous rejoindrai dans une heure pour payer.

Secouant la tête, Jenna se contenta d'afficher une moue désapprobatrice. Puis elle rit et emmena Amélie dans les magasins.

L'heure d'hésitations et d'essayages fila à toute vitesse. Les conseils de Jenna et des vendeuses convainquirent la petite fille de porter sa préférence sur des couleurs gaies et des formes simples, et, lorsque Evandro les rejoignit, Amélie exultait de joie.

— Excellent choix, conclut-il après avoir passé en revue la montagne de vêtements, qu'il paya aussitôt.

Le père et la fille s'échangèrent alors quelques mots à l'oreille, dans un mystérieux conciliabule au terme duquel Amélie acquiesça vigoureusement.

Il se tourna vers elle et déclara :

— À votre tour, maintenant.

Jenna haussa les sourcils.

— Je ne comprends pas.

— Amélie tient à vous offrir une robe neuve. Pour vous remercier de vos leçons de maths.

Un sourire taquin étirait les lèvres d'Evandro, mais l'enfant vint lui prendre la main et objecta :

— Ce n'est pas pour les leçons de mathématiques parce que je n'aime pas ça. Mon papa fait une blague. C'est pour te dire merci, et c'est un cadeau de ma part... Si tu veux bien que je te fasse un cadeau... ?

L'enfant levait vers elle des yeux si suppliants qu'il lui était impossible de refuser.

— Oh... Bien sûr, que je serais très heureuse de recevoir un cadeau de ta part ! affirma-t-elle. Et une nouvelle robe, ce serait formidable.

Non, elle n'avait pas le cœur de refuser cela à Amélie, même si elle avait conscience qu'Evandro avait habilement orchestré la manœuvre. Une gêne la gagna cependant. Avait-il honte d'être vu en compagnie d'une femme aussi peu conforme à celles qu'il avait l'habitude de fréquenter ?

Elle n'eut pas le temps de s'attarder sur la question. Ravie de se sentir dans son élément, Amélie la tira par la main vers les rayons de luxe et s'arrêta triomphalement devant un portant de robes siglées par un grand couturier italien.

— Tu vois ? Elles ressemblent aux miennes, mais à ta taille ! s'exclama-t-elle.

Une vendeuse vint vers elle et leur offrit ses conseils. Vaincue, Jenna se laissa faire.

Evandro rabattit l'écran de son ordinateur avec le sentiment de la mission accomplie. Son équipe de dirigeants était ravie, ses associés étaient ravis, ses clients étaient ravis, ses ingénieurs étaient ravis... et lui aussi.

Il se demanda comment c'était possible. Cette sensation, il y avait des années qu'il ne l'avait pas éprouvée. La satisfaction. Le plaisir induit par le travail bien fait. C'était gratifiant, et il ferma les yeux pour s'emplir de cette impression avant de consulter sa montre. Il était 16 heures et la fameuse *tea party* allait commencer. Il s'agissait d'une idée de Jenna : un goûter un peu spécial, très festif, à l'anglaise, organisé pour la première fois au *palazzo*, avec la participation de tout le personnel.

Le cœur léger, il quitta la bibliothèque et alla attendre au pied de l'escalier, dans le grand hall. Amélie et Jenna descendirent.

Avec ses longues boucles blondes tombant sur sa toute nouvelle robe à fleurs liberty et ses socquettes blanches dans d'adorables ballerines bleu marine, Amélie faisait une parfaite Alice du pays des merveilles. Evandro se réjouit de la voir enfin vêtue comme une petite fille – et visiblement ravie de sa tenue. Puis il tourna les yeux vers l'institutrice, et il lui fallut presque s'accrocher à la rampe pour ne pas tomber à la renverse.

Por Dio !

Elle n'était plus du tout invisible. Et elle n'était pas non plus une nymphe des bois... Plutôt un mannequin tout droit sorti d'un magazine des années 1950, avec sa robe vert menthe à col bateau, longueur genoux, qui moulait sa taille de guêpe et révélait sa poitrine haute, avant de laisser apparaître ses jambes fines et galbées. Des ballerines semblables à celles de sa fille soulignaient la délicatesse de ses chevilles. Quant à son visage... Il avait l'impression de découvrir une autre femme. Sa chevelure était longue, soyeuse et lumineuse ! Enfin libérée du carcan de ses tresses et de ses chignons, elle encadrait le visage pur de la jeune Anglaise. Une touche de mascara faisait soudain apparaître la profondeur troublante de son regard, et un gloss transparent suffisait à mettre en valeur le dessin parfait de sa bouche pulpeuse. La métamorphose était si complète qu'Evandro crut la voir pour la première fois, et ne put détacher son regard de cette apparition.

— Alors, papa ? Tu nous trouves jolies, Mlle Jenna et moi ?

Non sans difficulté, il s'extirpa de sa stupeur et sourit.

— Ravissantes ! Toutes les deux.

Après avoir complimenté sa fille, il leva encore les yeux vers la jeune femme. C'était incroyable. Ses cheveux avaient une teinte de miel de montagne éclairée par le soleil sicilien. Son visage irradiait de grâce, comme s'il avait été peint par Botticelli en personne, et sa silhouette élégante aurait fait pâlir d'envie les reines de beauté des concours internationaux. Pourquoi avait-elle si obstinément caché ses fabuleux atouts ? À moins qu'il ne fasse fausse route : était-ce lui qui n'avait pas su la voir, jusqu'alors ?

Il déglutit lentement, fit un pas vers elle et se pencha à son oreille pour murmurer, un accent rauque dans la voix :

— Ne vous cachez plus jamais.

Puis, ignorant le mouvement de surprise de la jeune femme, il prit sa main, la porta à ses lèvres et y déposa un baiser.

Sa peau, d'une finesse insoupçonnable, l'enivra de son parfum simple et frais. Le regard qu'ils échangèrent alors lui oppressa la poitrine et, au fond de sa mémoire, les paroles de son avocat résonnèrent... La clause empoisonnée s'imprima dans son souvenir en lettres de feu.

Ridicule, décida-t-il. Très vite, il détourna le regard, tendit un bras à sa fille, l'autre à Jenna.

— Eh bien, puisque j'ai la chance insolente de bénéficier d'une compagnie doublement exquise, allons-y, mesdames !

Amélie se mit à glousser, et ils se dirigèrent vers l'extérieur.

Quand avait-elle appliqué du maquillage pour la dernière fois ? À quand remontait l'occasion de se faire une beauté qu'elle n'aurait pas déclinée ? Probablement au temps de l'université, songea-t-elle. La craie, l'encre, les diverses activités physiques et la fougue enfantine interdisaient à une enseignante du primaire de se maquiller, sauf à finir la journée avec des yeux de panda et du fond de teint étalé partout sur son chemisier... Et puis peut-être Jenna avait-elle fini par négliger son apparence, elle en prenait conscience. Petit à petit, elle s'était retranchée derrière tous les prétextes possibles, tous les alibis à sa portée pour ne pas prendre soin d'elle.

Cette réalité-là, celle de sa vie à Londres depuis des années, était à mille lieues de celle qu'elle était en train de vivre en s'apprêtant à célébrer une *tea party*, au cœur d'un chef-d'œuvre d'architecture italienne, dans la riche campagne du Piémont. Son univers familier n'avait rien de commun avec celui d'Evandro Rocceforte, et elle se sentit trembler tandis qu'il lui offrait son bras pour les conduire, elle et Amélie, jusque dans la roseraie où la table avait été dressée sous un immense parasol.

À l'instant où il lui avait baisé la main, elle avait cessé de respirer. Sentir ses lèvres sur sa peau, la chaleur de ce contact aussi inattendu qu'intense, la douceur de cette fugitive caresse... C'était un peu comme se retrouver dans un conte et rencontrer le prince charmant en personne.

Et elle ? Avait-elle été une Cendrillon se consacrant exclusivement à son travail ?

« Ne vous cachez plus jamais » : les mots prononcés d'une voix envoûtante lui firent battre le cœur.

Elle n'était donc plus invisible !

Et elle avait envie de répondre favorablement à sa demande. De laisser enfin s'exprimer sa féminité.

— Eh bien, je crois que c'est réussi, vous ne trouvez pas ? s'enquit Meg en balayant la grande table d'un regard réjoui.

Dans sa robe bleu ciel et son corsage à jabot, la gouvernante tenait son rôle à la perfection, et Jenna et Amélie la couvrirent de compliments.

— Je ne savais pas que vous connaissiez toutes les recettes classiques du goûter anglais, observa Evandro en se tournant vers elle, visiblement ébahi.

— Il y avait longtemps que je n'avais pas préparé un *sponge cake*, avoua Meg en riant.

Jenna était émerveillée par les plats : canapés au concombre, sandwichs aux œufs, scones, pâtisseries victoriennes au glaçage parfait et petits choux à la crème trônaient sur une longue table à nappe blanche, surmontée de napperons brodés de fleurs. Chaque détail rendait hommage à la tradition du thé britannique – jusqu'aux serviettes ourlées de broderie anglaise. Dans des théières en porcelaine, un extraordinaire assortiment de thés était proposé, ainsi que des jus de fruits et des liqueurs.

Loretta et Maria, pouffant dans leur tenue de soubrette noir et blanc, ne tardèrent pas à les rejoindre.

— Inaugurons dignement cette nouvelle tradition. Aucune fête n'est complète sans champagne, n'est-ce pas ? observa Evandro en attrapant une bouteille dans le seau à glaçons.

Il remplit les coupes de chacun et versa une toute petite rasade dans la dernière, que Meg compléta avec du jus d'orange.

— Tiens, ça, c'est pour toi, ma mignonne…

Un sourire aux lèvres, il précisa à l'attention de Jenna :

— Ne vous inquiétez pas : comme j'ai eu l'occasion de vous le dire, en Italie et en France, les enfants participent aux occasions spéciales, et ils ont même droit au champagne… de façon très raisonnable.

Amélie applaudit et contempla fièrement sa flûte.

— On appelle ça un buck's fizz, expliqua la gouvernante.

— *Saluti !* conclut Evandro en levant son verre, avant de le faire tinter contre celui de sa fille.

Une heure plus tard, la joyeuse troupe avait chanté, couru autour des rosiers, vidé la bouteille de champagne, fait honneur à tous les mets succulents concoctés par la gouvernante, et celle-ci se leva en décrétant :

— Je ne peux plus rien avaler, et je vais vous laisser ! Ce soir, je rends visite à mon fils. Si vous avez encore faim, il y a des salades et des plats froids dans la cuisine.

Les trois femmes, Evandro et Amélie partirent d'un rire contagieux.

— Faim ? Je n'aurai plus faim avant une semaine, promit Maria.

— Moi non plus, déclara Amélie.

— Vous êtes libérées toutes les trois, conclut Evandro à l'attention des employées de maison. Merci pour ce merveilleux goûter. Pour un coup d'essai, c'est un coup de maître, et la tradition est adoptée à l'unanimité, n'est-ce pas ?

Le groupe tout entier approuva par une exclamation enthousiaste, avant de se disperser : quelques minutes plus tard, ils n'étaient plus que trois à table.

Evandro suggéra alors à sa fille de monter jouer avant que ne vienne l'heure du bain.

— Et *carina* ! lança-t-il, commence par te changer pour ne pas abîmer ta belle robe.

Jenna mêla son rire au sien. La petite essuyait ses mains collantes de confiture sur ses manches, tandis qu'elle courait pour retrouver sa salle de jeux.

Lorsqu'elle se retourna vers lui, il la fixait avec attention.

— S'il vous plaît, ne faites pas la même chose avec la vôtre, plaida-t-il d'un ton plus grave que moqueur. Elle vous va à ravir.

Comme pour confirmer ce jugement, il la détailla d'un long regard appréciateur, et elle sentit une myriade de papillons lui chatouiller le bas-ventre.

— Notre petite fête vous a plu ? enchaîna-t-il.

— Oh oui ! C'était un triomphe, n'est-ce pas ?

Il hocha distraitement la tête et, comme il contemplait encore sa tenue, elle se sentit déborder de gratitude. Si elle n'était plus invisible, c'était grâce à lui.

— Merci, articula-t-elle d'une voix émue.

7

Evandro ne pouvait détacher les yeux du visage de la jeune femme. Le vibrato dans sa voix attestait de sa sincérité, et dans les deux syllabes de ce mot si simple, « merci », il crut sonder les profondeurs d'une âme à la fois solitaire et forte.

Elle ne ressemblait à personne.

En cet instant, ses grands yeux avaient le vert menthe de sa robe : vif, chatoyant, unique. Incapable de résister à l'impulsion qui s'emparait de lui, il se pencha au-dessus de la table, lui prit la main et y déposa encore un baiser.

Puis il se rassit. C'était le geste adéquat, pensa-t-il. Puisqu'il ne pouvait refréner son envie de sentir le contact de sa peau si fine contre la sienne… et puisque tout élan plus audacieux était évidemment proscrit. Oui, il lui restait le droit d'esquisser un geste de gentleman – rien de plus.

— Moi aussi, je vous remercie, lança-t-il en maudissant l'étrange tension qui le gagnait. Pour avoir si bien choisi les vêtements neufs d'Amélie, y compris la robe qu'elle portait aujourd'hui. Vous ne pouvez pas imaginer le soulagement que j'éprouve à la voir vêtue comme les enfants de son âge, et non dans le style que sa mère lui infligeait.

— Elle avait l'air enchantée, observa Jenna. Je crois qu'elle a envie de vous faire plaisir.

Cette réponse irrita Evandro, qui se récria :

— Ah non ! Je ne veux surtout pas qu'elle cherche à me faire plaisir ! Et, si vous pensez que c'est ce que je recherche, cela signifie que mes efforts pour devenir un père acceptable ont complètement échoué.

À la stupeur de sa compagne face à son mouvement d'humeur se mêlait, comme souvent, le désir visible de comprendre et d'apaiser.

— Bien au contraire, dit-elle. Je trouve que tous vos efforts vont dans le bon sens et que vous endossez remarquablement votre rôle ! Vous êtes un père merveilleux. Vraiment merveilleux.

La répétition de l'adjectif le laissa interdit, et il la fixa tandis qu'elle poursuivait :

— Il est naturel pour un enfant de chercher à satisfaire ses parents, voyons. Il n'y a rien de mal à cela, cela fait partie de la relation affective. C'est d'ailleurs un mouvement réciproque : vous aussi, vous avez envie faire plaisir à votre fille. Je le constate à tout moment de la journée, et c'est l'une des raisons pour lesquelles vous êtes en train de construire une relation solide, tous les deux.

Elle observa un bref silence avant d'expliquer :

— Ce qui est malsain, c'est une dynamique à sens unique, non partagée : quand l'enfant cherche à plaire à ses parents, sans que ce soit réciproque, et que l'espoir d'y parvenir s'éloigne de jour en jour...

— En effet, répliqua-t-il d'un ton sec. D'ailleurs, c'est également vrai d'une relation entre adultes. Il est profondément malsain d'aimer quelqu'un qui ne vous rend pas vos sentiments. De se placer sous son emprise, comme si on était...

Regrettant d'en avoir trop dit, il détourna les yeux.

— Victime d'un mauvais sort ? suggéra-t-elle. De la magie noire d'une sorcière ?

Il n'entendit nulle ironie dans la voix douce et raisonnable de l'Anglaise qui le contemplait avec sa bienveillance coutumière. Mais, prononcés par elle, les mots qu'il avait lâchés un soir, quelque temps plus tôt, prenaient une autre portée.

Il la contempla avec curiosité. Son expression était à la fois imperturbable et transparente : depuis longtemps, elle avait deviné qui était la sorcière.

Une émotion profonde gagnait le cœur de Jenna, tandis qu'elle lisait et reconnaissait, dans le regard sombre et torturé d'Evandro, la suite de douleurs et d'espoirs déçus dont elle avait fait l'amère expérience. Elle ne connaissait que trop bien les ravages d'un amour à sens unique, les dégâts irréparables du mépris et de l'indifférence sur l'âme d'un adulte, comme sur celle d'un enfant.

Haussant les épaules, il remplit leurs flûtes et reprit :

— Allons, ne gâchons pas cet excellent champagne avec les souvenirs pénibles de mon ex-femme. Le seul pouvoir qu'ils peuvent exercer, désormais, est celui que nous leur accordons.

Comme il levait son verre, elle l'imita sans conviction. Elle savait qu'il mentait : avec ou sans son consentement, Bérénice était toujours en mesure d'empoisonner la vie d'Evandro.

Mais elle avait envie de savourer leur toast, et elle avala une gorgée en souriant. Par la fenêtre ouverte de la salle de jeux, ils entendirent Amélie donner une leçon de mode à ses poupées. Une moue résignée se dessina sur le visage de son hôte.

— Il vaut peut-être mieux que je me fasse dès à présent à l'idée qu'elle optera pour une carrière dans ce domaine, soupira-t-il.

— Vous croyez que nous sommes nombreux, parmi les adultes, à exercer le métier dont nous rêvions à sept ans ? riposta-t-elle, amusée. Contre toute attente, elle pourrait devenir mathématicienne !

Il s'esclaffa.

— C'est vrai, elle a toute la vie devant elle. Et vous ? Qu'est-ce qui vous a donné envie d'apprendre plusieurs langues étrangères ? C'était une passion précoce ?

Jenna réfléchit un instant.

— Oh... Je crois que je me suis aperçue que j'avais des facilités dans ce domaine. Mes professeurs m'ont encouragée dans ce sens. Et puis c'est une façon d'aborder des mondes différents, de sortir du sien. Je suppose qu'en un sens c'était une échappatoire, pour moi...

— Une échappatoire ?

Elle confirma d'un hochement de tête.

— L'enseignement aussi, d'ailleurs. J'aime encourager les enfants, avoir le sentiment de leur donner ce dont j'ai manqué moi-même.

Relevant vers lui un regard timide, elle osa lui demander :

— Et vous ? Vous avez toujours su que vous alliez prendre un jour la direction du groupe Rocceforte ?

— En un sens, oui. C'est une tradition familiale, alors je suppose que l'envie m'est venue naturellement. Bien sûr, je voulais plaire à mon père en empruntant la même voie que lui. Non pas que j'aie manqué de reconnaissance de sa part... Il m'a comblé de son affection. Je l'ai fait exactement comme...

Il s'interrompit, poussa un long soupir et but une gorgée de champagne. Jenna frémit. Elle avait presque l'impression de sentir le fantôme de Bérénice entre eux, penché au-dessus de la table. Chaque fois que le regard d'Evandro s'assombrissait, elle en devinait la cause. De même qu'elle commençait à estimer les dommages causés sur lui par une union très malheureuse.

Enfin, il poursuivit :

— Exactement comme j'ai voulu le satisfaire en épousant Bérénice. C'était aussi mon désir, j'en étais ravi. Mais en plus je savais que je comblais mon père.

Il haussa les épaules et conclut :

— L'enfer est pavé de bonnes intentions. Allons, venez. Le personnel attend pour débarrasser la table, et je crois qu'Amélie espère lancer bientôt sa projection privée.

Durant les deux heures qui suivirent, ils s'installèrent tous trois sur le canapé du salon pour regarder le dessin animé favori de la fillette, puis pour faire une partie de jeu vidéo – dans l'univers médiéval qu'elle aimait tant, avec princesses, quêtes héroïques et animaux fantastiques.

Dans la soirée, ils descendirent dans la salle à manger pour dîner d'une belle salade – tous les trois, une nouvelle fois. Après un concours de devinettes, Evandro annonça à sa fille qu'il était l'heure qu'elle aille se coucher. Ils se chargèrent ensemble de la border, puis Jenna déposa un tendre baiser sur le front de l'enfant et sortit de la pièce sur la pointe des pieds, laissant Evandro raconter une dernière histoire à Amélie.

Elle redescendit au rez-de-chaussée pour profiter de l'air frais sur la terrasse, sous le ciel étoilé. Un silence magique régnait sur le *palazzo*. Moins magique cependant, pensa-t-elle, que la journée qu'elle venait de vivre. C'était comme s'ils avaient formé une famille. Comme si Amélie était sa fille, et Evandro, son...

La gorge sèche, elle se mordit la lèvre en s'interdisant d'aller au bout de cette pensée. Une pure folie.

— La lune est déjà haute.

La voix grave et sensuelle la fit frémir. Elle se retourna au moment où il venait s'accouder près d'elle, sur la charmante balustrade de pierre. Une étrange sensation s'emparait de ses membres, et elle regretta de ne pas lui avoir également souhaité bonne nuit, en quittant Amélie. Ce n'était pas une bonne idée de se retrouver seule en sa présence, dans ce tête-à-tête si intime et si... romantique.

Et puis, dans cette robe, avec sa chevelure lâchée sur ses épaules, elle éprouvait la dangereuse et fausse impression de ne plus seulement être son employée. Elle savait qu'elle n'avait pas le droit de voir les choses ainsi, et pourtant elle ne parvenait pas à retrouver son identité habituelle – son invisibilité.

Probablement parce qu'elle n'en avait aucune envie. Parce qu'elle voulait retenir la saveur si particulière de cette journée différente de toutes les autres.

Une journée qui avait pris la forme du plus précieux des cadeaux, et qu'elle chérirait jusqu'à la fin de ses jours. « Ne vous cachez plus jamais. » Elle sentait encore la caresse de ces mots contre son oreille. Alors qu'elle fermait les yeux, elle tressaillit. Evandro avait glissé ses doigts dans une mèche de ses cheveux. Il se tenait si près que les effluves frais et fleuris de son eau de Cologne vinrent la troubler.

Durant une longue minute, alors que rien n'altérait le silence nocturne hormis le chant lointain d'une cigale, Jenna crut que son cœur allait imploser. La main d'Evandro se promenait dans ses cheveux, et il posait sur elle un regard si intense, si fascinant...

— Portez-les toujours ainsi, ordonna-t-il d'un ton rauque. Longs, détachés, magnifiques. C'est un crime de les cacher sous des épingles.

Un nœud lui étranglait la gorge et un inexplicable vertige la gagnait. Pour la première fois de sa vie, elle sentait sa chair crépiter de mille impulsions. Sa poitrine tendait le coton de son corsage, ses seins avaient durci. Une boule de feu incendiait son bas-ventre. Son sang fusait dans ses veines, son corps tout entier s'animait, comme s'il s'éveillait d'un long sommeil. Malgré elle, sans qu'elle puisse se contrôler, elle entrouvrit les lèvres.

— Oh ! Jenna, souffla-t-il. Non...

Était-ce un avertissement qu'il s'adressait à lui-même ? Ou bien lui demandait-il de reculer ? Pourtant, il ne bougeait pas, et son regard paraissait plus incandescent encore...

— Evandro, je...

Impossible de faire machine arrière. Sa fièvre était la plus forte, et maintenant, maintenant, tout ce qu'elle désirait, la seule chose dont elle avait envie – et désespérément besoin, c'était...

La Terre cessa soudain de tourner, comme il la prenait par la taille pour l'attirer contre lui et presser ses lèvres sur les siennes. Le cœur battant à se rompre, plaquée contre son grand corps puissant et masculin, elle ferma les yeux et savoura la fraîcheur de cette bouche qui la caressait avec une langueur infernale. C'était exquis. Lent et délicat. Emprisonnée dans ses bras, elle n'éprouva ni peur ni même appréhension. Au contraire, elle répondit à son élan en enroulant ses bras autour de son cou, l'invitant à approfondir leur baiser. Une myriade de sensations magiques envoûtait ses membres. Un plaisir jusqu'alors inconnu, accompagné par un désir d'une force inouïe.

Lorsqu'il enroula sa langue autour de la sienne, elle ne put retenir un gémissement. Assoiffés l'un de l'autre, ils se laissaient aller au gré de ce baiser de plus en plus emporté, de plus en plus audacieux. Jenna avait l'impression de se perdre dans cette folle caresse, de laisser enfin céder une digue aussi ancienne qu'inutile.

Evandro lui faisait tourner la tête, et elle tournoyait dans ses bras, tandis que la planète immobile n'existait que pour eux. Elle avait la certitude qu'ils partageaient la même allégresse. Une joie neuve emplissait ses poumons, et il éprouvait la même chose qu'elle.

Plus il l'embrassait, plus elle avait besoin de poursuivre cette étreinte, de s'enivrer de la perfection de ce moment où leurs deux bouches fusionnaient, et où...

Aussi soudainement qu'il l'avait attirée vers lui, il s'écarta.

La violence du déchirement fut telle que Jenna ne comprit pas ce qui lui arrivait. D'un geste brusque, sans raison, il mit fin à leur baiser, et, à bout de souffle, sidérée, elle resta immobile, sans comprendre.

Son cœur battait si fort que ses tempes martelaient une musique tribale. Un courant d'air glacial passa dans son dos, comme Evandro fuyait son regard et se tournait vers le parc.

— Allez vous coucher, dit-il.

Jenna déglutit lentement. Ce n'était pas possible. Elle avait mal compris. Un instant plus tôt, elle fondait entre ses bras puissants – des bras qui la protégeaient, des bras qui la désiraient…

Que s'était-il produit ? Quelle erreur avait-elle commise ? Pourquoi, oh, pourquoi faisait-il cela ?

— Allez vous coucher, répéta-t-il en la toisant d'un regard cruel. Il ne s'est rien passé. Vous comprenez ? Rien.

Jenna se sentit blêmir et recula en le dévisageant, horrifiée. Sous ses pieds, le sol de pierre de la terrasse était froid et dur. Moins froid, moins dur que la voix d'Evandro. Comme elle ne bougeait plus, elle sentit des ongles s'enfoncer dans son avant-bras.

— *Il ne s'est rien passé*, répéta-t-il en détachant chaque syllabe d'un ton coupant. Je suis seul responsable de cet écart. L'alcool, la lune, les étoiles… Voilà, je suis ivre et moi seul mérite le blâme. Accablez-moi de tous les torts si vous voulez, mais maintenant partez.

C'était un ordre. Un ordre donné d'une voix métallique, désincarnée, par un homme qui n'avait rien de commun avec celui qu'elle embrassait passionnément une minute plus tôt.

Il fallait obéir. Immédiatement.

Mais pas question de pleurer devant lui. Sans un mot, sans une protestation, elle détacha son regard de ce visage de marbre et prit la fuite vers sa chambre – à nouveau invisible.

8

Evandro enfonça l'accélérateur. Il voulait se retrouver à Turin, derrière son bureau, aussi vite que le lui permettrait son puissant coupé sport. Le soulagement le gagnait à mesure que fuyaient, dans son rétroviseur, les paysages familiers d'Asti.

Dio ! Comment avait-il osé faire cela ? Commettre une telle imprudence ?

Sa fureur contre lui-même était d'autant plus vive qu'il avait senti se former puis s'installer en lui l'attirance interdite... En même temps, comment aurait-il pu prévoir qu'il y avait danger ? Que cette femme-là entre toutes, une femme sur qui aucun homme ne se retournerait en la croisant dans la rue, allait réussir à... À quoi ? À s'insinuer dans chacune de ses pensées, sous sa peau, dans sa chair ? L'air de rien, de façon subreptice, mais avec une efficacité redoutable, jour après jour ?

En vérité, il s'était cru à l'abri. En sécurité. Pas plus que de ses sourires désarmants, au cours de leurs promenades, il ne s'était méfié de ses regards pleins d'empathie à chacune de leurs conversations. Ainsi, il avait profusément admiré sa grâce, sa douceur, avant de reconnaître sa féminité, ses charmes, sa séduction : c'était lui qui l'avait à jamais arrachée à son invisibilité. Quelle ironie ! Après avoir tant insisté auprès d'elle pour qu'elle sorte de sa chrysalide, pour qu'elle cesse de chercher l'ombre et qu'elle fasse confiance à la lumière, il en était puni. Parce qu'il avait su voir la beauté pure qu'elle dissimulait à ses propres yeux, c'était lui qui en était ébloui.

Jamais il n'aurait dû redescendre sur la terrasse, après avoir couché Amélie ! Ni se laisser ensorceler par le ciel étoilé, la silhouette de rêve de Jenna, sa bouche si pulpeuse et appétissante que...

Bon sang, comment diable aurait-il pu résister ? Où diable aurait-il puisé cette force ? En fait, les dés étaient jetés dès qu'il l'avait regardée descendre l'escalier, dans l'après-midi, vêtue de cette robe révélant enfin sa silhouette, sa chevelure de miel lâchée sur ses graciles épaules.

La mâchoire d'Evandro se crispa. Sous les étoiles, l'irrésistible petite nymphe des bois avait réussi à éteindre toutes les alarmes qui auraient dû l'empêcher de l'embrasser. Il s'était mis en danger. Il entendait déjà le rire sardonique de Bérénice criant victoire – non, impossible. Impensable.

Cet écart était derrière lui, et plus jamais il ne se reproduirait.

— Papa est parti ! Il est retourné à Turin, geignit la fillette dès qu'elle s'installa dans la salle de classe.

Son petit visage, transporté de joie la veille par la journée merveilleuse qu'ils avaient partagée, n'exprimait plus que l'abattement.

— Il faut qu'il travaille, Amélie. Comme tous les parents : son temps libre est limité.

Tandis qu'elle prononçait ces paroles, il était d'autant plus difficile à Jenna d'afficher un sourire encourageant qu'elle se sentait intérieurement brisée. L'amertume lui étreignait le cœur, et elle ne se pardonnait pas d'avoir cédé à des espoirs fous, de s'être si fiévreusement accrochée à son cou, comme si un seul baiser signifiait... Malgré elle, pourtant, elle était certaine qu'il éprouvait la même ardeur qu'elle, la même plénitude, dans l'union parfaite de leurs lèvres, à mesure que leurs corps se plaquaient l'un contre l'autre, leurs formes s'épousant, appelant sans cesse à resserrer cette intimité, à la poursuivre.

Elle ferma les yeux. Ce trouble n'avait plus de raison d'être. Evandro s'était montré très clair, non ? Elle n'avait pas le choix, songea-t-elle en retenant son émotion. Il faudrait qu'elle se débarrasse de ce souvenir, qu'elle efface de sa mémoire son regard intense et son visage éperdu de désir, qu'elle oublie les émotions délicieuses qui embrasaient ses sens, qu'elle extirpe de son cœur la passion qui venait d'y naître et dont la force ne pouvait correspondre qu'à… Non.

Soudain, elle fut figée sur place. Oh ! non, non ! Elle n'était pas *tombée amoureuse de lui* !

Un manège infernal fit tournoyer son cerveau. Non, ce n'était pas possible. Une telle folie ne lui ressemblait pas, se dit-elle. Elle ne s'emballait jamais. Réfléchie, posée, elle avait un tempérament trop modéré pour… Sa gorge se bloqua. Pour aimer ? C'était absurde, et elle le savait. Autant regarder la vérité en face. Elle aimait Evandro.

C'était insensé, oui, c'était désastreux, même, et elle n'aurait jamais dû en arriver là, mais elle avait beau être consciente de cette catastrophe, il n'existait aucun interrupteur sur lequel appuyer pour tout arranger. Le sort en était jeté. Elle était tombée amoureuse d'un homme qui ne voulait pas d'elle.

Que faire ?

Au fond de sa conscience, une petite voix lui souffla la solution. Il ne restait que quelques semaines. Elle n'avait pas le choix : il fallait qu'elle surmonte son chagrin. Sa meilleure alliée serait là pour l'aider à traverser cette épreuve. L'invisibilité.

Obstinément, Jenna fixait le plafond de sa chambre. Minuit avait sonné depuis un bon moment, déjà, mais elle entendait encore la rumeur des rires et des conversations, le tintement des verres, la musique.

La fête se poursuivait au rez-de-chaussée, et chaque pulsation des basses, chaque exclamation de joie enflait son cœur d'amertume.

Oh ! certes, mieux valait encore qu'elle subisse cette torture depuis la solitude de sa chambre. Rien n'avait été pire que de revoir son visage, lorsqu'il était revenu en milieu de soirée. Amélie était couchée, et Jenna s'apprêtait à l'imiter quand un concert de vrombissements avait rompu le silence régnant sur le domaine.

Aussitôt, elle s'était précipitée à la fenêtre de sa chambre. La lumière des phares l'aveuglait. L'homme dont elle était stupidement tombée amoureuse avait surgi de son petit bolide. Derrière lui se garaient plusieurs limousines, une véritable cohorte de voitures de luxe, et une bonne trentaine d'hommes en smoking et de femmes en robe de soirée avaient atteint le porche – ses amis, tous issus de la jet set.

Et, depuis des heures, la réception battait son plein. Le *palazzo* n'avait plus rien d'un écrin de paix et de raffinement perdu dans la nature. C'était la demeure d'un grand homme d'affaires habitué à célébrer ses succès en compagnie de ses semblables, à se livrer à des mondanités de milliardaire. Non sans cruauté, cette soirée lui rappelait qui était Evandro Rocceforte : un aristocrate de l'industrie italienne, inaccessible à une petite institutrice anglaise aussi modeste qu'elle...

Cinq jours. Il y avait cinq jours et cinq nuits qu'elle souhaitait son retour, et maintenant... Qu'avait-elle donc espéré ? Il lui avait expressément fait comprendre que leur baiser était un accident – une erreur.

Jenna sentit pourtant la colère l'emporter sur son chagrin. En entendant la voix de son père au rez-de-chaussée, la petite était venue frapper à sa porte : toutes deux étaient descendues l'accueillir et...

Elle se redressa dans son lit. Des pleurs lui parvenaient depuis la chambre d'Amélie, et elle se hâta d'enfiler son déshabillé pour aller voir l'enfant.

— Qu'est-ce qui se passe, mon poussin ? demanda Jenna en s'asseyant au bord du lit pour attirer la fillette dans ses bras.

Elle pleurait à chaudes larmes.

— L'amie de papa, hoqueta-t-elle.

— Je sais... Cette dame s'est mal comportée, dit-elle avec douceur. Tu rencontreras parfois des adultes comme elle, et il faut que tu saches les ignorer. Ce qu'elle pense n'a aucune importance.

— Une fois, j'avais aussi renversé du vin sur la robe de maman. Et c'était du vin rouge et ça a fait une grosse tache, et elle était très en colère contre moi... Exactement comme la dame.

— Personne n'aime cette dame, répondit Jenna. C'est sa punition. Elle est méchante.

— Mais si, papa l'aime bien, répliqua Amélie en levant vers elle ses grands yeux emplis de larmes.

Jenna la serra tendrement contre elle. Il était tard, l'enfant était fatiguée, excitée, et, après avoir embrassé son père, elle avait traversé la pièce en courant… renversant un verre sur une dénommée Bianca, dont les protestations furieuses manquaient de tact et d'indulgence.

Or c'était cette femme que Jenna et Amélie avaient trouvée au bras d'Evandro, en pénétrant dans le grand salon. Dans sa robe blanche, ses escarpins à talons aiguilles, et avec tous les bijoux en or révélant le bronzage impeccable de ses bras et de sa poitrine, l'amie d'Evandro restait pratiquement collée à lui, envoyant un message explicite à tous les convives : « chasse gardée ».

Jamais Jenna ne saurait ressembler à cette créature dont les mensurations pouvaient faire pâlir d'envie les plus grandes stars de Hollywood. Elle se rappela le portrait de la mère d'Amélie. Évidemment, Evandro Rocceforte ne fréquentait que des princesses. Une « petite nymphe des bois » n'avait aucune chance de l'amuser au-delà de quelques jours.

Et de toute façon, ce soir, il lui avait confirmé qu'elle était redevenue invisible. Après un regard gêné et un « bonsoir » glacial, il l'avait soigneusement ignorée.

Elle n'était qu'une idiote. Une incorrigible rêveuse. En vingt-sept ans, personne ne s'était intéressé à elle. Pourquoi l'homme qu'elle aimait ferait-il exception à la règle ?

Evandro ouvrit en grand la fenêtre de sa chambre et savoura la fraîcheur de l'air nocturne, le silence enfin revenu depuis que la musique infernale s'était tue. Ne subsistait que le frémissement de la brise dans les cyprès et, rayonnante dans son halo d'argent, la même lune, ou presque, que celle qui avait éclairé son baiser avec Jenna, cinq nuits auparavant.

Un moment désormais figé dans le passé, dépourvu de suite et d'épilogue : il s'en était fait le serment.

La présence de toute son équipe de managers, de quelques amis et de Bianca allait lui permettre de tourner définitivement la page de ce chapitre et de regarder Jenna pour ce qu'elle était : une simple employée venue passer l'été avec Amélie pour la préparer à la rentrée des classes – ni plus ni moins.

Il aurait voulu la trouver ridicule, en la voyant apparaître ce soir dans son chemisier à fleurs et son pantalon en lin, sans maquillage… Alors qu'autour d'elle virevoltaient des femmes sophistiquées, impeccablement coiffées, maquillées, manucurées, mises en valeur par des vêtements sélectionnés par des armées de *personal shoppers* et des assistantes personnelles.

Or, pour son plus vif agacement, il ne l'avait pas trouvée ridicule. Bien au contraire. En la voyant surgir accompagnée d'Amélie, il avait été bouleversé par sa simplicité. Il avait dû se retenir de pousser Bianca pour aller vers elle et… et la prendre dans ses bras ? Oui, peut-être en avait-il eu envie.

Il fronça les sourcils. Bon sang, il fallait qu'il oublie la nymphe anglaise. Hélas, il avait l'impression que Bianca ne lui faisait plus aucun effet. Pire, elle l'exaspérait. Et alors ? Il ne s'agissait que de renouer provisoirement une liaison sans grand intérêt. La voluptueuse Italienne restait son meilleur antidote, s'il voulait chasser Jenna de ses pensées – et de son désir.

Quarante-huit heures assez douloureuses s'écoulèrent, contraignant Jenna à serrer les dents tandis que les portes claquaient, que des rires s'élevaient à toute heure du jour ou de la nuit depuis chaque pièce du *palazzo*. Mules et escarpins martelaient le marbre à contretemps des musiques qui fusaient de la hi-fi.

Bien sûr, il lui était particulièrement pénible de croiser Evandro et la belle Bianca Ingrani dans un couloir de la maison. Chaque fois que cela se produisait, elle en était mortifiée. Il n'allait tout de même pas épouser cette femme, et l'imposer comme belle-mère à la pauvre Amélie ? Pas après qu'elle avait crié sur la fillette de cette façon à cause d'un simple verre renversé ?

Avec force, elle se raccrocha à cet espoir afin de chasser tant bien que mal de ses pensées le maître de maison.

Le personnel au complet s'escrimait à préparer, servir, débarrasser, nettoyer, et il ne resta plus que Jenna pour s'occuper d'Amélie, non seulement aux heures de classe mais pour la lever et l'habiller le matin, lui donner son bain et la coucher le soir. Après tout, c'était pour l'enfant qu'elle était venue passer l'été ici.

Ne l'avait-elle pas oublié, le soir où elle avait laissé Evandro l'attirer dans ses bras ?

Dans un nuage de poussière, la dernière limousine de la

division de véhicules de luxe franchit les hautes grilles qu'Evandro regarda se refermer. Une profonde satisfaction l'enveloppa. Enfin le calme ! Enfin la sérénité pour son vieux domaine rural, où il espérait entendre les chants des oiseaux succéder au vacarme de trois jours festifs et vains.

C'était le milieu de la matinée, et il traversa le parc l'esprit préoccupé et sombre, incapable de savourer la caresse du soleil sur son front.

Décidément, son idée était stupide. Lui qui croyait, en installant ici sa maîtresse et les plaisirs mondains les plus superficiels, envoyer la charmante Anglaise qui occupait ses pensées aux oubliettes… Il n'avait obtenu que le résultat inverse. Désormais, il se demandait comment il avait pu être assez sot pour se laisser séduire par une intrigante aussi conformiste que Bianca Ingrani.

Pire, il était sans cesse tourmenté par l'image d'une Jenna à la pâleur fantomatique et au regard triste, une Jenna cherchant à redevenir invisible, depuis son retour. Il était le seul coupable de ce désastre et il s'en voulait. Elle avait souffert en silence, ne lui posant aucune question, ne cherchant jamais à obtenir un tête-à-tête avec lui, comme si elle savait qu'il n'avait rien d'autre à lui offrir que sa cruauté.

Oui, il s'était montré cruel. Il en avait honte. L'avait-il définitivement perdue ? Oh ! bon sang, il ne pourrait pas le supporter.

Son mariage calamiteux avait causé bien assez de dégâts, et il refusait de se soumettre au chantage inadmissible de Bérénice. Tant pis, si elle lançait son armée d'avocats à ses trousses, il ferait de même. Il se battrait. Mais il ne voulait plus s'interdire de saisir sa seule chance de bonheur. Il en payerait le prix – il assumait ce risque.

D'un pas rapide, il pénétra dans le *palazzo*, sachant parfaitement où il voulait être. Qui il voulait voir. Les poings serrés, il gravit quatre à quatre les marches de l'escalier monumental, comme s'il avait le diable aux trousses. Aucune importance ! Même le diable ne l'empêcherait pas d'aller au bout de son désir. Et, comme il entendait son rire infernal résonner en lui, il se contenta de le maudire.

9

— Amélie, il te reste une page d'additions à faire : elles ne vont pas se résoudre toutes seules, il faut t'y mettre.

Jenna sourit à la fillette, mais tâcha de s'exprimer d'un ton ferme. Son élève était distraite, aujourd'hui. Comme elle, Jenna avait entendu le vacarme, les longues allées et venues. Une bonne quinzaine de personnes venaient d'échanger leurs adieux dans la cour, puis le vrombissement des moteurs s'était élevé… Et enfin, l'escouade partie, le silence retombait sur le parc et la maisonnée.

— Je ne pourrais pas plutôt aller retrouver papa *maintenant* ? geignit Amélie. Puisque tout le monde est parti…

— Je suis sûre qu'il viendra te voir dès qu'il sera prêt, répondit-elle. Allons, reprenons.

Le long soupir de frustration de l'enfant lui fendit le cœur, mais Jenna désigna du doigt la première opération sur la copie. Très vite, cependant, elle se retourna, comme une cavalcade résonnait sur le marbre de l'escalier. Essoufflé, il était là. Dans l'encadrement de la porte.

Jenna ne pouvait pas soutenir son regard. Elle détourna les yeux et dissimula sa douleur, au déchirement désormais familier de sa poitrine.

— Papa ! s'exclama joyeusement la petite en se précipitant vers Evandro.

Il la fit aussitôt tournoyer dans ses bras, comme un avion, et elle rit aux éclats, ravie.

— C'est l'heure du plongeon, annonça-t-il. Va te mettre en tenue !

La petite ne se le fit pas dire deux fois et fila à toutes jambes en direction de sa chambre.

Jenna se leva, prête à rentrer dans son propre appartement, quand Evandro se dirigea droit sur elle. Avant qu'elle n'ait eu le temps de comprendre ce qui lui arrivait, il l'attira contre lui et l'embrassa passionnément.

— Qui veut une glace ?

— Moi ! Moi !

Amélie nagea aussi vite que le lui permettaient ses brassards de natation pour se hisser hors du bassin et courir vers son père, qui, accroupi, l'attendait en brandissant les trois bâtonnets glacés qu'il venait de prendre dans l'immense congélateur de la cuisine.

Un large sourire aux lèvres, la petite choisit un cône fraise-vanille et alla s'installer confortablement à l'ombre d'un arbre, sur un transat, pour le déguster.

— Un peu d'intimité pour nous, observa Evandro en s'asseyant près d'elle, sous le grand parasol du coin lounge. Choisis.

Jenna prit un cône au hasard, incapable de détacher son regard du sien. Depuis l'instant où Evandro l'avait prise dans ses bras, dans la salle de classe, elle ne touchait plus terre… Elle flottait sur son petit nuage, le cœur battant, inondée de joie. Elle savait qu'il lisait son bonheur dans ses yeux. Comment aurait-elle pu le cacher ?

Elle n'arrivait pourtant pas à y croire. C'était un rêve : d'une seconde à l'autre, elle était passée de l'abattement complet à l'extase. D'un simple baiser, Evandro lui avait rendu tout ce qu'elle avait cru perdu.

Tandis qu'elle défaisait l'emballage de son bâtonnet glacé, il se pencha à son oreille et murmura :

— Pardonne-moi.

Un frémissement délicieux la transperça. En ce moment, c'était tout ce dont elle avait besoin, et elle pouvait s'assurer de la sincérité de ses paroles d'après l'intensité de son regard.

Pour toute réponse, comme il lui prenait la main, elle entrelaça tendrement ses doigts avec les siens.

Non, en fait, elle n'attendait pas de plus amples explications de sa part, ni le récit de sa volte-face. La force de leurs retrouvailles lui suffisait. L'incroyable chaleur qui inondait son âme lui suffisait. Jamais elle n'aurait cru possible que son corps et son esprit trouvent une harmonie si parfaite... Et elle contempla, chavirée de bonheur, le sourire de l'homme qu'elle aimait.

Car, de tout son cœur, elle l'aimait.

Adossé contre l'énorme marronnier, le plus vieil arbre du domaine, qui bordait le parc à l'orée des bois, Evandro leva un regard inquiet vers le ciel obscurci. En fin d'après-midi, il faisait si chaud qu'ils avaient tous trois décidé de pique-niquer sur les hauteurs, plus fraîches, de la propriété. Priant la gouvernante de leur garnir un panier du strict nécessaire, ils s'étaient servis de grandes feuilles en guise d'assiettes, pour la plus grande satisfaction d'Amélie, qui, maintenant, faisait dîner ses peluches dans la même vaisselle.

La petite était tellement absorbée par son jeu qu'Evandro s'approcha de Jenna, l'attirant au creux de ses bras.

— Elle a l'air heureuse, observa-t-elle en se lovant contre son torse.

Il y avait tant de tendresse et de douceur dans sa voix... Il savait qu'elle aimait profondément sa fille, ce qui parachevait sa félicité.

— Moi aussi, murmura-t-il avec gratitude. Je suis complètement, merveilleusement heureux...

Un bonheur pareil méritait d'être saisi et embrassé. L'ignorer, le refuser, ça aurait été un crime ! Il lui avait fallu un certain temps pour le comprendre, mais désormais il en était convaincu. Evandro serra la jeune femme plus étroitement contre lui. Elle tressaillit de peur à l'instant où le ciel se déchira.

— Qu'est-ce qui se passe, papa ? s'écria Amélie, effrayée, par le terrible coup de tonnerre.

— Voyons, ce n'est rien, mignonne. Juste un orage. Range vite tes peluches dans le panier, et rentrons.

Le ciel était noir de nuages, et des bourrasques froides fendirent la moiteur de l'atmosphère.

— Dépêchons-nous, renchérit Jenna en aidant la petite à rassembler ses affaires.

Ils partirent en courant au moment précis où des éclairs zébraient le ciel au loin.

— Je n'aime pas les orages ! geignit Amélie en traînant les pieds.

Evandro la prit dans ses bras et se remit à courir, sans lâcher la main de Jenna.

— Tu cours trop vite pour moi, hoqueta-t-elle. Tu es sûr qu'il va pleuvoir ?

— Non, ça peut craquer loin du domaine, mais...

Il n'eut pas besoin de terminer sa phrase : quelques gouttes tombèrent comme ils gravissaient les marches du porche.

Un instant plus tard, ils étaient à l'abri. L'averse ne tomba pas, l'orage s'éloigna.

La peur d'Amélie se dissipa en même temps, et Evandro parvint à la faire rire en lui racontant une histoire. Sans doute parce qu'ils avaient passé une longue et excellente journée, la fillette s'endormit sans difficulté.

Sur la pointe des pieds, Jenna et lui quittèrent sa chambre et, une fois sur le seuil, échangèrent un regard complice.

Complice et... intimidé. Et impatient.

Dans la semi-obscurité, il vit briller sa bouche pulpeuse et ses grands yeux d'un vert aussi profond que l'océan. Elle était si belle... Son désir était en train de le déborder.

N'y tenant plus, il la prit par la main et l'entraîna dans sa chambre.

La chaleur de la nuit les enveloppa tandis qu'ils fondaient dans les bras l'un de l'autre. Blottie contre le corps puissant d'Evandro, Jenna s'abandonna à l'envie qui faisait bouillir son sang dans ses veines.

Une joie intense affolait les battements de son cœur, comme ils s'embrassaient avec une incandescente volupté. Un fourmillement délicieux couvrait l'épiderme de son corps tout entier, et elle ferma les yeux lorsqu'il insinua une main sur sa poitrine, faisant gonfler ses seins durcis. De l'autre, il arpentait ses cuisses chaudes et, ivre de désir, elle l'invita à basculer avec elle sur le lit, où il poursuivit ses caresses langoureuses.

Sa chair s'éveillait à des sensations inconnues, et seul le désir la guidait : oubliées, la peur et la nervosité, de même que l'appréhension de la première fois. Un brasier incendiait son bas-ventre, une lave intrépide fusait dans ses artères.

De ses doigts fiévreux, il défit les boutons de son chemisier, et elle se cambra pour l'inviter à caresser ses tétons dressés pour lui. Lorsqu'elle sentit la paume de ses mains les recouvrir, elle laissa échapper un gémissement. Tout se passait comme s'il précédait chacun de ses élans, comme s'il devinait chaque impulsion de son corps – et ses gestes experts firent monter en elle des vagues de plaisir de plus en plus puissantes.

Renversant la tête en arrière, elle étouffa un cri quand il posa sa bouche brûlante sur ses seins, aspirant leurs pointes, les agaçant du bout de la langue. La torture lascive lui procurait une ivresse dont elle voulait ne jamais sortir.

Fermant les yeux, elle se laissa posséder par le désir et écarta les cuisses tandis qu'il déposait une myriade de baisers incandescents sur son ventre. D'un geste, il la débarrassa de sa jupe et fit glisser son slip jusqu'à ses chevilles. Un frisson la parcourut comme il caressait la fine toison de son sexe. En même temps que lui, elle s'aperçut qu'elle était trempée – prête pour lui.

Mais, loin de vouloir précipiter les choses, prenant tout son temps, Evandro la surprit encore en s'agenouillant devant elle. Jenna ne pouvait plus respirer. C'était à croire que le brasier qui la consumait ne s'éteindrait jamais. Se tortillant sur le matelas, elle gémit. Il avait enfoui son visage entre ses cuisses et lui découvrait un nouveau monde de plaisir pur. Emportée au gré d'un torrent furieux, elle sentit ses lèvres et sa langue déclencher une infernale déflagration dans sa chair palpitante. Des ondes d'une puissance insoutenable la transperçaient d'extase. Soudain, son corps fut secoué de spasmes et elle crut qu'elle allait s'évanouir, tant la décharge électrique était forte. Elle enfonça alors ses doigts dans les cheveux d'Evandro. Pendant qu'elle restait immobile et à bout de souffle, il se redressa, se dévêtit en toute hâte et revint s'allonger près d'elle pour l'embrasser passionnément.

Jenna lui rendit son baiser avec ferveur, enroulant ses cuisses autour de ses reins, caressant ses épaules carrées, si musclées, si douces.

Puis elle se recula pour l'admirer, retenant sa respiration. Il était entièrement nu – superbe. Une fine toison brune courait sur son ventre, soulignant le dessin parfait de ses abdominaux. Fascinée, elle fixa son sexe majestueusement dressé pour elle. Ce fut à cet instant qu'il plongea son regard dans le sien. Un regard implorant son approbation ; et elle sourit.

— Oui. Oh oui, souffla-t-elle.

Alors il la fit basculer sur le dos et la pénétra d'un puissant coup de reins. Jenna fut certaine par la suite d'avoir fermé les yeux pour savourer la brûlure de cette blessure exquise, instantanément changée en plaisir. Poussa-t-elle un cri ? Peut-être. Mais jamais elle n'aurait cru possible d'éprouver des sensations aussi merveilleuses que celles qui suivirent. Car, tandis qu'il imprimait à leur corps-à-corps le rythme lent et régulier d'une marée, elle se mit à onduler avec lui. En cadence. Dans une harmonie idéale. Dans la glorieuse union de leurs corps qui s'épousaient à la perfection. Et, peu à peu, cette danse se fit plus sauvage. Plus saccadée, plus fébrile. À mesure que le plaisir la secouait encore, alors qu'elle se sentait aspirée par une tornade d'extase, l'émotion la déborda. C'était le plus beau moment de sa vie. Le cadeau qu'elle était en train de recevoir n'avait pas de prix, et elle se laissa inonder par son amour. L'amour infini qu'elle éprouvait pour lui.

Ils gémirent ensemble avant de retomber, pantelants, sur le matelas. Longtemps, ils restèrent tremblants l'un contre l'autre, à écouter le battement frénétique de leurs deux cœurs. Enfin, Evandro l'attira au creux de son épaule et s'enquit, une once d'inquiétude dans la voix :

— Est-ce que je t'ai fait mal ? Pour rien au monde je n'aurais voulu que tu…

— Chut, fit-elle en posant délicatement son index sur ses lèvres.

Arrimant son regard au sien, elle promit :

— Tu ne pourras jamais me faire de mal.

Peut-être valait-il mieux que la chambre soit plongée dans la pénombre, pensa-t-elle, car elle savait que ses yeux révélaient son âme amoureuse.

Car elle l'était – follement amoureuse.

Ce fut à l'aube que l'orage revint et se déchaîna. Evandro avait omis de tirer le rideau de la fenêtre. Il entrouvrit les yeux. Des nuages gris se fendirent pour laisser tomber une terrible averse, tandis que le tonnerre sévissait avec la même fureur que les éclairs zébraient le ciel. Glissant hors du lit, il alla regarder la terrasse, à l'aplomb de sa chambre. Les antiques dalles de pierre étaient bombardées de grêlons.

— Amélie ! dit Jenna d'une voix anxieuse depuis le lit.

— J'y vais, répondit-il en passant aussitôt dans la salle de bains attenante pour s'envelopper de son peignoir.

Un moment plus tard, il revint et annonça en souriant :

— Elle dort à poings fermés.

En toute hâte, il se dévêtit pour retourner se blottir dans la chaleur de la jeune femme. Sentir son petit corps de liane pressé contre le sien était un délice. La douceur de sa peau l'émerveillait, il ne se lassait pas d'admirer la perfection de ses petits seins ronds et de ses hanches si fines.

Il éprouvait le besoin de la protéger. De la serrer contre lui, pour ne jamais lui permettre de partir. Elle était son bonheur, la conjuration de son passé infernal. Tout le contraire de Bérénice : douce, tendre, délicate.

Sa compassion et son intelligence le bouleversaient autant que sa beauté. Sa grâce le désarmait. Il lui caressa les cheveux et posa sa bouche contre son front, en un baiser impétueux.

Plus jamais il ne la fuirait. Si le danger guettait, il l'affronterait.

Dehors, il entendit la foudre tomber – dans l'enceinte du domaine, non loin du parc. Un craquement terrible le fit sursauter, et il s'accouda sur l'oreiller pour apercevoir la cause d'un tel bruit.

Le marronnier.

L'arbre centenaire auquel il tenait tant, sous lequel Jenna et lui avaient échangé mille gestes de tendresse dans l'après-midi, était détruit.

Emporté par les lames vicieuses de l'orage.

— Eh bien, au moins, cela épargnera un arrosage aux jardiniers, dit Evandro avec philosophie.

Il tourna la tête vers Jenna pour l'envelopper d'un regard caressant. Amélie et elle souriaient. Même si la terrasse était encore inondée, ils avaient eu envie de prendre tous trois leur petit déjeuner ici, sous le scintillement du soleil. Le ciel avait retrouvé son bleu estival. Il faisait bon... Et il n'éprouvait rien d'autre que félicité et gratitude.

Elles étaient là – et elles représentaient tout ce qu'il pouvait espérer de la vie. Jenna et Amélie, son monde, son univers.

— Un tout nouveau monde, murmura la jeune femme en lui renvoyant, à son tour, par-dessus sa tasse de café, un regard intense.

Ils se comprenaient si bien ! Ses mots résonnaient avec la clarté du cristal sur ses sentiments. Oui, c'était exactement cela : un tout nouveau monde, loin de celui où il n'avait connu que le malheur, avec Bérénice.

À peine ce prénom lui vint-il à l'esprit qu'il se reprocha de l'avoir convoqué. Il fallait empêcher son passé de jeter une ombre sur sa nouvelle vie, et il se promit de ne plus se concentrer que sur l'instant présent – et leur avenir, bien sûr.

Comme la fillette venait s'asseoir sur ses genoux en le priant de lui couper lui-même des mouillettes, il rit et embrassa les deux mains de l'enfant. Puis il lui montra comment beurrer une tranche de pain et ne la trancher qu'ensuite.

Les cheveux d'Amélie sentaient la pomme, son rire l'emplissait de joie. La complicité magique qui le liait à Jenna lui donnait l'impression de renaître. Jamais rien ne pourrait les séparer, tous les trois. La femme qu'il considérait déjà comme la sienne et la petite fille qu'il s'était juré de protéger et de chérir devenaient sa seule priorité. Elles étaient à lui – elles étaient sa vie.

La solennité de ces mots pesa quelques instants sur ses pensées, et il crut sentir passer dans sa nuque un courant d'air froid. Or l'atmosphère qui régnait sur la terrasse avait une tiédeur idéale. Le rire cruel de Bérénice retentit dans son souvenir, et il lui fallut une seconde pour en effacer l'écho de son esprit... Assez, assez.

Ébouriffant les cheveux de sa fille, il se tourna vers Jenna.

— Que pourrions-nous faire par une si belle journée ?

— Nous déguiser ? suggéra aussitôt Amélie d'une voix vibrante d'espoir.

Ses grands yeux brillaient, et il éclata de rire.

— Bon, c'est entendu !

— Youpi ! s'exclama sa fille en se levant d'un bond pour faire le tour de leur table en courant.

— Cet après-midi, reprit-il, Jenna nous proposera l'un des thèmes de déguisement de son école. Et je crois que j'ai une idée pour les jours à venir. Que diriez-vous de partir en vacances ?

— À la mer ? demanda Amélie, visiblement aux anges.

— Oui, à la mer !

— Oh oui !

Comme la petite s'était mise à bondir en tous sens, Jenna lui retourna un regard de défi et observa en riant :

— Impossible de te dédire, maintenant, Evandro !

— Ce n'était pas mon intention, répondit-il.

Un mélange de paix et de confiance inondait son cœur.

— Je ne reviens sur rien. Au contraire. J'assume tout et je vais de l'avant, ajouta-t-il.

Il n'y aurait pas de retour en arrière. Il comptait consacrer toutes ses forces à défendre, à préserver le bonheur miraculeux qu'il venait de trouver.

Aussi ignora-t-il le pénible sentiment qui le traversa lorsqu'il vit l'un de ses jardiniers partir avec la camionnette en direction du marronnier. Une fois les branches ramassées, les dégâts nettoyés, il ne resterait qu'un morceau de tronc mort.

10

— C'est le paradis !

Jenna s'étira avec volupté sur le sable chaud. Ayant somnolé dix minutes après son bain, elle éprouva le besoin de se dégourdir les membres. Tout en levant les bras vers le soleil, elle exerça de ses jambes bronzées un petit mouvement de ciseaux.

Puis elle ferma les yeux et prit une longue inspiration. L'iode et la crème solaire… Elle adorait sentir ce mélange. En fait, *tout* était paradisiaque, en ce moment.

Dès qu'elle tourna la tête vers Evandro, alangui près d'elle, elle sentit une immense vague de désir et d'amour la submerger. Dans n'importe quelle tenue, cet homme était toujours beau. Irrésistible. Evandro en costume, cravate et chemise amidonnée possédait la même séduction qu'Evandro en jean brut et T-shirt blanc. En bateau, Evandro dans son pantalon de toile et ses mocassins en daim, une chemise en lin ouverte sur son torse nu, atteignait la cime de la séduction, mais… Evandro étendu sur la plage, la musculature de son corps glorifiée par les rayons du soleil, Evandro ne portant rien d'autre qu'un caleçon de bain ! C'était pour l'heure sa version favorite de l'homme qu'elle aimait. Sa vision réveillait en elle le volcan entré chaque nuit en éruption depuis leur première fois.

En songeant à leurs dernières étreintes, elle sentit monter sa température. Si passionnées, si audacieuses… Grâce à lui, elle avait l'impression que son corps renaissait. Son âme aussi. Elle prenait confiance en elle et n'avait plus peur de montrer qu'elle était heureuse. Ce qu'elle éprouvait était si unique, si neuf, si incroyable qu'elle avait cependant l'envie, parfois, de se pincer pour être certaine de ne pas rêver.

— Tu as l'air d'une star des années 1950, observa-t-il. En deux fois plus glamour !

Troublée, elle savoura le long regard dont il la gratifiait. Elle portait un bikini noir à pois blancs et un bandeau assorti dans les cheveux. Sa garde-robe s'était enrichie de plusieurs tenues qu'elle avait permis à Evandro de lui offrir, sans fausse gêne : elle-même ne comprenait pas pour quelle raison elle s'était affublée durant tant d'années de vêtements sombres et difformes, comme pour s'enlaidir. C'était absurde. Si elle aimait toujours les coupes classiques, elle n'hésitait plus à aller vers des couleurs chatoyantes et des imprimés.

L'œillade langoureuse d'Evandro se prolongeait, et elle regretta qu'ils se trouvent encore sur la plage privée plutôt que dans l'intimité de leur chambre avec terrasse, au dernier étage du plus bel hôtel des Cinque Terre.

Pour se défaire de cette envie, elle reporta son attention sur Amélie, occupée à construire un château de sable en compagnie d'une fillette avec qui elle avait sympathisé. Les deux enfants pouffaient de rire en se racontant des secrets à l'oreille.

— C'est fantastique de voir Amélie si épanouie, dit-elle.

En se retournant vers Evandro, elle ajouta :

— Tu es un père fabuleux, Evandro. Tu fais vraiment tout pour elle.

L'émotion qui montait en elle l'étrangla. Impossible de ne pas songer à son propre père, qui, au contraire, n'avait jamais esquissé le moindre effort pour donner à sa fille le sentiment qu'elle existait. Jamais un regard, ni une sortie, encore moins un baiser. Jusqu'au bout, il l'avait traitée comme un meuble sans valeur et encombrant.

La joie d'Amélie lui ramena une nouvelle fois le sourire : elle voulait savoir si sa camarade et elle pouvaient aller acheter des glaces au comptoir de la plage.

Evandro tendit quelques pièces à sa fille avant de préciser :

— Va d'abord demander aux parents de Luisa s'ils lui donnent la permission.

Il désigna le couple occupé à enduire un garçonnet d'écran total, sous un parasol jaune. La dame se retourna vers eux, acquiesça en souriant, et les deux nouvelles amies coururent vers le glacier.

— Votre petite fille est charmante ! déclara la dame. Elle est très bien élevée !

— Je vous retourne le compliment, chère madame, répondit-il en souriant.

Le cœur de Jenna battait un peu plus vite. La situation était tellement parfaite, tellement idéale... Parfois, elle avait l'impression – l'illusion – d'être réellement la mère d'Amélie. Qu'ils allaient tous trois vivre heureux, dans leur *palazzo*, comme à la fin d'un conte de fées.

Et pourquoi pas ? lui soufflait la voix de son nouvel optimisme. Ne formaient-ils pas déjà une famille ? Sa conscience, en revanche, refusait de se laisser si aisément noyer dans le fantasme. Jenna aimait éperdument Evandro, mais rien n'établissait la réciproque de façon certaine, en dépit des attentions qu'il avait pour elles, de toute la tendresse qu'il lui témoignait. Le trio qu'ils formaient restait un trio, rien de plus : Amélie n'était *pas* sa fille, et Evandro n'était *pas* son mari.

Alors... Était-elle en train de vivre un rêve ? Un rêve qui prendrait fin, forcément – tôt ou tard ?

Elle ne voulait pas répondre à cette question. Non, pas encore.

Au bout d'une petite quinzaine au bord de la mer, douze journées merveilleuses à paresser sur la plage, à explorer les criques de la Riviera, à admirer les splendeurs des petits villages à flanc de falaise et les façades des maisons de pêcheurs, célèbres pour leurs couleurs, après douze nuits presque blanches, à épuiser le matelas de leur suite, et après qu'elle eut goûté le bonheur d'entendre sans cesse le rire d'Amélie, le moment redouté arriva. Evandro fut contraint d'annoncer à sa fille que les vacances prenaient fin. Il ne pouvait plus reporter son retour à Turin, au bureau. Pourvu qu'ils restent ensemble, cela importait peu à Jenna, mais la fillette pleura. Au matin du départ, la séparation avec Luisa fut déchirante. Les deux amies se promirent de rester en contact et de s'écrire chaque jour.

Amélie retrouva vite sa belle humeur au cours du voyage, et Evandro les installa dans son appartement turinois. Il s'agissait d'un magnifique penthouse, extrêmement moderne, avec son immense cuisine ouverte sur une terrasse plantée, ses espaces connectés, son confort.

Chaque soir, en rentrant du travail, Evandro se mit à réviser les calculs du jour avec sa fille.

— Imagine que j'aie fait la même chose que toi, quand j'étais petit. Que je me sois fâché avec les additions en refusant d'apprendre à bien compter. Aujourd'hui, je me tromperais tout le temps, et il y aurait des conséquences terribles pour les gens qui travaillent avec moi. Les mathématiques permettent de faire des choses très belles : construire des ponts, des bateaux, des maisons !

Au bout de trois ou quatre jours, l'attitude de la petite fille changea : elle eut envie de comprendre les opérations, se mit à se concentrer et à s'appliquer.

Comme elle venait de relire le cahier de calculs de son élève et de constater que les progrès étaient nets, Jenna pénétra dans le salon et enroula ses bras autour du cou d'Evandro.

— Tu es un as, souffla-t-elle. Le génie de la paternité doit être inscrit dans tes gènes.

Il regardait sa fille vautrée sur le canapé, une tablette en mains, en train de jouer à distance avec Luisa à son jeu vidéo favori.

Lorsque Jenna déposa un baiser sur sa joue, il ne bougea pas, et, l'espace d'un instant, une ombre passa sur son visage. Soudain, il fit volte-face et sourit pour demander :

— Puis-je savoir de quelles prouesses gastronomiques tu comptes nous régaler pour le dîner ?

Une lueur malicieuse brillait dans son regard bleu-gris, et Jenna répondit par une grimace moqueuse. Elle n'avait jamais été douée en cuisine – et, visiblement, Evandro s'en moquait d'autant plus qu'il adorait préparer à manger.

— Des pâtes… Dans une recette radicalement différente de celle d'hier soir, se hâta-t-elle de préciser.

— C'est une excellente nouvelle ! railla-t-il. Et j'en ai une autre pour toi : comme je suis affamé, ce soir, nous allons préparer les pâtes *ensemble*.

Amusée par son sarcasme, elle rit avec lui et sortit les légumes, la viande et les tagliatelles fraîches qu'elle avait achetés au marché le matin, avec Amélie. La veille, le goût caramélisé de sa carbonara ayant déclenché une interminable hilarité chez ses deux compagnons, Jenna était ravie de regarder Evandro émincer les poivrons, couper les tomates, faire dorer la viande... pendant qu'elle faisait chauffer l'eau.

Même dans les gestes les plus ordinaires du quotidien, elle avait l'impression qu'Evandro et elle formaient un couple aussi solide qu'uni. Leur complicité semblait absolue.

Alors peut-être qu'en dépit du mariage épouvantable qu'il avait subi, oui, peut-être qu'un jour... il voudrait bien lui accorder une chance de devenir officiellement sa femme et la belle-mère d'Amélie ?

Était-ce possible ? Ou se berçait-elle de faux espoirs ?

Le téléphone d'Evandro sonna alors qu'il venait de finir de hacher le persil, et il attrapa le maudit appareil pour décrocher sur la terrasse dominant le vieux Turin, laissant Jenna poursuivre la préparation de la sauce.

— Evandro ! Mon petit doigt m'a dit que tu étais de retour en ville.

Bon sang. Cette satanée Bianca. Il leva les yeux au ciel, retenant un profond soupir.

— Mon pauvre *carino*, tu as dû mourir d'ennui dans ta campagne, quand nous sommes tous partis. Tu passes me voir ? J'ai envie de prendre un verre avec toi. Et ce n'est pas ma seule envie...

Ignorant le ton sirupeux de Bianca, il répliqua froidement :

— Je regrette, ça ne va pas être possible.

— Pourquoi ? glapit son interlocutrice avant de se ressaisir pour enchaîner, plus mielleuse : Si c'est parce que tu as ta fille avec toi... Ce n'est pas un problème. Il y a plusieurs agences de baby-sitting ici, et ça fonctionne même à la dernière minute.

Evandro n'aurait su dire si le mépris et la condescendance de

Bianca l'agacèrent davantage que son égoïsme, mais il se surprit à rétorquer trop vite, sottement :

— En effet, Amélie est là, ainsi que la jeune femme que tu as prise pour une jeune fille au pair : Jenna.

Flûte. C'était privé, personnel. Il n'aurait jamais dû livrer cette information à Bianca Ingrani, songea-t-il.

— Euh... Jenna... Je ne vois pas. Tu veux dire la petite Anglaise habillée en croque-mort ? Tu l'as fait venir *dans ton penthouse* ?

— Oui. Jenna est ici avec moi.

Il sentit ses nerfs se tendre et reprit sèchement :

— Écoute, Bianca, je me rends compte que tu as cru que nous allions renouer, mais... notre liaison a pris fin il y a plusieurs mois, et j'ai tourné la page. Je garderai un bon souvenir de nos moments ensemble. Je te souhaite le meilleur dans la vie, et de trouver un homme à ta hauteur.

Refusant d'entendre la réponse de son ex-maîtresse, il raccrocha. La discussion était close, non ?

Dès qu'il rentra dans la cuisine, il vit que la jeune femme était nerveuse. Elle faisait tourner la poêle sur le feu d'un geste mécanique et absent.

— Tu as oublié les oignons et l'ail, observa-t-il, amusé.

Passant derrière elle, il lui prit la poêle des mains et murmura à son oreille :

— Détends-toi. Je viens d'envoyer Bianca voir ailleurs si j'y suis. C'est fini.

— Mais... Elle est si belle, rétorqua Jenna en lui retournant un regard interloqué.

— Pas pour moi. Plus maintenant. Et puis tu crois que je garderais des liens avec une femme qui s'est montrée si dure envers Amélie ? Pour moi, elle ne fait plus partie du décor, c'est déjà de l'histoire ancienne.

Ne voulant pas qu'elle se torture davantage au sujet de quelqu'un d'aussi insignifiant que Bianca Ingrani, il la contraignit à se retourner, et déposa un baiser très tendre sur ses lèvres. Un baiser qu'il ne tarda pas à approfondir, à faire durer, jusqu'à ce que la passion monte en lui, brûlante et vive. À contrecœur, il interrompit leur étreinte : ce n'était pas le moment, et déjà la voix d'Amélie claironnait dans le couloir :

— Si le dîner est prêt, je peux gratter le parmesan ?

— Râper, précisa-t-il en riant.

— On a cherché des licornes, avec Luisa, et elle en a trouvé une, et moi, deux ! s'écria-t-elle triomphalement, indifférente à sa leçon de vocabulaire.

L'enfant continua à babiller joyeusement, juchée sur un tabouret, le fromage en main. Evandro alla chercher une bouteille de vin blanc dans le réfrigérateur et en remplit deux verres. Au moment où il en tendit un à Jenna, qui ajoutait quelques feuilles de basilic à la sauce, il éprouva une sorte de douleur dans la poitrine.

Cette scène domestique le rendait heureux. Or, malgré lui, il se rappelait son bonheur et ses espoirs, au début de sa relation avec Bérénice. Son ex avait tout détruit.

De quoi était-elle encore capable, cette sorcière qui avait osé lui lancer un sortilège maléfique ? Un frisson lui parcourut l'échine.

Il connaissait la réponse. Il savait très bien de quoi elle était capable : du pire.

Deux semaines plus tard, Jenna fut elle-même étonnée d'éprouver tant de plaisir à retrouver le *palazzo*. Malgré de longues journées de travail, Evandro avait pris le temps de leur faire visiter le Piémont, et de leur consacrer un long week-end dans les Alpes, où il avait loué un chalet en bordure d'un lac.

La gouvernante les accueillit avec une joie bruyante, et Amélie se précipita vers elle, Loretta et Maria, impatiente de leur offrir les cadeaux qu'elle leur rapportait de ses voyages : pour chacune, un petit âne sculpté par les artisans des Cinque Terre, ainsi qu'une étole de soie siglée d'un grand couturier de Turin.

Les exclamations admiratives des trois femmes rappelèrent à Jenna d'excellents souvenirs, car les accessoires venaient de boutiques où Evandro lui avait acheté des robes, des chemisiers, des pantalons, des jeans, des escarpins… Ravie, Amélie esquissa une petite danse, et ils dînèrent tous ensemble sur la terrasse, où les attendait un véritable festin.

Pour l'occasion, Evandro apparut en smoking. Comme Amélie suppliait Jenna d'étrenner sa robe du soir en soie rose framboise, pour la première fois, elle osa porter une tenue audacieuse, sexy en diable : fendue d'un côté, déstructurée de l'autre ; le jupon de sa robe laissait apercevoir toute la longueur de ses jambes dorées par le soleil, et le décolleté plongeant mettait en valeur sa poitrine. L'enfant, quant à elle, pivota plusieurs fois sur elle-même, afin que chacun admire sa robe à volants brodés de petites fleurs – un adorable modèle rose bonbon avec boléro, que son amie Luisa possédait en mauve.

— *Bellissima !* s'exclama Evandro en voyant Jenna apparaître.

Elle se sentit rosir quand il lui prit la main pour la porter à ses lèvres, dans le même geste de gentleman qu'il avait eu quelques semaines auparavant.

— Et toi aussi, *carina* ! enchaîna-t-il en répétant la manœuvre avec l'enfant, qui rit de plaisir.

La petite s'était réjouie qu'elles portent toutes les deux la même couleur, et elle s'enquit d'un ton espiègle :

— Laquelle de nous est la plus jolie, papa ? Il faut choisir !

Le visage d'Evandro parut se vider de son sang. Jenna s'attendait à ce qu'il réponde quelque chose comme « On ne compare pas la robe d'une petite fille à celle d'une dame », ou bien « Heureusement que je n'ai pas à choisir ». Au lieu de quoi elle le vit profondément décontenancé. Il détourna rapidement la tête, puis sortit la bouteille de champagne de son seau pour remplir trois coupes. Enfin, il tendit un buck's fizz à sa fille.

— C'est l'heure de porter un toast, déclara-t-il. À notre retour à la maison !

Une nappe de chaleur enveloppa Jenna à ces mots. « La maison ». C'était une façon si simple, si puissante de dire l'essentiel.

Oui, elle se sentait chez elle, ici. C'était devenu sa maison. Auprès de la petite fille qu'elle chérissait de toute son âme et de l'homme qui lui avait pris son cœur.

Evandro raccrocha le combiné avec satisfaction. Bientôt, Amélie ferait sa rentrée à l'école, une institution jésuite très réputée dans la région, qui proposait l'été des activités de centre aéré. L'amitié de sa fille avec la petite Luisa lui avait montré combien elle avait besoin de fréquenter les enfants de son âge, et cette transition serait idéale pour l'habituer au rythme scolaire.

S'il voulait être honnête, il avait une autre raison d'opter pour ce système : son travail le réclamait, et il avait besoin de passer un peu plus de temps avec Jenna.

Parfois, dans la journée, il se surprenait à rêver de partir loin, de refaire sa vie avec Jenna et Amélie en Australie, en Nouvelle-Zélande ou sur une île du Pacifique. Il aimait pourtant l'existence qu'il menait entre Turin et le *palazzo*, mais s'ils pouvaient être tous trois à l'abri de...

Comme on frappait à la porte, il pria sa gouvernante d'entrer avec sa traditionnelle tasse de café de 10 heures.

— Merci, dit-il en souriant, savourant l'arôme fleuri de son robusta préféré, et s'efforçant d'apaiser ses pensées.

À sa surprise, Meg resta devant son bureau, sans bouger. Il leva vers elle un regard intrigué.

— Il y a autre chose, *signora* Farrafacci ? s'enquit-il d'un ton courtois.

L'employée affichait un sourire fendu d'une oreille à l'autre.

— Je voulais juste vous dire, monsieur, à quel point tout le personnel et moi-même espérons que, pour une fois, les nouvelles transmises par un paparazzi sont vraies. Nous serions tous fous de joie !

Evandro fronça les sourcils.

— Paparazzi ? répéta-t-il en blêmissant.

— Oh ! d'habitude, s'empressa d'enchaîner la gouvernante, je n'accorde aucune attention à ce genre d'articles, mais...

Elle pencha la tête de côté, lui lança un regard attendri et poursuivit :

— Mais Mlle Jenna est une personne remarquable, et un choix tellement plus approprié pour la *signora* Rocceforte que vous méritez ! Après tout ce que vous avez subi, vous et la pauvre petite Amélie... Mais je suis trop bavarde, excusez-moi. Je vous laisse travailler, monsieur.

Éberlué, il la regarda sortir et resta encore une bonne minute interdit sur son siège avant de sentir son sang se glacer dans ses veines.

Après son divorce, les tabloïds s'étaient intéressés à lui – et à sa liaison avec Bianca. Mais c'était surtout parce que l'intrigante avait elle-même fourni aux journalistes de quoi noircir quelques pages, en leur signalant chacune de leurs sorties à Turin, à Milan et à Rome.

La peur le rattrapa. Depuis le début, il savait quel risque il courait en nouant une relation avec Jenna. Il n'avait pourtant pas le sentiment de s'être montré imprudent : un hôtel familial au bord de la mer, un chalet isolé dans les Alpes… Ils avaient passé le reste de leur temps dans l'intimité de son appartement à Turin et du *palazzo*. Alors comment diable… ?

Ses doigts pianotèrent fiévreusement son propre nom sur la page d'actualités du moteur de recherche, et aussitôt les clichés surgirent sous ses yeux.

Une pénible nausée remonta le long de son œsophage. Bianca. Naturellement, c'était Bianca ! Vexée, furieuse, rongée par l'amertume, elle avait vendu un scénario très bien ficelé aux paparazzis : illustré par des photos sans intérêt, où l'on ne voyait rien d'autre qu'Evandro en compagnie d'Amélie et de Jenna à proximité de son penthouse de Turin, en train de marcher ou de prendre un verre à une terrasse de café, le récit jouait sur le sous-entendu. « Comment interpréter la discrétion du grand homme d'affaires turinois envers la jeune Anglaise qui, de toute évidence, était bien davantage qu'une baby-sitter ? » interrogeait fielleusement un article. « Qui est l'étrangère qui a emmené au marché la fille du puissant industriel, comme si elle était sa nouvelle *mamma* ? La vendeuse d'une grande boutique de Turin nous a confirmé qu'Evandro Rocceforte avait payé une fortune pour l'habiller de pied en cap ! Doit-on s'attendre à apprendre sous peu la publication des bans ? S'agira-t-il pour le milliardaire d'un second mariage célébré en grande pompe, comme le premier ? Espérons qu'il aura plus de chance cette fois-ci, et que ce sera une petite famille comblée de bonheur, car nous aimons les fins heureuses ! »

Effaré, Evandro fixa l'écran. Enfer et damnation. C'était sa faute. Il aurait dû se montrer plus discret – et surtout ne rien dire, pas un mot, à cette peste de Bianca ! S'il n'avait pas emmené Jenna à Turin, si…

C'était trop tard. Le mal était fait. Fermant les yeux, il s'enfonça brutalement dans son fauteuil, tandis que les avertissements de son avocat résonnaient dans sa mémoire, avec le fracas d'un gong. « Est-ce que vous vous rendez compte des conséquences de cette clause ? Est-ce que vous vous rendez compte des conséquences de cette clause ? Est-ce que vous vous rendez compte des conséquences de cette clause ? »

Oui. Il avait lui-même octroyé à Bérénice le pouvoir de briser son futur. Devait-il s'attendre à ce qu'elle envoie son armée juridique à ses trousses ? Ou bien existait-il une chance pour qu'elle ne prête pas attention à ces articles ?

Il n'en savait rien. Il n'avait pas la main : c'était elle, son ex, une authentique sorcière, qui devenait dès cet instant maîtresse du jeu.

11

— Ne bouge pas.

Haletante, Jenna resta immobile face à lui. Nue. Sans pudeur et offerte au regard de son homme.

Depuis près d'une semaine, leur petit trio avait pris un rythme de prérentrée. Après ses leçons du matin, Amélie partait au centre aéré, où elle semblait ravie de s'initier à l'escalade et à la danse en compagnie d'une ribambelle d'autres fillettes. Evandro s'abîmait dans le travail, dans la solitude de son bureau, et Jenna consacrait le plus clair de ses journées à aider le personnel avant une belle randonnée, dans l'après-midi. La mélancolie de l'homme qu'elle aimait s'expliquait-elle par la fin des vacances, ou bien rencontrait-il des difficultés dans ses affaires ? Durant les repas, il ressemblait souvent à un fantôme. Elle surprenait ses regards absents, sa façon de sortir de sa veste une enveloppe qu'il manipulait sans jamais l'ouvrir. Des mauvaises nouvelles d'ordre professionnel ? Un contrat qu'il étudiait ?

Chaque nuit, cependant, il redevenait lui-même – et il était tout à elle. Elle sentait bien qu'il y avait quelque chose qui n'allait pas, mais… elle préférait l'ignorer.

En cet instant magique, seul le halo de la lune éclairait le lit. Elle était trempée de sueur. Avaient-ils déjà fait l'amour de façon aussi intense ? Ivre de plaisir, elle gémit encore, comme il entrait en elle, levant ses cuisses si haut, les maintenant à la verticale avec une puissance de dieu romain. De ses bras d'acier, il l'empêchait de bouger – et la pénétration était totale.

— Oh ! cria-t-elle encore, comme il entamait un mouvement de va-et-vient d'une lenteur ensorcelante.

Un plaisir pur montait en elle. Pur comme un diamant brut. Sauvage et impérieux. Seul Evandro était capable de la faire jouir ainsi, encore et encore, de la surprendre sans cesse, et d'instaurer entre eux une complicité charnelle qui la bouleversait.

— Encore ! supplia-t-elle, comme il s'interrompait pour la contempler d'un regard luisant de désir.

Sans l'écouter, il se retira et aspira l'un de ses tétons entre ses lèvres, tout en caressant son sexe trempé. Jenna gémit et se tortilla sous ses caresses. Sa langue traçait des cercles de feu autour de ses aréoles – ses seins étaient gonflés par le désir. De ses doigts experts, il effleurait son clitoris en une patiente et langoureuse torture, et, au moment où elle crut atteindre le plaisir ultime, il la retourna contre le matelas, plaquant ses bras contre ses seins, pour revenir en elle.

— Oh ! Jenna...

Il y avait tant de passion dans sa voix, tant d'intimité...

Les yeux humectés par l'émotion, elle écarta les cuisses et s'abandonna au plaisir de cette étreinte, la plus brûlante, sans doute, de celles qu'ils avaient connues. La plus forte.

Son cœur affolé mit plusieurs minutes à recouvrer un rythme normal, et, dans ses veines, le torrent de lave demeura longtemps furieux.

Leurs doigts entrelacés semblaient pétrifiés – leurs deux mains ne faisaient qu'une.

Jenna aimait éperdument cet homme. Cet homme qui venait de lui faire l'amour de façon si... désespérée ? Comme s'il voulait retenir à jamais la fusion de leurs chairs ? Empêcher la fin de leur corps-à-corps ?

Il l'attira soudain au creux de son bras, et elle se laissa envelopper de sa protection, enivrer du parfum de sa peau et de leurs ébats.

L'enveloppe dûment parée de son cachet officiel trônait sur le clavier de son ordinateur, où il venait de la poser. Evandro soupira. Il la gardait sur lui depuis plusieurs jours. Immédiatement, il avait reconnu le logo français du cabinet d'avocats de Bérénice.

Inutile de poursuivre cette torture plus longtemps, il devait lire ce courrier. Il ne se fit aucune illusion sur son contenu en le dépliant.

Voilà. C'était arrivé.

Son abattement fut de courte durée, et il sentit une rage blanche sourdre en lui. Le souvenir de la soirée où Jenna et Amélie parlaient d'enchantements et de mauvais sorts lui revint en mémoire. Aucune fée ne saurait rompre cette malédiction.

Il n'avait pas le choix. Il fallait qu'il assume ses responsabilités, puisque l'équilibre et le bonheur d'un être innocent étaient en jeu.

Dans la salle de classe, Jenna triait les livres d'Amélie : ceux dont elle aurait encore besoin et ceux qu'elle pouvait donner à une association du village. Maintenant que la fillette allait entrer à l'école, il faudrait sans doute trouver une nouvelle vocation à cette pièce.

Ses gestes étaient ralentis. Elle avait le cœur lourd, parce qu'il y avait plusieurs jours qu'une atmosphère sinistre pesait sur le domaine. Seules ses nuits paradisiaques dans la chambre d'Evandro la retenaient de poser les questions qui, tout ensemble, lui brûlaient les lèvres et la terrifiaient. Ainsi, les mauvais pressentiments s'accumulaient dans son âme inquiète.

— Jenna ?

Elle leva les yeux et sentit son cœur cesser de battre. Evandro se tenait dans l'encadrement de la porte. Dans son costume bleu marine, rasé de près, une mèche de cheveux tombant sur son grand front lisse, il était irrésistible... et pâle comme un linge.

Les sourcils froncés, il la considérait avec gêne, comme s'il cherchait les mots justes. Enfin, il allait lui parler. Sortir les cadavres des placards et lui révéler la nature de son effroyable tourment.

Elle déglutit péniblement et le fixa avec anxiété.

— Je... J'ai eu des nouvelles de ma tante, commença-t-il d'une voix hésitante, sortant une enveloppe de sa poche.

Celle qu'il conservait sur lui en permanence. Décontenancée par cette entrée en matière, elle ne sut que répondre et garda le silence, attendant la suite.

— C'est la sœur aînée de mon père. Elle vit à Sorrente. Ma tante n'a jamais apprécié Bérénice, qui lui rendait ce sentiment, et...

elle n'a jamais eu l'occasion de rencontrer Amélie. Aujourd'hui, c'est son souhait le plus cher. Moi aussi, naturellement, j'aimerais qu'elle connaisse sa grand-tante. Alors, comme il ne me reste qu'une dizaine de jours pour emmener la petite là-bas, avant la rentrée des classes, j'ai pensé que...

Elle savait. Il en était certain. Elle savait, il le lisait dans le regard désespéré qu'elle lui lançait. Evandro prit son élan, déterminé à conclure :

— J'ai pensé que le moment était sans doute venu pour toi de...

Bon sang. Il n'y arrivait pas. Prononcer ces mots-là, c'était au-dessus de ses forces. Pourtant, il le fallait, se rappela-t-il dans un sursaut de volonté. Rassemblant son courage, il reprit d'un ton dur :

— Nous avons passé un été agréable. J'en conserverai un excellent souvenir. Mais...

Une nouvelle fois, la fin de la phrase mourut sur ses lèvres. Il sonda son visage blême. Elle le regardait exactement comme elle l'avait regardé le jour où il avait ramené Bianca ici. Ils se tenaient tous les deux debout dans la pièce, pétrifiés telles des statues de sel. Un silence surnaturel imprégnait l'atmosphère de son poison.

— Mais tu as tourné la page, dit-elle, répétant mot pour mot la formule qu'il avait employée avec Bianca.

Pourtant, il n'y avait pas trace de reproche dans sa voix. Pas une note sarcastique. Rien non plus qui trahisse le regret ni la douleur. C'était une voix vide, désincarnée.

— Quand souhaites-tu que je m'en aille ? demanda-t-elle.

Sa colère contre son propre sort ne changerait rien. L'injustice qu'il leur infligeait était inévitable. Il avait pourtant envie de déchirer le ciel.

— Le plus tôt sera le mieux, je suppose, poursuivit-elle. Aujourd'hui, alors. Mais... euh... Amélie sera choquée. Elle s'est habituée à moi, et... et moi, à elle.

Ses lèvres tremblaient, observa-t-il.

— Je ferai en sorte qu'elle comprenne.

Ne pouvant plus supporter cette scène plus longtemps, il tourna les talons.

Amélie jouait avec la maison de poupées qu'il lui avait achetée à Naples. Inquiet, Evandro la regarda déplacer les meubles à l'intérieur. Ses gestes étaient précis, délicats. Et complètement dépourvus d'enthousiasme.

Sa tante suivait son regard.

— Cette enfant est triste, déclara-t-elle.

Ils venaient de s'installer pour l'apéritif sur le vaste balcon de son appartement dominant la baie de Naples, et elle fixait son neveu dans l'attente d'une réponse, d'une explication.

« Je veux qu'elle reste, papa ! Je veux qu'elle revienne ! Va la chercher, papa ! » Les larmes, le désespoir, les prières de sa fille le hantaient. Le soir où elle était rentrée à la maison pour découvrir l'absence de Jenna, il avait cru lui-même mourir de chagrin : la petite avait le cœur brisé.

Inconsolable, elle s'était peu à peu retranchée dans la même réserve qu'au début, lors de son arrivée dans le Piémont. Distante, prudente, renfermée, elle jouait dans son coin. Sa joie contagieuse, ses éclats de rire qui le faisaient fondre, ses impulsions vives... Il y avait des jours qu'Evandro en était privé.

— Tu m'as affirmé qu'elle s'était très bien acclimatée à sa nouvelle vie avec toi, en Italie, reprit sa tante. Alors ? Pourquoi est-elle si triste ?

Elle attendait une réponse, il le savait. De même qu'il savait que sa tante n'était pas du genre à mâcher ses mots. Elle ne s'était d'ailleurs jamais privée de lui dire ce qu'elle pensait de son mariage. Dès le jour de ses noces, alors qu'elle rencontrait Bérénice pour la première fois, elle l'avait prise en grippe. Ce qui prouvait qu'elle avait bien plus de flair que lui... Il se revit en train de servir le champagne, le grand jour, tandis que sa jeune épouse roucoulait à son oreille, lui susurrant des promesses et des mots d'amour qu'elle jetterait au feu dans les semaines suivantes, sans même attendre que...

— Tu n'es pas devenu sourd, mon neveu ? gronda sa tante en l'extrayant de sa rêverie. Je répète : pourquoi cette enfant est-elle triste ?

Evandro s'efforça de parler d'une voix sereine.

— Son institutrice lui manque. Tu te souviens ? J'avais engagé quelqu'un pour lui donner des cours tout l'été et veiller à ce qu'elle soit prête à affronter sa première année à l'école primaire. Elle est partie, et c'est aussi pourquoi j'ai pensé que ça lui ferait du bien de venir ici, de changer d'air et de faire ta connaissance.

Sa ruse tomba à l'eau. L'intelligence aiguë de la vieille dame brillait dans son regard – un regard qui le perçait à jour.

— J'ai lu un article, récemment, dans l'une de ces feuilles de chou où tu sembles très apprécié, depuis que la personne infecte que tu as épousée a consenti à partir planter ses griffes dans une autre proie. Je t'avoue que mes sentiments sont mitigés, quand je te vois fêter ta liberté conditionnelle en compagnie de starlettes portant un kilo de diamants autour du cou, mais...

Sa voix se radoucit.

— Le dernier reportage était différent. Ainsi que celle qui t'accompagnait.

Tout en sirotant son martini, elle plantait son infaillible regard dans le sien. Une longue minute, elle attendit une réponse qui ne vint jamais, puis elle reprit :

— Cette enseignante ne manque pas seulement à Amélie, n'est-ce pas ?

Incapable d'en supporter davantage, il détourna les yeux une fraction de seconde trop tard. Sa tante avait compris. Et elle connaissait, bien sûr, les termes de ce qu'elle appelait sa « liberté conditionnelle ».

— Oh ! Evandro...

Il perçut l'accent de tendresse et de douleur dans sa voix.

— Quelle infortune, conclut-elle dans un souffle, les larmes aux yeux.

Infortune ? Destin contraire ? Peut-être. Tout avait été perdu pour lui, à partir de son mariage avec Bérénice. Sa tranquillité, la paix de son âme. Et surtout sa liberté. Son avocat et sa tante avaient raison : depuis plusieurs mois, il jouissait d'une liberté conditionnelle. Lui avait voulu y voir une victoire, alors que c'était la confirmation d'un échec – la confirmation que Bérénice avait gagné puisque jamais, *jamais*, il ne pourrait se délivrer de son emprise.

Jenna cherchait du travail, fouillant les sites spécialisés dans l'enseignement, déterminée à accepter un poste n'importe où en Angleterre, pourvu qu'elle puisse quitter Londres.

Aux confins du nord de l'Écosse ou dans les zones les plus rurales de l'Irlande de l'Ouest, cela n'avait aucune importance, puisque le seul et unique endroit où elle avait envie de vivre lui était proscrit. L'homme auprès de qui elle voulait vivre ne voulait pas d'elle, la privant aussi de la fillette qu'elle aimait comme la sienne.

Fermant les yeux, elle revit la silhouette d'Evandro, le visage radieux d'Amélie. Elle revit la splendeur du *palazzo*, ses fresques, sa terrasse, son parc et ses fleurs, la lumière unique du soleil piémontais, la magie du ciel étoilé… Elle entendit le rire contagieux de Loretta et de Maria, quand elles préparaient des gâteaux, elle se remémora les embrassades chaleureuses de Meg.

Les images qui l'assaillaient le plus souvent étaient celles d'Amélie filant sur son vélo rose, fronçant ses petits sourcils devant une addition, ou levant vers son cou ses petits bras potelés à l'heure du coucher, pour lui donner un baiser.

Et…

Evandro, bien sûr. Le bleu presque noir et pourtant si clair de ses yeux, quand ils faisaient l'amour. La façon dont il la prenait par la taille, dès qu'ils partaient se promener. Son sourire. Son parfum.

De toute son âme, elle espérait que, peu à peu, ces souvenirs se faneraient à l'instar d'une rose d'été, perdraient de leur substance, et puis, un beau jour… sa mémoire cesserait de fonctionner comme un poignard qui lui transperçait le cœur – sans relâche, sans pitié. Une nostalgie douce-amère remplacerait la douleur qui la terrassait depuis son retour dans son pays. Mais quand, quand ?

Un rideau de larmes lui brouillait la vue, et elle essuya rageusement ses yeux en faisant défiler les offres d'emploi. Se bâtir une nouvelle vie, c'était sa planche de salut.

Car elle ne savait comment réduire au silence les cris qui s'élevaient en elle. L'infernale clameur de ce qu'elle avait perdu pour toujours, et qui ne reviendrait jamais.

12

Baissant les yeux sur sa montre, Evandro constata qu'il avait deux heures devant lui avant de partir récupérer Amélie à l'école. Après les cours, aujourd'hui, elle avait une séance de chorale qui se terminerait en début de soirée. Peut-être l'emmènerait-il dîner dehors, pour lui rendre le sourire. Même si elle s'était très vite adaptée à la vie scolaire, il surprenait trop souvent une expression perdue sur son visage.

Heureusement, elle prononçait de moins en moins souvent le nom de Jenna. Il en éprouvait un intense soulagement – non seulement pour elle, mais aussi de façon plus égoïste.

Chaque fois qu'elle passait dans ses pensées, il l'en chassait. Il avait pris la bonne décision – la seule décision possible.

Et c'était fini, elle avait disparu. Dans la suite qu'elle occupait, il avait demandé un ménage complet. Bientôt, on repeindrait les murs – il n'y aurait plus trace de sa présence durant l'été.

Le *palazzo* redeviendrait son foyer et celui d'Amélie, leur maison à tous les deux. Pour le moment, il y travaillait le moins possible et encourageait l'enfant à se faire des amies, à aller jouer chez l'une ou chez l'autre, pour élargir son univers. Ainsi, il trouvait son rythme en séjournant une bonne partie de la semaine à Turin pour consacrer tout son temps, le week-end, parfois au-delà, à sa fille. La gouvernante était heureuse de s'impliquer davantage dans le quotidien de la petite, qui la connaissait et lui vouait une affection réelle. Loretta et Maria avaient toujours pour consigne d'accorder la priorité à Amélie : leur nouveau mode de vie était sur de bons rails.

Tant que l'enfant était au centre de son existence, il savait qu'il agissait dans le bon sens. Assurer son bonheur, veiller à ce qu'elle bénéficie de la meilleure éducation, à ce qu'elle trouve son équilibre dans une maison où tout le monde la chérissait : c'était sa mission… et ce serait son seul bonheur, maintenant qu'il avait sacrifié tout le reste.

Fermant les poings, il se promit de savoir s'en contenter, dans l'intérêt de sa fille et de… Il releva la tête, comme on frappait à la porte.

— Oui ? Entrez.

L'air anxieux de la gouvernante lui mit aussitôt la puce à l'oreille. À cette heure avancée de l'après-midi, elle ne venait pas lui apporter son café, et elle le fixait avec la même insistance que le jour où elle lui avait appris la parution de l'article fatal. Bon sang, il ne voulait pas l'entendre lui dire combien elle appréciait Jenna, combien elle regrettait son départ, combien la séparation était difficile pour Amélie : le laïus larmoyant qu'il croyait pourtant lui avoir interdit de tenir en sa présence.

— Qu'est-ce que c'est ? s'enquit-il sèchement.

Se dandinant d'un pied sur l'autre, elle détourna les yeux pour balbutier :

— Eh bien, euh… On demande à vous voir. Quelqu'un demande à s'entretenir avec vous tout de suite.

Comment cela, « tout de suite » ? Était-il arrivé quelque chose à Amélie ? Une terrible angoisse lui noua l'estomac, et il se leva d'un bond.

— Qui ? Pourquoi ?

Sa gouvernante se mordit la lèvre.

— C'est… la *signora* Rocceforte.

À cette annonce, Evandro resta interdit.

Comme chaque fois qu'elle empruntait ce parcours pour sa promenade, Jenna se tourna vers les eaux grises qui s'étendaient jusqu'à perte de vue, à ce niveau de confluence du fleuve et de la mer.

Elle enfonça les mains dans ses poches. Il commençait à faire frais, maintenant que l'automne était bien entamé. L'air marin cinglait son visage.

Depuis un mois, elle était installée dans l'Essex, au nord-est de Londres, dans une petite ville proche de l'estuaire de la Tamise où elle effectuait un remplacement pour congé de maternité. Les plages venteuses et froides attiraient moins les promeneurs que les milliers de mouettes qui y trouvaient refuge, criant leurs mystérieux messages.

Serait-ce également un refuge pour elle ? Un pansement pour sa douleur, un cicatrisant pour la plaie qui, dans son cœur, refusait de se refermer ? Son chagrin semblait impossible à éponger.

Pourtant, elle ne ménageait pas ses efforts. Elle avait déménagé, trouvé cet emploi d'institutrice auprès d'enfants défavorisés, et, chaque jour, elle se répétait qu'elle avait vécu dans l'illusion et qu'elle en payait le prix.

Si elle ne s'était pas bercée de faux espoirs, si elle n'avait pas sottement rêvé de « pour toujours » auprès d'un homme qui ne lui avait jamais rien promis… Elle n'en serait pas là.

C'était la vérité, mais elle savait qu'il en existait une autre. Quand elle revoyait Evandro entrer dans la salle de classe et la prier tranquillement de faire ses valises… Comment avait-il pu la traiter ainsi ? De quel droit s'était-il montré si cruel ? Jenna savait qu'elle ne méritait pas ça. Cette indifférence glaciale et cette brutalité… Non, décidément, rien ne justifiait qu'il se soit comporté en monstre vis-à-vis d'elle ! Comme ça, du jour au lendemain…

Elle s'immobilisa. Ce n'était pas tout à fait exact. Si elle remontait le fil de ses souvenirs, l'attitude d'Evandro avait changé lorsqu'il avait reçu une lettre. Le courrier de sa tante – celui par lequel elle le priait de venir la voir avec sa fille. Cette enveloppe qu'il avait obstinément gardée sur lui des jours et des jours.

Jenna prit une longue bouffée d'air iodé. La chronologie était peut-être juste, mais le reste de l'histoire n'avait aucun sens. Pourquoi une lettre de sa tante l'aurait-elle tant affecté ? Et, d'ailleurs, était-il plausible que sa tante lui ait envoyé une invitation par écrit pour une simple visite ? N'aurait-elle pas plutôt téléphoné ? Et si Jenna s'était trompée ?

Fouillant dans sa mémoire, elle s'efforça de se rappeler chaque détail. C'était un papier luxueux, et elle n'en aurait pas juré mais il lui semblait que l'adresse était imprimée et non écrite à la main. Hum. Encore un élément plaidant contre l'hypothèse d'une banale visite à une vieille tante. Et puis… Mais oui ! Le timbre ! N'avait-il pas dit que sa tante habitait à Sorrente ? Or, elle revoyait distinctement, sur le timbre, le visage d'une femme coiffée d'un bonnet phrygien… Marianne. Le courrier venait de France.

Oh ! bon sang, elle avait été si naïve ! L'Evandro qu'elle connaissait n'avait rien de commun avec l'homme au visage de marbre qui s'était avancé vers elle ce matin-là. Comment avait-elle pu en douter ? Pourquoi ne l'avait-elle pas compris sur-le-champ ? Par quel orgueil insensé, au lieu de lui demander des comptes, d'exiger qu'il s'explique, avait-elle préféré tourner le dos et partir ?

Et lui ? Pourquoi avait-il éprouvé le besoin urgent de la faire fuir ? Pourquoi à ce moment-là ?

Tandis qu'un frisson la parcourait lui revinrent des bribes d'une de leurs toutes premières conversations, à propos des contes de fées.

Jenna revit la gravité sur le visage d'Evandro. Son sérieux. Il avait plus que suggéré être victime d'un sortilège maléfique « lancé par une effroyable sorcière ». Le cœur battant à se rompre, elle entendit sa belle voix masculine ajouter avec résignation, conjurant tout espoir : « Vous croyez qu'on peut rompre un tel sort ? »

Oh non… Elle était passée à côté de l'essentiel. Certes, elle savait que son mariage avait été un désastre – toute la maisonnée le savait, au *palazzo*. Mais elle avait cru que son divorce l'avait libéré de toute obligation envers Bérénice, que le chapitre était clos ! Il n'en était rien, et cette évidence lui éclatait au visage. Amélie… Puisqu'il avait été privé de sa fille si longtemps, comment avait-il soudain su convaincre son ex de la lui rendre ?

La réponse allait de soi. Un marché diabolique avait été conclu. Forcément. Pour arracher la petite des griffes de cette mère indigne, Evandro avait fait bien davantage que signer un chèque d'un montant extravagant. Il avait accordé autre chose à la sorcière.

Elle s'en voulait. Evandro était un père aimant et dévoué, ce qu'elle avait pu vérifier par cent fois. Naturellement, s'il avait été acculé à la traiter ainsi, le jour où il l'avait chassée, c'était pour préserver Amélie d'un danger.

Lequel ?

Confortablement installé dans son fauteuil au fond de la bibliothèque, Evandro se tenait devant la cheminée éteinte. S'il n'avait aucune envie d'y allumer un feu, ce n'était pas seulement parce que la pièce était bien isolée du froid et que la fin octobre restait douce, dans le Piémont. Non. C'était surtout pour éviter de voir danser des flammes. Pour ne pas sentir l'odeur âcre de la fumée.

Serrant son verre de cognac entre ses mains, il en avala une gorgée. Sur le manteau de marbre, la pendule marquait les secondes de son tic-tac fatigué. Le temps s'écoulait lentement. Minuit avait sonné depuis un moment, et le silence régnait sur la propriété.

Il vida son verre et attrapa la carafe pour s'en servir un autre. Il n'en avait pas besoin, non. Mais il en avait envie. Il voulait s'enivrer. L'alcool faisait fuir la douleur.

Avec une grimace, il étendit ses jambes loin devant lui. S'il buvait suffisamment, il s'endormirait ici. Cela vaudrait mieux que d'aller au lit. De sentir le vide sur le matelas froid, à côté de lui, et de rester seul avec ses souvenirs. Ou, plus exactement, le *souvenir. Celui d'une femme qu'il ne reverrait plus et qui l'avait déjà oublié.*

Dans sa cage thoracique, la souffrance devint insupportable, et, de rage, il jeta son verre dans le foyer. Le cristal explosa, et dans le conduit, depuis un abîme, résonna le cri d'une bête immonde. Un monstre qu'il avait éveillé ! Il se couvrit les oreilles pour ne plus l'entendre et réalisa aussitôt que c'était lui qui hurlait.

En sueur, Jenna se redressa au milieu de son lit, le cœur battant. Voyons, ce n'était qu'un cauchemar... Mais quel cauchemar ! Tout paraissait si réel ! Elle avait éprouvé tout ce que ressentait Evandro, dans ce rêve.

Le son saccadé de sa propre respiration l'effraya, et elle jeta un coup d'œil au réveil, sur sa table de chevet. Minuit passé d'un quart d'heure. Tremblante, elle se leva et ouvrit le rideau de sa fenêtre donnant sur la rue. La ville était déserte.

Un rêve, se répéta-t-elle. Rien de plus.

Mais pourquoi se sentait-elle si secouée, alors ? Elle tenta d'effacer ses impressions irrationnelles – en vain.

Ce cri, oh, ce cri ! Il lui glaçait le sang. Et s'il ne s'agissait pas d'un simple cauchemar, après tout ? Et s'il était arrivé quelque chose à Evandro ? Et si... ?

S'enjoignant au calme, elle passa dans le petit salon de son modeste deux-pièces et ouvrit son ordinateur. Ses mains tremblaient quand elle pianota le nom d'Evandro Rocceforte dans le moteur de recherche. « Actualités ». Sa poitrine se bloqua, et elle lut le texte de la dernière publication en date. Une nouvelle officielle affichée en bandeau sur la page d'accueil du groupe Int. Rocceforte.

> C'est avec regret que nous vous faisons part de la décision de notre P-DG de céder, pour des raisons de santé, son fauteuil à la tête du conseil d'administration au membre ayant obtenu les deux tiers de la majorité...

Elle fut incapable de lire la suite. Son sang s'était pétrifié dans ses artères. Son cerveau refusait de fonctionner. Evandro. Oh ! Evandro.

Jenna resta quelques instants sur le bord de la route, là où le bus avait marqué l'arrêt. Elle n'avait pas trouvé de taxi en ville, et il fallait donc gravir à pied la petite côte menant au domaine.

Au moins, elle n'avait pas de bagage à porter. Il aurait été présomptueux de sa part de se présenter avec une valise. Une part d'elle-même portait toujours un jugement démentiel sur ce qu'elle venait de faire : appeler l'école, annoncer qu'elle serait absente aujourd'hui, se précipiter à l'aéroport, sauter dans le premier avion pour Gênes, puis dans un train desservant Asti.

C'était la peur qui l'avait poussée jusqu'ici, ainsi que l'impression indélébile laissée par son rêve. L'annonce officielle était incroyable... Il avait cédé sa place au conseil d'administration de son propre groupe « pour des raisons de santé » ! Que lui était-il arrivé ?

Une nouvelle fois, son inquiétude pour Evandro l'emporta sur l'effroi causé par son impulsion. Il fallait qu'elle sache. Quelle maladie l'avait-elle amené à prendre une décision si radicale ?

Durant deux kilomètres, elle grimpa la côte, et elle parvint enfin au grand virage derrière lequel était tombé l'éboulement. Les souvenirs lui nouèrent la gorge. Leur première rencontre avait eu lieu précisément ici, au milieu de la chaussée.

Elle tentait de lui sauver la vie, il l'avait traitée d'idiote. Puis de « petite nymphe des bois ». Malgré elle, l'émotion la submergeait. Elle avait besoin de parcourir le reste du chemin seule et tranquille, pour recouvrer ses esprits et se préparer à le revoir… Ou, pire, à ne pas le revoir. Rien ne prouvait qu'il serait là. Elle avait suivi son instinct, voilà tout.

Afin de ne pas revoir un membre du personnel, elle décida de ne pas sonner au portail principal. Elle allait couper par les bois privés du domaine et rejoindre directement le parc.

Les odeurs familières de cette forêt qu'elle avait arpentée en tous sens lui rendirent de l'énergie. Elle s'était toujours sentie si bien, ici ! L'automne faisait chatoyer ses arbres favoris de couleurs splendides. Elle parvenait juste à l'entrée du parc quand elle aperçut le vieux marronnier.

La foudre s'était rageusement abattue sur lui, au soir même d'une journée magique pour elle, celle où Evandro avait posé les armes pour lui ouvrir les bras. Le jour où ils avaient fait l'amour pour la première fois. Émue, elle s'approcha de ce qui restait du tronc et sentit soudain l'espoir l'envahir. De jeunes pousses étaient déjà apparues. Timides, fragiles, mais bien présentes.

Elle sourit, se redressa et tourna les yeux vers la glorieuse façade du *palazzo*. Toujours aussi élégant et bien proportionné, avec ses trois corps de bâtiment, il étendait sa terrasse vers les jardins. Les hautes portes-fenêtres du rez-de-chaussée renvoyaient les rayons du soleil, et Jenna éprouva une joie profonde. Au pas de course, elle se dirigea vers la maison qu'elle aimait tant et qui restait exactement comme dans son souvenir, sauf…

Sauf…

Horrifiée, elle s'arrêta. Elle se trouvait à l'opposé de la fontaine, au point le plus élevé du parc, et bénéficiait d'une vue plongeante sur la propriété. Plusieurs fois, elle battit des cils, mais la vision cauchemardesque refusa de s'effacer. Derrière la façade intègre du bâtiment central, elle distinguait les murs extérieurs du *palazzo* et les deux ailes, apparemment épargnées, mais... un tiers de la toiture avait disparu. Le hall de marbre et son escalier étaient à ciel ouvert, au cœur d'une carcasse noire, et une fumée âcre empoisonnait l'air.

Le corps principal du *palazzo* n'était plus que ruines et désolation.

Jenna plaqua ses deux mains sur sa bouche pour étouffer son cri, et tomba à genoux sur le sol.

Evandro s'immobilisa et tourna la tête. Ce cri...

Il la repéra aussitôt. Elle marchait dans sa direction d'un pas rapide. La seule femme au monde qui ne devait surtout pas le voir ainsi... et qui ne le quittait pas des yeux, en s'avançant vers lui, une expression horrifiée sur le visage.

— Mon Dieu, murmura-t-elle en s'arrêtant devant lui.

Ses yeux, comme deux émeraudes sous une lumière estivale, étaient plus clairs, plus vifs que jamais. Dans ses bottes et sa jupe en jean sous un trench, elle était ravissante. Ses cheveux ondulés par sa course tombaient en cascade sur ses épaules, et sa bouche était toute rosie par la fraîcheur de l'air.

— Je ne crois pas que Dieu soit mêlé à tout ça, lâcha-t-il avec ironie.

Il leva les yeux vers elle. Sa vue se troublait encore trop souvent. Une douleur l'irradia – il avait mal et s'efforça de ne rien trahir.

— Pourquoi es-tu venue ici ? enchaîna-t-il d'un ton bourru.

Elle arrima son regard au sien. Un regard franc et grave.

— Il fallait que je vienne, répondit-elle platement.

Comme il fronçait les sourcils, elle poursuivit :

— Je t'ai entendu crier. Dans un rêve. Et à mon réveil j'ai consulté Internet. J'ai trouvé l'annonce sur la page d'accueil de ton groupe. Celle qui dit que tu ne présides plus ton propre conseil d'administration...

— Tu n'aurais pas dû y accorder d'importance. C'est une

décision administrative qui me libère du temps pour mes nouveaux investissements. Pour me recentrer sur mes fonctions de P-DG.

Désarçonnée, elle le fixa intensément.

— Mais… le communiqué évoquait tes problèmes de santé. Il fallait que je sache…

Oh ! bon sang. Après l'horreur, il lisait la pitié, la compassion sur son visage. Tout ce qu'il voulait à tout prix éviter !

— Viens à l'intérieur, suggéra-t-il. J'ai besoin de m'asseoir. La station debout m'est assez pénible, comme tu peux le constater.

Appuyé sur sa canne, il se dirigea lentement, en boitant, vers le grand bureau et s'effondra dans son fauteuil, l'invitant à s'installer dans celui d'en face.

— Raconte-moi ce qui s'est passé, pria-t-elle.

Il posa sa canne contre l'accoudoir et étendit ses jambes douloureuses. Ses articulations brisées par la chute des poutres avaient fait l'objet d'une première opération, et il faudrait attendre quelques semaines avant d'envisager les suivantes.

— Ce qui s'est passé ? railla-t-il. Ma femme est venue se venger.

Comme Jenna paraissait abasourdie, il précisa :

— Mon ex-femme. Ce qu'elle n'a jamais accepté. Elle est venue ici, et elle a insisté pour passer la nuit sur place, de préférence dans mon lit. Quand j'ai décliné l'invitation, furieuse, elle s'est installée dans une chambre d'amis, où elle a exigé qu'on lui porte son dîner, plusieurs bouteilles de champagne millésimé, du vin et des liqueurs. Elle a tout lancé à terre et sur les murs, puis elle a fumé et jeté ses mégots sur le tapis. Il a pris feu et embrasé les rideaux. Les alarmes se sont déclenchées, réveillant tout le monde dans la maison. Meg a appelé les pompiers. Mais, comme tu le sais, le village est loin, la caserne, plus éloignée encore…

Il ferma un instant les yeux. Le rugissement des flammes, le bruit terrifiant des plafonds qui tombaient, des poutres qui s'effondraient… Ses oreilles étaient encore assourdies par la férocité de l'incendie.

Relevant la tête vers elle, il reprit :

— J'ai tout tenté pour la sauver. Si tu peux au moins me croire à ce propos, ce sera l'essentiel. J'admets que cent fois je l'ai maudite, que j'ai souhaité qu'elle brûle en enfer, mais cette nuit-là j'ai vraiment tout essayé…

Sa voix s'étrangla.

— Je ne voulais pas qu'elle meure comme ça, dit-il. Elle est enterrée dans le caveau familial. Pour Amélie. Pour qu'elle puisse…

— Oh ! je t'en prie, lança-t-elle d'une voix angoissée, dis-moi qu'elle n'a pas assisté à ça !

— Non. Elle n'était pas là. Dès que Bérénice est arrivée, j'ai appelé l'école pour qu'elle passe la nuit avec les pensionnaires, au dortoir. Elle a continué à y dormir tant que j'étais à l'hôpital, mais elle est revenue depuis que les experts ont validé la sécurité des lieux. Les architectes travaillent encore, avant d'entamer la reconstruction du bâtiment central, et les rénovations dans les deux autres. Le personnel, Amélie et moi n'occupons plus que l'aile ouest, même si j'aime venir ici seul. Je n'étais pas très favorable à l'idée de réintégrer si vite le *palazzo*, mais la psychologue de l'école m'a affirmé que ma fille avait avant tout besoin de retrouver sa routine pour surmonter le traumatisme.

Lentement, elle hocha la tête sans mot dire. Enfin, elle s'enquit timidement

— Et toi ? Tes blessures ?

— Je suis vivant, répondit-il. Rien d'autre ne compte. Pour Amélie.

Cette fois, elle secoua la tête. C'est ce qu'il crut, car son champ de vision était encore troublé. Peut-être par des larmes.

— Non, dit-elle avec douceur. Pas seulement pour Amélie.

Il lâcha un long soupir. Elle était venue. Jamais il n'aurait osé rêver qu'elle revienne ici, après la façon dont il l'avait traitée : odieuse, cruelle, impardonnable.

— J'ai à te parler, reprit-il. Tu veux bien aller ouvrir le tiroir de mon bureau ? Tu y trouveras une enveloppe.

En silence, elle s'exécuta. Un moment plus tard, elle déclara d'une voix chevrotante d'émotion :

— C'est cette lettre qui a tout déclenché… Elle n'est pas de ta tante.

— Non. Prends ce courrier et reviens t'asseoir près de moi. J'ai à te parler.

Pendant qu'elle s'installait, il prit son élan et raconta :

— Pour commencer, Jenna, je tiens à ce que tu saches que, depuis mon divorce, la presse à scandale m'a mis le grappin dessus avec le concours zélé de Bianca. Chaque fois que nous devions sortir, elle et moi, elle confiait l'information à un paparazzi. Son objectif était de devenir la nouvelle *signora* Rocceforte. Naturellement, comme elle a rapidement compris qu'elle n'avait pas une chance d'y parvenir, elle a cru me forcer la main avec une officialisation de notre liaison par voie de presse. Or, pendant notre séjour à Turin, les journaux ont publié une autre nouvelle à mon propos... Enfin, à *notre* propos : désormais, on me voyait aux quatre coins du pays en compagnie d'une femme présentée comme une possible fiancée, une relation sérieuse. Toi. C'est à notre retour que j'ai eu vent de cet article et que j'ai reçu cette lettre.

Elle baissa les yeux sur l'enveloppe, mais demeura immobile.

— Jenna, soupira-t-il. Comment t'expliquer ? Dès le début de notre relation, j'ai su que c'était dangereux. Que nous devions rester toi l'institutrice de ma fille, moi, ton employeur. D'où ma panique, le soir de notre premier baiser. Et d'où l'arrivée tonitruante de Bianca et d'une douzaine d'amis pour plusieurs jours. J'ai cherché à m'étourdir de distraction, à te rendre marginale au sein de la maison, tout cela pour ne plus te voir... Ne plus être tenté. Et mon plan a lamentablement échoué. Au contraire, j'ai eu la preuve que tu occupais déjà toutes mes pensées, qu'il me serait impossible d'ignorer ce qui venait de naître entre nous. J'avais désespérément besoin d'être avec toi. Oh ! Jenna...

Il secoua lentement la tête avant de poursuivre d'une voix tourmentée :

— Ton esprit, ton sang-froid, ta douceur, ta modestie... Ta beauté m'a conquis, Jenna, la grâce de ta silhouette de nymphe et la clarté de ton regard, ta peau diaphane et ta chevelure de soie, mais par-dessus tout, Jenna, je suis tombé amoureux de ta gentillesse et de ton honnêteté, de ton âme pure. Tu es tout ce dont j'ai toujours rêvé, et je ne pouvais plus imaginer passer une seule minute de ma vie sans toi. Le monde redevenait possible, passionnant, je retrouvais la soif de m'élancer vers l'avenir. Alors, oui, je connaissais le danger ! Lis cette lettre, et tu comprendras...

Pendant qu'elle dépliait le courrier, il ajouta :

— Je savais que je commettais une folie. Que, si Bérénice l'apprenait, je serais contraint à choisir. Que ce serait toi ou Amélie, comme le rappelle ce courrier...

— Oh ! Evandro ! souffla-t-elle, horrifiée, comme elle lisait la mise en demeure adressée par le cabinet d'avocats de son ex-femme.

— Mon père m'a autrefois poussé à ce mariage, dit-il. J'en étais ravi, car Bérénice avait employé tous ses charmes à me séduire, et elle avait diablement réussi. Mais je me réjouissais également de l'acquisition par le groupe Rocceforte d'une part majoritaire dans l'entreprise du père de Bérénice. J'avais vingt-cinq ans. Ma mère était morte deux ans auparavant, et mon père avait été si heureux avec elle qu'il rêvait de me voir suivre son exemple, m'engager dans la vie conjugale et fonder ma propre famille. Bérénice était belle, elle prétendait m'aimer, et la vérité ne m'est apparue qu'après. Ce que voulait vraiment mon épouse, c'était que je sois fou d'elle. Fou et, si possible, idiot, en tout cas, facile à manipuler. Je ne livrerai pas les détails de ce qu'a été notre vie commune, mais... Sache que je me suis retrouvé avec une femme qui ne m'aimait pas, qui exigeait la satisfaction du moindre de ses caprices et se mettait à hurler et à tout casser lorsqu'elle n'était pas satisfaite. Une femme obnubilée par le pouvoir qu'elle exerçait sur les hommes. J'ai commis à ses yeux le pire des crimes lorsque je l'ai percée à jour. Un soir, j'ai vidé mon sac, je lui ai dit que la laideur de son âme me révoltait et que je ne serais plus dupe de ses manœuvres. J'étais bien naïf : pour Bérénice, la vengeance est un plat qui se mange froid. Ainsi, quand Amélie est née, elle a compris qu'elle tenait une arme redoutable pour obtenir tout ce qu'elle voulait de moi. Elle m'a fait subir l'enfer. Elle partait avec ma fille durant des semaines, et je tenais bon uniquement dans l'intérêt de mon enfant. C'est à la mort de mon père que j'ai compris que je ne pourrais plus supporter cette vie plus longtemps. J'ai demandé le divorce, ce qui signifiait qu'elle avait perdu : le jeu prenait fin. Une fois encore, je sous-estimais Bérénice.

Il leva un regard impuissant vers la jeune femme qui le contemplait avec un mélange d'effroi et de compassion.

— Dès cet instant, continua-t-il, et puisque je demandais la garde exclusive de notre fille, elle s'est servie d'Amélie comme d'une monnaie d'échange. Oh ! bien sûr, elle a fait grimper les enchères, exigeant des sommes folles en guise de compensation. Mais ce n'était pas l'essentiel pour elle. Elle avait décidé de me briser. De me détruire. Et elle m'a soumis une clause de divorce qui a rendu mon avocat fou de rage… mais que j'ai signée quand même. Il fallait que je retrouve ma fille, et j'ai accepté que la garde me soit rendue à la condition que je demeure à jamais célibataire.

13

Jenna avait lu le courrier et écoutait, terrifiée, le récit d'Evandro. C'était inouï. Comment une mère avait-elle osé traiter ainsi son enfant et le père de cette enfant ?

— Bianca ne la dérangeait pas, reprit-il. Elle a tout de suite compris que c'était une liaison sans importance. Mais quand les tabloïds ont laissé entendre que je cachais une histoire importante... Elle a lâché ses chiens et, moi, je t'ai chassée. Bannie. Je n'avais pas le choix, Jenna. Je ne pouvais pas renvoyer Amélie dans les griffes de cette sorcière, alors que je m'étais donné tant de mal pour l'arracher à son influence toxique. J'ai fait ce que les avocats de Bérénice me demandaient.

Comme s'il était accablé de honte, il baissa la tête, lui dissimulant son regard.

Ces révélations faisaient à Jenna l'effet de plusieurs coups de massue. Bérénice était morte dans l'incendie qu'elle avait elle-même provoqué. Il faudrait des mois pour reconstruire le *palazzo* où Evandro et sa fille venaient à peine d'entamer une nouvelle vie. Le visage de l'homme qu'elle aimait était le même, malgré les ecchymoses, quelques brûlures et une cicatrice sur le front, à la racine des cheveux. Le temps les effacerait. Mais ses jambes et sa motricité étaient très abîmées. Il demeurait l'Evandro qu'elle avait connu : irradiant de charisme dans sa chemise blanche et son pantalon anthracite. Mais jamais elle ne l'avait vu si abattu.

Tels étaient les ravages de la volonté de pouvoir absolu d'une femme...

— Il y a une chose que je ne comprends pas, avoua-t-elle. Les colères de Bérénice. Ses caprices notoires, dont m'ont parlé tous les employés de cette maison. Sa cruauté. Le fait qu'elle n'ait jamais veillé à offrir une vie régulière à sa fille, qu'elle ne l'ait pas inscrite dans une école maternelle ou un jardin d'enfants, qu'elle se soit désintéressée de son éducation comme de son bien-être, allant jusqu'à l'empêcher de voir régulièrement son père... Quel tribunal se serait opposé à ce que tu obtiennes la garde exclusive ? Quel juge aurait refusé à un père ses droits les plus élémentaires pour rendre à une fillette le quotidien dont elle avait besoin ?

Il releva vers elle un visage indéchiffrable.

— Aucun. Mais c'était le joker de Bérénice : je ne suis pas le père d'Amélie.

Incrédule, Jenna ne sut que répondre.

— Comment ? articula-t-elle avec peine.

— Non. Je ne suis pas son père, et je préfère ignorer l'identité de l'intéressé... De toute façon, pour pratiquer un test ADN, il faudrait rassembler un casting international. Les candidats se pressent au portillon : Bérénice s'est contentée de me livrer cette information lorsqu'elle m'a vu sourire au nourrisson que je prenais dans mes bras pour la première fois, à la clinique. Le bébé que j'attendais avec une joie et une impatience qui l'ont rendue furieuse. Avec une méchanceté moqueuse, alors que je jouais déjà au papa gâteau, elle m'a dit : « Tu es en train de consacrer tous tes soins à la bâtarde d'un autre. »

La cruauté gratuite de ces paroles glaça le sang de Jenna. Evandro haussa les épaules en enchaînant :

— Le fait est que si elle avait révélé au juge que je n'étais pas le père d'Amélie... Je n'avais quasiment aucune chance. Et, depuis toujours, Amélie est ma petite fille, mon enfant adorée. Je me fiche de son ADN. Je voulais la sauver de l'existence déplorable qu'elle menait auprès de sa mère. Alors, même si je ne suis pas son père...

— Tu *es* son père ! s'exclama-t-elle avec force. Ne laisse

jamais quiconque penser le contraire. Mon père m'a transmis son ADN, ah oui, mais il ne m'a jamais rien offert d'autre. Du jour au lendemain, il nous a abandonnées, ma mère et moi, pour une autre femme avec qui il a fondé une famille. Quand il a été contraint de me prendre chez lui, après la mort de ma mère, il ne m'a jamais manifesté la moindre affection. Jamais le moindre intérêt. Rien qu'une indifférence et de la froideur, du mépris. Toi, tu as installé Amélie au cœur de ton existence. Tu l'aimes, tu t'occupes d'elle, tu t'intéresses à elle et tu lui offres l'éducation qu'elle mérite. Evandro, tu es un père merveilleux. L'amour et la loyauté... C'est ce qui compte le plus pour permettre à un enfant de se construire.

Ému, il resta silencieux un moment avant de murmurer :

— Merci. Et merci de comprendre pourquoi j'ai dû la faire passer avant tout...

— Bien sûr, que je comprends, je regrette seulement que tu ne m'aies rien dit, Evandro. Je serais partie mais...

Un sanglot l'étranglait. Si seulement il lui avait fait confiance ! S'il lui avait expliqué comment Bérénice l'avait piégé, au lieu de la chasser...

— C'était impossible, voyons.

Il la considérait avec calme.

— Pourquoi ?

— Jenna, il fallait que tu me détestes. Il fallait que tu ne veuilles plus jamais me revoir. Pour que tu sois libre de poursuivre ta vie, de rencontrer l'homme qui te rendra heureuse. Tu verras, il sera digne de toi, et il n'aura rien du pauvre infirme que je suis devenu.

Son amertume l'écœurait lui-même. Il jeta un coup d'œil à la pendule. Bon sang, Amélie allait bientôt rentrer de l'école et...

— Il faut que tu t'en ailles, Jenna. Je ne veux pas qu'Amélie te trouve ici. Elle va s'imaginer que...

Il ne put terminer sa phrase.

— Evandro, je suis désolée pour tout ce qui s'est passé. J'aimerais ajouter que la mort de Bérénice me désole, mais c'est trop me demander, après tout ce qu'elle vous a fait subir, à Amélie et à toi.

Il ne supportait plus d'entendre sa voix bouleversée. Il refusait d'être pris en pitié. Agacé, il prit un ton brusque pour insister :

— Oublie-nous. Retourne en Angleterre et ne reviens pas. Tu devrais te sentir soulagée de ne plus être avec moi. C'est une chance.

— Une minute, Evandro, coupa-t-elle. Je veux savoir une chose. Ce jour-là, le jour où tu m'as chassée…

Elle arrima son regard au sien, s'éclaircit la gorge et poursuivit :

— Si Bérénice n'avait jamais menacé de reprendre Amélie, tu l'aurais fait ? Ou bien pas ce jour-là mais un peu plus tard, à la rentrée des classes ? Tu m'aurais renvoyée ?

Il aurait préféré qu'elle ne pose pas cette question, parce qu'il n'avait aucune envie de lui répondre. Or il n'avait pas le droit, plus le droit, de lui mentir. Il lui devait la vérité. Elle tenait en un mot.

— Non.

Un long silence pesa dans la pièce. Le cœur de Jenna battait la chamade. Son esprit n'était pas son outil le plus fiable, après toutes les informations qu'elle avait assimilées depuis son cauchemar. Mais elle se fiait à son instinct et au fol espoir qui animait son âme.

Elle aimait cet homme. Elle était follement amoureuse de lui. C'était l'homme de sa vie, elle le savait depuis longtemps. Il n'y avait pas à hésiter.

— Ah, souffla-t-elle. Dans ce cas, peux-tu m'expliquer pour quelle raison tu veux également me renvoyer aujourd'hui ?

Une expression d'orgueil sauvage passa sur ses traits ravagés par l'incendie.

— Qu'est-ce que je peux faire d'autre, à ton avis, maintenant ? tonna-t-il.

De marbre, Jenna haussa les épaules.

— Maintenant que quoi ? Que tu as des cicatrices et que tu boites ? Tu n'as quand même pas sérieusement pensé que cela changerait quelque chose pour moi ?

Tout son amour pour lui la portait, et elle se leva pour s'approcher de lui.

— Ne fais pas cela, Jenna. Ne te sacrifie pas pour moi.

— Evandro, moi aussi, j'ai à te parler, et c'est ton tour de m'écouter, annonça-t-elle avec aplomb. Voici ce que je sais de toi : tu montres ton amour en protégeant ceux que tu aimes à n'importe quel prix, même si tu dois renoncer au bonheur. Tu l'as démontré aussi bien en faisant tout pour garder Amélie qu'au moment où tu m'as renvoyée. C'est toi qui t'es sacrifié. Mais comment peux-tu croire que tu es devenu « un pauvre infirme » ? Devant moi, je vois l'homme que j'aime, blessé par un accident et une tragédie. C'est l'homme dont je suis tombée amoureuse et auprès de qui je veux passer le restant de ma vie. Je t'aime, Evandro. Même si tu m'interdis de rester, même si tu me chasses encore, je continuerai de t'aimer.

Elle prit ses mains dans les siennes, et il les serra avec force.

— Qu'est-ce que j'ai fait pour te mériter ? murmura-t-il. Mon adorable, mon irrésistible nymphe des bois...

Bouleversée, elle se jeta dans ses bras et ils s'embrassèrent avec une tendresse qui prit rapidement un tour passionné. C'était si bon de sentir sa bouche, ses mains qui erraient sur sa taille, tandis qu'elle enfonçait ses doigts dans son épaisse chevelure et qu'elle caressait sa nuque...

— Papa ! Je suis rentrée ! Où es-tu ?

L'enfant surgit dans la bibliothèque tel un boulet de canon, jeta son cartable par terre et s'immobilisa soudain en les voyant. Elle poussa un cri incrédule, puis son visage s'illumina de joie.

— Tu es revenue ! s'exclama-t-elle. Tu es revenue, tu es revenue !

Elle se jeta dans les bras de Jenna, qui réprima difficilement ses larmes, tant elle était heureuse de serrer la fillette contre son cœur. Puis elle déposa cent baisers sur son petit front, ses joues roses et ses cheveux blonds. Elle lui avait tant manqué !

— J'ai espéré, j'ai fait des vœux et j'ai prié ! reprit Amélie, au comble de l'excitation. Et voilà : tu es là !

— Oui, *carina*, renchérit Evandro d'une voix pleine d'amour. Elle est revenue, et nous ne la laisserons plus jamais partir, d'accord ?

Il se joignit à leurs embrassades et ils restèrent ainsi tous les trois, à partager un long câlin. Jenna sentait son bras sur ses épaules, et les petites mains d'Amélie dans son cou. Le bonheur était complet.

— Je crois que ton papa a besoin de s'asseoir, mon poussin, observa-t-elle enfin.

Evandro déposa un baiser sur le front de sa fille.

— Va chercher la gouvernante, dit-il. Dis-lui de nous porter une bouteille de champagne, nous allons fêter quelque chose d'éternel. Et ne te presse pas trop ! Parce que…

Il se pencha à l'oreille de l'enfant et prit une mine de conspirateur. Jenna regarda Amélie se tourner vivement vers lui, afficher un sourire radieux, acquiescer et s'enfuir en courant.

Quand il se redressa et qu'il fut debout devant elle, il était métamorphosé. Des éclats d'or brillaient dans ses yeux bleus. Son sourire avait rendu son éclat méditerranéen à sa peau de bronze, et il irradiait l'énergie.

— Je me rends compte que mon entrée en matière va manquer de romantisme, mais si tu pouvais me dispenser de m'agenouiller, au risque que je ne puisse plus jamais me relever…

Muette de stupeur, elle le fixa sans oser y croire.

— Acceptes-tu, ma bien-aimée Jenna, de recevoir mon amour et de me donner le tien durant toute notre vie, en devenant ma femme ? Tu es mon plus grand cadeau, ma joie, la compagne de mes journées, et la déesse de mes nuits. Je veux être à toi pour toujours. Et pour l'éternité. Et toi, tu le veux aussi ?

Des larmes roulaient sur ses joues. Jamais elle n'avait été si bouleversée. L'amour et la surprise, la joie et la tendresse tombaient sur elle en avalanche.

— C'est un oui ? demanda-t-il, comme elle venait d'essayer de parler.

— Oui ! Aujourd'hui et pour l'éternité, promit-elle.

Leurs regards restèrent arrimés l'un à l'autre durant de longues minutes. Ils mesuraient le chemin parcouru, tout ce qui avait failli les séparer, la force indestructible de ce qui les unissait. Enfin, il se pencha vers ses lèvres pour les happer d'un baiser langoureux, voluptueux.

Elle était son grand amour, et il était le sien. Et, juste au moment où elle enroulait ses bras autour du cou de son homme, les portes de la bibliothèque s'ouvrirent en grand.

Amélie fusa vers eux, suivie par Meg Farrafacci portant un seau à champagne, et Loretta et Maria, les flûtes et le jus d'orange.

Une cacophonie de cris excités et de félicitations les assourdit les uns après les autres, puis des bises claquèrent, le bouchon de champagne sauta, et plusieurs toasts aussi joyeux qu'enthousiastes furent portés aux jeunes fiancés, à la rentrée scolaire d'Amélie, à la renaissance du *palazzo*, aux nouveaux investissements d'Evandro et à la future salle à manger où ils organiseraient dès que possible une nouvelle *tea party*.

Essuyant sans cesse les larmes qui lui montaient aux yeux, Jenna songea qu'un bonheur aussi bruyant devait résonner jusqu'au paradis.

Même si le paradis était ici, auprès de l'homme qu'elle aimerait toujours, et de son Amélie chérie.

Evandro était son homme, elle était sa femme, et il en serait ainsi pour l'éternité.

Épilogue

Un message d'Amélie à son amie

Ça y est, Luisa ! Elle l'a épousé ! Je savais que ça finirait par arriver, parce que je l'ai souhaité très fort, et j'ai beaucoup prié, et maintenant ça y est ! Et c'est moi qui ai été sa demoiselle d'honneur. Je portais une robe couleur crème, lacée dans le dos, mais je t'enverrai une photo parce qu'elle est trop belle et que je pourrai la remettre pour des occasions spéciales, c'est ma nouvelle maman qui l'a dit.

Ce n'était pas une super grande réception, parce que la jambe de mon papa n'est pas encore complètement guérie. Il va avoir une autre opération à l'hôpital et il y a plein de gens qui réparent notre maison. C'est mieux, parce que c'était vraiment triste quand c'était tout brûlé, et que ma pauvre maman est morte comme ça, mais papa dit qu'elle avait une maladie dans la tête et que c'est pour ça que je suis venue vivre en Italie. J'ai mis des fleurs sur sa tombe, et les sœurs du couvent font des prières et moi aussi.

La religieuse qui dirige mon école m'a dit que, maintenant, ma maman était au ciel, et qu'elle n'était plus malade ni morte, parce que les gens ne sont jamais ni malades ni morts quand ils montent au ciel. Et elle m'a dit aussi que Dieu m'avait envoyé une nouvelle maman et que ce n'était pas pour prendre la place de ma première maman, mais que c'est une maman en plus : pour m'aimer aussi fort que mon papa.

Mon papa m'a demandé si j'aimerais avoir un petit frère ou une petite sœur, comme toi, et j'ai dit oui d'accord, alors il va demander à ma nouvelle maman de faire le bébé juste pour moi. Enfin, un peu pour eux aussi, m'a dit ma nouvelle maman. Et j'aurai le droit d'aider à trouver un prénom.

Mais il paraît que ça met du temps, de faire pousser un bébé, alors peut-être qu'on sera encore tous les trois à Noël, et je crois qu'on doit passer le nouvel an à Sorrente, parce qu'ils font un très beau feu d'artifice qu'on pourra regarder depuis le balcon de chez ma grand-tante. Elle est très vieille mais très gentille, et elle m'a promis de s'occuper de la maison de poupée que j'ai laissée chez elle. Mon papa me l'a achetée à Naples.

Je vais bientôt m'arrêter parce que j'ai mal aux doigts et il va être l'heure de dîner. Comme c'est le week-end, maman dit que je peux m'habiller comme je veux, alors je crois que je vais mettre ma jupe à sequins avec le top fuchsia assorti que j'adore ! Maman et papa n'aiment pas ça mais ils ne le disent pas, et, comme c'est ma maman qui est au ciel qui me les avait achetés, je vais les porter pour elle.

En arrivant sur la terrasse, où le dîner était servi, Amélie expliqua que sa tenue était un hommage à sa « maman au ciel », et Jenna l'embrassa en l'assurant que c'était une très bonne idée. Il avait été difficile pour Amélie d'apprendre que sa mère était morte, mais au moins elle savait que son père avait tout tenté pour la sauver, au prix de sévères blessures.

— Nous ne savons pas ce qui a fait de Bérénice ce qu'elle est devenue, Evandro, avait observé Jenna. Un traumatisme, une maladie, une expérience insurmontable, ou les trois... Dans l'intérêt d'Amélie, qui nous posera un jour des questions, sachons nous montrer humbles face à ce que nous ignorons, sachons éprouver de la compassion pour quelqu'un qui n'a probablement jamais connu le vrai bonheur, alors que nous avons cette chance. Et puis je déborde de gratitude chaque fois que je regarde notre fille.

— Oui, c'est *notre* fille, aimait-il répéter. Pleinement, et pour toujours.

Le soleil se couchait, et ils s'attablèrent tous les trois, pour partager leur bonheur d'être ensemble.

D'être une famille.

Aimante et unie.

Pour toute la vie.